本 书 获

陕西师范大学人文社会科学高等研究院学术专项经费资助

· 秦 岭 学 术 书 系 ·

主 编：党圣元　李继凯

中国现当代文学思潮
重要问题研究

ZHONGGUO XIANDANGDAI WENXUE SICHAO
ZHONGYAO WENTI YANJIU

程金城　著

人民出版社

总　序

　　"秦岭学术书系"是由陕西师范大学人文社会科学高等研究院组织编撰的一套学术丛书，丛书主要收录本院学术团队的科研成果，侧重于文史哲领域专家们撰述的学术新著。丛书在选题方面呈开放性，分辑出版，每辑由3—5种著作组成，由人民出版社出版。

　　丛书取名"秦岭学术书系"，其中出现"秦岭"字样，然不敢以"秦岭"之峻拔庄美、雄奇高崇自诩也。而之所以选择"秦岭"二字，用意有三：其一，陕西师范大学位于古都西安市长安区，南依秦岭，北向渭水，只要抬眼朝望去，终南山可以随时悠然见之。从秦岭来的风，从秦岭来的云，从秦岭来的水，从秦岭来的一年四季、早晚晨昏时分各各不同的物候气象，身在校园，凝望秦岭的群山峻岭，目之所见，即心之所感，皆可直寻而无需补假，远处若近天都的太乙之山那峰峦叠嶂、山色佳胜的自然英旨，尽可收得之。故而，我们特选"秦岭"二字，以表学校所位之地理佳美也。其二，大秦岭是中国南北地理分界山脉，秦岭北麓属黄河流域，有渭河注入黄河；秦岭南麓属长江流域，有汉江注入长江，从秦岭的峪口进山，站在高处山脊上南北分界的分水岭处，南北两向极目展望，远近高低回环揽视而尽情领略，则华夏南北山河地貌、水土植被、物候景观尽收眼帘全入心田，而正是黄河与长江这两大流域，数千年来浇灌出了中华民族璀璨的文明，中华文脉、学脉正如延绵不断、坚毅挺立的秦岭山脉那样，生生不息，风力永驻，魂魄不散，重峦叠嶂，风光无限。因此，我们特取"秦岭"二字，亦以表我们对源远流长之中华文明、文脉和学脉的一份崇礼和敬畏之情也。其三，秦岭是具有战略性意义的中华南北水源涵养区域,以及极其重要的动植物基因养护和保存场所,这两者,无论是水源涵养,还是动植物保护,都与事关中华民族生息繁衍、发展前进千年万年大计的生态文明建设息息相关;关于生态问题,原生、多样、丰富、平衡数者,实为其中关键之关键。人们珍爱秦岭、呵护秦岭,容不得对它施加任何糟践虐待行为,其意义正在于此。其实,对于思想文化和人文学术而言,同样存在着一个生态问题,而原创性、丰富性、多样性也正是维系良好的学术文化生态之关键所在,不如此便无法得到既具传承性又具创新性的发展进步,而中华思想文化、中华文脉和学脉之传承创新和发展繁盛,亦系于此。职是之故,我们特用"秦岭"二字,以示这样一种心迹,即新时代中国的人文社会科学研究应该营构和保持自身良好的学术生态环境,应该体现出犹如秦岭般的广袤雄阔、刚毅挺立的文化自信,应该扎根于犹如秦川般沉稳而沃厚的现实与历史交融的土壤之中,在传承中创新,在创新中传承,延伸中华文脉、中华学脉,续写中华思想文化的新篇章。

该丛书所收各种著作,主要为陕西师范大学人文社会科学高等研究院学术同人们所撰述之学术新作,丛书的编撰和出版则是为了进一步支持和推动陕西师范大学的人文社会科学研究和学科建设,尤其是强化学校的"双一流"学科建设,而这也正是学校所赋予人文社会科学高等研究院之使命和职责所在。陕西师范大学是一所教育部直属的师范类大学,悠久的办学历史,数代学者孜孜不倦的努力,使陕西师范大学在人文社会科学研究方面具有优良的学术传统和丰厚的学术积淀,形成了鲜明的治学特色和端直的学风,弥足珍贵,在新时代里我们理应使之传承弘扬,并且续写出新的篇章来。人文社会科学高等研究院是陕西师范大学为了贯彻落实全国哲学社会科学工作会议和习近平总书记重要讲话精神,增强文化自信、学术自信,响应新时代中国哲学社会科学学科体系与话语体系建构和创新性发展之需,整合学校人文研究学术资源,助力本校人文社会科学研究学术、学科的发展,尤其是配合、支持、强力推进学校"双一流"人文学科建设,而成立的一个实体性研究机构。研究院以"高端引领、学术至上、开放自由、包容创新"为方针,面向国家发展战略、面向国家重大需求、面向高端智库，旨在引进、汇聚和培养一批人文社会科学研究领域的高端学者和优秀人才，加快推进学科交叉融合和高水平原创成果产出，孵化高层次学术平台和团队。研究院自 2017 年 11 月 6 日正式揭牌以来，聚集了一批在不同学术领域各有研究专长的学者，坚持研究院的定位和办院方针，积极承担自身的功能与职责，在学校领导的关爱下，在校内相关学院同人们的加持和相互协同、一致努力下，在国内外学界的多方支持下，传承弘扬陕西师范大学人文社会科学研究的优良学风。短短两年的时间里，便打造出了一个具有良好科研条件和治学氛围的学术平台，并且已经产生了一系列学术研究成果，这些学术成果以及今后陆续生产出来的成果，将随着"秦岭学术书系"的批次编撰、出版而陆续面世，并接受学界的检视。

新时代中国的人文哲学社会科学研究迎来了一个新的历史起点。新时代中国人文社会科学的兴盛和创新性发展，关系到国家和民族的思想创造、文化繁荣、学术创新、文化传播和影响力，更是坚持文化自信、实现中华民族伟大复兴征程中必不可少的一种支持力量。秉持"以人民为中心"的学术导向，以求真求善、"明德""筑魂"为学术价值追求，坚持学术本位、学术创新观念和学术精品意识，为我们研究院学术团队全体同人们的共同学术理念，也是"秦岭学术书系"的学术实践目标。"渭城朝雨浥轻尘，客舍青青柳色新"，我们热切地期望在新时代的好雨时风吹拂下，通过研究院学术同人的精心研究和结撰，通过"秦岭学术书系"的编辑出版，为新时代中国的人文学术研究带来一缕来自秦岭的带有秦川黄土气息的微细的清风，带来几声如八百里秦川孕育而出的秦腔那般的或为粗粝喊唱、或为轻声低吟的乐调，能为新时代中国的哲学社会科学研究和学科建设添砖加瓦，以不负时代所赋予我们的文化学术使命。文律运周，日新其业。我们将倍加努力，让"秦岭学术书系"在时代的风雨里成长！

党圣元

2020 年 7 月 10 日

前　言

中国新文学从 1917 年胡适的《文学改良刍议》和陈独秀的《文学革命论》发表算起已经过了百年，从划时代的五四运动算起至 2019 年正好百年。百年来的新文学史曾经被划分为几个历史阶段："现代文学三十年""十七年""新时期""新世纪"等，也有过"20 世纪中国文学""民国文学"等称谓，或者被统称为"中国现当代文学"，这些分期，都包含着与时间相关的"即时"和"过渡"的意味。随着时间的推移，对传统"旧文学"而言的"新文学"的命名和分期是始终会被不断提出的"问题"。这其实是正常的，也是文学史研究必然的现象。笔者并不想标新立异提出新概念和进行新分期，写作本书的目的主要是为了回溯中国文学在百年来走过的历程，特别是为了更清楚地梳理百年文学思潮的状况。

文学思潮是在一定的时空范围内流行的文学观念与文学创作潮流，它与特定的社会思潮、哲学思潮和文学背景相关联，体现一定阶段文学的主要趋势，同时又影响具体的文学创作和作家群体状态。文学思潮研究可以从一个方面认识中国新文学发展演变的深度和广度，把握文学在现当代历史进步和文化重建中的特殊作用，从而为进一步分析和评价作家作品的价值奠定基础。

新时期以来，对中国现当代文学思潮和流派的研究，一直是文学史研究的持续热点，而文学思潮研究与作家作品研究也一直是相互影响、相互推进的。

从文学思潮与作家关系的角度来说，文学思潮的研究既关系到对整个文学状况的考察和把握，也为具体文学现象和作家作品的研究、评价提供重要背景和参照系。文学思潮的研究并不是把所有现象都归入思潮中，而是把思潮作为一种影响文学发展态势的"场"和宏观背景，发现思潮中和思潮外的作家的创作现象，既关注有影响的作家共同的理论主张和实践，认识重要文学思潮产生的条件、表现形态，以及在思想观念上对创作的引导；同时也以思潮为参照，关注特殊和"例外"，发现主流思潮外作家创作的特殊意义。

从文学思潮与文学流派、文学现象的关系来说，具体问题上的突破，常常是在对思潮新的认识基础上取得的。新时期对现当代文学思潮研究取得的重要进展中，笔者以为有两点很突出：一是在新的历史高度和思想基础上，对现当代文学思潮的重新观照、描述和评价，宏观的突破与微观的深入都卓有成效。二是随着文学观念和研究方法的变化，一些研究者调整了研究文学思潮的角度，运用新的文学史观和概念范畴，如现代性、现代启蒙、民族国家建构等概念，重新归纳和勾勒文学思潮产生、演变的轨迹。就前一方面来说，如对现代文学史上左翼文学思潮的研究，对自由主义文学思潮及其具体作家作品的研究，对解放区文学思潮的研究等，对当代文学中世俗文学思潮的研究，新写实主义、现代主义的研究和重新评价都有重要的成果，推动了文学史研究的进程。这从很大程度上改变了现当代文学史研究的格局和文学思潮的"版图"。而就后一方面来说，用新的观念重新研究文学现象，发掘现当代文学思潮与社会、历史、政治、文化等深层的联系，更理性地多角度地分析思潮所包含的意义，有理论上的重要收获。比如关于现代文学史性质的重新解释，对现代文学发展中启蒙主义、自由主义、人道主义等的重新认识等。以前主要关注的是现实主义文学思潮，后来关注现代主义思潮和启蒙主义思潮、现代性问题、世俗和民间文学思潮等。这种变化是文学思潮研究逐步深入的体现和必然，由思潮的重新认识而进入对文学史"版图"的重绘，也是顺理成章的事情。当然，在重新勾勒文学思潮演变线索的同时，也出现了用新的概念范畴代替史实并"建构"文学史上的思潮的现象，在一定程度上就有用研究者所处的历史文化环境的话语取代文学历史上的话语的问题，有用新的概念和尺度要求历史"选择性"的问题。因此，这些研究在理论上是新颖的，但对文学思潮的研究所得出的结论却并非都是对问题的新发现，有的甚至有脱离历史语境之嫌而不能令人信服。所以，对文学思潮研究有必要进行总结和反思，对研究文学思潮的理论前提、逻辑起点进行思考。文学思潮的研究，与对作家作品的研究一样，必然随着时代的变化，会有不断重新认识的问题，然而，任何新的认识和阐释，都应建立在尊重历史本来面目的基础之上。这样，如何回到历史上的文学思潮本身，接近文学史中思潮的本来面目就是一个重要问题。

　　笔者感到，文学思潮的进一步研究，不仅需要回溯和勾勒文学运动的发展过程，要对思潮归纳并揭示演变规律，也要从宏观上发现文学思潮演变过程中的核心问题，也就是影响文学演变、文学创作和理论的那些关键的和深层的社会、文化、哲学和艺术观念等问题。另外，还要注意到文学思潮与文学成果之间关系的复杂性。有些文学观念可能很重要，也可能符合文学自身的规律，但不一定形成强大的文学思潮；而有些文学思潮代表某一时期最重要的发展趋势，但不一定产生重要作品，而它们同样有文学史意义。

　　基于这些认识，本书对现代中国文学思潮的研究不是以"史"为线索，而以"思"和"论"为重点，试图突破对思潮一般勾勒的研究模式，研究文学思潮中的一些深层次的重要问题。这些问题，涉及百年中国文学价值体系重建、文学史格局的必然性与局限性、历史责任与生命本真的对峙与融通、文学价值与真理的关系、生命过程解释与历史变迁叙事的关系、科学主义与人本主义的影响、文学的神圣性与世俗性、文学的中外传统与现代的关系、人类性与民族性的关系等问题。期望有助于对过去的中国百年文学历史发展有新的理解和认识，对未来新的百年文学发展有所借鉴和启示。

目　录

第一章　"价值重估"与中国新文学价值重建 1

　　第一节　"价值重估"与文学价值研究 1

　　第二节　文学价值论范畴及研究范式 6

　　第三节　中国新文学价值重建的含义 15

　　第四节　文学价值重建的"生态系统" 18

第二章　中国现当代文学价值体系的历时研究 23

　　第一节　文学价值体系重建的酝酿 23

　　第二节　文学价值体系的第一次重建与嬗变 30

　　第三节　文学价值体系从适应性调整到第二次重建 58

　　第四节　改革开放与文学价值体系的第三次重建 63

第三章　中国现当代文学史格局的形成及反思 74

　　第一节　东西方文学"反传统"与中国新文学史格局 74

　　第二节　"再现"文学的强化及曲折 87

　　第三节　表现文学的创新及流变 109

第四章　历史责任、生命本真的对峙与融通 125

　　第一节　两大文学思潮的对峙 125

　　第二节　意义追寻的热切与价值冲突的激化 130

　　第三节　走出循环与融通整合 138

第五章　生命过程的解释与反抗困境的努力 141

　　第一节　文学是人的生命过程的特殊解释系统 142

　　第二节　鲁迅等对生命过程艺术解释的开拓 146

　　第三节　从生命过程艺术解释到历史过程的宏大叙事 154

　　第四节　反抗人生困境的努力与文学走出困境的艰难 158

第六章　价值与真理之关系 163

　　第一节　文学真理观：从现实主义到后现代主义 163

　　第二节　文学价值与真理关系问题的反思 168

　　第三节　寻求文学价值与真理的和谐统一 174

第七章　科学主义和人本主义之影响 177

　　第一节　中国现当代两种文艺倾向与西方两大哲学思潮 177

　　第二节　科学精神：传统与现代 182

　　第三节　人本意识：理性与非理性 188

第八章　内倾型作家和抽象性作品 200

　　第一节　心理类型与作品特质 200

　　第二节　抽象性作品的价值取向 204

第九章　民族精神改造和理想人格设计 212

　　第一节　人格观念在现代的嬗变 212

　　第二节　理想人格设计概观 222

　　第三节　传统人格的批判与再造 232

第十章　中国表现主义文学的兴起与消歇 241

　　第一节　表现主义理论的译介、传播和阐发 241

　　第二节　表现主义作家作品的翻译和介绍 254

　　第三节　表现主义文艺思潮的兴起与高涨 259

　　第四节　表现主义文艺思潮的嬗变与消退 268

　　第五节　中国表现主义诗学的思考 276

第十一章　异邦新声与传统资源 290

　　第一节　"别求新声于异邦" 290

　　第二节　马克思主义文艺理论中国化 295

　　第三节　传统的反叛与融通 302

第十二章　神圣与世俗的悖反 306

　　第一节　文学的社会价值实现与读者的兴趣培养 306

　　第二节　文学神圣与世俗的不同取向 311

第十三章　人类性要素与中国现当代文学的定位 322

　　第一节　曾经被遮蔽的人类性 322

　　第二节　中国现当代文学中的人类性要素 329

附录：论茅盾的新浪漫主义文学主张......................................334

参考文献 346
后　记 348

第一章 "价值重估" 与中国新文学价值重建

　　百年中国文学思潮中，文学价值体系的重建既是与社会思潮密切相关的重大问题，也是文学发展中的深层问题。它内在地制约着文学发展的方向、文学的社会角色和位置、文学创作的目的、文学作品的精神内蕴和品格、文学的价值实现和接受等，是文学思潮研究中关乎全局的命题。

第一节 "价值重估" 与文学价值研究

　　中国新文学发轫和演变的 20 世纪，是一个价值观念异常多元、价值体系极度纷杂、价值冲突格外尖锐的时代。从世界范围来看，西方那些曾处于 19 世纪与 20 世纪之交的先哲们，在喊出"上帝死了""价值重估"的振聋发聩的口号时，似乎在宣布人类历史的重新开始。一百年已经过去了，如今我们已进入一个新的世纪——21 世纪。对于有幸经历这一伟大时刻的人们来说，本该是幸运的。然而，当站在这一伟大的交界处、回顾过去展望未来时，人类却不仅仅充满自豪感。一个多世纪过于剧烈的精神震荡和太多的价值反差，使得人们审视历史时带有过分的怀疑精神。人们对于过去充满留恋，但也若有所思，对于未来充满信心，但也有着迷茫。价值的失落感和意义的丧失感，自从"价值重估"后就不曾中止，它伴随着价值意义重估和价值系统重构的全过程，至今仍然萦绕在人们的心头。20 世纪初以反传统的姿态开始出现的现代主义思潮，到世纪末已被后现代主义思潮所取代。而当今，对后现代主义的质疑也不绝于耳，特别是对其强制阐释、破有余而立不足提出尖锐批评，这其中最充分地体现出价值观念嬗变和价值系统重构的问题，价值多元现象和各种价值冲突益发激烈，正如马斯洛早就指出的："价值观的丧失是我们的时代的最终痼疾……而目前的状况比历史上任何时代都要危险……人类只有通过自己的努力来改变这种状况"①。

20世纪以来的世界文学，不但其变易发展受到这种氛围的浸染，而且对它的意义的估价也颇受影响。在世纪之交，文学同样也面临着如何评价其价值的历史性课题，由"价值重估"开始的历史自身也到了被重估的时候。

20世纪世界文学，以其对传统的反叛姿态和不断的变革意识走过了不平凡的历程，世纪初由具体文学派别的标新立异最终引起文学风貌整体变革的态势至今仍在继续，不安分的情绪和思变的意识似乎充满了这一世纪的每一个时空。创作上的纷繁复杂和理论上的不断趋新，好像有着无止境的深层动因在驱使。从现代主义对现实主义的反叛，到后现代主义对现代主义的颠覆，不但使人类既往文学史上那种层层递进的历史步伐和规律完全被打乱，而且使人类积累了几千年的精神财富、思想体系，包括文学观念受到釜底抽薪般的动摇。文学对人类意味着什么？人对文学有着什么样的需要？文学能够和怎样去满足人的需要？在这些方面探讨和积累了几千年的历史经验受到了空前的怀疑和挑战。这些现象，构成了20世纪世界文学与过去文学极为鲜明的比照和反差。

与此同时，20世纪世界文学本身又形成了同样鲜明的比照和反差，从时间上来说，前后矛盾、相悖互逆、今日否定昨日的文学现象伴随着20世纪文学的整个过程；从空间来说，最新式的和最古老的、最时髦的和最传统的文学精神、样式、方法，在不同的区域此起彼伏、相互映衬而有各得其

---

① 〔美〕弗兰克·戈布尔：《第三思潮：马斯洛心理学》，吕明、陈红雯译，上海译文出版社1987年版，第99页。

所。人们曾经呼唤、至今仍在"走向"的"世界文学",是由一个个大小不等、色泽斑斓的动态"板块"组成的。对于 20 世纪的文学已经不能用传统研究方法和角度概括,不能再如以往把某个世纪与某种文学思潮简单联系。文学现象的这种变化,使得理论界的趋新变为一种现时的急需而不大鼓励对终极理论问题的探讨,这又构成了另一极为显眼的文学景观。

所有这一切现象的产生,都可以找到其具体的原因,可以做出各式各样的解释,但是,有一点却是共同的,即每一现象背后都有人对文学价值意义的某种追求,哪怕它是以"反"价值、"非"意义的姿态出现的。因为价值关系是功利关系也是利害关系。对于那些不能满足人们的需要、对人无益的事物,人们是不会把它们纳入自己的实践过程的。反叛、寻求、变异、创新、"回归"等诸多文学现象的直接动因,都包含着某种新的文学价值要素的出现和价值意义的确立。不断的价值重估和价值重构贯穿于 20 世纪以来文学的全过程,文学系统的概括和区分,最终将不能绕开文学价值系统的分析。或许价值分析能更为内在和直接地把握这个世界文学的内在特质。价值重估无可回避。

那么,在这样复杂的文学现象中,是否存在着一种人类共同的、普遍的、可以称之为"现代"文学精神的价值体系呢?从理论上说,人类有其最基本的共同的特性,有最为基本的对于文学的需求心理,而且处于同一时间内,应该说在纷繁复杂的文学现象中包含着某些跨文化的、普遍的文学精神和价值系统。"应该有基本的、潜在的而且是跨文化的人类标准;这些标准超越各种文化,并具有更普遍的人性。没有这些标准我们就失去了批判的尺度。"① 但是,要对这种人类共同的普遍的文学精神进行分析和概括,需要从人类主体、精神本体、文学本体诸层次着手,而不仅仅是对现象的梳理。它所得出的结论,将有助于我们从整体上把握 20 世纪文学的价值意义和它在

① [美] 弗兰克·戈布尔:《第三思潮:马斯洛心理学》,吕明、陈红雯译,上海译文出版社 1987 年版,第 101 页。

整个人类文艺史乃至精神史上的意义。然而，即使这种假设可以成立，其结论已为人们公认，它也不能直接作为对具体文学价值体系进行分析的现成尺度。因为人类的需求和价值目标有其共同性，同时又有差异性，何况这个世界本身千差万别。这里提出这个问题意在指出，我们应该具有以人类共同的、基本的、本源的精神需求为内在尺度来理解文学价值的意识，避免以狭隘的时空观念来坐井观天。具体时空范围内的文学价值系统的研究，应该注意到世界文学的整体格局和价值体系。

中国现当代文学价值系统的研究，将以世界文学和中国传统文学作为参照系，以人与文学的价值关系作为焦点和内在线索，探讨中国文学在 20 世纪价值取向的变动与价值体系的重构，揭示文学价值现象背后更深层的文化精神因素。

选择价值论的角度，借鉴系统论方法研究中国现当代文学就意味着，从总体上把这个时代的文学活动，看作是社会有机系统中的子系统，把这一文学历史发展过程，看作是人们为满足主体（群体或个体）自身的需要而有目的地进行精神价值创造的实践过程。文学作品，则是具体实践着的人以文学的属性为价值形成的客观基础、以人的需要为价值形成的前提和主导因素去追求一定价值目标的结果。而文学的被阅读欣赏，被读者接受，则是文学价值的社会实现，也是文学的最终目的。这就是说，人的实践活动，"人之历史"及其发展与文学的关系，是研究中国现当代文学价值系统的逻辑起点。在此基点上所展开的对文学活动全过程的研究，包括作家的创造过程、作品的价值潜能、读者的价值实现几个相互联系的环节。

中国现当代文学价值重建作为整个社会价值系统重建的构成部分，是无法逆转的历史趋势，它既有文学本身变革的内在动力，又有无法抗拒的外在力量的驱动。

中国古典文学历史的悠久和成就的辉煌，在相当程度上取决于它始终保持着自己独立而完整的系统，取决于这个系统内部不断地自我调节、自我完善。从理论观念到创作实践再到欣赏过程，每个环节之间和各个层面之间都有机相融而又能灵活调适。这种自我调节、自成系统的状态得以延续的根本原因在于这一文学系统基本上适应着更大的系统——社会历史系统的需要，也大体适应着中国古代人的精神需要。正因为如此，中国古典文学如它赖以存在的社会一样，虽然越到后期越缺乏内在活力，难显昔日的辉煌，却仍使任何形式的反叛和革新终归只起到内部调适的作用，均不能引起整个系统的变化。

近代"文学改良"虽未根本改变这种局面，但是近代社会的变化，特别是思想文化领域的重要变动却在促使人们对文学重新进行思考，并向一个根本的问题，即人与文学的价值关系的重新调整接近。梁启超在 20 世纪初提倡"小说革命"，提高小说的价值，也是提高整个文学的价值。他在一个新的世纪开始时把文学有现实效用的观点提到一个新的高度，这与传统儒家文学价值观有某种深层联系，而这个观点影响深远，五四之后的文学观及其嬗变都可以找到它的影子。王国维受西方哲学影响，其美学思想和文学价值观与梁启超大相径庭，认为文艺的意义在于人生精神痛苦的"解脱"，文艺作品的价值在于描写怎样的"解脱之道"，文学使人"拒绝生活之欲"和"离此生活之欲"，从而达到对现实的彻底超脱。王国维的观点使我们多少想到它与传统道家美学思想的联系，但这不是道家哲学美学思想在现代的延续和变革。王国维来源较为复杂的"以美灭欲"、追求超脱的美学思想，在当时和此后一个时期的中国社会中没有发展的机会。

五四新文化运动兴起后，人的发现、个性的解放、价值的重新估定使先驱者们意识到，中国传统文学作为一个整体，它们的价值系统与人的合理正常发展和历史进步常常处于尖锐的矛盾冲突之中。因此，全面变革和重新调整文学与人的价值关系，重建文学的价值系统，就成为文学发展的根本问题。作为新文化运动重要一翼的五四文学革命，揭开了中国文学完全崭新的一页——不再重蹈历代诗文革新家的覆辙，不再是个别问题上的革新和局部的改良，也不在"体用"关系上多纠缠，而是彻底扬弃旧的文学系统，以人的发展和历史进步的需要为准绳，重新理解和估定文学的价值意义，重建文学的价值系统。这是五四文学革命先驱者们所开拓和试图建构的一项历史性的伟大宏伟工程，也是中国文学由古代、近代向现代转变的逻辑发展和关键所在。可以说，中国现当代文学史，就是中国文学价值系统重构的历史；几代文学家站在不同的角度和层次，都曾为此作出过积极的努力。也许随着时间的推移和历史的变迁，20世纪的某些文学家、文学作品和文学现象会被淡化和遗忘，但是，20世纪的文学在整体上所具有的划时代意义却永远不会被抹杀；即使出现某些反复、悖逆、矛盾、冲突、甚至否定现象，也无改这样一个基本的历史事实：在20世纪，中国文学与人的价值关系、与历史发展的关系达到了前所未有的密切程度，中国文学在20世纪完成了一次历史性的转换。

那么，中国现当代文学的历史发展，实际上建构了怎样的文学价值系统呢？它与中国社会历史和人之历史发展构成了一种什么样的关系呢？作为文学活动的成果，这个时代的文学作品负载着怎样的价值潜能、蕴蓄着怎样的精神特质呢？价值系统的调整，引起中国文学整体和深层的哪些变化呢？文学价值实现的状况如何呢？这正是笔者试图回答的主要问题，也是文学价值论研究的特点所在。为此，首先需要对以下有关概念进行理论的界定和规范。

第二节　文学价值论范畴及研究范式

文学价值论的研究，是运用价值论学说、借助系统论观点，对文学整体的价值要素及其层次和结构特点等的综合、系统地研究。

价值论是哲学的分支，作为一门独立的理论学说形成于20世纪初。我国价值论研究的兴起，主要在20世纪70年代末和80年代①。价值论本身还

---

① 关于我国哲学界对价值论研究的状况及其存在的争议，王玉樑主编的《价值和价值观》（陕西师范大学出版社1988年版）和《当代中国价值哲学》（人民出版社2004年版）有详细的介绍和评论。本书借鉴其中有关的资料，同时借鉴李德顺《价值论》一书的观点。

存在许多有待继续探讨的问题，但其理论意义已日益显现，在社会科学和人文科学的许多领域发挥作用。

一般认为，价值是客体属性和功能满足主体需要所构成的一种效应关系。价值体现在客体对主体的有用上，主体的需要和客体的属性是价值构成的两个基本方面，事物愈是表现出同主体需要及其发展相符合，它就越有价值。价值是实践活动的产物，其本质在于使主体的存在和发展更趋完善。价值具有相对性。

价值论主要研究价值的本原、本质、构成和评价标准等，其现实目的和意义在于：一方面，分析、评判各种文化思潮及其所蕴含的价值观念，帮助人们在价值多元化的社会环境中树立正确的价值观念和正确的价值导向，克服价值冲突和价值危机。另一方面，适应时代的变化，建立合理科学的较为严整的价值体系，并作为人们思想和行为的准则，在更高层次上形成社会共识。

文学活动作为人类有目的的精神实践活动，文学作品作为作家基于一定的价值意识而创造出来的精神产品，它的价值属性是多方面的，可以与主体构成多种形式、多个维度的价值关系。但是文学的世界是作家经过创造构筑的艺术世界，在根本上是体验的世界、审美的世界、心灵的世界，它主要在于以其特有的属性和功能作用于受众的心灵、情感、意志等精神方面，满足人的精神上的特殊需要，进而促使人更加全面地发展。因而文学价值不同于哲学、宗教、历史、新闻、法律等一般社会科学和人文科学的价值，"在文学艺术等精神实践中，价值观念高于存在法则，心灵体验大于事实知识，情绪感受重于逻辑"。"文艺的发展，就是人类自觉价值意识逐步成熟的历程。"① 文学既是存在的特殊反映，也是对人的生命过程的解释与对付困境的努力，文学既有对现实生活的"干预"，也有对不可理喻的精神世界的表现。文学的价值体系是由多种价值要素、按多种方式构筑而成的，在其中可以发

---

① 程麻：《文学价值论》，人民文学出版社 1991 年版，第 27 页。

现哲理、政治、历史、伦理、法律等要素，但是其各种要素是经由审美中介所"外化"呈现的。更重要的是，艺术形象性、情感性、审美性、创造性、想象性、假定性、超现实性等特点是构成文学价值体系的基本要素。

文学价值论的研究，是哲学价值论在文学研究领域的具体化，是站在哲学的高度、从价值本体论的范畴对于文学现象进行的研究。这里强调要站在哲学的高度是因为：第一，从根本上说，价值论是哲学的分支，它有自己的范畴、对象和方法。既然是文学的价值论研究，就必须遵循一般价值论的理论前提，必须遵循基本的学术规范，以改变那种借用价值论术语而没有哲学思维和哲学深度的现象，使得文学价值论具有哲学价值论的特性，以揭示文学的哲学意蕴。第二，哲学属于社会意识的最高形式，是人们对于包括自然、社会和思维（当然包括文学研究在内）的整个世界的根本观点的体系，是人们对世界的总体的把握，它所追问的是带有根本性的重大问题。而文学本身的复杂性及其与世界的多维联系，特别是文学价值问题，文学的真善美的关系问题，是当代精神文化界最重大的问题之一，只有在哲学高度，运用敏锐感悟又高度思辨的整体思维形式，才能切入要害。也只有从哲学的高度，才能真正触及文学"缺乏价值积淀"的根源。虽然文学研究不是哲学研究，哲学研究不能代替文学研究，但强调文学价值论研究中的哲学高度，有助于深入解剖文学活动中价值关系的深层状况。另外，哲学作为批判性的理论，它不仅要批判日常的流行观念、既存原理，而且要对自身进行前提批判，而当前文学价值论的研究非常需要对前提的梳理和批判，需要建立一种新的研究和批评范式、一种普遍认同的理论，并运用这种理论进行新的学术发现和探讨。

文学价值论的研究从总体上来说，是对文学价值的本质、构成和特性进行研究，解释何为文学价值，树立开放的符合文学特性的文学价值观念，形成与人的全面发展和社会进步相适应的价值评价标准，建立相对稳定的文学价值体系和评价机制。在文学价值论研究的具体实践中，它首先要切入的角度是，文学作为客体，其属性能满足人的什么需要，人对这些属性的认识和把握的状况如何？人作为主体，对文学有什么特殊需要，这些需要的不断变化对构成人与文学的价值关系起了何种作用？进而在主客体关系中对文学现象进行价值分析与判断。文学价值论研究，既不离开作者的"需要"对文学作品进行价值判断，也不离开读者的"需要"对文学作品的社会价值随意定性，而关注文学创作和接受中的主客体关系。在文学史的研究中，价值论可以深入文学活动主体的需要与文学客体的属性及其关系的层面，深入社会存在对于主体需要的规定及其对认识文学属性的制约的层面，对于各种文学观念、文学思潮、文学现象及其成因进行综合分析，对其"为什么是这样而不是那样"作出深层阐述和科学的价值评价。在文学批评中，面对当前文学价值观念尖锐冲突，文学价值分歧日益严重的情况，价值论的研究有助于从学理层面澄清一些模糊观念和错误观点，确立正确的价值评价标准和规范，构成较为严正的价值体系，以成为文学活动的基本准则。

文学价值论更重要的还是对文学介入社会系统的价值意义的研究，探讨文学以审美为中介对社会的价值评价系统、信仰系统、知识系统、意识形态系统等所具有的作用。这就涉及人们常探讨的一个重要课题，即"文学价值体系重建"。切入文学价值体系重建这一课题，文学价值论研究就将包含两个相互区别又相互关联的层面：一个是着眼于文学本体，研究文学作为具有自身特性的精神现象，其属性与人的需要之间的价值关系及其不断变化，考察和分析由此构成的文学价值观念、文学价值创造、文学价值实现的完整体系；一个是将文学作为审美意识形态，研究其介入社会大系统的价值体系重建的状况及其演变。

每一个文学系统的重建，都是针对"旧"的系统而言的。用价值理论研究中国现当代文学，就意味着把这个时代的文学活动，看作是主体（群体或个体）为满足自身的需要而有目的地进行精神价值创造的实践过程。中国现当代文学作品，则是具体实践着的人以文学的属性为价值形成的客观基础、以人的需要为价值形成的前提和主导因素去追求一定价值目标的结果。而文学的被阅读欣赏，被读者接受，则是文学价值的社会实现，也是文学的最终目的。文学作品的创作不但受社会制约，而且在作为成果问世后还要在社会价值体系中实现自身的价值。这就是说，人的实践活动，"人之历史"及其发展与文学的关系，是研究中国现当代文学价值系统的逻辑起点。在此基点上所展开的对文学活动全过程的研究，包括作家的创造过程、作品的价值潜能、读者的价值实现这样三个相互联系的环节。这些环节属于文学系统的几个子系统，第一个是价值创造系统，第二个是价值实现系统。在这两个系统之外，还有一个"无形"然而却影响整个文学活动过程的系统，即价值观念系统。这样，"文学价值观念系统""文学价值创造系统"和"文学价值实现系统"构成中国现当代文学价值系统的整体。

一、关于文学价值观念系统

价值观念，是主体以其需求为价值评价标准和基础，对客体存在意义的系统看法、评价和态度，它与主体的理想、需要、志向等密切相关，并根植于社会心理深层。文学价值观念，是参与文学活动的人以自身的文学"需求系统"为标准，对文学的客观属性及它与人的价值关系的认识整合而成的观念形态，也是对文学意义和对文学活动进行价值评价的思维框架。文学价值观念的核心问题，一是主体如何认识理解自身对文学的需要，一是如何理解认识文学在满足人的需要方面的属性和功能。对"需要"的意识与对文学的意识，对主体需要理解的意向与对文学属性理解意向的契合，构成某种文学价值观念的特点，并体现在关于文学价值构成、文学价值定向、文学价值评价标准诸方面。文学价值观念体系架构中有这样几层关系：（一）人向文学"要什么"——人对文学的需求；（二）文学"能满足什么"——人对文学功能的意识；（三）满足"谁"——文学价值实现者的主体归属意识。此外，还有一个重要却最难定义的关系，这就是：（四）怎样才是"有价值"——人的历史实践与文学实践的一致性，即看文学在总体上是否促进人的历史发展。

文学价值观念既是历史的具体的，又是发展变化的，它的形成嬗变受多种因素的影响。要建立正确的文学价值观，需要把握好人的"内在尺度"和文学的"客观尺度"。所谓人的"内在尺度"，是指人对文学的不断增长的客观需要，人从事文学活动的目的性和达到价值目标的能力等。它由具体社会历史条件所规定，以主观欲求的方式表现出来，成为从主体方面确定文学实践的范围、方向、方式和结果的准绳和尺度。所谓文学的"客观尺度"，指文学自身的规定性和规律，它成为从客体方面制约文学活动的范围、方向和方式等，并且衡量其结果的准绳和尺度。要使文学最大限度地满足人不断增长的需要，实现自己的文学价值目标，就应尽量达到两种尺度的统一。这种统一，应是一个不断运动、双向发展的过程。主体的新的需求刺激对文学属性、功能的发现，不断在新的层次上达到新的契合。一种新的文学价值观念的建立，就是人的内在尺度与文学的客观尺度在新的认识和需求高度上达到新的统一。通过实践、认识、再实践的过程，一方面，人根据自己不断发展了的需求，不断地向文学"接近"，不断发现文学满足人的需要的更多的可能性，在文学"是什么"的向度上不断拓展认识领域。另一方面，通过人的能动作用，使文学不断向人"接近"，在文学"有什么用"的方面深化理解程度，尽可能使文学的发展变化同人的需要及其发展相符合，将文学满足人的可能性不断变成现实性。

中国现当代文学价值观念系统非常充分地体现了这些特点和规律，着眼于这些方面的探讨自不待言，但对这一系统研究的难点却不在于此，而是影响或者决定对上述两种"尺度"把握的那些深层和复杂的因素。弄清这些问题才能较明晰地认识文学价值系统的根本特征，认识它的历史意义和不足。

二、关于文学价值创造系统

文学价值创造系统的研究，既包括作为价值潜能和创造的结果即作品的研究，也包括价值创造过程和创造者的研究。其焦点是探讨文学家在追求什么样的价值目标，运用什么样的方法经由怎样的创造过程使价值目标变为价值实现对象，以及实际上和最终提供了怎样的价值潜能和载体。

文学的价值创造是一个综合的工程和多种因素发挥作用的过程，对于它的研究，不仅要注意在这个过程中作家的具体的技巧（技术）性的操作，还要特别注意那些无形的制约因素；不仅要注意作家反映和表现了什么，更要注意他在这个过程中在追求一种什么价值目标，融进的是什么样的意识和精神；不仅要看到他们对于现代发达的生活的积极的追踪，还要看到他们所保留的中国传统的心理文化结构的作用。另外，现代文学对于古代文学的变革，在文学的价值创造中也有着复杂的反映。因此，本书将把重点放在对于现代文学与民族精神关系的探讨方面，力求在深隐层次考察现代文学与人的发展和历史进步构成的价值关系，考察现代文学价值的内在的意蕴和达到的深广程度。

三、关于文学价值实现系统

文学的价值实现系统，包括几个方面和不同的层次，即：作者的创作过程是一种特殊的价值实现过程，这是文学价值的"自我实现"；读者阅读和欣赏文学作品，是最重要的文学价值实现，这是文学价值的社会实现；文学的价值实现的程度和向度要受具体时空的影响；文学的价值实现的状况和对价值的需求指向，反过来影响作者对文学的价值创造。所以说，文学价值实现不仅仅是读者单方面被动接受的问题，而是一个与其他文学子系统相联系的系统。

文学价值实现的考察不仅应纳入文学整个价值系统去研究，而且应始终置于人的历史发展这一更基本的社会系统之中，它包括文学作品的创作过程——产品（作品）——消费（价值实现）三个环节。中国现当代文学的价值实现特别突出证明了这些特征，对于它的研究将着重关注以下重要现象：新的读者群出现的意义、阅读领域悄悄发生的革命、惊世骇俗之作的意义、欣赏心理的定型与价值实现的向度、神圣与世俗的悖反、价值实现中的冲突悖逆现象等。

四、"时空"概念的引入及其意义

人有时可以忍受肉体上饥饿的煎熬，但却难以忍受精神上无价值、无意义感的折磨。同样，一个文学作品，在某一时期成为人们的精神食粮，其价值的存在无可置疑。但是，换一个时空范围，人们却可以说它无价值，说它经不住时间的考验。那么，这到底是文学作品本身无意义无价值呢？还是人变得认为它无意义无价值？显然，是人的变化导致了评价的变化，而不是作为已经物化了的客观存在的文学作品的变化。人们过多地去指责一些已成历史的文学作品的无价值，却不去正视自身存在的无价值感，不能意识到自己不唯对文学作品而是对一切、包括自己存在价值的怀疑。当无意义感无价值感折磨自己时，一切都会失去原先的价值，而文学的价值贬低也就不足为奇了。

这种现象给人一种启示：价值是一种关系，而这种关系又是受具体时空影响和制约的，也就是说，价值是具体时空中的价值。人们认为某种事物对人有价值，是因为它和人构成了某种有意义的价值关系，它对人有用；而当它变得对人无价值或者无大价值时，即表明这种关系的失去，同时表明一个过程的结束。当一个事物对人或者再次对人有意义有价值时，表明这一事物与人的新的关系的建立，同时又是一个有价值关系的过程的生成。从这个意义上说，明确地引进"过程"概念，或许比只讲价值的"历史具体性"更有意义。而无视过程，实际是只用空间的尺度去衡量所有时间过程中的价值关系，得出的是似是而非的结论。而某一事物对于人的价值"过程"的长短，与它对于人类的价值意义的大小并不完全等同，还要看这种价值在过程环节中所处的位置和实际所起的作用的大小。往往有这样的现象，某些看来对于人类有长久价值和意义的事物，在人类发展的关键时期并不能对人类起到关键的作用，它可能永远对人保持一种冷静的客观态度，而我们对它报以永久的感激。而某些对于人类的发展起到过关键作用的事物，却可能随着人类自身的进步和发展而失去价值，被人所抛弃，变为无价值。它的价值消失在过程中，当人们不再需要这样的过程时，便说它无价值或者说它不曾有价值。实际上，这种变化，是一种价值评价的变化，而不是事物价值含义的变化，不是事物本身的变化。在文学领域，人们对于以往文学的价值评价，往往并不意识到这是用过去的作品来试图构成新的价值关系，因此要是不符合现时的要求，便会轻易地说它无价值。这首先是一种需要的过时，而不完全是作品本身的无意义无价值。文学作品不是食物，不会自然变质，容易变的倒是人的"胃口"和"味觉"。所以分清价值与价值评价的关系是有意义的，而"时空"概念的引入对此提供了一种较为清晰的思路。

与此相联系，引进"时空"概念，现实的意义即在于，20世纪中国文学在价值问题上的前后悖逆、相互冲突的现象极为突出，多种原因和多种理由的共同作用，使得20世纪初所推崇的某些事物受到了否定，所否定的却受到推崇并大行其道，反之亦然。前大半个世纪的文学历史眼见失去了客观的价值评价标准，具有划时代意义的一代文学史将有可能被随意消解或重描。时间和历史过程改变着一切，忽视价值与时间、过程的关系，文学史将会变成一本没有具体价值标准的糊涂账，对20世纪文学的价值评价将会取代价值分析，主观的判断将会取代客观的历史事实，今日之我否定昨日之我的现象还会以"维新"的姿态继续下去。所以，价值概念中引进"过程"意识就不仅仅是一个术语问题。它或许对于克服用文学价值评价代替文学价值分析的倾向有一定的作用。"历史只能参照不断变化的价值系统来写，这些价值系统则应当从历史本身中抽象出来。"

第三节 中国新文学价值重建的含义

"文学价值重建"是理论界探讨比较多的问题，也取得了许多理论进展。但是，"文学价值重建"的含义到底是指什么？是指文学自身价值体系的重建？还是指文学以自己的特性介入社会文化系统对整个社会价值体系重建所起的作用？或者认为二者是一回事？从实际的探讨过程看，这些问题都涉及了，但缺乏层次上的区分和关系上的梳理，实际上还没有一致的看法。

现在提出重建文学价值体系，其针对性是新时期以来文学价值多元与价值迷惘相互裹缠的现象。在改革开放的时代，文学价值体系实际是由许多具体文学价值观念构成的，重建价值体系，就是提倡或允许多种文学形态的存在，也带有包容不同价值趋向的意思。但是，在这一前提下，应有大致一致的与社会发展总体方向吻合的价值目标，有基本的价值取向。一个民族，在不同的时期应该有自己的一致的精神目标，文学作为一种要素不能例外。提倡某种价值目标，不是排他，不是同时压制什么，不是非此即彼。

所谓文学价值体系重建，是寻求发挥文学价值属性与满足人的精神需求最佳状态的过程，而不是建立一个完备的封闭的固定的"完满"模式。文学价值重建的目的是使文学与人构成最为合理的效用关系。研究文学价值体系重建的目的，不仅是研究文学与社会的关系，文学对社会变革的价值作用，文学如何介入社会价值体系，还要研究文学怎样受制于社会，社会为文学价值体系的变革提供了怎样的机遇，同时也提出了怎样的难题。文学价值体系重建，既是文学要素的变化，也是文学结构方式的变化，同时也是文学介入社会价值系统的功能的变化。总之，当我们感到文学与人的关系发生普遍而根本变化的时候，那就是文学价值体系的变化的结果。

文学价值重建，包含了相互关联的两个层次的含义：

第一层含义，是指对文学自身价值属性和功能意义的重新估价和新的文学价值体系的重新确立。文学活动作为具有自身特性的精神活动，其主体对客体的需求始终是变化的，主体对文学的属性的认识也是不断发展的，特别是当整个社会处于急剧的历史转折过程时，主体对文学的需要也会相应地发生重大变化，对人与文学的价值关系重新估价，并在这个演变过程中形成相对于传统的新的文学价值体系。这个层面的文学价值体系包括三个子系统，即文学价值观念体系、文学价值创造体系、文学价值实现体系。文学自身的价值体系重建，侧重于对文学本质、属性、功能，文学表现对象、语言、方法，文学价值实现等文学理论问题和实践中的具体问题的重新认识和建构。它要解决的问题主要是文学自身变革以适应主体新的需要的问题。主体以自己不断发展的"需要"，对文学进行"价值重估"，以新的知识结构、情感态度和意志目标，对文学从整体上提出变革和重建的要求。中国新文学有过三次这样对文学进行新的"重建"的过程：五四文学革命是较为典型的文学价值体系的重建，新中国成立后新的制度化的文学体系是又一次价值重建，20世纪80年代改革开放的社会重大变革又促使文学再次进行价值体系重建。这几次文学价值体系重建，带有整体性、系统性的"破旧立新"的特征，对文学本身的价值进行整体的新的估价，其结果是旧的文学价值体系和规范的破除，新的文学价值体系和规范的酝酿逐步形成。在这三次大的重建过程中，还有相对小的"价值重估"，如20世纪20年代的"革命文学"，90年代文学价值的极度分化。这个层面的文学价值重建虽是围绕文学自身的变革进行的，但它的深层动因是来自社会历史变革对文学的需要。对文学价值的重新认识实际是对文学与人的价值关系的重新认识，换句话说，是人与文学关系的需要重新调整引发人对文学的属性、功能的重新认识。

第二层含义，是指文学作为精神文化现象和审美意识形态介入整个社会文化系统的重建。文学以其特有的方式介入社会文化的价值评价系统、信仰系统、知识系统、伦理系统、心灵情感系统等，从而构成文学与人的新的效用关系，也就是文学与人的价值关系，文学将因此对社会的价值重建发挥特殊的作用。在这个层面，文学价值重建的目标不仅在文学自身体系的建构，而更主要的是在社会价值体系的建构，这是由文学的社会人文性质和意识形态性质所决定的。文学作为精神活动现象，它以自己的特性介入社会系统之后的价值创造和意义追求，它对社会的价值重建所起的作用，它所体现的价值导向，都是文学所特有的，又是与社会其他精神现象复杂交织的。正如米兰·昆德拉在演讲中所说："判断一个时代的精神不能仅仅根据其思想和理论概念，而不考虑其艺术，特别是小说。19世纪发明了蒸汽机，黑格尔也坚信他已经掌握了宇宙历史的绝对精神。但是福楼拜却发现了愚昧。我敢说，在一个如此推崇科学思想的世纪中，这是最伟大的发明。"[1] 在社会价值系统中，文学所涉及的价值问题，既表现为文学对社会历史本身所作的艺术解释及其体现的价值取向，也更多地表现为文学在对人生问题、情感问题、道德问题以及人的生命过程中那些不可理喻的问题的情感表现和艺术探索，在这些表现和探索中，对人的知、情、意发挥潜移默化的作用，对人类精神家园的建立提供新的资源，对社会文化发挥整合或解构的特殊作用。社会之所以需要文学，文学之所以对社会的价值重建有不可代替的作用，社会主体之所以能与文学构成积极的效应关系，就在于文学所追求的真善美及其和谐关系，也是一般价值论中的最核心的问题，是社会价值体系的追求目标。文学价值的社会实现要经过读者的阅读和接受，这个环节，是沟通文学创作作为个体行为和文学活动作为社会行为的中介，也是沟通文学价值最终在介入社会系统中得以实现的中介。文学作品一经成为社会的客观存在，就对社会的价值系统、信仰系统、情感系统、知识系统等发生作用。所以，文学价值论研究的重点是文学介入这些系统后的价值意义和价值实现。

文学自身的价值重建与文学通过审美中介对社会的价值体系重建相互联系，但并不是并列关系。文学自身的价值体系重建，一方面在寻求自身的发展新模式，另一方面这种寻求又是以整个社会价值系统为动因，受后一系统制约。合理的文学价值体系是最接近文学满足主体需要的体系，是从整体上

---

① [捷]米兰·昆德拉：《小说的艺术》，唐晓渡译，作家出版社1993年版，第163页。

最有利于人的全面发展的体系，也就是说，检验文学价值体系是否科学合理的标准是看其是否在实践中对于人的全面发展有利，看其作用和效果。从这个意义上说，二者又不可分割。

文学价值体系重建的最终目的是文学更好地介入社会的价值体系，但是，鉴于文学活动具有自由的精神创造活动等特性，文学价值体系的具体形态将会是复杂的，它不能要求文学完全和立即介入社会主流意识形态体系，而可能对社会的情感系统、人的精神家园的建构发挥特殊作用，对社会的信仰体系、对人的诚信理念的建设发挥积极作用。从长远来说，它在一定程度上改变中国近代以来人文精神中不断强化入世层面而缺少超越层面的现象，开辟和建构人们赖以安身立命的精神家园的更大空间。

应该强调的是，重建文学价值体系，是针对价值无序现象和价值混乱现象而言，并不是要寻求所谓绝对唯一的、大一统的价值体系，因为追求绝对标准就包含了排他的意味，就会将文学价值体系变成僵化的模式。文学价值体系重建不是创作模式的重建，不是具体的题材范围的规定和创作方法的束缚，而是坚持文学属性多样性、价值关系多维性和价值结构开放性前提下的价值体系重建。

第四节　文学价值重建的"生态系统"

将"生态"概念运用于文学领域，如同人们习惯用"生命力"来评价文学作品价值和魅力的大小一样，是一种比喻和形容；但同时也有这样的意思，文学现象类似生命现象，在相当程度上，作为社会精神现象的文学，如同自然界生命现象一样，它诞生和存活在一定的"生态系统"中，有相应的条件和环境，从发育、生长、运动、刺激感应到繁殖、传导、调解等过程，每一个过程都受生态因素的影响和制约。由此可知，文学"生存状态"是一种虚拟出来的文学环境和氛围的指称，将文学视为一个受多种因素制约的动态的生命系统。文学的生存状态不是取决于某一方面，而是取决于整个"生态系统"的状况。

中国新文学的生态系统，主要是文学与现代社会历史环境的关系。本来，从理论上说，文学发展演变史应有其自身的节奏和轨迹，文学历史并不一定与社会历史同步。然而，现代以来中国文学与社会历史极为密切和特殊的关系，越来越显示出，决定文学发展历程的根本因素主要并不仅在文学自身，而在文学赖以生存发展的社会诸种因素，在于社会为文学提供的生态系统。文学的整体格局和生存状态，包括文学作品的诞生、文学功能的发挥、文学价值的实现和评价等，取决于生态系统为它提供的"可能"；任何艺术个性的张扬和艺术才华的发挥，须得有适宜的"土壤"和"气候"。从这个意义上说，所谓文学的"历史背景"，并不同于戏剧舞台上那个一经布置妥当便一动不动的幕布和道具，而是影响和制约着整个表演过程的特定"情境"，甚至它还可以运用看不见的手对"表演"进行指挥和操纵。

近百年中国文学作为具有新特质的文学，它的发生发展和嬗变是一个具有连续性的过程，但也有其明显的阶段性和特定的历史背景，这种历史背景就是这里所说的"生态系统"。从宏观背景上说，也许分为两个大的阶段较为合适，即"战争与革命时期的文学"和"和平与发展时期的文学"。但考虑到新中国成立所引起的社会整体的系统性变化及其对文学带来的深远影响，则应看到百年中国文学有过三种不同的生态系统，这就是20世纪初到1949年的"革命与战争"背景下的文学生态系统，1949年到1976年"革命与建设"背景下的文学生态系统，1977年以后"改革与开放"背景下的文学生态系统。

在现代文学三十年间，文学生态系统的特点就是要求文学适应时代的需要，特定的社会环境所提供的生态系统并不是一种常态，而是一种弥漫着强烈政治色彩和战争气息的动态环境。来自政治方面的因素刺激着文学特殊的发育过程；同时，决定文学生存的又不单是一种因素，还有文化、心理、社会情绪倾向等因素。另外，现代社会的战乱在客观上为文学较自由地发展创造了条件，现代文学又因其小的不同生态环境，生长出不同的作品。五四时期，新文学生存空间的拓展，是几方面的合力：思想启蒙运动为新文学的诞生扫清障碍，文学革命成为思想革命的一部分；外来思想和观念的引进为新文学提供了有力的武器，带来了"新声"和树立了新的参照系。从总体上说，文学革命的目标清楚，后来"革命文学"口号的提出，标志在革命和战争的新背景下文学寻找新的机遇和发展空间。当然，文学在借助机遇时，也在改变自己的特性。这种改变引来了坚持文学特性的作家的抵制。此后的各种争论和斗争，在客观上都是在寻求文学新的出路和价值目标。来自国民党政权的压迫，无疑是对新文学生态系统的严重破坏。严酷的阶级斗争在客观上使文学没有一个正常的生态环境，文学被逼成畸形也有其必然性。现代文学在一个时期强调阶级性，特别是"左翼"阵营强调文学与政治的合一，并不是某些个人的意愿，而是为生存而作的迎战。固然，文学在这时，会有其自身的选择余地。但是，在一个政治黑暗、人的基本生存权利不能得到保障的环境中，文学的超脱就是文学在历史变革中的缺席。正是在这种背景下，左翼文学作为这个时代一种带有强烈政治色彩的文学潮流，也作为"异端"，解构着统治者的政治意识形态，表现着反抗者和进步力量的心声，形成了特有的文学精神和价值取向，以及以悲剧与崇高为特征的美学风格。战争是残酷的、野蛮的、血腥的，人们诅咒战争。然而，人类又是在战争中前进的，战争在客观上促进过生产和科学技术的发展。战争摧残文学艺术和文学艺术家，使文学发生畸变。但是战争又为文学艺术提供了创作题材，在这种意义上说，战争引起的悲剧在客观上激发文学创作最需要的情感动力，也给作家以新鲜的题材。抗日战争背景下产生的文学模式对此后文学的发展变化起了重要的制约和规范作用。

　　进入当代，战争时期的文学观念没有因为战争的结束而改变。战争和革命作为一种巨大的背景对文学艺术发生影响，也对作家心态和艺术思维发生着影响。这主要是武装斗争结束后，思想"战争"的继续，使得一大部分作家不能转入一种宽松平和的精神状态。从20世纪初到70年代末宣布结束"文化大革命",把重心转向经济建设,近80年间的文学经验不免带有战争和革命的痕迹。和平和建设时期的文学,一方面,就生存状态来说,政府为作家提供了优厚的条件,创作甚至成为一种有较好生存保障又受人尊敬的职业,应该说有了从未有过的好环境;但是另一方面,就作家心理状态而言,有可能比战争时期更多顾虑。比如,战争时期提倡集体主义,那是提倡一种精神的共同性和文学对革命实践的精神影响,而"以阶级斗争为纲"时期,则变为组织形式和思想意识对作家的共同制约,甚至革命激情也可能被误解。所以,这一时期作家的重要身份地位与他们所能具有的自由创作思想之间存在矛盾,文学价值观念在总体上是"集体意识"。

改革开放状态下的文学生存状态,其总体趋势,是以往的规范被打破,作家内心获得充分自由。相对于战争与革命时期的文学,这一时期出现了迥异的文学格局和精神。同时应该看到,当今时代,发展是一种趋势,和平是一种向往。实际上,一面是经济飞速发展,社会变化日新月异,科技更新并推动着时代潮流发展;另一面是国际范围内更加复杂的新的"斗争"——军事的、政治的、经济的、科技的、文化的斗争如火如荼。一方面是理性和正义的呼唤,另一方面是原始物欲泛起。人类还远未达到真正的和平与发展的理想境地。这种和平与发展时期文学生态系统,对文学提出了新的问题。就作家而言,文学不再是一种任务,没有了束缚,没有了压力;但是,自由不一定就有创作的动力,没有压力也没有激情。这时,个人名利或金钱很可能成为有些作家的最重要的动力,这虽无可厚非,但是,这种动力所产生的后果是有局限的。这种动力有可能将作家导向为了利益和金钱而进行价值追求,导致江郎才尽。其实,真正的艺术家,应该在和平与发展时期仍然大显身手,在几乎无事的和平时代发现人生社会的重大问题(不是事件),在人人感觉而他人无法言说之时发出自己的声音。对于创作来说,意蕴比方法更重要。同时,和平时期文学与时代潮流的关系也需要重新思考。如果说战争和革命时期的文学不得不与时代束紧关系的话,那么和平时期的文学则要与生活保持一定的距离。这种距离不是说脱离现实，而是作家面对生活要有高于生活的认识、驾驭能力和超越意识。

百年中国文学，在社会历史中的"角色"和位置的变化，是制约文学价值生成的另一重要因素。这里说的文学"角色"，主要是指文学在具体社会大系统中所显示出的基本特性、功能和它所处的特定位置等。在历史进程中，文学曾扮演过多种角色，其地位也多变不定，它既要保持自己的独立特性同时又要保持其"社会地位"，常因种种主客观原因而陷入两难之境。因而，文学角色问题古老而常新。

第二章　中国现当代文学价值体系的历时研究

在一个多世纪的新文学发展历程中，作为精神文化组成部分的文学，价值选择和价值重建始终不曾停止，经历了几次大的嬗变。如果说，新文学价值体系在辛亥革命前后酝酿重建，五四时期到40年代在解构中重建，新中国成立后在整合中重建，那么，新时期则是在选择和蜕变中重建。

第一节　文学价值体系重建的酝酿

自五四时期有"新文学"与"旧文学"的称谓起，就在观念上有了以"新""旧"为价值标准对两种不同系统文学的划分意识和评价尺度，也就有了相对于旧系统而言对新文学价值系统重建的要求。而这一现象的酝酿则在19世纪与20世纪之交就开始了。

对五四前新文学发轫期先驱者理论的重新解读中发现，在"思想启蒙"运动中酝酿、五四新文化运动中诞生的中国新文学，实际是从倡导重建新的文学价值体系开始它的艰难历程的。"重建"的直接动因和出发点，源于先进知识分子从"新民""新国"、"立人""立国"、重建价值体系的历史高度对"新文学"的理解，特别是在对文学属性、功能的重新认识的基础上，对中国古代文学整体与社会发展、与人构成的不和谐的价值关系的重新认识。他们在各自的理论中，不约而同地达成了基本的共识：第一，中国古典文学对中国社会及其国民普遍存在的病状负有责任，并有因果关系，文学是"因"，弱国子民的现状是"果"，因此文学必须革命。第二，文学对于社会发展和国民精神的引导有特殊的不可替代的作用，中国社会的变革，特别是文化精神体系由旧到"新"，有赖于文学参与其中。这体现了关于文学与人的价值关系的新观念。在这些观念中，已经包涵了文学价值体系重建的一些新的理念。

1902 年，梁启超的《论小说与群治之关系》（署名饮冰）发表。在这篇论文中，有两点值得今天重新评价。第一，梁启超并不是简单地只把"新"小说与"新"政治相联系，而是把新小说与"新"整体精神文化体系相联系。文章开宗明义："欲新一国之民，不可不先新一国之小说。故欲新道德，必新小说；欲新宗教，必新小说；欲新政治，必新小说；欲新风俗，必新小说；欲新学艺，必新小说；乃至欲新人心，欲新人格，必新小说。何以故？小说有不可思议之力支配人之道。"[1]"新"在梁启超的语境中可以理解为"重新认识"和"重新建设"之意。梁启超理论的逻辑关系是，"新民"与"新道德""新宗教""新政治""新风俗""新学艺""新人心""新人格"等不同方面相关，或者要从这些方面入手"新民"；而小说在这些方面有其不可替代之价值。不可否认，梁启超确实有夸大小说作用之弊，在论文的后一部分甚至更强化了这种片面性，把"中国群治腐败之总根源"几乎都归于小说，认为"中国人状元宰相之思想""中国人佳人才子之思想""中国人江湖盗贼之思想""中国人妖巫狐鬼之思想"，等等，"惟小说之故"。在其他文章中，他的这种看法表现得更充分。[2] 但是人们因此也就忽视了梁启超理论中蕴涵着对"民"的新理解，亦即"民"之素质包括了道德、宗教、政治、风俗、学

---

[1] 陈平原、夏晓红编：《二十世纪中国小说理论资料》第一卷，北京大学出版社 1997 年版，第 50 页。

[2] 梁启超在《译印政治小说序》中认为："凡人之情，莫不惮庄严而喜诙谐……在昔欧洲各国变革之始，其魁儒硕学，仁人志士，往往以其身之所经历，及雄中所怀，政治之议论，一寄之于小说……往往每一书出，而全国之议论为之一变。彼美、英、德、法、奥、意、日本各国政界之日进，则政治小说，为功最高焉。"在《新中国未来记》"绪言"中说，饮冰室主人写小说的目的是"顾确信此类之书，于中国前途，大有裨助，夙夜志此不衰……兹编之作，专欲发表区区政见"，"小说著者欲借以吐露其所怀抱之政治思想也。其立论皆中国为主，事实全由于幻想"。

艺、人心、人格等因素；也忽视了梁启超的整体思路是用中国的反面例子与欧洲的正面例子来强调说明：小说（文学）可以在不同的领域发挥其特殊强大的作用，小说必须介入重建社会价值系统，于是提出"故今日欲改良群治，必自小说界革命始；欲新民，必自新小说始"的结论。梁启超关注的是"新""民"，探讨的是造成"民"之特性的整个精神文化体系，着眼点是小说与"民"的关系，他要"新"的这些方面与五四新文化的内容是相通的。从价值论的角度分析，他的观念反映了民族振兴对于文学的特殊"需要"，体现的是以国家、民族为主体归属意识对新的价值追求的"内在尺度"。第二，梁启超并没有把文学简单等同于宣传，他看到的是"小说有不可思议之力支配人道"。因其"浅而易解""乐而多趣"，但又不尽然，其更深的原因是："凡人之性，常非能以现境界而自满足者也。而此蠢蠢躯壳，其所能触能受之境界，又顽狭短促而至有限也。故常欲于其直接以触以受之外，而间接有所触有所受，所谓身外之身，世界外之世界也"。小说可以使人了解、感触自身之外的世界和人生境界，有超越"顽狭短促"的有限现实的作用。也就是说，文学于人有特殊的功用，可以支配人道而与人构成特殊的效用关系，即精神价值关系。其支配人道有四种力：一是"熏"——"如入云烟而为其所烘，如近墨朱处而为其所染"，"迷智为识，转识成智"。二是"浸"——"入而与之俱化者也"。三是"刺"——"刺激之义也"，"使感受者骤觉"。四是"提"——"自内而脱之使出"，"常若自化其身"。这些功能是小说特有的，用价值理论分析，就是对文学客体作用于人的特殊属性和功能新的认识，是对文学"客观尺度"的新的理解把握。其实，这里面也包含了对文学的审美作用的注意，包含了对文学精神价值的追求，并不是对传统的"文以载道"文学价值观的简单重复。

　　1904年王国维在《红楼梦评论》中，探讨了文学与人的精神联系，研究文学与生活、伦理道德、美学等的价值关系。在对文学价值的研究中，认为文学可以作用于人的知、情、意的不同方面，具有了分殊意识。他认为："吾人之知识与实践之二方面，无往而不与生活之欲相关系，既与苦痛相关系。""然物之能使吾人超然于利害之外者，必其物之与吾人，无利害之关系而后可易言以明之，必其物非实物而后可。"他指出，美术（以诗歌戏曲小说为其顶点）就是这种能超然于利害之外者，"故美术之为物，欲者不观，观者不欲；而艺术之美所以优于自然之美者，全存于使人易忘物我之关系也"。"美术之务，在描写人生之苦痛与其解脱之道。""美术之价值，存于使人离生活之欲，而入于纯粹之知识。"① 由此他认为，《红楼梦》美学上的价值，在于它是彻头彻尾的大悲剧，不同于以往国人的乐天之精神，其精神之存于解脱，具有伦理学之价值。同时，他阐述了关于文学创作中个人与人类的关系："夫美术之写作者，非个人之性质，而人类全体之性质也。惟美术之特质，贵具体而不贵抽象。""善于观物者，能就个人之事实，而发见人类全体之性质。"王国维显然从人的精神、心灵世界需求的角度提出文学的价值问题，只是他的认识过于消极。王国维这种思想，与他研究、信仰和宣扬叔本华哲学和美学思想有密切关系，他的《红楼梦评论》有着极鲜明的叔本华的"生存意志"和"解脱说"的色彩。他认为叔本华和尼采都代表"破坏旧文化而创造新文化"的先进思想。王国维的反功利的"纯文学价值论"、文学"游戏说""天才论""悲剧说"均与他对文学的根本理解有关："文学者，游戏的事业也。人之势力用于生存竞争而有余，于是发而为游戏。婉娈之儿，有父母以衣食之，以卵翼之，无所谓争存之事也。其势力无所发泄，于是作种种之游戏。逮争存之事亟，而游戏之道息矣。唯精神上之势力独优，而又不必以生事为急者，然后终身得保其游戏之性质。而成人以后，又不能以小儿之游戏为满足，放是对其自己之感情及所观察之事物而摹写之，咏叹之，以发泄所储蓄之势力。故民族文化之发达，非达一定之程度，则不能有文学；而个人之汲汲于争存者，决无文学家之资格也。"② 这是企图用文学超越现实的文学价值观，而不是直面现实力图改变现实的文学价值观。然而无论如何，他对文学价值的理性分析与思考体现了一种不同于传统的"文以载道"

---

① 雷达、李建军主编：《百年经典文学评论》，长江文艺出版社 2004 年版，第 7—8 页。

② 《文学小言》，载《王国维文学美学论著集》，北岳文艺出版社 1987 年版，第 4 页。

的文学观念，其着眼点在于文学作用于人的精神的解脱和超越，开辟了探讨文学价值体系的另一种思路。

1907 年和 1908 年鲁迅连续发表的《人之历史》《摩罗诗力说》《科学史教篇》《文化偏至论》等论文，体现出具有独特个人色彩的对文学价值的思考。《文化偏至论》提出立国必先"立人"的观点①，是他后来文学为人生、改造民族性的文学价值观的重要基础。《摩罗诗力说》介绍"立意在反抗，指归在动作"的西方浪漫主义诗人及其作品，则充分体现出他心目中"好"的文学的价值取向，同时，表现出鲁迅对文学作用和价值的独特理解："盖人文之留遗后世者，最有力莫如心声。古民神思，接天然之宫，冥契万有，与之灵会，道其能道，爰为诗歌，其声度时劫而入人心"。鲁迅特别强调文学对于国民精神引导和影响的作用，对民众心灵潜移默化的作用，从民族兴亡的高度强调文学的价值意义，思考着以人为主体的深层的文化心理结构的重建。这是鲁迅早期选择"科学救国"，而后重点转向对国民精神的改造的原因。鲁迅后来回忆他的文学道路时，特别指出了文学对于医治国民精神的重要性，也是强调文学如何介入社会价值体系的问题，文学作用于人的知识、情感、意志，追求真、善、美。这成为中国现代文学价值体系的最重要的理论基础之一。

1917 年胡适《文学改良刍议》和陈独秀《文学革命论》的发表，标志着新的文学时代的开始，也标志着对新的文学价值体系重建的发端。是年 1 月胡适《文学改良刍议》发表，在他提出的"八事"中，第一"须言之有物"。他对"物"的理解，一是指"情感"，"情感者，文学之灵魂"，"今人之美感者，亦'情感'之一也"。二是指"思想"，"吾所谓'思想'，盖兼见地、识力、理想三者而言之。思想不必皆赖文学而传，而文学以有思想而益贵。思想亦以有文学的价值而益贵也"。胡适的着眼点是文学的语言形式方面的改良，但他并不把文学改良看作单纯形式的改变，在此首先强调文学与情感和

----

①　"其首在立人，人立而后凡事举，若其道术，乃必尊个性而张精神"；"国人之自觉至，个人张，沙聚之邦由之转为人国"。

思想的关系，也是看到了文学介入社会价值体系的重要意义。胡适认为文学的价值在于全靠能用一个时代的活的工具来表现一个时代的情感与思想。将文学改良看成与国民的思想情感和文学价值取向相关的问题，不是局部的变化而是带有全局性的转变，所以提出"今日之中国，当造今日之文学"。是年2月，陈独秀《文学革命论》高举"文学革命军大旗"，"旗上大书特书吾革命军三大主义"。"曰推倒雕琢的阿谀的贵族文学，建设平易的抒情的国民文学。曰推倒陈腐的铺张的古典文学，建设新鲜的立诚的写实文学。曰推倒迂晦的艰涩的山林文学，建设明了的通俗的社会文学。"陈独秀提出的"三大主义"看起来内容比较"笼统"而"革命"精神异常决绝，对旧文学进行的批判，其要害并不是对中国传统文学全盘否定，而恰恰是对旧的文学价值体系进行全面颠覆。"三大主义"的意义主要也不在于对文学创作领域具体的探讨，而在于对新的文学价值体系重建的号召，其中体现出鲜明的新的文学价值观念和价值取向，其倡导的"主义"在理论观念层面上具有"系统""整体"的意义。从价值意义看，陈独秀非指责旧文学本身发展不充实，而是文学"于其群之大多数无所裨益也"。"其形体则陈陈相因，有肉无骨，有形无神，乃装饰品而非实用品。其内容则目光不越帝王权贵、神仙鬼怪，乃其个人之穷通利达。所谓宇宙，所谓人生，所谓社会，举非其构思所及。""此种文学，盖与吾阿谀夸张、虚伪迂阔之国民性，互为因果。"甚至认为："吾苟偷庸懦之国民，畏革命如蛇蝎，故政治界虽经三次革命，而黑暗未尝稍减。其原因之小部分，则为三次革命，皆虎头蛇尾，未能充分以鲜血洗净旧污。其大部分，则为盘踞吾人精神界根深蒂固之伦理道德、文学艺术诸端，莫不黑幕层张，垢污深积，并此虎头蛇尾之革命而未有焉。此单独政治革命所以于吾之社会，不生若何变化，不收若何效果也。推其总因，乃在吾人疾视革命，不知其为开发文明之利器也。"陈独秀把大部分社会和人心问题归罪于旧文学，显然有为他提倡三大主义寻找"依据"的目的，但"文学革命之气运，酝酿既非一日"。他的整体反思和"重建"的意识就非一时的冲动和偏激，乃是代表这个时代人们对文学价值体系认识的新成果。

由此可以看出，从思想启蒙运动前到五四时期文学理论的倡导，出现了从宏观整体的视角重估文学价值的倾向，其实质则是提倡重建新的文学价值体系。它包含了属于两个层次又相互关联的含义：一层含义是，文学应该以其特殊功用介入社会文化价值体系的重建；另一层含义是，为了这种重建，文学需要自身价值体系的重建，即文学革命。这成为此后中国文学价值体系重建的基本内容和架构。

但同时应该看到，这个时期的文学价值重建在整体上还在酝酿中。从康有为、梁启超直到秋瑾等的诗文中，在李伯元、吴趼人、曾朴等的小说中，在春柳社、春阳社编定上演的剧本和南社的宗旨中，在《革命军》（邹容）和《猛回头》、《警世钟》（陈天华）等宣传革命的作品中，我们能体会到甚至比五四时期文学更直接更强烈的"国家""民族"意识的充溢，更浓烈的愤激情绪和斗争精神的弥漫，文学与社会、与政治、与革命的联系和结合似乎更加紧密和具体。但是五四前的文学仍然少有对人的问题的思考，对社会现状和官场丑恶的"目睹"，远远胜过了对人的深刻感知。或者说，对中国现实和历史的思虑，还没能与人本身的发展结合起来，这决定这时的文学价值观还不能以"人之历史"、人的发展为最高尺度和以人为中心。

新文学价值体系的重建，除了理论上的探讨和观念的更新之外，还要依赖于社会整体变革及其深刻影响为其创造的其他基础。

辛亥革命的爆发、封建帝制的崩溃，对于中国思想文化界产生了深刻影响，也为打破旧的文学价值体系提供了条件。首先，封建制度的推翻和普遍的价值失范对于人们思想禁锢的破除和观念的解放产生了直接影响，这在客观上与西方的"上帝已死"、价值重估有相似之处。对传统文学价值的怀疑，后来文学革命反传统态度的决绝，与人们心理深层的这种解脱感有重要关系。其次，是文化认同危机和秩序失范对文学变革提出了新的要求，也提供了文学价值重建契机。虽然新的文学精神和价值理念积淀还不充分，但为后来文学革新及其与社会变革关系的调整打下了新的基础和打开了广阔的空间。再次，外来文化刺激和"示范"，使文学价值重建课题逐步凸现。特别是西学东渐，对于接受西方新的文学观念打开了方便之门。文学在这个时期的价值重建尽管还在酝酿，文学自身的整体变革还是一种理想，但它为后来的变革开了一个新头。辛亥革命对于文学的影响是间接的，但对文学价值重建的意义却是深远的。

第二节　文学价值体系的第一次重建与嬗变

新文学价值体系的第一次价值重建，是指新文学史上称为"现代文学"的时期，既1917—1949年。这一时期又有三个不同阶段。

第一阶段是1917年到1927年，即史称的"新文学第一个十年"。这十年间经历了两次内容和性质不同的文学"价值的重新估定"。第一次是在五四"文学革命"时期，大致包括了新文学运动的前五年，第二次是在"革命文学"口号提出后，大致包括了"第一个十年"的后半期。发生在新文学第一个十年的这两次文学价值重估，对新文学后几个十年的价值观念、发展态势和格局产生了重大的影响。

五四运动给中国社会带来了极大的兴奋，造成了新的革命情势和氛围，也为文学价值体系重建提供了真正的契机，其深远广泛的影响在此后日益显现。1918年5月，鲁迅《狂人日记》等小说的发表与稍后郭沫若《女神》的出版等文学实绩，以及新文学阵营在散文、诗歌、小说、戏剧等方面的创作，显示一个新的文学价值创造系统的逐步形成。1918年12月周作人《人的文学》发表①，之后沈雁冰等对于西方文学历程的系统探讨，对中国文学

———————

① 文章提出新文学应以人道主义为本，观察、研究、分析社会人生诸问题，作家必须严肃认真地描写人的生活，展示理想。"人的文学，当以人的道德为本。""譬如两性的爱，我们对于这事，有两个主张，（一）是男女两本位的平等，（二）是恋爱的结婚。世间著作，有发挥这意思的，便是绝好的人的文学。"

"从根本上错了路子"的反思，明确将人的文学与道德建设联系起来。表明新文学价值重建在观念上的进一步深入。而从《狂人日记》及《呐喊》《女神》《沉沦》等引起重要反响，被评论界推崇和被读者认可这个角度来说，新的文学价值接受体系也在形成中。这样，在以西方文学为参照、以反传统为特点的五四时期文学中，由文学价值观念、文学价值创造、文学价值实现三个子系统构成的新文学价值体系的初步建立，内在地决定了新文学与旧文学质的不同。

五四文学革命，不同于以往历代文学改革（改良），它所触及的文学变革的深度和广度，它所具有的气势和力度，以及它的影响的深刻与广泛，都是前所未有的。这其中的重要原因之一，是这次在初期规模并不大的革命，一开始就找到了最佳的突破口：文学观念的突破，特别是文学价值观念体系的重构。文学革命一爆发就在高层次上展开了对旧文学的攻击。"反对旧文学，提倡新文学"虽显"笼统"，却蕴含着从根本上整体上进行反叛和重建文学系统的观念意识。也许在这时对具体问题的刍议反会少了气势和不能击中要害，而那种看似"笼统""偏激""绝对"的态度倒标示着意识上的某种深刻的自觉，它表明，中国终于已经有人能站在新的历史发展高度，面对自己民族古老的文学整体，并与之拉开了一定的"距离"，用新的尺度来衡量它，用新的价值观念来思考文学问题了。可以说，五四时期对文学进行价值重估，是五四文学革命的核心问题，人们对文学价值观念的重视和新的价值尺度的把握，则是一个新的文学"自觉时代"到来的重要标志。从胡适的《文学改良刍议》发难一变而有陈独秀的《文学革命论》，中经周作人的《人的文学》《思想革命》，到西谛《新文学观的建设》、沈雁冰的《文学和人的关系及中国古来对于文学者的身份的误认》等理论文章的发表，以及鲁迅创作所奉献的"实绩"，都在表明，新文学的倡导者和实践者，从两个方面促使文学价值观念上的变革。一方面，从理论与实践上极力与旧文学划出界线，在对旧文学进行反省并证明它"从根本上错了路子"的同时，用新的标准来说明新文学在根本上不同于旧文学之处。显然这里反映了新文学革命者的一种意识追求，即强调新旧对立，以使新的文学系统不致与其他系统等同、重合或消失于其他系统之中；而牢牢把握新的价值尺度则是一个关键。换个角度说，他们必然地要使新文学系统有相对的封闭性，只有相对的封闭才可以称其为一个独立系统。另一方面，新的文学价值观念系统的建立，必然又以相对的开放性为前提，汲取有用的营养以充实自身。而在五四时期，当在观念上极力证明新文学与中国传统文学的对立、区别之时，这种开放必然对外，并对外来思想观念表现出极大的宽容度和耐受力。

五四时期，反对封建旧文学是明明白白的，但反了之后，在建设新文学方面却没有一致的意见，然而这并不是说整个五四时期没有近乎相同的思考文学问题的出发点和形成带有普遍意义的文学价值观。实际上，这一时期正是以各执己见和带有片面性的方式，显示着新的文学价值观念面的宽阔，构成一种具有内在一致性的整体上与传统观念相对立的文学价值观念系统。这个系统新的质的规定性在于，在重新理解人、重新确认人的价值的基础上，重新认识人对文学的需要，认识文学的价值属性和功用，重新认识和调整人与文学的关系。广泛意义上，这个系统的核心标志是"人的文学"，即评价文学新与旧、好与不好、它的价值的大小的标准，是看它在多大程度上触及中国的现实人生问题、人的发展问题，以及以此为焦点而辐射到的其他种种社会现实问题；看文学在触及这些问题时所达到的强度力度，以及作家所表现出的情感态度和思想道德意识。同时，文体和语言形式上的大胆革新与尝试，也被视为文学家思想解放和观念变化的体现而受到肯定，并为人们所接受。新的文学价值观念系统初步形成的标志，除了理论上的正面阐述外，还表现为这样一些现象，此如，像鲁迅的《狂人日记》、郭沫若的《女神》、郁达夫的《沉沦》等这样一些或内容"怪异"又"忧愤深广"、或"格式特别"且"无所顾忌"的作品，不但能得到及时的肯定和理解，而且往往产生意想不到的强烈效果，这正反映了作者和读者开始以新的标准和框架来创造和衡量文学。对这类作品"振聋发聩""惊世骇俗"作用的敏感和肯定，对以反传统姿态出现的文学现象的宽容和理解，正是人的文学价值观念发生根本变化的明证。再如，人们对文学价值属性的认识、价值功能的理解、价值构成的看法有了更多的角度和层次，文学价值定向多种多样而不强求一律，这在整体上形成了新的格局，在客观上起着破除狭隘的文学价值观的作用。

五四时期，文学自身价值体系重建主要体现为：首先，在文学价值观上，对文学与人的关系的重新认识和文学在社会价值中位置的重新确认。胡适认为，文学的生命全靠能用一个时代的活的工具来表现一个时代的情感与思想，他不把文学改良看作单纯的形式嬗变，而是看成整个社会价值和审美趣味的转变。鲁迅认为第一要著是改变国民精神，而善于改变国民精神的首推文艺，文学是引导国民精神的灯火。他将反对"瞒"和"骗"与提倡大胆地深入地真诚地写出人生的血与泪作为新的文学价值标准。周作人将新文学的本质界定为"重新发现'人'"的一种手段，根本目标在助成人性健全发展，提倡"人的文学"，反对"非人的文学"。沈雁冰强调指出，文学不是消遣游戏的工具，而是一件于人生很切要的工作；文学不是替帝王将相树碑立传、宣传古哲圣贤大道的工具，不是粉饰太平的奢侈品，作家不是帝王的"弄臣"。文学研究会和创造社等社团对人生、个性、自我、情感、心灵的强调，都把在新的社会时代变迁中重建人的观念、重建文学与人的价值关系作为重要目标，也都具有重要意义。这些观点对于反对"文以载道"传统文学观，建立新的文学价值体系奠定了重要基础。这说明新文学的价值取向在一开始就不是所谓纯文学，它奠定了 20 世纪中国文学的一个重要的价值目标，就是文学为人生，而且要改良这人生，文学的价值选择与历史发展一致。其次，在与外国文学的比照中，找到中国文学的差距，反思中国文学错了路子的原因。这不仅是东西方文学比较的问题，而且表明初步具有了世界文学的眼光，具有建设新的文学价值体系的新的参照系。再次，对于文学各具体体裁特点的重新思考和价值的重新理解也有重要收获。新诗、话剧、散文、小说等在这一时期，几乎都经历了破旧立新的过程，许多有价值的理论探索，显示出对新的文学价值体系建构的具体努力。最后，是新的文学批评和理论的初步建构。新文学在显示出初步实绩并产生社会影响的过程中，文学批评和理论上的引导起了重要作用。比如吴虞、张定璜、沈雁冰等对鲁迅作品的肯定和阐述，周作人等对郁达夫《沉沦》的肯定等。

在文学作品创作中，渗透"重新估定价值"的理性批判精神和"人的发现"的探索精神。鲁迅小说《呐喊》《彷徨》和杂文对国民精神世界的深度剖析，对启蒙者的效果的质疑，对社会变革中民众与知识分子精神问题的关注，对人的生存状态与精神现象的思考和表现，直接触及中国文化体系中的伦理道德系统、信仰和知识系统、价值评价系统[①]。郭沫若等创造社作家的创作对主体精神的张扬，对个体力量和价值的充分肯定，将中国人的意志和情感的表达推向了空前的水平。这决定了五四新文学的启蒙主义色彩和社会批判的使命，新文学作为新文化的构成介入对旧的价值体系的解构和新的价值体系的重建。新文学的精神特质和内容与五四新文化运动的联系是自然的和有机的，而对政治革命的"呐喊助威"也是文学在社会系统中合适的位置，文学在促进政治运动时保持了自身的独立特性，是文学切入社会价值体系的最具有特点的方式。

五四是一个历史性解构的时代，也是一个历史性重构的开端。文学价值体系的解构与重构，同社会的解构与重构密切配合。五四新文化运动中一个格外醒目的现象是，把反对旧文学提倡新文学、反对文言文提倡白话文，与反对旧道德与提倡新道德相提并论，作为两大旗帜。这在当时是顺理成章的，对此，蔡元培在《中国新文学大系·总序》中说："为什么改革思想，一定要牵扯到文学上？这因为文学是传导思想的工具。"文学是文化的构成部分，更重要的是中国传统文学历来与道德难分难解，新文学将二者并列有其深层原因。而这也同时说明，中国新文学价值重建，在一开始就表现出特有的色彩，这就是将文学体系的重建与道德等文化价值的重建紧紧联系。文学以其特殊功能介入社会价值系统的重建，从而构成与人的新的价值关系。

---

① 如《我之节烈观》《我们现在怎样做父亲》《春末闲谈》《灯下漫笔》等杂文，《呐喊》《彷徨》集中的小说。

　　五四既是一个反帝反封建的爱国的政治运动，也是反封建反传统的文化革命运动。而新文学的发生发展与不同层面的变革要求相结合，构成不同意义上的价值关系。因此，五四文学的价值谱系是很复杂的，价值取向是多样的。即使对新文学阵营，从文学价值重建的角度分析也会发现，在涉及文化传统和价值重建的问题时，也存在不同的立场和态度。新文学的先驱者相信启蒙的理性可以导致重大的社会变革，"立国"必先"立人"，以思想文化作为解决问题的焦点，对传统采取坚决反对的态度。而文化保守主义则相信靠伦理道德的理论来凝聚中国人心，在文化建构中趋向稳健的文化抉择。比如学衡派主张"昌明国粹，融化新知"，否定突变形式。这种种冲突所具有的张力在客观上促使文学精神丰富和价值多样的积极意义是应该肯定的。

　　价值重建是需要思想和理论资源的，这涉及对东西方传统的吸收的态度问题。在反传统这一特定情势下，认为传统礼教"吃人"、传统文学"瞒"和"骗"，传统儒家的理论起码在表层不能直接提供多少"有用"的思想资料，"打倒孔家店"的口号对于文学价值观念选择的影响也是显而易见的。这一时期也不会直接用道家的思想资源来建构价值体系，因为道家排斥政治功利的思想，强调虚静、无为等观念在相当长的时期（尤其是新文学建设初期）也是被排斥的。禅宗思维方式也受到批判，比如对名士风度、超然世外意识的批判。于是利用西方的思想资源改造传统思想引起了一部分文学家的注意。然而，情况并不尽然。胡适主张"整理国故"，将传统文化中有用部分用作新文化的资源；周作人在《人的文学》中认为："我们立论，应抱定'时代'这一观念"。值得注意的是他"将批评与主张，分作两事。批评古人的著作，便认定他们的时代，给他一个正直的批评，相应的位置。至于宣传我们的主张，也认定我们的时代，不能与相反的意见通融让步，唯有排斥的一条方法"。以这种分殊的意识，他认为"对于中外这个问题，我们也只需抱定时代这一个观念，不必再划出什么别的界限"。周作人这种将主张与评价分开的观点，既是务实的，同时又是客观的、辩证的。郭沫若对传统文化的看法和茅盾对老庄哲学的分析批判，对当时所谓名士派的批评，都涉及哲学思想和价值体系问题。1923 年，郭沫若接到当时在德国留学的宗白华的来信，其中谈到成仿吾对东西方哲学的看法："我觉得今后思想界的活动，当从吞吐西方学说，进而应用于我们古来的思想，求为更确的观察与更新的解释。"后来郭沫若发表了《论中德文化书——致宗白华兄》一文对此作了回答，他企图通过对固有文化精神的重新认识并与西方精神的结合，来创造新的民族文化即"动的进取的"的精神。他认为中国文化在先秦自有优良的传统，足以代表这种精神的是儒、道两派的代表孔丘和老聃。茅盾在《庄子（选注本）》"绪言"中指出："庄子的根本思想是怀疑到极端后否定一切的虚无主义"，并分析了庄子思想产生的基础以及可取之处，同时指出，"但若我们不是取历史的研究态度，而思行庄子之道于今之世，那就犯了'时代错误'的毛病了"。① 这些现象说明，新文学第一个十年间，在文学自身价值重建和文学介入社会价值体系重建过程中，有许多复杂的问题需要我们重新考察和作出评价。

鲁迅和他所代表的新文学，对近代文学变革的一个重要方面在于，在继续正视历史所积累的重大社会问题的同时，突出了人的主体地位；或者说，把社会政治变革、民族振兴与人的发展问题联系起来进行思考。所以，在五四新文学中我们更多地听到的是"人"的声音，看到人对自身更多的观照。人的精神的复苏与文学精神性特质的契合，构成这一时期不同以往的新的人与文学的价值关系，这是五四新文学的价值意义和社会效用实际上大于它的先驱的关键。

五四时期的文学价值观念，即使与后来（20 年代中期以后甚至到六七十年代）的文学价值观念相比，也有其突出的特点。这个特点是，更侧重从文学的精神特质与人的精神性需求的联系中，看待人与文学的价值关系，确立文学的价值目标和进行文学价值定向。这个时期尽管文学家并不乏国家强盛、民族振兴的强烈愿望，也具有浓厚的历史参与意识，但这种愿

---

① 《茅盾文艺杂论集》上集，上海文艺出版社 1981 年版，第 236 页。

望和意识是渗透于文学活动的过程中的，他们并不因此把文学混同于"实业"，追求具体的直接的现实功用目的。当然他们也并不否认文学的社会效用和意义，但评价这种效用和意义的角度侧重于精神方面，看它对人的精神意识起何种作用。（除鲁迅的创作和理论体现出这种特色外，沈雁冰在《新文学研究者的责任与努力》《创作的前途》等一系列论文中、郑振铎在《新文学观的建设》等文中都反映出类似的特点，在当时诗歌探讨的理论文章中尤为明显）文学的价值评价标准因此和当时的思想启蒙、反封建思想革命的时代价值标准相一致。正是基于对文学价值标准的这种自觉不自觉的把握，五四时期的作家才能在精神天地里自由翱翔，替人类、替民族、也替自己宣泄情感，申诉苦痛和期望。它因而也显示着一个刚刚从昏睡中惊醒的古老民族全新的感受和意识，体现着现代中国人对超脱现实生存环境、向往自由理想境界的意志和情感。作家们对新的世界的向往与憧憬近乎忘情，不管理想能否真正实现，不管理想与现实之间的差距有多大，不管两者有着怎样强烈的反差，他们都不气馁。"理想"烛照着他们更冷峻地凝视现实。于是，我们在《狂人日记》里听到了"救救孩子"的声音和对第三种世界的呼唤，在《女神》中听到对祖国"更生"期待的反复咏叹，甚至在《沉沦》中还听到那弱国子民蹈海前对民族富强的渴望。同样的原因，冰心女士借一个明知在现实中还不存在的"超人"之口，去演绎她理想中的人与人的关系；淦女士以书信体形式如泣如诉讴歌体现于婚恋过程中的人性的复苏；叶圣陶、王统照、许地山等在"灰色"的人生上点缀一两点"光明"，在精神世界里追求现实中所缺少的爱与美。五四时期的文学作品中，直面现实生活中的"血"与"泪"，而又点缀一些理想中的爱与美，给阴冷的氛围"凭空"加上一点"亮色"，这在五四前后这样一个新旧转折、明暗交织的特定时期，或许正是作家深层意识的一种自然流露，是所谓"超越意识"的一种体现，是时代精神的一种反映。它给人的是震惊，是宣泄，是"痛快的刺激"，是愤怒之情、希望之光，或者是一种混合的情绪的感染。总之，它引人向前看，使人在反省历史、正视现实中进一步意识到新的人生目标，并使人对新的精神境界和理想目标的追求逐渐转变为人的道德情操和意识的某种稳定状态。这些，正是五四时代文学的主要价值所在，也是五四时期文学价值观念的时代特征的显现。在破除旧的文学价值观念中初步形成的五四时期新文学价值观念，在当时曾遇到了旧观念、旧势力的反扑，但是，它遇到的真正挑战并不在当时而在以后。

以人的发现和文学革命为标志，五四时期建立起了相对于传统价值体系的新的文学价值体系；同时文学也介入社会价值体系的重建。当然，由于后来的革命战争和社会变革的实际需要，五四建立的文学价值体系既有发展也有变异。

1922 年，"一个普遍的全国的文学的活动开始来到"。对此茅盾在后来曾做过这样的形容："这几年的杂乱而且也好像有些浪费的团体活动和小型刊物的出版，就好比尼罗河的大泛滥，跟著来的是大群的有希望的青年作家，他们在那狂猛的文学大活动的洪水中已经练得一副好身手，他们的出现使得新文学史上第一个'十年'的后半期顿然有声有色。"[①] 从五四高潮过后文坛"显着寂寞荒凉的古战场的情景"，到如河水泛滥似的文学活动的兴起，从侧重理论的探讨，转向创作的实践，这清楚地显示出新文学的发展进程。

第一个十年后半期（1922 年到 1927 年），新文学在继续巩固自己的阵地中酝酿着新的发展势头，文学整体面貌比前五年要复杂得多，文学价值观念更是如此。这个时期文学价值观念的演变在总体上是进入了一个新的层面，即不仅仅是在与封建传统旧观念的对垒中显示其"新"，而是深入到了对新文学本身价值的估价和思考。这需要比新文学初期更大的勇气、更多的知识和更强烈的现代意识，也需要人们多层次、多角度地进一步思考、探讨以充实自身，在宏观上形成较之前期更加稳定、具有更多意蕴的价值观念系统。平心而论，这五六年间由于大规模的新文学运动的兴起，文学价值观念

---

① 茅盾：《中国新文学大系·小说一集导言》，载《茅盾文艺杂论集》上集，上海文艺出版社 1981 年版，第 527 页。

内容的丰富多样也是前几年不能相比的。但同时，不同文学价值观念的交错、摩擦乃至冲突也相继出现。这种冲突不仅发生在某些个人之间、群体（社团）之间，而且更多地表现为个人内心的冲突或对自我文学活动价值的重估、怀疑甚至否定。发生在这一时期的以下文学现象，无一不反映了文学价值观念演变的这种特点。

一、以文学研究会为代表的"人生派"和以创造社为代表的"艺术派"之间不但发生冲突，而且各自的创作面貌也在变化，对自己开始有新的价值评估。文学研究会方面，"'五四'初期追求'人生观'的热烈气氛，一方面从感情的到理智的，从抽象的到具体的。于是向一定的'药方'在潜行深入，另一方面则从感情到感觉的，从抽象的到物质的，于是苦闷彷徨与要求刺激成了循环"。① 对此，沈雁冰在他的一系列理论评论文章中间接或直接提出了批评，呼吁创作真正与现实人生相关并能激励人心、促进现实人生发展的作品，文学的社会效果和价值的问题已成为评估文学的焦点。在创造社方面，率先公开进行"否定之否定"，宣称要"重造"新的文学活动。在文学的一些重大问题上进行反省和提出新主张，反映出对新的文学价值的追求和价值观念的变化。

二、这个时期，曾经在新文学运动中起了奠基作用并有重要影响的文学家，几乎都对文学的价值问题有了新的思虑、理解和追求。比如，鲁迅在进一步摆正文学与"大炮"的位置的同时，进一步呼吁作家"取下假面，真诚地、深入地、大胆地看取人生并且写出他的血和肉来"，强烈反对那种在"'爱国'的大帽子底下又闭上了眼睛"的虚假的对"铁和血的赞颂"（鲁迅《论睁了眼看》）。此外，令人回味的还有他在"写新的不能，写旧的又不愿"的情势下，创作面貌的整体变化。周作人曾以"人的文学"的主张显示了新文学战士的姿态，而在这时，他在为人生还是为艺术上已显得含糊，其中蕴含着更深刻更重大的转变的因素。而郭沫若对浪漫主义的否定和对现实主义

---

① 茅盾:《中国新文学大系·小说一集导言》，载《茅盾文艺杂论集》上集，上海文艺出版社1981年版，第531页。

的尊崇、沈雁冰在 1922 年下半年由提倡新浪漫主义向提倡自然主义的转变，主要也是价值观重估的反映。如此等等不一而足。

三、随着文学实践的进一步展开，对于文学自身特性、内部规律、艺术形式的探讨也在深入和扩展，这里也包含着对五四初期文学价值重估的因素。比如，周作人、穆木天、王独清等对新诗象征问题的探讨，以及对于文学表现外部世界与内心世界关系的探讨；闻一多关于诗的形式的探讨与新格律诗主张的提出和实践；沈雁冰对小说创作方法的具体探讨等，都带有对五四文学创作某些倾向进行反拨和矫正的意义，其中更有价值观的微妙变化。另外，象征诗派、新月诗派的兴起，从一定意义上说，是包含着特定的价值追求目标的新的文学艺术倾向的兴起。

四、"革命文学"口号提出后，新诗人首先受到"棒喝"，鲁迅等被作为"过去"时代的代表受到批判，文学的实践作用、"组织生活"的作用被强调……以上这些现象表明，第一个十年的后半期，新文学阵营，一方面在整体上实践着也发展着五四文学革命中初步形成的观念，旧文学观念未能直接与新的阵营在价值观上展开公开对垒，如"消遣游戏"的文学价值观未再能构成大的威胁。另一方面，五四初步形成的文学价值观也在变易，在被重估和反省。在价值观上，新文学遇到了真正的难题，它为文学价值观念系统进行新的组合、选择、分野准备着条件。

新文学第一个十年后半期文学价值观面貌的这种变化，有着社会的和文学自身的多种原因。一、就文学价值观念本身来说，这种变化是必然的。因为，一方面，随着新的文学运动的兴起和发展，文学价值观念不可避免地要随之变化；另一方面，五四文学革命时期形成的文学价值观念相对旧的封建文学价值观来说是一个系统，但其内部结构并不稳固和统一。后来演变成的不同类型的文学价值观念在这时已经露出端倪，文学革命中所形成的新的文学价值尺度未能有理论上的真正探讨和肯定。这样，后半期作为对前半期的发展，必然会增加些新的内容，同时，也必然会摒弃和矫正某些内容，甚至是真正属于新因素的内容。但总体上，对新文学价值观念真正较自觉地建设和真正触及新文学本身价值的问题则是第一个十年后半期。

二、对文学价值问题的普遍关注、思虑乃至重估，是与五四后文学发展的势态紧密相关的。五四之后仍然黑暗的社会现实，使得曾经亢奋浪漫的社会心理，变得急遽冷峻凝重。这种社会背景和普遍心理为这一时期文学的发展创造了特殊的氛围。这时，新出现的大批文学社团如鲁迅对弥洒社和浅草社的评价一样，"向外，在摄取异域的营养，向内，在挖掘自己的灵魂，要发见心灵的喉舌，来凝视这世界，将真和美歌颂给寂寞的人们"。但他们的心情热烈却又悲凉，更多地"看见了周围的无涯际的黑暗"，"咀嚼着身边小小的悲欢"，"低唱着饱经忧患的不欲明言的断肠之曲"①。即使文学研究会和创造社的作家也不复有当初那种昂扬的基调和热烈的情绪。对"爱"与"美"的追求变为客观冷静的写实。显然，"梦醒之后无路可走"的痛苦作为一种普遍心理在文学中得到敏锐而多样的反映。表现这种精神现象，借文学宣泄这种苦闷，"解脱"这种痛苦，不但无可厚非，而且作为人的一种"需要"的体现和表露，从一个方面说明文学与人生的关系更加密切。这一时期的文学中更多地是对人的切身体验、感受的表现，更多地是对内心世界的揭示和精神现象的关注，其中某些杰出之作如《彷徨》《野草》等，更有着丰富的意蕴和长久的价值。这一时期文学中的"彷徨""苦闷""矛盾"等现象，以及追求个人体验的表现和审美方式上的"个体"意识等，不能一概视为思想意识上的"退隐"，这一时期文学也不能被简单视为一个"过渡"或"低谷"，甚至它在一定意义上可以说是进一步拉进文学与人生的密切关系和文学深入发展的表现。然而，这样的文学现象和发展势态，究竟与现实的具体的人的发展、与历史进程构成怎样的价值关系呢？它与中国现代历史所要求的总的价值取向是否一致呢？这是当时一个不可回避的重要问题。对于这个重要问题，不同的人们依自己当时所能拥有的知识和达到的认识理解水平，以自己所形成的社会

---

① 鲁迅：《中国新文学大系·小说二集导言》，载《且介亭杂文二集》，人民文学出版社1973年版，第23页。

观、道德观和文学观去理解、选择，形成自己的文学价值观，并付诸一定的行为方式。因此，当沈雁冰在呼吁"大转变时期"到来之时，正是各种新的不同文学价值观念的分野日趋明显的前夜。

三、文学价值观的演变受到外因的强有力的推动。这一时期，正是社会思潮、价值观念深刻变动的过程。思想启蒙、个性解放、民族民主革命之间，逐渐有了"缓急"和"主次"之别，政治斗争成为越来越突出的时代中心，人们在现实面前的选择、行为准则和态度等，直接影响到对文学与人的价值关系的理解。以上诸种因素都从不同方面表明，文学整体面貌的改变和文学价值系统的"转换"已不可免，"大转变"成为必然趋势。

第二个阶段，是 1928 年无产阶级革命文学运动的兴起及此后"左联"的成立，标志着文学"大转变"时期的真正到来。新文学在这时发生重要转折，显然有着政治斗争、阶级关系变动、社会普遍心理和价值观念诸种因素构成的背景，也有着人们在个体与群体关系、精神需要与肉体生存需要方面认识上的变化的基础，还有着国际文艺思潮及文化的影响等原因。人对文学的需要的理解发生了变化，对文学的特性、价值功用的评估和对文学价值的取向有了新的认识。发生在这个时期的文学"大转变"不是朝着一个向度，而是朝着不同向度进行的。

从"文学革命"到"革命文学"的变化不是文学变化的全部，却是新文学变化的新方向，文学价值重建不再单是自身的变革，也不是文化意义的变革，而是与政治变革联系在一起的社会变革的构成部分。从五四文学主要与文化变革密切联系，到文学与政治变革密切联系，最充分地体现了文学价值重建与社会价值体系重建关系的嬗变，文学价值重建介入社会价值体系重建的特点得到进一步突显和强化。这在民族危亡和人民被专制统治的时代，在只有政治才能最终解决社会问题的时代是有必要性和必然性的。但是，它却给文学价值重建出了难题。这导致了革命文学内部(创造社、太阳社与鲁迅、茅盾等)的冲突，革命文学倡导者与其他作家的冲突，出现了后来左翼文学与自由主义文学的两大派别的冲突。

　　"革命文学"从口号的提出论争到这时，形成了实际的运动，许多政治立场一致、阶级意识和人生观念相近但文学观念并不相同的文学家联合起来组成一个阵营；"左联"的成立则从组织形式上表明它的中坚力量的集聚，而作为一个在总体上有着相似和共同价值取向的文学系统，它还包括那些不在"左联"之内的大批文学家及其文学活动。这一系统以鲁迅为旗帜，而茅盾的文学主张和实践则最具代表性。这一系统可以称之为以参与现实为取向的文学价值系统。几乎同时，另一文学系统也逐步明朗化，即那些从不同角度出发寻求文学的独立性、纯粹性的作家，终于受时局的影响和他们的社会观、人生观及政治意识等的左右，在具有类似的文学价值取向的基础上，自然地形成可以称之为以超脱政治为取向的文学价值系统。在这里，说它们是两大系统而不以"左"与"右"、"主流"与"逆流"或"支流"来概括，是因为：第一，20世纪20年代末和30年代（大致包括新文学第二个十年），中国文学的对峙局面，虽然带有政治的、阶级的色彩，但是这种对峙不仅仅是在这一个层面上，也包括了人生态度、道德意识、行为准则、情感态度、审美方式等因素在内的多种层次上的对峙；在更深层次，还包括了对中国传统文化思想的态度，对外来文化思想的态度和对未来中国文化模式、文学与人的关系的构想等方面的冲突；而且这种对峙，从纵向可以回溯到五四时期甚至更早，从横向可以联系到国内国际复杂的社会政治、文学艺术背景。第二，两种文学世界，其内部有诸多不同的具体类型，呈现着复杂的面貌。总之，它们的冲突是系统的而不是局部的，是多层次的而非某个方面的。要把握这些文学系统各自的特点及其冲突的焦点，从文学价值观念的角度入手，或许更容易抓住关键。

　　以参与现实为取向的文学价值观念系统，对文学的价值取向力求与中国现代具体的历史发展方向和实际进程相一致，以文学对人的发展和社会进步的作用来估价文学价值。它具体表现为将文学问题与当时的民族民主革命斗争联系起来，以群体的民众的需要作为内在尺度来确定文学价值目标。在30年代，它的主要特征是：以文学的特殊方式说明生活并对生活下判断，对现在"应该怎么办"做出或隐或现的回答。较之第一个十年，第二个十年不再满足于凭空表现理想，"预约黄金世界"也不再满足于仅仅暴露黑暗、揭示现实，而是寻求理想与现实之间的中间环节——"应该"。在这个特定的历史阶段，也许只有这样，文学与人才能建立起最具体现实的价值关系。关于"现实""理想"与"应该"的关系，苏联哲学家科诺瓦洛娃曾很有见地的指出：

> 应该的东西表现为理想与现实之间的中间环节。它是存在的东西和理想的东西之间的过渡阶段。
>
> 应该的东西不仅包含着关于现实应该是怎样的，或者在将来是怎样的观念，而且包含着关于在今天即现在进行变革的要求的观念……向社会的每一个成员提出的"你应该"这一命令作为他的活动的推动力，乃是一种改造当今现实的实际力量。①

"理想"与"现实"及其关系问题曾是中国现代文学中不断被提出、长期纠缠不清的问题，由此派生和涉及的还有诸如歌颂与暴露、光明与黑暗、反映现实与指导现实等关系问题。其实纯粹的反映现实和表现理想是不存在的，尤其是中国现代文学发展到 30 年代这样一个具体阶段，它更加明确地在理想与现实之间寻求着更"有用"的东西，寻求更能使文学与具体的现实的人生实践过程形成切实的价值关系的角度。其结果，人们的视线逐渐集中于这样一个向度：经由文学这种特殊方式，以"向社会的每一个成员提出的'你应该'这一命令作为他的活动的推动力"，并把这视为"一种改造当今现实的实际力量"，以此使文学参与历史发展过程，介入中国现代社会实践活动之中。这是中国新文学所追求的一种主要价值目标，也构成它从理论到创作中的"实践性"特征。这是新文学由第一个十年向第二个十年转变的一个

---

① ［苏］Л.Ｂ.科诺瓦洛娃：《道德与认识》，杨远、石毓彬译，中国社会科学出版社 1983 年版，第 38 页。

重要问题。

"应该"的意识追求，深刻地渗透于 20 世纪 30 年代左翼文学创作实践和理论中。在创作上，以是否为人指出了"应该"的方向的价值尺度，有形无形地制约规范着创作过程，构成创作面貌与作品的一些鲜明特点。比如关于中国社会前途、革命道路、时代特征、阶级关系的探索，关于青年、知识分子、农民等不同阶层的人们对道路的选择，成为最主要的文学命题；把作品是否指明或暗示出正确的人生方向作为创作的最终目的，甚至作为衡量作品价值大小、好与坏的主要依据。与此相关联，在创作过程中，强调社会科学原理的指导、推崇分析与综合相结合的方法，强调反映生活的"全面"与人物形象转变"过程"，衍化出"从……到……"的叙事模式。这些或许是造成中国现代文学更多认识价值的主要和直接的原因。在理论上，"应该"意识的强化，是与以下现象紧密相关的。对现实主义文艺思想的评介和研究，主要着眼于它在批判现实中是否指出了光明的前途，并以此作为批判的和革命的现实主义的主要分界线；在文学理论的哲学基础上，认识论、实践论和反映论被直接用来说明文学创作诸关系及文学与现实生活的关系等；在对外国文艺思想的态度上，对车尔尼雪夫斯基关于文学不仅要说明生活而且要对生活下判断、文学是生活的教科书等观点，对别林斯基关于文学是真理（思想）的形象化的观点，予以充分的重视和运用发挥，对苏联的文艺政策甚至"拉普"的文艺观点极易接受等。总之，寻求理想与现实之间的中间环节"应该"这一意识，对文学价值属性的理解、价值构成、价值定向都有着十分重要的作用，它内在地影响着 20 世纪 30 年代文学的整体面貌。

需要特别指出的是，即使在 20 世纪 30 年代，当进步文学家把向社会成员指出"你应该"作为自己的神圣职责的时候，他们并不是从同一视角、同一思想层次用同样的方式对此作出解答的。

虽然我们不可能忽视，到 20 世纪 20 年代末至 30 年代，主要从政治、阶级斗争的角度向社会成员提出"你应该"的作品已格外引人注目，如蒋光慈、胡也频甚至茅盾的一些小说，如郭沫若、殷夫等的诗作。从同一角度在理论上对文学提出要求的观点也十分盛行。然而，更多的更主要的作品是不避开政治，但却不仅仅着眼于政治一个角度，而是关注着广泛意义上的生活与现实问题。同时，那些产生重要影响的大部分作品，并不是直接创造可供人们仿效的楷模，从正面树立"你应该"的榜样，而是从不同的方面甚至"否定"的方面提出问题，在大胆的深沉的否定"不应该"中对"你应该"作出回答。所以从文学创作的总体面貌看，对"应该"的追求确是一种渗透在文学活动过程中的意识，它的影响是广泛而强烈的，又是多种多样的，不但在如叶圣陶的《倪焕之》中，在茅盾的《虹》、《子夜》、"农村三部曲"中，而且在鲁迅的杂文和《故事新编》中，在巴金、老舍、丁玲的小说中，在曹禺的戏剧中，在沈从文对城市文明与湘西人性美的对比中，在萧红对呼兰河畔僵死生活的描绘中……都响彻着从不同角度、不同层次向社会成员发出的"你应该"的呼唤。尽管这种呼唤有时可能无补于事，甚至与眼前的目标有相悖之处，但作者的呼唤是真诚的，有的还是和着血与泪的。也许，我们的视野从这一点扩展开去，才会破除先入为主的思维框架，发现新文学在30年代确实形成了一个以参与现实为特征的价值系统，一个真正发展了的"人的文学"的系统，它既不是政治内容简单的形象化，也不能仅仅被狭义的"革命文学"所包容。没有任何理由把那些众多的并不以政治斗争题材为主的作家作品排斥在革命的前进的文学之外；也没有理由以现实主义的具体创作手法问题来衡量艺术的成就和价值。或许可以这样说，衡量30年代甚至整个中国现代文学作品意义和价值的一个主要标准，在于看一个文学家是否面对国家的民族的和个体发展的历史课题，真诚地、深入地、大胆地思考过"你应该"的问题，并且同样真诚、深入、大胆地写出。他的历史和民族使命感、他的社会责任心、他的道德意识和情感态度，他的革命觉悟及程度，集中表现在他要指出人应该向何处去——是引人"睁了眼看"，还是闭上眼睛"万事大吉"；是引人深刻地反省历史和正视现实，还是逃避现实求得所谓的心理平衡；是激人斗志、引人奋发向上，还是使人安于现状……或许，在别的时代和社会环境中，这些并不是衡量文学价值的主要标准，但对中国30年代文学却应该这样去看。

　　从同一角度以同样的标准——人与文学建构怎样的价值关系去分析 30 年代另外一些文学现象，会看到不同文学价值系统的原则区别。以"超脱"政治为取向的文学系统，包括了许多具体情况很不相同的文学家、文学派别，比如林语堂、梁实秋、朱光潜等人，新月诗派、象征诗派和"自由人""第三种人"等派别。把这样一些面貌各异的人和派别及他们的文学活动视为一个整体现象，看作一个文学系统，主要并不是单从阶级意识、政治立场的角度去归类，而是鉴于这样一种历史事实：在文学的价值取向上，他们有着基本的共同点，即在文学的功能与现实关系的认识上，倾向于文学与现实拉开距离，使文学沿着主要为满足主观精神世界的向度演变。正是在这一根本问题上，他们和以鲁迅为代表的文学价值系统形成鲜明的对比。由于他们缺乏对整个时代发展趋势的正确感知，缺乏正视中国现代人的发展的重大现实和历史课题，所以他们往往带有荣格所说的那种"伪现代人"的色彩："表面上装出一副现代人的模样，而实际上却跳过了他们应该经历过的许多生存进展阶段，而且忽略了他们应该履行的人生义务。""他们所表现出来的空虚令人误认为是现代人的落寞。"① 与此同时，在个体价值与群体利益及其关系的认识态度上，他们往往离开群体而追求个人出路和个体价值；在人的肉体生存需要与精神需要的关系上，往往不能正视民族存亡和人的基本生存需求不能真正满足的事实，也回避改造民族（包括他们自身）灵魂和精神过程中的真正的难题，把文学的超越意识变成了"超脱"现实而徜徉于所谓纯精神世界，从根本上偏离了人的现实发展要求。因此，在他们的文学价值取向中又表现出利己主义和实际上的极端功利主义色彩。这些共同的特点，在不同的人和派别之间又有具体不同的表现形态和差别。

　　周作人、林语堂、梁实秋等这样一些中国现代的大知识分子，这样一些有自己明确的文学观念的文学家，他们在思想意识、文学价值取向上与以鲁

---

　　① 　［瑞士］C.荣格：《现代灵魂的自我拯救》，工人出版社 1987 年版，第 296 页。

迅为代表的文学系统的对峙，是在"高"层次上的，触及中国现代文学（甚至整个文化方面）现代化进程的一些根本问题，而不仅仅是一些较具体的文学创作问题，在这背后还有东西方文化冲撞交会的影子。就他们遇到的或者说他们已经意识到的文学（文化）课题来说，甚至与鲁迅遇到和意识到的有某些相似性，如关于中国的民族性问题和改造中国文化传统的问题。在周作人、林语堂的文学活动中，曾经留下了他们企图在中西文化的结合中，以西方文化思想改造中国文化、甚至重造民族灵魂的轨迹，在这些方面，表现出他们作为中国现代大知识分子的一些特点。但是，恰恰是他们，尤其是周作人，在30年代初就已经"回归"到传统中。他们虽在维护文学的纯粹性和独立价值，但同时却把文学贬为只供自己消遣解闷的玩意。文学在这时已不再是促使人的精神更趋完善，从而促使人的全面发展的独特方式，而成了逃脱现实的途径。这种现象，正反映出中国现代一些知识分子在现实中，认识方式与行为方式上的矛盾性。即在认识层次上，他们往往较一般民众更多更深地看到中国社会面临的一些重大问题，但在行为准则行为方式中却往往是调和、中庸、退让、节制，是极传统的意识的反映。而文学的价值取向说到底是文学家的行为准则和行为方式的一种具体体现，一种选择的结果。正因为如此，20世纪20年代末30年代初，当周作人与鲁迅分道扬镳之时，实际上代表着两种价值取向不同的文学系统的对峙。

在20世纪20年代中后期发展起来到30年代逐渐分化的象征诗派和新月诗派等，在文学价值观念上要复杂些。这种复杂性主要还不是指这些流派内部作家之间情况的差别，而是指他们基本相同的文学价值取向和价值观念是由多种因素所构成的。从他们的人生观念和对现实的态度看（这是文学价值观的重要基础），他们并不逃避现实也不泯灭理想，同时，他们也不都有条件超然，相反，他们有对现实的不满和愤懑，更有离开时代中心所感到的深刻矛盾和苦恼。因此，他们的作品与周作人等追求的"闲适""性灵""平和""冲淡"是有所区别的，有些创作表现出不求苟安，打破"和谐"，富于反抗精神的意向（如象征诗派），有些较深刻地表现了"梦醒之后无路可走"的焦虑、孤独甚至绝望的心情。这些在一定程度上正是他们作品的价值所在。但是在总的价值取向上，他们把文学价值追求主要局限于发泄个人苦闷、寻求精神解脱方面，如茅盾所批评的，"想在他们所谓唯美主义的文学里求得些精神上的快慰，或求得灵魂的归宿。这样的身处污泥而闭目空想"，有时已近似阿Q"精神上的胜利"了①。显然，他们的创作与 30 年代左翼文学家形成对立，在价值观上互相冲突，并不在于他们的表现内容和方式上（如重自我内心等），而在于对文学与生活、与人生的认识上，在于创作的意向与价值取向上。从对文学自身价值属性的认识与追求来说，他们既有因在现实中无法排遣的矛盾和痛苦而钻进艺术殿堂的情况，也确有对文学的独特认识和追求其独立价值的真诚，对艺术规律的某些探讨（如新格律诗的主张与实践）体现着他们对艺术的执着和自觉。

20 世纪 30 年代，真正在文学理论上，特别在文学价值观上与左翼文学家展开正面冲突的，是"自由人"和"第三种人"。"自由人"胡秋原和"第三种人"苏汶与左翼文学家在文艺理论上的论辩，较之周作人等主要在思想意识方面、较之新月社等主要在创作方面。他们与左翼的对峙，有着更多的特殊性和复杂性。主要是：一、胡秋原在"文艺自由"问题上的发难，不仅有着对"普罗文学"的责难，更有着对"民族主义文艺运动"的直接抨击，这在一定程度上说明，他的着眼点确在文艺方面而不在立场方面；二、胡秋原及后来参与论辩的苏汶，不仅标榜运用马克思主义原理分析文艺问题，而且确实也触及当时左翼文学家、也是中国现代文学发展中一些根本问题，如文艺与政治的关系、文艺的阶级性、文艺的价值等；三、他们在 30 年代所提出的这些问题，基本上是革命文学阵营内部曾反复引起争论的问题或正待克服的问题（比如 20 年代后期"革命文学"论争、30 年代初"左联"对"左"倾的自我批判），可见，引起冲突的原因似不在问题本身。原因在哪里

① 茅盾：《大转变时期何时来呢?》，载《茅盾文艺杂论集》上集，上海文艺出版社 1981 年版，第 158 页。

呢？当时的论辩者程度不同地点出了要害：苏汶认为当时的争论是"道不同不相为谋""各人说各人的话""两方面都同意的结论是决不会有的"①。显然，即使是同一问题如文艺与政治的关系、文艺的特性与价值，在 20 年代中后期与 30 年代提出，其针对性和实际效果是不一样的；由左翼内部的人们提出与"道不同"的人们提出，其性质与反响也是不同的。抛开"自由人""第三种人"的政治意识及后来的变化不说，在 30 年代初他们文学理论主张及其与左翼的冲突，在客观上成为以周作人为代表的寻求文学独立的文学系统的构成要素。

这样，1931 到 1932 年"文艺自由论辩"，给后世人们以如此印象："第三种人""自由人"在文学观念上似乎比左翼更宽阔，如关于"武器的文学"的理解，关于文学创作的自由问题和文学价值问题等。同时，似乎他们的某些理论主张不仅具有一定的科学性，而且确是中国现代文学，特别是革命文学发展中的重大问题。这种印象不是没有根据的，但对后世的人们特别是研究者来说，一个应该把握的原则正在于要把他们理论观念本身意义的分析与这些理论在当时所发生的影响的评价区别开来。本书主要从后一角度把它看作是以"超越现实"为取向的文学价值系统的构成要素。

"道不同不相为谋"，这个道不仅在于对文学自身特性的理解和对其功能的理解，主要还在于文学的价值取向问题。理论界曾经有一种看法，认为中国传统重视和推崇的圣人和理想人格是能将个人融入群体之中的人格榜样，也就是重视和谐的群体的价值，轻视个人的自由价值。所以，争取个性自由、个人人格独立就成为现代意识的重要表现。这个看法是有道理的，也是历史事实。但是，这却同时掩盖了中国传统价值体系中另外一种现象，这就是"自我中心主义"。有学者指出：传统文化"集中对个人人格价值的期许和个人价值需求的关注，并从这一基本价值判断出发，形成一个以个人自我

---

① 苏汶：《关于〈文新〉与胡秋原的文艺论辩》，载《文学运动史料选》第三册，上海教育出版社 1979 年版，第 128 页。

道德完善和自我利益为中心的价值目标，以个人心理自觉和个人忍让为基本的价值原则从而达到社会的理解与沟通，实现公天下的社会理想，以个人道德境界为价值评价标准和以个人向内的道德修养与个人向外的社会活动为实现机制的价值观念体系（简称曰价值观）"。"这样的价值观用传统儒家的名言来概括便是：'穷则独善其身，达则兼济天下'。社会对于个人来说虽然重要，但不是最重要的，它只是兼的对象，而从社会对个人要求的层面来说，不是去建立一个人人都能充分展示自己才能、个性的公共社会原则；社会也不会去认真关注个人的权利；它只要求个人约束自己，从而对它所处的社区以及由之扩大的社会负责。从个人对社会的态度这一层面来说，它不是把社会作为实现自己价值的唯一地方，而仅仅是看作不得不与之相处的给予环境。如果社会环境不威胁他个人的生存，他是不怎么去关注这个社会是什么样子的。"① 这一"自我中心主义"价值观念体系，就这样在经济、政治、文化的漫长交互过程中，逐渐退化为一种"内倾型"的、守旧的、缺乏远见的、相对封闭的价值体系，成为阻碍人们发挥创造性，以持久的热情和极大的耐心致力于社会公共原则建设的心灵枷锁。而现代中国社会价值系统的前进方向应该是向前的而不应是退后的。这涉及在中国现代需要改造怎样的"国民性"，尤其是知识分子的人格问题。文学在以形象介入社会价值重建中，在"理想人格"的设计上，提倡哪些取向反对哪些取向？是走传统知识分子的老路，"穷则独善其身，达则兼济天下"，还是认识到人是历史的中间物，九死而不悔地奋斗？不向恶妥协，为追求幸福自由而奋斗？这关系到对 20 世纪 30 年代左翼文学与自由主义文学如何评价的重要问题。以周作人为典型代表的这种带有"自我中心主义"的文学倾向，正是在这一点上，重蹈覆辙。笔者认为，20 世纪 30 年代中国文学价值冲突的关节点在于，第一，文学要不要自觉介入社会的历史变革过程，亦即如何重新确认文学在社会整体

---

① 萧萐父、吴根友认为余英时和费孝通"关于中国人的价值观的落脚点在个人而不是群体"的观点值得注意，他们认为，"自我中心主义"是中国传统价值观的基本特征。见《传统价值：鲲化鹏飞》，武汉出版社 2001 年版，第 20 页。

系统中的位置和作用；第二，文学家在确认需要什么文学时，是以个体为主体归属意识还是以国家、民族、阶级为主体归属意识，这再一次涉及人对文学评价的内在尺度的问题；第三，文学在价值导向上，是引导人投入群体的社会革命，参与历史变革，还是"独善其身"。这几点应是我们今天评价他们的价值意义的重要因素。在创作主体归属意识与对文学的需要方面，左翼是以民族、阶级为主体归属意识，对文学的价值评价的尺度是以国家、民族的、阶级需要为尺度；自由主义是以自我为创作主体，以个体的需要为内在尺度。而正是在主体归属意识上，体现出原则性区别。其核心正是个人中心主义与集体主义的区别，是面对现实着眼于民族、国家的振兴，以积极进取精神引导人民为自由解放而奋斗，还是站在个人立场上"明哲保身"、消极退隐。

20世纪30年代的文学价值系统，一由"参与"进而追求"应该"，一由"超越"而导致"超脱"，它们在社会大系统中的位置并不是平分秋色的。文学价值在深层的冲突是深刻的，它关系着人们的道德意识、人生态度、美学追求、价值观念等方面，因之，非有更加巨大的"外力"的作用，重新进行"整合"，文学系统特别是价值观念系统，是难以在短时期重现五四时期那样相互冲突又相互渗透、相互补充的局面的，即使某些个别文学群体的分化组合和演变，也达不到在整体上归"二"为"一"的地步。社会价值重建与文学价值重建在这时候表现出来的不一致，是无法由文学自身克服的，而由社会历史动向决定文学价值重建的方向。

第三阶段，1937年抗日战争的全面爆发，是中国现代历史进程中的重大事件之一，这场关系中华民族生死存亡的战争，对中国现代文学价值观念嬗变发挥了重要作用。主要表现在以下几个方面。

其一，抗战使得人们普遍的价值标准再次"重估"。民族根本利益的一致，第二次世界大战时期世界反法西斯统一战线的形成，促使不同阶级阶层的文学家在民族利益这一层次上，有了相对统一的价值观和价值选择角度。不仅如此，许多文学家对个体价值与群体利益关系的认识发生新的变易，民族意识、群体观念进一步强化，这直接影响到当时作家对文学活动价值乃至方式的重新理解、评估和选择；许多作家把自我的需要、感受、体验乃至艺术特长降低到十分次要的地位，以新的姿态投入文学活动，因此，抗战这一历史现象在思想意识、价值观念方面对新文学的发展趋势的影响是复杂和多方面的。

其二，一切服从"抗日救亡"的时代呼声和普遍社会心理，使得许多本来就是"战士"的现代作家，不管以前如何认识文学的特性，在这时都自觉地把文学与战争结合起来去思考它的"定义"和价值。"抗战以来，'文艺'的定义和观感都改变了，文艺再不是少数人和文化人自身的东西，而变成了组织和教育大众的工具。"（夏衍语）。这样，文学在抗战中发挥它现实的直接的功用时，在客观上使得文学服从于政治的观念得到了强化，文学的价值属性的认识和理解必然地局限于某些最需要的方面，而忽略或自觉舍弃某些方面。因此这种情况下极容易把"战争时代的文学"的特殊性当作普遍性，使某些本来有片面性的文学价值观以完全正确的姿态出现并作为规律而得到肯定。

其三，在民族解放斗争成为时代中心、民族危亡迫在眉睫，而个人显得微不足道的特定条件下，最容易把民族解放和人的解放、群体利益和个人利益完全视为同一问题。作家在写"情绪崇高，心怀爽朗，把自己牺牲了，求民族的永远独立自由"（老舍语）这样内容的作品时，个体价值、个人发展无形中是会被具体到民族解放斗争这个历史事件和过程之中的。这在客观上又容易造成使人的解放、人的全面发展的认识理解简单化的倾向，以及对个体价值、自我的理解片面的现象。这些作为一种不易觉察的意识渗透在抗战时期文学活动中。

其四，抗战时期，广大民众特别是农民这一文学接受主体突出，使得新文学必须进行价值取向的新调整、价值观念的新变更。它所提出的一些新课题，在多方面促使着新文学迫切需要解决一些最现实的问题。

其五，抗日战争这场关系民族生死存亡的特殊的重大事件，对中国现代文学作品价值构成和作家的思想艺术发展方向，产生着互相矛盾着的两种作用。一方面，使得民族的安全需求和肉体生存需求更加突出，弘扬民族精神、激励民气的意识得到强化，这在客观上会削弱或淡化反省、改造民族精神和进行思想启蒙的文学主题。另一方面，严酷的战争是非常尖锐的对民族性格的考验和民族文化的检视，它在客观上又有利于作家对民族意识的反省和改造国民灵魂主题的深化。这两方面在不同作家甚至同一作家（如老舍）的创作中都留下了印迹，但两相比较，前者的影响作用更加直接和强烈。

抗日战争时期的文学，是中国现代文学史上的重要一环，到这个环节，新文学的一些基本特征更加明显，或者说一些带有全局性、普遍性的理论与实践上的问题，因为抗战这一特殊事件而到了"见分晓"的时候。发生在抗战时期的诸如文艺大众化问题、民族形式的利用问题、歌颂与暴露等问题的讨论及其逐步深入，表明了抗战文学在一定程度上预示着中国现代文学价值系统将进行新的重组和整合，而抗战成了一种契机；抗战时期国内外的形势和新文艺的历史与现状，则是进行重组整合中面对的"客观存在的事实"。抗日战争对于中国现代文学价值系统的影响，或许主要不在这个时代文学本身出现的新要素，而在于它给后来文艺方针、政策、方法的制定乃至方向的规定，提供了一个具体的现实的最大的"参照系统"。毛泽东《在延安文艺座谈会上的讲话》（以下简称《讲话》）是主要的直接的产物。

1942年延安文艺座谈会的召开和毛泽东《讲话》的发表，是中国新文学史上意义重大的事件，《讲话》发表后的几十年里，关于对它本身的内容的归纳和对其理论的阐发，构成了现当代文艺思想史的重要组成部分，其间充满了分歧、曲折、反复，至今还在围绕对《讲话》进行着各种讨论。这些现象不时地提醒人们，处在不同历史时期，站在不同角度的人们，可能都有各自心目中的《讲话》，要想绝对客观地对《讲话》作出概括评价，似乎是困难的。只是我们不应放弃探求，不应把《讲话》当作神圣的"教条"，而要把它当成科学的研究对象，以求从不同的视角逐渐深入其本质。因此，在这里，我们试图从中国现代文学价值观念的演变的角度，对它作出解释。

《讲话》可以被看作一个文学价值观念系统的展开和具体化。人们对于

《讲话》精神的阐述，往往把"为什么人"和"如何为"作为《讲话》精神的核心。诚然，这些问题是《讲话》所要解决的重点问题。但是，比这些问题更高一层次，并且统辖着对这些问题的阐述的，是《讲话》所体现出的、自始至终都在运用的文学价值标准，它才是理解《讲话》精神，把握《讲话》内在结构和构成要素的关键。《讲话》对文艺诸多具体问题的阐述，归根结底是为进一步调整文学在社会历史实践过程这一大系统中的位置，追求某种具体目的，重新建构文学与人的价值关系。《讲话》"引言"部分说得很清楚，"要使文艺很好地成为整个革命机器的一个组成部分，作为团结人民、教育人民、打击敌人、消灭敌人的有力的武器，帮助人民同心同德地和敌人作斗争"。为了这个目的，提出"这样一些问题即文艺工作者的立场问题，态度问题，工作对象问题，工作问题和学习问题"。在"结论"部分中，更为明确地提出了文艺批评的标准，其首要的政治标准是"一切利于抗日和团结的，鼓励群众同心同德的、反对倒退、促成进步的东西，便都是好的；而一切不利于抗日和团结的，便都是坏的"。显然，《讲话》对其他具体问题的阐述，都是以是否能达到这种目的作为出发点和评价标准的。而这些文学价值目标的确定、价值观念的形成，是以《讲话》所概括出的七个"实际存在的不可否认的事实"[1] 为基础的，也是新的文学需要优势所决定的。

指出《讲话》内在结构上的这一特征，旨在说明，《讲话》在当时的重要意义，集中体现于它提供了一种以具体的历史发展要求为准绳、以历史创造主体（工农兵）为价值实现对象的文学价值评价标准和观念体系，它的核心标志是"文艺服从于政治"。《讲话》具体阐述的一系列观点，则是要使文艺实践活动，形成一种以符合这些价值标准的、系统的自组织、自调节的机制和能力。关于文艺的工农兵方向，关于作家的思想改造，关于文学与生活的关系，关于普及与提高的关系，关于文艺批评的标准等，都是为达到这一目的提出的，也是当时的客观实际所要求的。

---

[1]　指《讲话》"结论"部分所说的"中国的已经进行了五年的抗日战争"等七方面的事实。

　　与此相联系，《讲话》对具体文艺理论观点的阐述，目的不是为了理论本身有新的定义，而是为了解决具体问题用以指导实践。这种实践是指解放区这个具体文化环境所需要的文艺实践。这种出发点决定了《讲话》作为系统的文艺理论体系它自身的特点。一方面，它强有力地、有现实针对性地解决了中国新文学尤其是延安文艺界所存在的一系列具体问题，并且以马列主义基本原理为指导，论述了文学活动的许多根本问题，揭示了文学创作的一些规律，如文艺与生活的关系、文艺与人民的关系等，使《讲话》成为毛泽东文艺思想的经典著作，也丰富了马克思列宁主义文艺思想的宝库。从这个角度说，《讲话》既是纲领性文献，又是理论著作。另一方面，《讲话》阐述文艺问题时视野是有限的，这种有限性不仅指当时不可能不把视野的范围主要放在解放区及其抗日战争的现实要求方面，而且指当时视野的焦点不能不集中在文学与抗日救亡民族解放的现实价值关系上。

　　纵观中国现代文学价值观念的演变，可以看出，民族解放、思想启蒙、个性自由是中国现代社会从古代向现代转变的过程中所面临的重大历史课题，也是"人的发展"的具体的、不能绕开的主要内容。中国新文学，作为这一历史过程中的一个不可缺少的组成部分和产物，它自觉地把促进这些历史课题的解决作为自己的神圣使命，并与文学自身的变革联系起来。这规定了中国现代文学在整体上既不同于中国古代文学与人、与现实的关系，也不同于西方现代文学与人、与现实的关系。它的价值意义将必然地纳入这些具体的历史过程中去评价。

　　反映和表现上述历史过程及人的历史实践，既是文学的重大使命，又是衡量这个时期文学价值的主要标准。不管人们是否意识到和愿意承认，在中国现代，衡量文学的主要尺度是历史，是通过看文学在促进这些历史课题的实现上作用的大小而判定其意义的。

　　由于中国现代历史环境的复杂性和文化类型的"过渡型"特征，站在不同角度的人们，有时侧重明显地、有时互相交叉地以这三者的实现程度去估价文学的价值意义。正因为如此，在现代文学史上出现了与之相对应的以民族解放为准绳的文学价值观念，以思想启蒙为准绳的文学价值观念，以个性自由为准绳的文学价值观念，它们分别留下鲜明的演变轨迹，并演化出不同类型的文学价值观念体系。

不同的文学价值观念，在中国现代文学活动中的功能、地位及实现程度，主要取决于在这种观念支配下的文学活动与中国新民主主义革命时期具体的"人的发展"程度和历史进度构成怎样的关系，看其发挥的实际作用的大小。不同文学价值观念由此而呈现有时相互渗透、互相结合，有时互相矛盾、相互冲突的现象。这是构成现代文学思想斗争的最主要的直接原因。

各种类型的文学价值观念在中国现代社会这个空间的展开，其大致图景是：首先，最早体现了新文学价值观念的是现代意义上的"启蒙主义"，它以改造国民灵魂、"揭出病苦，引起疗救的注意"为文学价值目的，其评价文学的价值标准是文学对人的精神改良的效用。其次，继之而起的，在五四时期得到充分实践而后变易的，是以追求个性自由为标准的文学价值观念。这一价值观念体系在五四时期表现为一种积极向上的人生意识追求，洋溢着进取精神；而在 20 世纪 30 年代则变为充满消极退隐的意识。从广泛的意义上说，这种文学价值观念是中国现代个性解放的曲折性的反映，也是其侧影。最后，20 世纪 20 年代中期开始，从政治角度把文学与人的现实发展联系起来的文学价值观念，发生过另外一种"变易"，即分别从强调认识作用和意志情感作用两个侧面，达到文学与民族民主革命的结合。以 20 年代早期共产党人、后期创造社、太阳社为代表的革命文学倡导者、30 年代"左联"直到毛泽东《讲话》的发表，形成了侧重强调文学对人的意志情感起激励、感奋作用的文学价值观，"团结人民、教育人民、打击敌人、消灭敌人"是其理论特征的集中体现。与此同时，同样强调文学与政治、革命运动结合，却侧重文学的认识价值的观念，也形成了线索清晰的发展轨迹，它的理论特征集中表现为在反映现实、表现现实中指出未来的途径。在 30 年代乃至"十七年"，这一文学价值观念体系都占有举足轻重的位置。

以上概括，并不说明中国现代文学发展中没有人侧重从文学自身发展变化的角度、从审美的角度估价文学价值。其实，如刘西渭（李健吾）、朱光潜等都有过这方面的努力，如象征诗派、新月诗派、"新感觉派小说"、现代诗派和九叶诗人等，都有过对于艺术的某种自觉和有意的追求。但是，从整体上看，中国现代文学的变革中，很少有专门、独立地对文学艺术部类本身及其形式诸问题进行探究者，更少有形成"大气候"者。中国现代文学在这方面的特点是，把对文学艺术形式的探索看成是为了更有效地表现文学内容的一种"权宜之计"，看成为实现某种既定的文学价值目标而对于艺术新方式的需求。所以，所谓艺术标准、审美价值多停留在对具体技巧的评判上，很少从更深的意蕴层次去揭示、探索和把握，对文学活动作出高层次的美学的评估。这也许是中国新文学在具体文学门类方面没能形成较系统的、相对稳定的价值观念，在形式问题上少有大的建树的原因。

从五四时期到 1949 年中华人民共和国成立，新文学第一次价值重建，取得了重大胜利，它的意义是划时代的。中国现代文学与古代文学已有了实质界限。对此，要有足够的肯定和评价。但是，最初的蓝图和最终的结果也是有差距的。新文学第一次价值体系重建是在革命的背景下进行的，不断地破旧立新和充满对立冲突是一个主要特征，它的文学观念不可能、也无须一致。受制于时代的文学最终被时代变化所左右，这是必然的。

第三节　文学价值体系从适应性调整到第二次重建

1949 年中华人民共和国成立，建立、巩固和完善社会主义制度是摆在新中国面前最重要急迫的任务。在这种背景下，文学事业作为革命和建设的组成部分，被纳入体制建设中就不难理解，文学价值体系的调整也是一种必然。而在笔者看来，相对于现代文学，在新中国成立后，随着社会政治、思想文化和意识形态的变化，延安文艺座谈会奠定的新中国文学发展方向，进行了一次新文学价值体系重建的转向。

新中国成立后，对于五四以来的文学是肯定的，认为五四之后的文学是无产阶级领导的人民大众的反帝反封建的新文学，社会主义文学是在新文学基础上的发展。新中国成立初期文化界一度认为，"新的人民的文学艺术已在基本上代替了旧的、腐朽的、落后的封建阶级和资产阶级的文学艺术"①。从常理来推论，在一场艰苦卓绝的革命战争之后，文学也应该对人民的休养生息发挥特殊作用，对人的心灵的抚慰和精神的滋养、对战争的反思和人性的思考应是重要任务。然而，由于社会主义文艺与社会主义其他事业一样，都是前所未有的事业，尤其在中国这样一个大国，面临国际国内种种压力，使得人们，尤其是政治家在思考文学与社会发展的关系时，很容易从文学与现实关系的角度着眼进行价值定位，全面整合文学价值观念和重建适应社会主义的文学价值体系成为重要目标。这种与国家民族历史重建结合在一起的文学，突出地表现着中国共产党人创造无产阶级新文艺和新文化的巨大热情和真诚愿望。20 世纪 50 年代初期，文学出现新的繁荣势头，不少作品得以出版，如小说方面，1949 年出版和在报刊上连载的有《腹地》（王林）、《一个女人的悲剧》（艾芜）、《新儿女英雄传》（袁静、孔厥）等 20 余部；1950 年有《关连长》（朱定）、《我们夫妇之间》（肖也牧）等 40 部（篇）；1951 年有《锦绣山河》(杨朔)、《风云初记》(孙犁) 等 30 多部(篇)；1952 年有《平原》(路翎)、《科尔沁旗草原的人们》（玛拉沁夫）等 30 多部；1953 年有《坚强的战士》（巴金）、《突破三八线》（海默）、《结婚》（马烽）等 50 多部（篇），呈现逐步发展的势头。其他体裁的作品也有不少出版。显示新的历史时期文学繁荣的新景象。同时，文学所蕴含的崇高精神、理想主义和浪漫色彩，文学的对人的新的道德意识的引导等，对培养几代人的情操、志向等发挥了重要作用。文学创作中"红色经典"对革命战争的反映和历史过程的描写，取得了良好效果。在理论上，进一步确立了马克思主义文艺理论的指导地位，《在延安文艺座谈

---

① 周扬：《为创造更多的优秀的文学艺术作品而奋斗》，《文艺报》1953 年第 19 期。

会上的讲话》成为具体的指导思想和理论基础,文学是生活的反映的这一观点得到普遍认同,现实主义不断被强调。"百花齐放,推陈出新"方针的提出,也使文学的自由得到一定保证,出现了不同于以前的文学新局面。

将文学整合到文化事业和意识形态之中,是这一历史阶段社会变革对文学价值重建影响的主要特征。

第一,文学活动组织化。中国作家协会的成立,标志着文学家的活动不再是个人的事情,而是组织行为,其中最主要的是延安文学传统进入文学中心,对于以后文学价值取向关系重大。同时,也标志着新中国成立前作家群体特征及其在社会中的角色的重要变化。文学创作虽然还是作家个体的活动,然而创作的总体趋势却有了内在的一致倾向,作品题材逐渐出现统一、相近的现象,对过去战争和战斗的回忆和歌颂,对带有时事性和政策意味的题材的集中表现成为共同特点。后来被指责的"宏大叙事",并不是一种纯粹的意识形态的反映,而主要是由其表现对象本身的宏大性所决定的。

第二,文学价值观念统一化。许多理论争论,不同的文学观念,被统一的文艺政策所取代。而文艺政策必然地服从整体的路线、方针。虽然,在一些具体的文艺问题上有过讨论,比如关于现实主义创作方法,但是,文学活动在总体上是统一的而不鼓励个性化。此后一系列被视为文艺路线和思想斗争的文艺现象,进一步表明具有新见解的文学观念不可能正常发表,而文艺政策基本等同于文学观,作家在此基础上理解执行,然后落实在创作中。

第三,文学功能的意识形态化。文学主要功能在于整合意识形态,统一意志,激发民族和阶级情感。在一个巨大的历史变革之后,文学对于凝聚民族精神起了积极的作用。第四,文学价值标准的政治伦理化。文学价值评价机制应该说是逐步建立健全起来了,而且越来越显得强有力,在很短的时间就可以组织起对文学作品的评价、批评和批判活动。文学被制度化,有一定的积极意义,在组织、引导文学发展方面发挥了积极和促进作用。而其教训也很多。作为新政权,对文艺的重视是有道理的,但是,对文艺在社会中位置、价值却缺乏理智地认识,对文艺活动的规律也缺乏正确的认识和引导。

文学的整体价值取向，以逐步与政治需要为主导倾向，文学价值创造在制约中艰难地进行。这样说，并不意味着对新中国文学取得的成就的抹杀，而是从 20 世纪文学价值体系重建的总体趋势对这一时期文学走向及其特征的一种分析。

深入分析可以发现，新中国的文学"需要"体系，有其特定的系统模式、构成要素、结构层次和转换机制，有自身的优势和规律。对文学的需要表现出强烈的选择性和排他性，呈现出与五四时期迥然不同的整体格局。文学进一步被作为革命事业的一部分，纳入建立、巩固社会主义制度的过程之中，文学活动的主体意识进一步由个体转变为群体。虽然，文学的创作和接受不可能不是通过个体来实现，但是，在观念意识中，文学是代国家、民族、阶级和党立言的武器和工具，文学创作和对文学的接受主要不再是满足个人的需要，而是为了国家、民族和阶级的利益。人对文学的需求是在服从群体或者整体需求基础上的具体化。对文学的需求是群体主体的需求，需求优势也随之变化。在新中国成立后，对文学的需求，有着为时代特色所规定的自成体系的系统模式，形成中国当代特定的对于文学的"需要优势"和需求模式，它直接地制约着中国当代文学的价值系统的特征及演变。这一时期的文学，把文学的历史认识价值和对现实作用的追求作为重要的价值目标，把群体的信念和利益作为基本的价值取向，而不可能把表现个人的情感和精神世界作为主要的对象，不可能把激发个性作为作品的意义来追求。而现实主义一直被推崇，形成独尊的局面，也是与文学的这种基本需求和价值目标相得益彰的。这一变化具有重要的意义，它直接决定了文学创作中的价值目标和作品的价值意蕴。比如，在个体与群体和阶级的关系中，文学创作所遵从的是个体服从群体、国家和民族的群体意识。本来，新的群体意识或国民精神的真正重建，需要通过个体转化，文学应该以自己的特性，审美性地、情感性地为这种转化作出努力，而不是从根本上抑制这种个体的心灵重建和转化。文学应该表现现实历史，应该有重要的认识价值，但文学还有抚慰和塑造心灵世界的功能，有满足个体情感的特性。

新中国成立后的文学价值，最充分地体现出其"系统性"特点。文学被看作是革命事业的一部分，视为阶级斗争的晴雨表，也就是它成了一个有机整体的系统。正因为是有机整体，所以其任何一部分受到外来刺激时，都会做出整体反应。与现代相比，当代文学的一个重要特点，是文学功能从侧重消解到侧重整合，从介入历史到从属政治，文学在社会中的地位发生了重要变化，文学的价值因素及其系统结构也发生了重大调整。从理论说，中华人民共和国成立初期，是特别需要文学的超越价值、重建中国人精神家园的时期，然而，由于忽视文学的人文价值意义，忽视对解放了的人的精神、心灵世界的建构，导致了人们心灵"崇高"而单调。中国当代文学并不是脱离现实，而是不断地强调现实，带着发现和解决现实问题的任务深入生活进行创作。同时，当代文学也没有放弃对伦理道德的宣扬，对理想人格的塑造，我们在红色经典中经常能看到无产阶级的高尚道德情操的充分表现，在对社会主义新人的塑造中对他们公而忘私精神的歌颂，就是说，文学的道德感十分强烈；同样，这个时期的文学也并非不重视艺术手法和技巧，在理论上一直在追求先进的思想与完美的艺术形式的结合。所以，不能一般地说完全忽视了真善美，文学也在求真、向善、唯美。然而问题在于，这个时期的文学从整体上看，是否追求到真正的真理，是否对社会现实真正地进行了现实主义地反映？实践做出的答案当然是不能令人满意的。这个时期的文学过于追求超越的生命价值的态度，抽去了感性欲望，掩盖了现实存在的感受，失去了真切的生命意识和冲动。

从文学价值体系重建的角度看，这次重建，背景是巩固革命成果和建设新的社会制度。"巩固"历史成果和按着一定目标"建设"新社会是关键。任何一个新的政权，如果顾及文学的社会作用，必然将文学纳入自己的"建设"范围。新中国成立后的文学在巩固政权和建设新中国的过程中发挥特殊的作用，取得了重要成果。文学的意识形态性也是普遍的现象，文学对于鼓舞人民的斗志、团结人民、凝聚民族精神方面确实发挥了积极的作用。社会主义文艺建设在探索中取得了经验。从文学与现实社会构成的价值关系来说，新中国文学（1949—1976年）的价值体系有其合理性、必然性，在一个新的社会制度下，一个有着几千年文以载道传统的国度里出现这种文学价值体系是不难理解的。但是，从20世纪中国文学价值重建的总体趋势来看，从中国文学的现代性的角度来看，这一时期文学在价值要素方面从多样走向了单一，文学价值结构从复杂走向单调。文学作品数量不少，但文学意蕴、文学的艺术张力显得十分有限。在一定意义上说，这是中国文学价值体系重建中的特殊时期，其中的利弊得失、经验教训都值得总结吸取。主要教训是文学的价值观念的狭隘，文学与政治的关系处理不当。新中国的文学价值体系重建是与中国社会整体的重建关联的。毛泽东等对文艺的一系列批示，周扬等对新中国文学政策的阐述，都表明这次重建的目标是将文学事业整合到整个革命和建设的事业中去，从体制上解决文学的位置和作用问题。要建设不同于以往的文学价值体系，同时不断地调整文学与社会意识形态的关系。这是文学的机制问题，文学的体制问题。这与20世纪中国文化、文学现代化的总体方向存在着某些矛盾，所以，新时期文学对其整体的反拨就是必然。

第四节　改革开放与文学价值体系的第三次重建

改革开放以来的中国新时期文学价值重建，不管在广度还是深度方面，也不管是在价值要素的丰富还是价值体系结构的复杂方面，都达到了中国文学自20世纪初向现代转型以来空前的水平。自然，这里的情况极为复杂，多样而急速变化的创作现象，驳杂而不断趋新的理论观点，尤其多样而相互矛盾的价值评价，构成前所未有的文学格局。但是，从总体趋势来说，新时期文学随着中国社会改革开放的进程，不断地演变发展，其创作成果和文学内容的丰厚值得充分肯定，而文学价值的重建既遇到难题，又面临前所未有的机遇。这是一个名副其实的文学价值重建的时代。在这种文学格局和复杂现象中，包含着关于文学价值重新定位和对新的价值要素追求的努力，而其深层动因则是改革开放对社会各个领域变革的推动，包括对文学演变的推动。这主要是：第一，粉碎"四人帮"、结束"文化大革命"，政治上拨乱反正，对文学在社会中的位置、功能的重新定位，"文学服从政治"口号的终止，从制度上对文学自由的保证等；第二，思想解放运动和继起的"文化热"对文学价值观念的极大解放；第三，市场经济对社会普遍的生活方式、精神需求及其满足方式的改变，对社会价值观念的深远持续的影响，对以往文学创作和接受、生产和消费规则的打破等。这些不仅是时间流程中的变化轨迹，而且是不同层面和性质的深层变革，也是促使文学价值要素变化和文学价值体系重建的合力，形成不以人们的主观意志为转移的态势。

1976 年至 80 年代中期为新时期文学第一阶段。这一阶段，粉碎"四人帮"、结束"文化大革命"等重大政治事件，标志着一个时代的终结。继而深入进行的各个领域的拨乱反正，对文学产生了极为重大深远的影响。文学理论上的正本清源，从批判"文革文艺"思想，批判"阴谋文艺"和"工具论"，到清理"十七年"的理论观点，再到质疑现代文学史，重新评价现代作家作品，这一系列的现象在客观上都表明过去的文学价值体系的逐步扬弃和对新的文学价值标准的建立，现代以来的"新传统"文学价值观念开始不断变化，也为后来价值重建创造了条件。创作上与现实社会的密切联系，使文学以非常态的积极的姿态参与社会变革，显示了十分重要而显赫的地位，"轰动效应"成为形容和描述这一时期文学状态的关键词。一批后来被称为"实力派"的作家形成了壮观的文学阵营，显示出这一时期文学的繁荣景象，而文学价值也得到了充分的实现。在 70 年代末和 80 年代初，社会对文学的"需要"带有相当的共同性，文学活动"主体"归属意识也大致相同或接近，文学自觉地配合社会群体的需要，文学自身的价值追求与社会价值体系是基本一致的。这一时期，文学价值评价和重建的逻辑起点仍然没有疏远意识形态，文学为建设有序合理的社会而扬善抑恶、表达理想、抒发情感。这是一个既能反思历史、面对现实，又充满理想的文学时代，也是一个使作家既有获得第二次解放的自由感，又自觉地担当历史、社会责任和道义的文学时代，是一个追求多样价值而又有主导价值的文学时代。自然，这一时期文学还带有许多在后来看来是局限的文学现象，但是，就创作成果和文学史意义来说，就文学的价值的社会实现程度来说，在 20 世纪中国文学史中，算得上一个辉煌时期的开端。

20 世纪 80 年代后期，文化热、方法热，特别是西方文化、文艺理论、文学作品对中国的影响日益突出，使文化思想、精神领域开始出现以前不曾有的新现象，直接影响到文学的走向，影响到文学的不同价值取向。文学的内涵、精神品格、价值取向等，都与经济的发展有着间接和直接的关系。1985 年刘索拉的《你别无选择》、此后马原《虚构》等作品的问世，不但显示出现代主义文学自五四时期后在中国的再次出现，而且也预示不同文学思潮、艺术倾向共时格局的雏形。继寻根文学之后，先锋派的崭露头角，在艺术形式上进行激进实验，在文学意蕴上对传统人文精神提出了挑战。而新写实文学的兴起，对传统现实主义创作原则和价值理念产生了很大冲击。通俗文学与严肃文学、大众文学与精英文学相互并存的局面，极大地改变了 20 世纪以来文学的格局，并给理论研究提出了新的课题。而此后文学的无法命名，预示着新时期以来基本取向一致的文学格局开始打破，价值多样化出现。对文学"失去轰动效应"和"失落"的惊呼从另一方面加深了这种印象。80 年代末至 90 年代初，随着中国经济改革的进一步深化以及西方后现代主义文化思潮的影响，文化现象也进入一个更为复杂的时期，而文学具有了经济学的特征和消费倾向。分析这种现象，可以发现，经济和社会变化对文学价值重建的影响具有"功能"与"要素"两方面的意义。从功能上说，中国社会改革的进一步深入，特别是逐步发展的市场经济，对整个社会生产、生活方式和价值观念产生了极大冲击，引起社会整体的变动。经济对文学的影响是间接的又是最终的。经济发展改变社会形态，社会对文学提出新的需求。文学的世俗精神、消费倾向等，是由变化着的社会政治、经济等决定的，也就是说，人们对文学功能、价值的重新认识，文学所发挥的效用，归根到底是由社会政治、经济等"存在"所决定的。从文学价值要素来说，经济的发展对文学活动的方方面面都产生影响，对文学赖以生成和存在的世界，对读者的需求，对作家的创作和价值目标等，都有重大影响。文学领域不再生产雷同化的文学产品，当然，也难以在某种相对稳定的价值观念、要素的基础上构建出新的体系。

如果说，五四时期到 20 世纪 40 年代，文学价值重建的特点是在解构中重建，新中国成立后的文学价值重建是在整合中重建，那么，新时期则是在选择中（蜕变中）重建。笔者认同这种见解："一定时代的价值重新选择，则是充满历史体验性的，它往往是对历史过程中一种缺失的感悟和寻找。"① 文学作为情感性的精神现象，它不仅是现实的反映，还是对精神匮乏的克服与缺失的寻找，是这种精神价值目的特殊物化，其中体现深刻的精神动向。新时期文学在打破了一体化的限制之后，文学获得了充分的自由，作家获得了自由，文学价值选择也获得了更多的自由。但是，这种自由同时带来了许多困惑。时代对文学提出各种新的需求和选择，引起更多的价值取向的冲突，呈现文学价值要素的多样性与系统结构的复杂性。这些冲突主要有：历史与道德的冲突、社会与个人的冲突、世俗与神圣的冲突、人文精神与物质感官（灵与肉）的冲突、特殊价值与普遍价值的冲突、现代与传统的冲突、真理与价值的冲突、多元与主流的冲突，等等。如果把新时期文学置于整个 20 世纪总体发展演变过程来审视，我们发现，这一时期文学价值观念冲突激烈，成就也重大，取得了重要的进展，主要是：

一、文学对人的价值的重新估价与价值观的重新确立。20 世纪 80—90 年代，文学对人的表现，对人性的挖掘，对人的价值追求、价值意义的思考，日益呈现出新状态。在确立了以人为本的文学价值观之后，对人的具体理解上的分歧以及与之相关的价值选择，使文学创作出现更加复杂的现象。

---

① 　陈美兰：《价值重建，面对当下中国文学思考》，《文学评论》2001 年第 4 期。

当人本意识成为文学价值追求的新的逻辑起点，文学回到了对人的生命过程的艺术解释之后，问题的复杂性在于人的价值本身是多样的复杂的，人与社会、人与自我、人与自然、人与文化，以及人性、人的本能、人的冲动、人的理性与非理性、人的想象世界、人的精神情感、人的感官享受等，都可以成为作家思考和艺术表现的对象。个性的复归，对正常人性的呼唤，对生命价值的肯定，人对生存方式的思考，人与历史，人与社会中的现实价值、世俗价值与终极价值之间的关系，文学对理想人格的设计等，都可以在现在的中国文学中大胆的表现和展开丰富的想象。而在总体上，都是向着肯定人的个体价值、人的多种需求方向发展，进一步升华着文学中人的主题。这是现代"立人"与"立国"关系的一种新的变易和发展。其中存在着积极的方面，也存在价值失范的现象。

二、重建文学中的历史价值观，重释人与历史的关系。中国新文学与古代文学格局中一个重要而引人注目的现象，是文学中的叙事成分加强，文学对历史的正面表现，文学中历史感的增强。特别是在 20 世纪 20 年代后期形成、在"十七年"革命历史题材中得到进一步发展的叙事模式，构成了新文学传统中强烈的"诗史意识"，而这在 80 年代后被指称为宏大叙事并受到质疑。在宏大叙事中，关于历史与个人、时代与个人的关系，关于历史规律，关于现代民族国家历史建构过程中人的命运，以及这种叙事所具有的价值，受到了挑战和质疑。以往现实主义对于典型环境中的典型性格的追求，对于文学表现现实、描绘社会画卷、揭示历史发展趋势、总结历史规律的创作意识及其价值取向等创作规律，也被后来的文学实践所打破。新时期文学在向纵深发展演变的过程中，并没有放弃对历史问题的关注，没有削弱对人与历史关系的思考，然而，却体现出不同的历史观。最早涉及这一关系的是关于文学历史与道德的二律背反的问题，如《人生》《鲁班的子孙》《广阔的地平线》等。而贾平凹的《腊月·正月》对农村改革中传统观念和文化心理的思考和批判，具有寻根文学的特点，进一步触及改革开放过程中对传统伦理道德行为如何评价的问题。80 年代后期到 90 年代，王蒙的"季节系列"，张炜的《古船》《九月寓言》,陈忠实的《白鹿原》,阿来的《尘埃落定》,王安忆的《长恨歌》等,在展现社会与个人命运的画卷中,表现出新的历史意识。历史的重心不再是阶级斗争史和党派斗争史,而是家族史、风俗史、个人命运史。《白鹿原》仍然具有诗史意识、规模和艺术架构,融进了意识到的历史内容并具有较大的思想深度,但已与"十七年"甚至 80 年代前期现实主义作品拉开了很大距离,取得了重大进步。开阔邈远的视野,丰富的文化意蕴,动人心弦的人物命运的叙述,对民族秘史的重新艺术解释,成为中国新文学以来关于人与历史关系叙事中的重要界碑。在文学对历史的重新阐述中,新历史主义文学是另一重要现象。在关于历史与个人关系的叙事中,消解意识形态化的历史,脱离主流意识体系,进入相对主义、个人主义的历史叙事状态,质疑历史的客观性和真实性,颠覆革命历史小说中的英雄神话,不再总结历史规律,也不表现历史进程与个人命运之间的因果关系,而写人的命运的偶然性、写人的欲望。这些现象,显示着解构过去历史决定论的价值取向,同时也包含着在文学历史观上的价值相对主义。那么,如何重建新的历史价值观并在文学中得到正确的表现,这是摆在作家面前的新课题,也是文学价值评价的新问题。

三、神圣与世俗精神的价值冲突和并存。中国传统文学精神中,历来有一种追求神圣精神和追求人的终极价值的意向,五四时期"问题小说"曾经有过对"人生究竟为什么""人生有什么意义"等问题的探讨,有关于人生"终极价值"的思考,而在后来逐步"统一"的认识,仍然是对传统观念的继承。其中一个重要的问题是在文学作品中,把日常功利世界、现实人生与人生终极目标完全等同,20 世纪 50—70 年代文学价值目标就带有以终极目标作为日常功利世界的唯一尺度的特点,这一特点决定了正面人物或者英雄人物必然是"高大全"式的。他们把作为信仰目标的终极价值"落实"在日常生活世界中,追求完全超功利的终极价值目标,所以他们可以没有个人的生活功利世界,没有个人的欲望、要求。新时期文学一个重要变化,就是个体感性生命的重视和强调,这是一个重要的进步,由此产生的价值取向的冲突也是显而易见的。这具体表现在：第一，世俗精神的重新得到肯定，大众文学借助市场、现代媒体手段获得创作空间和理论上的认同；第二，文学价值意蕴中，平民审美意识和感性得到表现。这极大地改变了现代以来文学过于理性化的特点，也是文学回归其本来特质的重要体现。

四、对文学现实精神价值的进一步确认。现实主义曾经是中国新文学的主潮，它所体现的价值追求构成 20 世纪中国文学的重要现象。而新时期对现实主义的回归也曾经给予了积极重要的评价。随着时代的变化和文学自身的变化，现实主义文学也得到了新的变易和发展，文学与现实的关系，文学表现现实生活所具有的重要意义，在经过理论和创作的曲折后在新的基点上得到了肯定。这体现在不同的"写实"文学现象中。一是新写实主义文学。池莉的《烦恼人生》，刘震云的《一地鸡毛》，刘恒的《狗日的粮食》等一大批作品，在表现日常生活、普通人的生存状态等方面，达到了新的高度。不仅是对现状的展露，同时也包含着理性的思考，只是把这种思考渗透在"零度"的冷静叙事中。余华的《活着》《许三观卖血记》则有着不动声色的哲理思考，展示着现实主义在表现人生方面达到的思想深度和艺术上的圆熟。与此不同，另有一些作家，对当代中国现实怀着强烈的责任感和使命感，进行深入的揭示和表现。谈歌的《大厂》，刘醒龙的《分享艰难》，陆天明的《苍天在上》《大雪无痕》，周梅森的《人间正道》《中国制造》，张平的《抉择》是这方面成功的代表。这些作品的意义，其现实价值是无须怀疑的，它表明新时期文学在与现实关系的建构方面取得的新进展。

新时期文学价值重建取得新的成就，同时价值冲突也异常复杂和激烈，比如关于人的社会性与自然性的关系，感性享受与精神需求的关系，现代意识与文化传统的关系，中国传统伦理道德与西方价值观的问题，等等，还需要深入研究，期待着新的整合。

新时期文学价值重建，比起前两次文学价值重建的社会氛围都要好，宽松因而从容，自由因而思维空间开阔。然而，这次重建在后来遇到的冲击也异常大。经济变革对于整个中国社会结构和社会生活变革的推动，最终决定着文学的位置、文学与人的价值关系。文学与具体的人构成的关系复杂化，文学在社会生活中的功能发生变化。经济变革从根本上打破了现代"新传统"文学价值体系，不以人的意志为转移，向多元发展。

新时期文学价值系统是一个价值要素比以前任何时期文学都复杂的结构体系。系统理论认为，系统的相对稳定性是由结构的相对稳定所决定的。同时，结构是有序的，其有序性是系统的有序性的基础。当组成系统的要素不止两个，而是三个以上时，系统的结构便呈现复杂化。新时期文学价值体系的复杂性不仅在于文学价值要素的多样性，同时还包含不同层次的结合方式。从1976年10月到20世纪末，中国社会历史经历了巨大的变革过程，一系列重大事件和社会的结构性变动，构成了有时惊心动魄但更多稳扎稳打的演变态势。用"翻天覆地"来形容一点也不过分。从文学创作现象来说，新时期有伤痕文学、反思文学、改革文学、寻根文学、新写实文学、新状态文学、先锋文学、新历史主义文学，有朦胧诗、探索戏剧，有报告文学和纪实文学、有散文、有女性文学、私人化写作，有所谓"新生代"，有网络文学，还有许多无法命名的文学现象……从文学理论和思潮来说，有过对"阴谋文艺"的清算，对文学"工具论"的批判，对现实主义回归的呼唤，有人道主义的争论，有反"精神污染"，有纯文学的主张，有人文精神的讨论；有鲜花的"重放"，有现代作家作品的重新评价定位；有文人下海，也有文学失落的哀叹；有对伪现代派的批评，有对宏大叙事的质疑；有通俗与严肃、大众与精英文学的创作和理论争论，有世俗文学潮流的出现与对"痞子文学"的批评，有20世纪文学的"悼词"，也有关于20世纪文学经典的编撰与争议……"翻天覆地"的现象还表现在，假如把新时期文学及其演变，与自新文学诞生到1976年前的文学现象及其评价相对照，会发现许多十分矛盾和相互悖逆的现象。如果对其分析，可以看出，现代文学价值体系的重建，先是受制于社会革命和思想启蒙，之后是服从于救亡的要求和政治的需要；新中国成立后，是适应巩固政权和文化建设的需要；新时期则具有更复杂的、不断变化的因素，分别受制于政治变革、文化变迁、市场经济的作用，最终是经济基础的变化引起社会的极大变化，从而也引起文学价值的不断重建。而从文学价值体系的结构来看，则有现代文学价值体系的相对松散，新中国成立后的大一统，新时期从有序到无序、多层次。

百年中国文学价值体系重建过程，提供的经验教训是：

第一，文学价值体系"破旧"之后，会出现一个相对自由、繁荣的时期，文学价值呈现多元化；接着往往出现价值失范现象，这种失范导致对新的规范和标准的寻求，而一旦寻求标准又会走向极端。五四时期打破传统体系后文学格局呈现开放态势，20世纪20—40年代是冲突之后走向一统的时期，文学道路变得逐步狭窄。而新时期是在打破一统后，逐步开放，之后显得"无序"，于是呼吁重建价值体系。但这次重建并不是再回到一统，而要建立多样性的开放的价值体系。文学价值重建不是企图追求一个最好的、唯一的价值体系，或权威的价值体系。如果追求最好就包含"排斥异己"，树立文学的权威和"正宗"并推向极端，就可能走向僵化。我们也不能指望社会提供一个完善的静态的条件，然后去重建文学价值体系。我们要重建的是与发展中的基本指向相协调的文学价值体系，同时，要有文学价值分殊的意识。一个时期有一个总体的普遍认同的文学价值指向，但是具体的文学价值要素是多维的，有层次的。提倡某种价值目标，不是排他，不是同时压制什么，不是非此即彼。提出重建文学价值体系，其针对性是开放之后文学价值的迷惘。不能用虚无主义的态度和相对主义的观点，对文学价值的无序现象与失范放任自流。重建价值体系应有一个基本的新的价值目标和追求，使文学从新的迷惘中解放出来。文学有它自身的价值目标，文学对人的全面发展、对社会进步起积极的作用，是基本的价值底线。我们一方面要容许文学整合社会意识形态，也要文学起消解作用，还要文学起心灵抚慰的功能，文学介入社会系统的不同方面，才能有一个合理的价值体系结构。

第二，社会思潮与文学思潮的互动与文学价值重建。文学思潮反映社会情绪与价值追求，社会变革改变读者的期待视野和接受心境，反过来刺激文学价值选择、价值创造和价值实现。文学价值观和价值体系的反作用则表现为它在社会价值体系变革中对人的精神情感的影响：文学不会直接推动社会变革，但文学可以潜移默化地影响社会变革过程中的人及其精神。文学思潮的兴起演变，受社会思潮的直接影响，或者说，文学思潮是社会思潮的构成部分，这可以说是普遍规律。20世纪中国，有两个特定时期，文学思潮非常集中而关系复杂地兴起、发展、演变，一是五四时期到30—40年代，一是70年代末期改革开放后至今。五四时期，主要是现实主义、浪漫主义和现代主义文学思潮。这些文学思潮的形成与演变，与这一时期社会思潮有直接的关系，文学思潮对社会情绪的反映是及时而深入的。以鲁迅为代表的追求表现人生的"血与泪"的现实主义文学，对于反封建的呐喊，对于社会黑暗的批判，对知识分子的"彷徨"精神历程的反映，是通过作家个人对社会深层问题的发现而形成的精神思考和情绪表现，它以文学的形象性、情感性、审美性反映了社会的精神动向和情绪，这是历史、哲学等其他社会意识形态不能替代的。以创造社为代表的浪漫主义，吸收了现代主义文学的精神和方法，对时代情绪的表现同样是独特而强烈的。运用现代主义方法创作的文学现象，反映了那个时期中国人情感世界的复杂性，人们不可名状的愤懑、焦虑和痛苦的思索。之后不断演变的左翼文学思潮、自由主义文学思潮等，其背后都有社会和文化思潮的基础，同时文学思潮构成社会思潮的特殊成分。这对当时的社会变革，特别是文化的变迁具有重要的作用。改革开放后的文学发展演变情况本身非常复杂，但是，社会变革与文学的关系却始终是异常紧密的。谁都不能否认，中国文学在改革开放后的变化深刻而剧烈，许多现象都始料不及。但相对于文学自身的自觉调整，社会变革对文学强制性调整要充分得多。文学自身的调整实际是一种适应性的微调，而社会变革对文学在社会中位置的调整则是一种"宏观调控"，是不以文学者自己的愿望为转移的。作家自己当然也有所作为，但是，作家是被无形的手左右着。那些"下海"而仍自如从容如张贤亮、魏明伦者只是少数，受市场经济影响改变了自己的文学价值观的却是普遍现象。

第三，社会重大变革既给文学的发展提供机遇，又提出难题，特别是文学价值重建的难题。20 世纪中国文学确实是在一直追求价值系统的历史性的变革和整体的调整，但同时，这种重构和调整的深广度又是有限的、路径也是曲折的，传统观念在某些方面的反复显而易见。而造成这种状况的最根本的原因，是百年中国社会历史的演变，既给文学提供机遇，又不断给文学提出难题，同时又掩盖和暂时"淡化"了某些文学难题，一遇机遇，似乎难题不难，机遇一过，难题如故。文学在不同历史条件下的起伏沉落，文学价值过度地被褒被贬，以及许多相互冲突、矛盾和前后悖逆的现象，都有社会历史的动因，但它们并不一定都是合理的和必然的，这些现象的出现正与机遇、难题的交织相关。

百年中国文学价值系统的建构过程，并不是要寻求一个"完满"的"唯一正确"的模式，而是一个不断的选择过程；但是，这并不是说文学没有客观标准，文学可以随遇而安，也不是说这个时代不需要较为科学的相对稳定的文学价值观念系统。应该看到在这些现象中既有文学的幸运也有文学的悲哀，其背后有历史的机遇也有历史的难题。正因为如此，每一次新的文艺思潮的兴起都以对先前的反拨为开端，形成以今日否定昨日的现象。所以，正视历史机遇与历史难题对文学总体态势的影响是重要的。总结经验教训，文学价值体系的重建应以人的全面发展与社会进步为价值中枢；一方面文学要适应社会的要求，另一方面文学要保持自己的独立特性，换句话说，文学不能被动地顺应潮流，而应主动地介入生活，在保持独立特性的前提下重建价值体系，构成文学与历史、与人的新的价值关系，在宏观上形成合理的文学价值结构系统。

第三章 中国现当代文学史格局的形成及反思

第一节 东西方文学"反传统"与中国新文学史格局

相对于西方传统文学艺术的侧重客观再现，中国传统文学艺术素以追求主客观的统一，而终以偏重主观表现为其基本特征。中西传统文艺的这种比照，到了 20 世纪发生了根本变化。西方现代主义文学的兴起和演变，虽然并不代表现代西方文学思潮的全部，但它对传统现实主义的反叛，对客观再现的背弃和对主观表现的强调，已经对传统文学观念起了巨大的冲击作用，主观表现因素的强化造成文学局面的改观早已成为不可否认的事实。与此相反，中国现代新文学，以空前的气势和冲击力，突破了长期以来传统文学屡以"托古改制"为旗号的诗文革新那种亚节奏性的发展局面，破旧立新，跨越旧轨，其深刻程度和广阔程度是前所未有的。它的直接结果之一，是开始从整体上而非局部地改变着中国文学以偏重主观表现为特征的文学倾向，形成以强化客观再现为主要倾向的新的文学风貌。这是 20 世纪中西文化交汇中引人注目的现象。

中国文学在现代社会这种变化趋向，即使在最一般的现象中，也显示出其合规律的征兆。具有几千年辉煌历史的、以表意抒情见长的中国古典诗词，被畅晓直白的新诗取而代之后，后者却再也不能代替前者继续居于文学殿堂之巅，诗词的文学"正宗"地位，实际已让位于向来被贬为"闲书"的小说。这种地位变更的实质，还不仅仅因为新诗本身的成就不及古典诗词而屈居小说之下，而在于以客观再现现实为特长的小说，终于在中国新的历史环境中遇到了千载难逢的一显身手的机会。在中国现代，剧烈变革的历史特点对文学提出了种种新的需要和选择，外来文学的影响实际常常表现为某种"潜力"的解放。西方话剧这种"舶来品"在中国社会的生根，从一个侧面表明时代的需要和选择的角度。话剧艺术在20世纪初经留日学生带回中国后，虽一度因它本身的幼稚和后来"文明戏"的堕落，使其险些夭折。但是，它又终以模拟客观现实的长处重整旗鼓，并与追求形式美和程式化的中国古典戏曲相抗衡，以"新"剧的姿态出现，挤占中国传统戏曲舞台，扩大自己的阵地。话剧的得势，是它本身的综合客观再现现实的艺术特长，适应了中国现代社会的需要与人们审美心理的变化。中国古典文学中的散文小品，历来都举足轻重，占有重要地位；它那撩人情思、余味无穷的艺术特征和强烈的个性色彩，充分地体现着中国传统文学重主观表现的特质。虽然现代文学仍继承了这一传统并有丰饶的收获，然而，它似乎时常遇到困扰，不是显得微弱纤巧，就是成为"小摆设"，数量的丰富仍不能解脱那种生不逢时之感。相形之下，应运而生的杂文和报告文学，则以对现实的敏锐感应和对生活的真实反映而虎虎有生气。

中国文学中不同体裁地位的这种变更，表明文学发展倾向重心的转移，也显示着中国现代人审美心理的变化。与传统审美心理所追求的想象重于感知，强调情理和谐不同，中国现代占主导地位的审美倾向是要求冲破传统的"中和之美"，脱离那种对超现实的高度净化的美的境界的追求，所谓走出"象牙之塔"，进一步靠近现实，并理性地把握和反映现实。对于文学来说，追求作品的思想内容占据压倒优势，而感觉形式的愉悦因素的追求退居次要地位，个人情感和审美理想的表达也侧重通过客观现实的反映来实现。

中国现代文学客观再现的强化在创作实践中的体现更是有目共睹的。这种"强化"，不仅表现在现代文学史上最有影响的、作为文学发展标志的作品，绝大多数以侧重客观再现为特点，而且表现在，这类作品在再现中国现代社会重大事件和描绘历史面貌方面，在勾勒和反映中国现代历史进程方面，就其广阔程度和及时性而言，就其提供的客观内容和认识价值而言，是中国文学史上以往任何 30 年都无法比拟的，它们构成了现代文学创作面貌的最为重要的部分。这种"强化"，也不仅表现在侧重客观再现倾向的作家形成了现代文学史上实力最为强大的创作阵营，而且表现在许多重要作家（如郭沫若、巴金、丁玲、郁达夫、田汉、戴望舒等）的创作思想，呈现着日臻向现实、客观方面变化的趋势。这种"强化"，还不仅表现在客观"再现"生活真实成为文学的重要价值标准，而且往往把寻求真实再现的方法技巧作为艺术追求的具体目标。

中国现代文学客观再现的强化，特别集中而又直接地表现在现代文艺理论的总体特点上。从新文学运动发轫，经 20 世纪二三十年代，到毛泽东《在延安文艺座谈会上的讲话》发表，中国现代文学史上出现了一批有影响的理论家，陈独秀、胡适、李大钊、鲁迅、周作人、茅盾、瞿秋白、郭沫若、钱杏邨、成仿吾、周扬、冯雪峰、胡风等，尽管他们的理论主张相互之间有着明显的差别，其中有些人的观点在不同时期有不同内涵和较大变化（如郭沫若、周作人），但他们多数人的文学理论观点在总体特征上，最终都是强调文学对生活的反映，强调客观再现，并尊崇现实主义。从一定意义上说，他们理论核心的一致性及其演化发展，是中国现代文学形成"文学是生活的形象反映"的基本观点，并把它看作文学定义的重要原因。与文艺理论观念的这种特征互为表里，在文艺理论术语的运用上，诸如"形象""真实""典型""环境""反映""再现"等欧洲文学史上常用的概念，取代了中国传统文论中诸如"情景""情理""意境""意象""写意""达情"等概念，以及"言不尽意""气韵生动""以形写神""虚实相生"等传统美学原则。这是中国文艺理论"革新"的表现，也是文艺理论发生整体变易的反映。

当然，我们不能不同时注意到，正像西方现代派文学的兴起，与传统现实主义文学的发展虽互相冲撞又并行不悖一样，中国文学在现代的演变，虽以客观再现占上风，却也由文学自身发展规律及中华民族传统文化特质等诸多因素所决定，侧重主观表现的文学倾向，仍然构成有迹可循的重要的文学史现象。从五四开始，在不同的历史阶段，都有以理论主张与艺术追求的一致性体现了主观表现文学倾向的作家派别，如五四时期的创造社及艺术倾向与之相近的一些文学社团，稍后陆续出现的象征诗派、新月社、现代诗派、九叶诗人，以及郁达夫、废名、沈从文等的抒情小说、"新感觉派"小说等。此外，还有一些作家并不以主观表现"派"自命、不以某种"主义"自称，却在实际上以自己独特的创作促进了中国现代主观表现文学的更新和发展，如鲁迅的部分小说和散文诗《野草》等。由于主观表现文学本身更具有个性化的特点，也由于作家思想上的差别、作品题材的广泛、体裁的多样、表现手法的复杂等原因，它构成较客观再现文学倾向更为繁复的面貌。然而，从整体考察，中国现代文学发展中主观表现实际受到抑制。它的黄金时代是在五四前后，待五四退潮，新的文学运动兴起，主观表现倾向的文学就走上了一条艰难曲折的路。在造成这种现象的诸多复杂因素中，客观再现的强化伴随对主观表现的抑制是一个具体表征。在中国现代文学中，客观再现抑制主观表现局面的形成，现实主义主潮的形成，归根结底是由中国现代国情所制约和决定。它的形成过程既有充分的现实的依据，又包含着异常复杂的因果关系。

　　长期以来，为数不少的研究者从不同的角度，反复论证了中国现代文学现实主义思潮发展的必然性、合理性，强调它的优越性及其正宗地位，这本无可厚非，因为这有如前所述的文学现状作为事实依据。然而问题却在于，当人们狭隘地理解把具体问题放在一定的历史条件下去研究的观点时，当人们对文学现象的价值判断不能真正以科学认识为前提时，当在观念上把现实主义定为文学正宗，并先入为主地来概括文学面貌时，现代文学史实际被纳入现实主义与反现实主义斗争的框架中，文学史上的一切重要现象都在现实主义的演进过程中得到了解释，而且被阐述得合情合理、合乎"规律"。这时，所谓文学史事实，"正是那些强制规定的分界线和类的区别"的产物，现实主义与其他"主义"、客观再现与主观表现被认为是不可调和的、不能解决的两极，现实主义文学本身和现实主义长期一统文坛、客观再现抑制主观表现的局面，被解释的同样合理正常，同样只有必然性而无片面性、曲折性，甚至把这简单看成是正确文艺思想对错误文艺思想的胜利。这种带上狭隘的形而上学性质的观念和研究方法，使得"研究"往往变成为既定观念寻找依据的过程，那些"设想的固定性和绝对意义"使得现代文学的研究常常陷入不可解决的矛盾中。一方面，人们不能无视现代文学非常复杂的现象，不能不正视各种艺术倾向并存的事实，感到用现实主义一种模式来套，不但显得生硬牵强，而且常常捉襟见肘。另一方面，一种求"统一"、求完备的思维方式在起作用，一种先入为主的带有伦理主义色彩的观念在桎梏着人们的思想，企图把现实主义变成一种包罗万象的、解决一切文艺问题的"绝对真理"，而后尊奉，并用以解释过去。当人们不能打破这种思维模式的时候，这些矛盾也无法解决。

今天，我们仍然有着这个时代在广度和深度方面有限的知识和见解的限制，谁也不能自认为达到智慧的顶峰，但是，当今时代为我们创造了新的条件和提供了新的可能。我们已经能够较自觉地从更广阔的范围、更多的角度和层次来观照中国现代文学史。当我们的目光横向扩展到 20 世纪世界文学发展的格局时，那多姿多彩、争奇斗艳的文学风采，使得我们不能不冷静地凝视同一时期内中国文学的发展面貌。当我们的目光再从纵向，上及中国古典传统文学，下至迅速发展的当代新文学时，我们真正意识到对划出新旧文学时代的"现代文学"进行重新反思的重要性和迫切性。

略去枝节，历史地逻辑地来看，中国现代文学客观再现因素的强化，是中国文学历史的必然和巨大进步；在现代特定历史条件下，这一文学演变趋向似乎不是人的主观意志所能够转移的，它所具有的文学史的意义在任何时候都不应怀疑。然而，站在 20 世纪以来世界文学发展的历史高度，纵观中国文学的发展历史，我们应该看到，古老的中国文学在现代的演变发展，也决然不能缺少主观表现文学的彻底更新和充分发展；即使由于具体时代环境的原因，这一文学发展要求一时未能真正实现，那么，随着时代的变迁，它也终究会以新的形态出现而得到补偿。这是因为，中国现代文学在既现代化又民族化的历史进程中，主观表现的彻底更新和充分发展，同客观再现的强化一样，都是不可逾越的重要环节。源远流长的中国古典文学，既有实践理性精神渗透其中的重现实的传统，又形成了以侧重主观表现为特点的文学历史面貌。中国传统文学在许多方面把握着艺术的根本特征，具有不可低估的美学特质。但是，在漫长的中国文学发展史中，由于封建正统文学观念始终未能发生根本动摇，传统文学因之"往往缺乏深刻的多方面的社会内容，常常回避社会生活中存在的巨大复杂尖锐的矛盾斗争，并且束缚着人的个性的充分发展"。一定意义上说，这是一种古典主义的"沙龙文学"，它"把人生看作一个沙龙，一个张灯结彩的舞厅，里面的家具和舞客光泽照人，辉煌的灯火排除了一切阴暗的角落"。中国文学，长期处于一种既不脱离现实，又难以充分反映和揭示现实，既崇尚主观表现，又不能自由大胆表现的境地，它给予人处在被局限的观点上的满足。中国古典文学的这种局限，与中国封建社会滞缓凝重的历史进程和保守僵化的意识形态相适应，长期不得根本变化是一种必然，局部的革新远不能促成文学面貌的整体改观。中国古代文学史上屡屡出现的具体变革主张，远没能形成如欧洲文艺复兴以来历次出现的那样规模宏大、影响深广的文学运动。姗姗来迟的文艺思潮——明清现实主义和浪漫主义，迅速萎缩和走向感伤①。就深刻地反映出，在中国封建社会，真正的客观再现和自由的主观表现曾遭到了怎样的命运！毋庸讳言，中国古典文学在这两方面都有历史的缺憾，也都有从"瞒"和"骗"的大泽中解脱出来的历史任务。中国文学呼唤"冲破一切传统思想和手法的闯将"的出现，期待着"真的新文艺"的诞生。带着这种缺憾，也带着这种任务和期待，中国文学迎来了 20 世纪。

　　20 世纪，是"世界文学"初步形成的时代。20 世纪世界文学发展新格局表现在，一方面，是作为对传统文学继承和发展的、以侧重客观再现为特

---

　　①　参见李泽厚：《美的历程》，安徽文艺出版社 1994 年版。

点的各种现实主义的深化和开放；另一方面，是以反传统姿态出现的、以强调主观表现为特征的各种现代主义的兴起和演变。从主观和客观两个不同的方面反映森罗万象的"内外"世界，从再现和表现两个不同的向度促使文学的革新和发展，是20世纪世界文学最引人注目的现象。同一国度、同一民族，产生不同形态的文学思潮；同一"主义"，同一思潮在不同民族不同阶级的文学中产生不同凡响，以及各种艺术手法的相互渗透，这一切在相当程度上可以说已经改变了自文艺复兴以来文艺思潮依次更替的局面。雄心勃勃的现代主义并未能如愿以偿地取代现实主义，而有辉煌历史的现实主义也终于不能无视现代主义的客观存在。这似乎告诉人们，过去那种由某种主义、某种创作方法和思潮称雄文坛的局面难以重现。飞速发展、日益复杂的现实生活，为各种不同倾向的文学竞相献技提供了前所未有的条件。自然，中国有中国的现实国情，中国文学有自己的具体使命，然而，中国现代文学既然是20世纪世界文学的组成部分，它就不能对这种变化漠然视之。中国现代文学一经诞生，就肩负着如此重大的历史责任。它既要弥补历史的缺憾，又要面向未来；既要民族化，又要现代化；既要走向世界，又不能脱离中国的现实。这些"双重"的任务，这些矛盾的要求，决定了中国现代新文学不能把任何一种既成的文学样式（即使它已达到顶峰）当作完美的模式照搬和膜拜，照搬膜拜就意味着步人后尘，就难免削足适履。出路只能是，立足于中国的现实国情，尽量吸收人类（自然包括本民族）文艺发展业已提供的有用成果，"吸取他人的精粹化为自己的血肉"，使文学在深刻地充分地反映生活和深入地表现人的精神世界方面有实质性的进展，并在此过程中自然形成文学倾向、文学思潮的兴衰消歇、相互推进。这样才能在弥补历史的缺憾与走向未来之间打开一条通道，使旧的缺陷的克服与新的文学的建立成为一个统一的过程，并避免在宏观上造成对旧的缺陷的克服又产生新的偏向的被动局面。从这个角度说，中国现代文学的发展，理应是客观再现和主观表现不同艺术倾向并行不悖、各执其"责"，而又相互渗透、相激相荡地演进。任何人为地扬此抑彼，都将在实际上有碍于中国文学的真正现代化民族化。这绝不仅仅是一种逻辑推理，它同时是一种历史必然。虽然，历史有时是跳跃式地曲折地前进的，历史的进程和逻辑的进程不一定处处绝对吻合，但它们在本质上是统一的。中国现代新文学的诞生，体现了中国文学发展进程中逻辑与历史的本质统一，其中五四时期的文学面貌，可以说是历史与逻辑的完全吻合。

1918 年 5 月，一篇"格式特别"的日记体短篇小说震动了中国，也开启一个文学的新时代——鲁迅《狂人日记》的发表所引起的巨大反响，是颇具深刻历史意义的文学现象，它带有相当的先兆性。这篇主观表现意识极强的惊世之作，一改近代小说那种着重记录"怪现状"、使丑恶"现形"的创作模式，以空前的反传统的姿态、异常强烈的精神力量和近乎怪诞的表现手法，发出了彻底反封建的战斗呐喊。这样一篇蕴蓄着"象外之旨""弥外之音""言外之意"的作品，虽受果戈理同名小说的启示却又充分体现出中国文学的特质和美学追求。作品充溢着由意识到主体与外部世界之间的对立而产生的矛盾、痛苦、愤激和反抗情绪，又充分体现着作者面对现实、执着和肯定人生的理性精神和崇高理想，同时又使得主体的内省经验、直觉、独创精神得到充分发挥和显现，情感获得充分自由的抒发和表达。而读者对它的心领神会和发生共鸣，说明侧重"表现"的文学，在与现代意识结合用以表现现代社会生活、表现现代人的精神世界方面，具有不可替代的独特价值。它也预示着，中国文学中重表现的特质并未被摒弃，而是以冲破传统思想和手法的姿态出现，带着从未有过的解脱感，开始谱写真正现代意义上的新的主观表现文学的一页。继《狂人日记》之后，鲁迅的大部分短篇小说，则在对现实的真实反映中，在对典型环境的描绘与典型性格的刻画中，体现出一种站在时代高度对现实作出历史性评判的伟大精神，洋溢着一种敢于彻底否定又勇于探索追求的变革力量，这使得中国客观写实的作品又具有了一种近代文学难以企及的深广度。鲁迅作为中国现代文学伟大的奠基者，他的意义不在于对侧重客观再现和侧重主观表现本身分出优劣，而是标志着一代冲破传统思想和手法的文学闯将的出现，代表着一个新的文学自觉时代的到来。

鲁迅的创作带有相当的先兆性，主要还指，整个五四文学革命时期新文学的创作作为现代文学的伟大开端，它在本质上也是这样合规律的发展演变的。即一方面是以文学"为人生"，反对"瞒"和"骗"为主旨的客观再现文学倾向的形成发展；另一方面，是以侧重表现人的真情实感和时代精神为特点的主观表现文学倾向的别开生面。前者偏重反映客观真实，后者偏重强调内心真实，二者相辅相成，相互渗透，共同标志着这一时期新文学的独特风貌。

组织松散、目的笼统的文学研究会，能率先在文坛形成强大势力，并影响一批艺术倾向相近的社团，主要在于它们"为人生"的明确主张，反对把文学当成消遣游戏工具的严肃态度，以及面对社会现实的理性精神，代表着一股现实主义思潮的兴起，一种以侧重客观再现为特征的文学倾向的出现。他们，连同"新潮"作家群、稍后的"乡土作家"，以及包括鲁迅等在社团之外的一批作家的创作，因其在对封建旧文学观念彻底否定的前提下，重新认识文学与现实生活的关系，强调"客观""再现"，所以较之以往一切强调写实的具体主张，他们的创作更带有深刻的超越历史局限的性质。当时他们把真实大胆反映社会人生问题，推到疗治传统文学的"瞒"和"骗"的顽症这样的高度，把能否真正做到看清并且写出人生的血和泪，视为新旧文学的根本区别。这种主张和实践的深刻性与尖锐性，使得中国以往的许多诗话文论显出它们的局限性和狭隘性。

同一道理，创造社的"异军突起"，其意义不仅在于一个新的社团的出现和对垒，而标志着一种新的主观表现文学思潮和艺术倾向的勃兴。在这里，艺术倾向"大于"文学社团的现象更为明显。面对彻底反封建的基本任务，适应人性解放的历史要求，不同阶级不同思想意识的作家，都有自己对社会人生的主观感受，有个人独特的表现内容和表现角度，发出了真正属于自己的声音。五四文学革命时期，确曾出现过由不同思想和感情层次所构成的、以不失个性特征为特点的主观表现文学思潮，它以不同于再现时代面貌的方式表现了时代特征，体现了个性解放的典型的时代精神，由个体化审美感受最终体现了群体意识。在这股思潮中，创造社诸作家尤其是郭沫若的重要贡献在于，他们不仅以对丰富的主观情感和强烈感受的表现，使个性解放时代精神的弘扬达到极致，为新旧交替的历史气氛作了充分渲染，而且带着一种面对现实而又不执着于现实的"超脱"感，带着挣脱传统羁绊大胆袒露人的真情实感的赤诚，打破了传统的"哀而不伤""怨而不怒""发乎情、止乎礼义"的文学（美学）观念，使得中国文学在表现人的主观情感方面达到前所未有的力度和强度。

五四新文学，唯其是客观再现与主观表现两种文学倾向的共同发展，是现实主义同其他"主义"的相互消长，才满足了时代的需要，才充分地体现了中国文学在打破传统文学大一统的局面后，向"多"的方面发展的新气象。五四新文学作为中国现当代文学的伟大开端，它的重大意义、它的合逻辑合规律的发展，也正在于它使中国文学获得了一次真正的解放和自由，使文学以正视现实、面对生活和关注人生为轴心，形成多样发展的局面，在反映客观现实和表现人的精神世界方面有了实质性的进展。这一内在原因也决定了当时现实主义、浪漫主义和正在兴起的现代主义三种外来文学思潮，虽然在中国同时产生着影响，但它们并非是依次重演或三足鼎立，而是分别适应了中国文学客观再现与主观表现不同文学倾向的现实需要，从不同方面促进了中国文学对历史缺憾的弥补和向世界文学发展大趋势的接近。

五四高潮过后，中国现代文学的发展趋向有了新的变化，明显地显示了这种变化特点的，首先是1923年以后，五四新文学的小说创作方法，由主观转向客观，由个人感情生活的狭小天地转向广阔的社会生活。而新文学运动的进一步发展表明，这种转变又是一种先兆。大约在20世纪20年代中后期，中国现代文学思潮、艺术倾向和创作面貌开始发生整体性变化，重客观再现、尊崇现实主义的文艺思想和观念逐渐占据主导地位，文学总体面貌逐渐呈现出与五四时期迥异的格局。这一转变有现实的依据。比如，随着五四的落潮，个性主义社会思潮退居次要地位，人们对个性、个人与阶级、民族整体关系的认识发生变化，以尊重自由、尊重个性为特征的主观表现文学，不再与五四高潮期那样强大的社会思潮相结合；五四后仍然黑暗的现实使人们的精神变得更加现实凝重，素以对现实社会的揭露批判见长，更多蕴含认识价值和思想内容的客观再现倾向的文学更容易得到发展，等等。这些都构成了现代文学进一步发展演变的新的具体条件。然而，也正是在这种特定条件下，人们对主观表现与客观再现文学倾向本身的特点及意义的认识开始发生偏差。这突出地表现在五四之后两个重大的文学史现象中。

其一，主观表现文学倾向发生重大变易和转折，与人们认识上的偏颇密切相关。前面说过，五四时期主观表现文学思潮的兴起和这种艺术倾向的形成，与个性主义社会思潮的发展有直接关系。但是，这一思潮这一倾向所具有的意义，不仅在于表现了时代精神和个性主义情绪，而且它把中国主观表现倾向的文学水平推向了一个新阶段，使其真正具有了现代意识。作为一种充分反映人的真情实感和自觉意识、充分体现作家艺术个性的文学倾向，主观表现倾向文学虽因个性主义的高扬而春风得意，却不应由某种社会思潮的失去地位而烟消云散。这里的关键是，主观表现绝不简单等同于"自我表现"，不只与个性主义相关。然而，随着五四的落潮，那些崇尚主观表现的作家面前，确曾面临过这样的一个课题：主观表现文学是否还有发展的必要和可能？在这个问题上，两种政治倾向、思想意识和文学观念不同的作家，作出了两种截然不同但都有偏向的回答。

以郭沫若为代表、包括创造社和后起的太阳社的一部分革命文学倡导者，对此作了否定的回答。一方面，他们对"个人"与"集体"的关系的认识发生了变化，认为"群众已登上了政治舞台，集体的生活已经将个人的生活送到不重要的地位了"①。由尊崇个人、个性转向强调"群体""整体"。另一方面，他们依照欧洲文艺思潮的演变进程来推断，认为"尊重个性尊重自由"的"浪漫主义文学早已成为反革命的文学"，"而在欧洲的今日的新兴文艺，在精神上是彻底表同情于无产阶级的社会主义的文艺，在形式上是彻底

---

① 蒋光慈：《关于革命文学》，《太阳》第 2 期，1928 年 2 月。

反对浪漫主义的写实主义的文艺。这种文艺，在我们现代要算是最新最进步的革命文学了"。由此进一步得出一个结论："凡是表同情于无产阶级而且同时是反抗浪漫主义的便是革命文学。"（郭沫若：《革命与文学》）他们的这种认识，不但把写实主义和浪漫主义人为地划分为最新最进步和过时的文学，而且赋予其强烈的政治色彩，使得写实主义从此与"无产阶级的社会主义的文艺"成为同义语，而浪漫主义竟与革命文学势不两立。伴随着这种认识，他们否定了包括自己创作在内的五四主观表现文学的意义和价值，也否定了"尊重自由""尊重个性"的文学观念，开始"重造"新的文学运动。（在郭沫若的《我们的文学新运动》，稍后蒋光慈的《关于革命文学》以及李初梨《怎样地建设革命文学》等文中，都表现出这种意识倾向）曾经把中国现代主观表现倾向文学推向新水平的创造社作家，这种"义无反顾"的举动，这种与"革命文学"的倡导结合起来的新的意识追求，对此后中国现代文学发展趋向和理论演变起了举足轻重的作用。与郭沫若等不同，当时另有一些作家和文学派，对主观表现文学作了肯定的回答，如象征诗派、新月诗派、周作人等。但这些作家在这个问题上的理论认识更令人遗憾。这就是，他们本来就认为文学只是作家的"自我表现"，是个人情思的表现，是内在生命意兴的表达，他们的表现对象仅仅在心境。这种观念的问题不在于强调了主观表现，而在于误解了主观表现文学所具有的独特意义，局限了它的表现内容，贬低了它在展示人的复杂内心世界与现实的深刻联系方面所能发挥的作用。这种观点及其实践，又从另一方面严重限制了主观表现文学的充分发展。

其二，20 年代中后期的又一个重大文学史现象，是对以鲁迅为代表的五四时期现实主义文学成就的贬损和否定。当时一些革命文学倡导者对浪漫主义的否定和对现实主义的尊崇，并不是建立在对新文学经验总结的基础上，相反，他们的一些新主张，使得在五四文学革命时期刚刚形成的一些新的文学观念面临严峻挑战，这一时期的文学成就也以新的价值判断标准被评价。在这种情况下，一些为新文学作出杰出贡献的作家——鲁迅首当其冲，茅盾紧随其后，包括叶圣陶、郁达夫、冰心等在内——受到了苛刻的批判和否定。特别是对《呐喊》《彷徨》的否定，充分反映出因批评者对鲁迅及其作品不"认识"、不理解而产生的偏见和固执。他们不公正的指责，并不仅仅是某些批评者的意气用事或一己之见，更反映了当时一些革命文学倡导者对现实主义的认识理解水平。当他们离开具体现实而抽象地谈论"时代精神"时，鲁迅对时代本质特点的揭示、对生活的独特发见，被看作"个人主义思潮"的表现，当他们离开中国文艺的现状而谈论"文艺思潮"的转变时，鲁迅小说所蕴含的真正的现实主义特征尤其是它能动地反映现实的长处这一方面，反倒成了缺点。他们不能认识到鲁迅的小说创作不仅是五四时期一般写实主义理论的实践，更重要的是对它们的突破——对那种把现实主义简单理解为模仿、记录现实的观念的突破。这种不"认识"、不理解，突出地反映了一些把写实主义与革命文学画等号的理论家，对现实主义的理论认识，实际上并没有达到文学革命中现实主义业已达到的水平，他们所忽视所否定的，恰恰是现实主义文学不可或缺的作家的主观能动性。这样，在对写实主义的提倡中，一种落后的有局限的艺术理论与显得进步的思想意识追求开始结合，机械反映论露出端倪。

以上两个重大文学史现象，在一定意义上说是一种标志，它预示着中国现代文学在整体上开始沿着扬现实主义、抑其他主义的格局演变发展。而在理论上，开始把写实主义看作无产阶级的文学、最进步的文学。这种理论的进一步演变，就把现实主义、客观再现文学当作唯物主义的、反映论的体现，而把其他主义、主观表现文学看作唯心主义的、主观论的体现。同时，现实主义与"革命文学"的混同，使得对它的尊崇和强调，已经带有强烈的政治色彩和复杂的含义。而随着 20 世纪 30 年代后阶级斗争的日趋尖锐，现实主义逐渐演化为一种与社会政治思潮交织在一起的文学主潮，因此，任何对于这一主潮中某些具体文艺问题的论争，每每触及政治立场、思想意识等层次，"捍卫"现实主义同捍卫"革命文学"几乎成为同义语，现实主义在观念上被奉为"正宗"，这种观念统治中国文坛达半个多世纪。而现实主义被独尊的结果，不仅使其带上严重的排他性，似乎现实主义能解决和包容一切文学问题，而且现实主义一旦被看作一个自我完备的体系，就往往变为教条，严重影响对其自身的探讨，使得对它的理解长期处于表面低浅层次。中国现代文学在其发展进程中，一面是客观再现的不断"强化"、现实主义的独尊，一面却是概念化、公式化、机械反映论长期得不到克服，严重影响现实主义文学水平的更大提高；一面是现实生活中各种矛盾冲突不断激化，神人共怒的时代使得人们的情感常常胜于理智，而另一方面则是缺乏足以表达这种丰富情感的、主观色彩极浓而表现力极强的力作的陆续涌现。这种现象，不能不与上述文学观念与现代文学的总体格局相关。这里无意贬低中国现代文学中现实主义文学思潮、客观再现文学倾向的强化演变进程本身的重大意义和价值，也不想重复已为许多研究者反复论证过的现实主义思潮的合理性必然性，而是想探讨这一演变过程在整个现代文学史上的来龙去脉、前因后果。

第二节　"再现"文学的强化及曲折

以五四时期为新的契机，古老的中国文学历史长河在改变走向，朝着文学客观再现现实的方向运动，求"真"是其首要目标。站在这种文学潮流前列并推波助澜的，是一些具有新的思想意识、带有不同程度启蒙色彩的人物，如陈独秀、李大钊、鲁迅、周作人等，他们大都是新文化运动的发动者、组织者，又是新文学运动的积极倡导者和积极参加者。他们提倡新文学，在相当程度上取决于他们进行思想革命和社会改革的需要，对文学价值的判断着重于思想内容、认识意义和启蒙效果，而客观写实的文学无疑最适应这种需要。这已初步表明，客观再现因素的强化，除了为中国文学自身发展规律所决定外，还为思想革命、社会改革等时代需要所选择。强调文学客观写实，既是扭转文坛浮华颓败恶风的关键，又是使文学成为思想革命的有力工具的重要一环，这已成为一种普遍的心理倾向和文学意识。李大钊说："由来新文明之诞生，必有新文艺之为先声。"① 陈独秀说："吾国文艺，犹在古典主义理想主义时代，今后当趋向写实主义。文章以纪事为重，绘画以写生为重，庶足挽今日浮华颓败之恶风。"周作人认为："用人道主义为本，对于人生诸问题，加以记录研究的文字，便谓之人的文学。""我们可以因此明白人生实在的情状，与理想生活比较出差异与改善的方法。"② 胡适大力介绍易卜生主义，他对其理解为："易卜生把家庭社会的实在情形写了出来，叫人看了动心，叫人看了觉得我们的家庭社会原来是如此黑暗腐败，叫人看了觉得家庭社会真正不得不维新革命：——这就是易卜生主义。"③ 瞿世英说："'小说的价值，便在乎能描述人生至于若何程度。'愈能将一幅人生之图描画得逼真的，便愈有价值。"④ 这些观点所显示的美学倾向正是排斥那种对超现实的美的境界的追求，提倡文艺与客观现实的迫紧，崇尚对社会人生的逼真写实描画；同时倾向于把审美情感理解为唤起日常生活情感，文学艺术美的价值依存于对客观现实的再现。

中国现代文学一经诞生出现的这一倾向，因其在对封建旧文学彻底否定的前提下，触及文学与生活的关系这一重要问题，所以它较之中国文学史上以往强调写实的文学主张就具有更深刻的超越历史局限的意义。然而，五四时期，许多强调客观再现的文学主张中却又潜藏着一种新的局限，它影响了此后文学的发展。从他们的观点中可以看出，当时把文学为人生、文学反映现实着重理解为就是写实、描画，记录人生，是逼真再现社会情形、描摹出一个个"雏形"。这时，现实主义谓之写实主义并不仅仅是用词和称谓的不同，它其实正反映着当时绝大多数人并不能区别现实主义精神和写实手法的真实情况。认识上的这种局限，当它在新文学初期着重作为理论主张来倡导

---

① 李大钊：《"晨钟"之使命》，《晨钟报》创刊号，1916 年 8 月 15 日。

② 周作人：《人的文学》，《新青年》第 5 卷第 6 号，1918 年 12 月 15 日。

③ 胡适：《易卜生主义》，《新青年》第 4 卷第 6 号，1918 年 6 月 15 日。

④ 瞿世英：《小说的研究》，《小说月报》第 13 卷，1922 年 7 月 10 日。

时，还不构成明显缺点，相反，作为与"文以载道"和"消遣游戏"的文学观念的"反动"，在表现方法上对过去那种脱离生活的无病呻吟的"反动"，它显然是不应该多加指责的。

幸运的是，中国新文学客观再现和现实主义的理论在早期的局限，为鲁迅小说的创作实践所大大突破。鲁迅小说的取材"多采自病态社会中不幸的人们，意思是在揭出病苦，引起疗救的注意"。表面看来，这和前述一般写实主义的主张颇相一致，但实际上，鲁迅的笔锋已经透过了社会现象的表层，深入社会历史深处和生活底蕴，大大超越了一般表面地描绘的水平。他的小说，以冷峻坚实的笔触描绘着那潜藏于平凡日常生活场面中"几乎无事的悲剧"，揭示着人与社会的尖锐对立、愿望与现实存在的巨大冲突。批判封建传统道德观念和意识形态、改造国民灵魂、探索农民和知识分子革命道路等重大主题的开拓，显示了文学革命的实绩和真正现实主义文学的实力。如果说，五四时期一般强调客观再现、描摹生活的人们，他们的认识还未完全脱出近代写实文学着重记录"怪现状"、使丑恶"显形"的水平的话，那么，鲁迅的小说，则正是对此的重大突破。他的小说，舍弃了对奇闻怪事的表面记录和对外在教训色彩的追求，不是凭对怪异现实的"显形"来惊世骇俗、醒世喻世，而是深刻剖示那渗透于生活本身的悲剧因素，穿入隐微，促使人们进行深入思索和反省。在鲁迅的写实中，蕴含着传统文学所欠缺的深沉的思想批判力量、丰富的历史含义和巨大的理性认识价值，以及不露痕迹地对中国社会发展道路的探索。这在客观上显示出，中国的叙事文学，已经能够在现代思想意识的指导下，通过真实的细节描写、再现典型环境中的典型性格，再现历史的真实。然而，在五四前后，鲁迅所达到的水平，对于绝大多数作者来说，还只是一种预期的目标。他们客观再现社会人生的作品正好是前述一般写实主义理论的实践。大约从1921年起，随着新文学运动由侧重理论倡导转向创作实践，以客观反映现实生活为特点的作品大量出现。创作数量的增丰固然表明文学的新发展，作家对人生问题、社会问题的关注和写实手法的受重视，也反映出新的文学意识的觉醒。但是，就其基本面貌来看，绝大多数作品不能摆脱肤浅的描摹和被动地再现的缺点，缺乏"描写广阔气魄深厚的作品"。许多作家，并不乏客观的态度和对客观事件的记录，相反，他们有时"在一个人上，会聚集了一切难堪的不幸"，力求写出人生的"血"和"泪"，或把它纳入社会人生问题的"簇新的思想"下；他们也不乏写实的手法，有些人甚至有意模仿鲁迅的选材角度和笔法。但是，他们的作品，往往缺少鲁迅小说所具有的深刻的思想批判力量和历史含义，缺少客观叙事作品应有的揭示生活底蕴的深度和力度，缺乏那种应该深深融进客观描绘之中的作家的主观见解、独特发现和情感力量。这种情形下，所谓"客观"就容易变为对题材处理的盲目，所谓"再现"就容易出现对表面事件的照搬和堆砌。这一切说明，中国现代文学对现实进行深刻的而非表面的"客观再现"，还有待于大多数作家创作水平的提高、历史感的增强，更需要适应中国文学发展实际的科学理论的指导。

发现创作中的这种普遍问题，试图从理论高度加以认识解决的是茅盾。茅盾在 20 世纪 20 年代初期的文学活动具有独到而重要的意义。他对于中西文学的认识具备一定的宏观意识，希图把中国新文学蓝图的设计和理论的建设，建筑在总结人类艺术经验的基础上，提出中西文学的优秀特质，"另创一种自有的新文学"。尽管由于时代条件的制约，他的设想难以在短时期内变成现实。但是，茅盾却能够不但在中西文学的比较中，非常深刻地认识到中国传统文学观念的要害在于"文以载道"和"消遣游戏"，认为这是中国文学落后于外国、错了路子的根本，因而十分强调文学与现实的密切关系，而且，茅盾还能对外国文艺思潮作出自己的判断，不"独然慕欧"，在大多数人浮浅地理解现实主义并把它简单地与"为人生"画等号的时候，他却指出，只要为人生，"不管它浪漫也好，写实也好，表现神秘也都好"，"文学的目的是综合地表现人生"。[1] 这表现出一种宽容博大的气派。坚持现实主

---

[1] 雁冰：《文学和人的关系及中国古来对于文学者身份的误认》，《小说月报》第 12 卷第 1 号，1921 年 1 月 10 日。

义精神、坚持文学为人生而不主张独用写实手法，反对表面浮浅地"再现"现实，正是茅盾早期文艺理论主张的独特性之一。在1922年7月《自然主义与中国现代小说》发表之前，茅盾在寻求一种主观与客观统一、表现与再现结合的创作方法，以期使新文学能真正综合反映现实人生。当时他提倡的"新浪漫主义"文学主张正包含这种内涵。稍后，当他看到，由于各种原因，新文学创作中主观"流于虚幻"，"在思想方面惟求博人无意识的一笑，在艺术方面，惟求报帐似的报得清楚"的时候，在创作"内容欠浓厚，欠复杂，用意太简单、太表面"的时候，不得不"先找个药方赶快医治作者读者共有的毛病"，转而提倡用"自然主义"的某些手法，以强调实地观察和客观描绘来求"真"；进而以强调文学与现实人生、与时代、与政治的紧密联系来补救作家对生活理解和反映中的浮浅表面。茅盾在理论方面所做的这些努力，正与鲁迅创作实践所显示的基本精神相一致。可以说，在20世纪20年代中期以前，鲁迅的小说创作和茅盾的文艺理论，分别代表了中国新文学中客观再现文学在实践和理论上的最高成就。

中国现代社会历史特点注定了这个时代的文学终归要与政治联姻。20世纪20年代中期以后，社会矛盾孕育成深刻的政治运动并占据生活的中心，人们对事物的价值判断已不可能避免政治意识的影响。这时，政治斗争不会放弃对文学的利用，从政治角度对文学作出选择和提出要求；同时，新文学作为这个时代的产儿，也不可能脱离开政治。这种情势下，文学既要对政治斗争作出反响又要保持自己的特性，这是要比五四时期义无反顾地打倒封建旧文学远为复杂得多的问题。从1923年革命文学口号的提出到1928年展开关于无产阶级革命文学的论争，是新文学运动逐步靠近政治运动并进行自身新的变革的时期，也是新文学阵营内部不同观念从产生分歧到逐步明朗化尖锐化的过程。分歧的重要焦点正是如何认识文学与政治的关系问题，以及文学自身的发展问题。这涉及此后整个现代文学的发展面貌，当然也深刻地影响到客观再现倾向文学的发展面貌。

革命文学口号的提出，标志着对文学的特点、功能、作用和目的以不同于五四时期的价值标准来评价的开始。创造社、太阳社的人们提倡革命文学的出发点是要充分地发挥文学在社会变革和政治斗争中的重要作用，但是由于认识上的片面性及其他原因，结果却适得其反。他们由片面强调文学的作用到无限夸大文学的作用，并简单地认为文学就是宣传，理直气壮地坚持认为文学是政治的留声机，甚至干脆认为文学就是政治。这种观点用来设想未来文学，实际是取消文学，用来分析以前的文学，便是对五四时期文学、包括自己创作的轻率否定。诚然，否定之否定的规律也适用文学运动的发展变化，五四后的新文学确乎需要在否定和扬弃中前进，否则它就会与时代的变化发展脱节。但是，当时一些革命文学提倡者所要否定的却包括许多不该否定的内容。教条主义和机械论使得他们在否定什么和提倡什么的问题上存在重大偏差。比如，他们既否定"文学是自我的表现"，又否定文学是社会生活的反映，认为前者是"观念论的幽灵，个人主义者的呓语"，后者是"小有产者意识的把戏，机会主义者的念佛"。在"一切的文学，都是宣传"的认识前提下，提出"文学与其说它是自我表现，毋宁说它是生活意志的要求"，"与其说它是社会生活的反映，毋宁说它是反映阶级的实践的意欲"①。又比如，有人提出否定"以个人为创作的中心"，认为"群众已登上了政治的舞台，集体的生活已经将个人的生活送到不重要的地位了"。所以，"革命文学应当是反个人主义的文学，它的主人翁应当是群众，而不是个人；它的倾向应当是集体主义，而不是个人主义"。②再比如，他们对鲁迅《呐喊》《彷徨》的否定、郭沫若对浪漫主义的否定等，都是代表某种文学意识和动向的重要现象。作为一种正在形成的、以革命文学运动的理论核心出现的文艺思想，在当时并且对以后客观再现文学发展产生过不良影响，其重要偏差主要在于以下两点。一是从根本上把文学看作"意志的要求"和"阶级意欲的实践"，削弱文学与现实生活的密切关系，使文学成为主观意志的显现。这是

---

① 李初梨：《怎样地建设革命文学》，《文化批判》第 2 号，1928 年 2 月 15 日。

② 蒋光慈：《关于革命文学》，《太阳》第 2 期，1928 年 2 月。

对五四新文学运动发展方向的一种偏离，也是对五四文学成果的否定和认识上的倒退。二是创作主张上对现实主义的偏离。从前述的现象可以看出，表面上似乎独尊现实主义（写实主义），放弃或排斥其他创作方法，仿佛现实主义是革命文学唯一可行的方法；但另一方面，则又否定现实主义的基本原则，诸如以"宣传阶级意识"来代替对现实的客观再现，以强调"群体"形象，集体意识来否定以个人为作品的主人翁，使典型性格的塑造成为空话，等等，都构成了一些革命文学倡导者政治立场激进而对文学本质特性认识后退的矛盾现象。这种情况下，鲁迅创作所奠定的新文学的基础，五四新文学运动的成就和经验等都受到了严峻的挑战，其他作家如茅盾、叶圣陶、冰心、郁达夫等，则等而下之受到否定和批判，于是论争便不可避免。争论的原因主要不在政治立场，而在文学观念。如何看待文学的社会作用，要不要、能不能正视现实、反映社会真实是争论的重要内容之一。鲁迅深刻指出：现在，气象似乎一变，到处听不见歌吟花月的声音了，代之而起的是铁和血的赞颂。然而倘以欺瞒的心，用欺瞒的嘴，则无论说 A 和 O，或 Y 和 Z，一样是虚假的；只可以吓哑了先前鄙薄花月的所谓批评家的嘴，满足地以为中国就要中兴。可怜他在"爱国"的大帽子底下又闭上了眼睛了——或者本来就闭着。（《论"睁了眼看"》）鲁迅一针见血地指出了新文学界面临的新的重大问题，即在"文学革命"向"革命文学"的转换中，中国的文人能否继续正视现实人生，并且真诚地深入地大胆地写出，仍然是一个有待解决的问题。同时他尖锐地揭露了那种在"爱国"的大帽子底下又闭上眼睛，由对花月的赞颂代之以铁和血的赞颂的假象。茅盾在《读〈倪焕之〉》《从牯岭到东京》等论文中，也对那种鄙薄和贬低文学反映真实生活的意义、片面追求"指路"作用的观点进行了反驳。创造社、太阳社与鲁迅和茅盾的论争，因为各种原因暂时结束了，争论双方政治立场的一致使得他们能在特定政治形势下联合起来，但文学观念上的分歧却依然存在，而且日益变得复杂尖锐。因为，对于政治立场一致的争论双方来说，随着革命的进一步深入，阶级斗争的日趋尖锐，如何进一步认识和处理文学与政治的关系，已经成为越来越现实的问题。强调政治因素而忽视艺术特性的文学观念，在这时容易借助时代条件得到发挥，苏联"拉普"派等"左"的观点的影响更使这种观念有了理论"根据"。而对于鲁迅、茅盾来说，尽管他们能够坚持他们已经认准的文学必须真实反映现实的原则，却也不得不对文学如何适应新的时代要求、参与社会变革的问题重新思考。这是至关重要的理论问题，它的答案只能产生于文学创作实践中，而对于具体作家来说，他们对此如何认识和处理，将决定他们的创作道路和面貌；其中一些重要作家如鲁迅和茅盾，他们个人创作道路的变化往往包含着重要的文学史意义并对整个文学面貌带来某些微妙的变化。在这里，值得注意的是鲁迅的变化。1925 年 10 月鲁迅写完小说《离婚》后，再不见他有关于现实题材的小说创作，全身心投入到大量杂文的创作，取得了重要成就。对此，瞿秋白曾归结为，"急遽的剧烈的斗争，使作家不能够从容地把他的思想和情感熔铸到创作里去，表现在具体的形象和典型里"，作家的才能和思想在杂文中得到了发挥 ①。瞿秋白作为鲁迅的知己，他的论断有充分的根据和道理，但不足以说明鲁迅小说创作停笔的全部深刻原因。1933 年，鲁迅曾说到自己久不做小说的根由："现实的人民更加困苦，我的意思也和以前有些不同，又看见了新的文学的潮流，在这景况中，写新的不能，写旧的又不愿。"（《英译本短篇小说选集》自序）对待创作一向严肃的鲁迅，在新的文学潮流面前，创作思想无疑在变化，但在对如何才能写好"新的"还没有充分把握时，他选择了自己得心应手的武器——杂文。20世纪 30 年代中期也有人认为，鲁迅创作中这种现象的"最大的缘故似乎在他创作的认识，与革命的信念的冲突"。"到了觉得文艺似乎是武器，又不能忘怀于创作必需得没有束缚的时候，冲突就来了……恐怕鲁迅也陷于这样的苦闷。"② 这种分析同样是有道理的，因为我们无法否认鲁迅"写新的不能"的焦虑中不存在"这样的苦闷"。鲁迅曾经追述过他怎么做起小说来，却未

---

① 瞿秋白：《鲁迅杂感选集·序言》，《瞿秋白文集》（文学编）第 3 卷，人民文学出版社 1989年版。

② 李长之：《鲁迅作品之艺术的考察》，天津《益世报》《文学副刊》第 15 期，1935 年 6 月 12 日。

曾更明确说明他为什么又不做小说了，但是，现代文学史各种现象说明，鲁迅所遇到的苦闷并非为他所独有；而且，越是对文学特性有深刻认识同时又不能忘怀文学积极社会作用的人，苦闷和忧虑越显深刻，他们深知要使文学适应新的时代变革需要又不丧失文学特点并非轻而易举的事情。"写新的不能，写旧的又不愿"，鲁迅说的是他自己的情况，却也反映了新文学阵营作家创作思想的变化及其遇到的新问题。鲁迅选择了如投枪和匕首的杂文，不再以小说创作产生如第一个十年那样大的影响；但是，却有更多的作家继承了鲁迅小说创作的传统，开始了新的探索，同时又带来了小说创作的第二个十年，出现了鲁迅小说不曾有的许多内容。

20世纪20年代后期，社会生活的急剧变化和时代的需要加快了文学变革的步伐，客观再现倾向的文学也形成新的局面。一批作家开始注意把目光由身边琐事转向社会的"全般"，以较为广阔的视角观察纷繁复杂而又迅速变化的社会生活，并以与之适应的艺术形式和方法做了较为真实的表现。中长篇小说这种体裁的大量运用就是一个信号，这种形式上的变化预示着内容上的进展。随着文学主题从"人的发现到阶级意识的觉醒"的转变，中国新的社会生活、时代特点将以更广阔的艺术画幅来描绘，文学对生活的反映将有更多地可能开掘出"较大的思想深度和意识到的历史内容"。最先显示了这种进展的，是对青年斗争生活的描写和对他们人生命运的探索，以及这种探索与具体历史阶段性社会现实的联系。鲁迅所开拓的关于知识分子道路问题的主题得到了直接的继承和新的发展。叶圣陶的《倪焕之》，"第一次描写了广阔的世间。把一篇小说的时代安放在近十年的历史过程中"，并"有意地要表示一个人——一个富有革命性的小资产阶级知识分子，怎样地受十年来时代壮潮所激荡"。[①] 茅盾的《蚀》和稍后的《虹》，则在更为具体和现实的背景上，正面描写了置身于革命洪流中的小资产阶级青年的生活斗争历程和心理变化历程，在展示不同类型人物的思想面貌、性格特征中成功地渲染

---

① 　茅盾：《读〈倪焕之〉》，载《茅盾文艺杂论集》上集，上海文艺出版社1981年版，第285页。

出特定时代的社会气氛，比较真实和及时地反映了五四到大革命前后的社会进程和某些方面的历史图景。巴金的《灭亡》等，揭示了像杜大心这一类想革命而又找不到正确道路的知识分子的精神状态，作品主人公在现实和理想的矛盾面前出现的愤懑以至病态的情绪，心理上爱与憎、理智与感情的激烈冲突，被作为社会矛盾的反映作了直率的宣泄和充分的描述。柔石的《二月》、胡也频的《到莫斯科去》和《光明在我们的前面》、蒋光慈的《冲出云围的月亮》、洪灵菲的《流亡》等，从不同的角度描写了小资产阶级知识青年在社会大变动中的历史脚印。个人与社会、与时代的关系被综合地加以反映，青年们的人生道路与时代变化的步伐密切相关。即使那些着重于表现人物主观感受和心理情绪变化的作品，也较多地引进了客观生活内容或有了新的主题开掘的指向。丁玲的《莎菲女士的日记》，在对莎菲不断追求不断幻灭的苦闷内心世界的精神分析中，在对莎菲矛盾性格形成原因的揭示中融进了较深刻的社会历史含义。莎菲作为五四时期出现于中国社会反封建争取个性自由的新女性，从一个自由恋爱的追求者，到感觉到"恋爱本身的空虚"乃至最终发出苦闷矛盾的绝叫，她的"心灵上负着时代苦闷的创伤"，她的绝叫以独特的方式宣告着"个性解放"理想的空幻和碰壁，由之可以窥见个性主义社会思潮的"潮涨潮落"在她的性格中留下的合乎逻辑的印痕。凡此种种，宏观的历史画面的展现与微观的心理描写的结合，青年个人命运与时代风云变幻的交织，使得从五四以来集中反复描写过的青年生活题材带有了较多的诗史性质，这是现代文学发展中的重要收获，也是客观再现倾向文学的重要突破。这种突破，固然为社会生活本身的变化所决定，却也表明作家创作思想方面的明显进步。这主要体现在一批代表性作家笔下人物的活动与历史发展具体性有着内在联系，人物性格具有了鲜明的时代性；而且在理论上对时代性的认识也有了深化。1929 年 5 月茅盾在著名的论文《从牯岭到东京》中说："所谓时代性，我认为，在表现了时代空气而外，还应该有两个要义：一是时代给与人们以怎样的影响，二是人们的集团的活力又怎样地将时代推进了新方向，换言之，即是怎样地催促历史进入必然的新时代，再换一句话说，即是怎样地由于人们的集团的活动而及早实现了历史的必然。"已不满足于把时代性仅仅看作是"时代空气"的描写，而强调人与时代的关系，进而注意人与时代和历史必然性的关系。这说明，现代作家已开始认识文学对生活的再现，不仅具有反映论的含义，而且应具历史哲学的含义。这种认识，对于面临新的表现对象的创作界来说，无疑有重要意义。因为，随着具有诗史因素的时代壮剧的演进，作家能否一方面迅速反映现实生活，另一方面在拓展作品内容广度的同时向深度开掘，真正奉献出具有诗史性质的作品，这是既需要大胆的创作实践，又需要理性认识的重要问题。

也许正是由于 20 世纪 20 年代后期作家的创作较充分地注意了人物与时代的关系，从理论和实践两方面进行了感情上和心智上紧张地探索，使作家更多地具有历史感，这才在客观上为 30 年代一些优秀作家更好地通过典型环境和典型性格的描写，反映中国历史的必然性提供了经验和造成了氛围。然而，也恰恰还是在关于作品人物与时代（历史）关系的处理上，20 年代后期的创作，开始出现机械反映论和概念化现象，对 30 年代初期创作产生了不好的影响。这种现象就是，一种提倡以社会科学命题为作品主题的理性化观念、一种明确要指示出路、描绘前途的主观意图出现在创作中，并形成一种倾向。这种倾向的形成，一方面显然是受到"革命文学"论争中某些偏激观点的影响，另一方面则正是与人们对个人和时代关系的理解走向另一极端有关。本来，由表现身边琐事、感叹个人哀怨到重视个人与时代、历史的关系，这是一个重要进步。但同时，由于从社会科学命题出发而不是强调从生活出发进行创作，所以，使得许多作品的人物变成演绎历史必然性的工具，人物的个人命运变成社会进程机械的对应物。这种倾向不像所谓"革命加恋爱"的创作公式那样受到普遍的指责，但实际上，它潜藏重大弊端，它所遵循的是一种古典主义的创作路线，即强调共性重于强调个性，强调具有社会普通意义的伦理观念，重于强调具有更多个性特点及偶然因素。追求统一性，规范性，排斥多义性、复杂性，这大大局限了文学反映生活的丰富性和深刻性。显然在当时，由于时代氛围的浸染和整个时代认识水平的限制，这种现象没能得到及时克服。就连茅盾这样杰出的作家，在这一点上不但没能避免，反而更具典型性。茅盾在《蚀》受到不公正的指责、自己进行答辩时，曾对那种不正视现实，一味追求"指路"作用的观点进行了批评和反驳；然而稍后，当他表示要振作精神，同时以作品基调变得明朗高昂而显示着自己思想转换时（如《虹》的创作），他的作品中的"指路"色彩也变得明显和外露，作品所揭示的一般生活逻辑与人物性格逻辑开始出现某些"错位"，到了《路》和《三人行》，则更清楚地暴露了这种创作思想所造成的缺欠，然而，遗憾的是，人们在寻找这两部作品不成功的原因时，只注意到了作者对中学生生活不熟悉一个方面，却不很重视创作思想方面的问题。茅盾创作中出现的这种曲折，具有相当的代表性，它代表了那种既想坚持文学特性，重视文学对现实的真实反映，又想使文学对政治斗争发生直接影响的文学观念，在指导创作实践方面，还不能使二者真正结合的矛盾现象。而茅盾作为继鲁迅之后，在小说创作方面影响最大的作家，他的创作思想的变化对于此后中国现代小说在客观再现生活方面的发展指向产生着重要影响。

进入 20 世纪 30 年代，中国现代文学迎来了自己的黄金时期。力图从历史发展的高度表现时代的变迁和社会的矛盾运动，成为这一时期杰出作品的基本特征。一些颇具时代象征性命意的书名的出现就显示了这种动向，"子夜""激流""日出""咆哮了的土地""生死场"，以及"暗夜""转换""复兴"等，都反映出作家力求概括时代本质特征、表现社会生活历史性变化的自觉意识和愿望。蒋光慈等革命作家，以强烈的革命热情，及时反映了工农群众的斗争生活和重大事件，把尖锐的阶级斗争这一当时最重要的生活内容作为创作中心。他们的作品即使是着重记录事件和速写式地勾勒反抗者的身影，也具有不可抹杀的价值，作者对革命者的饱满热情和对黑暗现实的强烈反抗意识，以及在时代责任感、社会责任感驱使下的艺术探求精神，无疑为后来文学正面表现中国现代历史变革过程提供了经验或教训，正是从这个角度来说，蒋光慈等人的创作有其自身的意义。况且，像《咆哮了的土地》这样的小说，已经比较全面地描写了大革命前后农村中激烈的阶级矛盾及其变动，从一个重要方面表现了时代发展的新趋势。这对此后大量同类题材作品的不断发展成熟起了较好的拓荒作用。与蒋光慈不同，巴金、老舍和曹禺等作家，他们主要还不是以题材本身的重大和及时取胜，而是由对某一方面社会生活的具体观察和独到发现触及时代本质，把对人的思考置于首位，并经他们各有特点的艺术创造带来独特的价值和意义。巴金的《家》深刻地反映了 20 世纪 20 年代初生活激流动荡的历史图景，高老太爷、觉新、觉慧等典型形象以较强的概括力和穿透力，具体揭示了中国封建宗法制度滞缓解体的过程和终将崩溃的历史必然性，再现了新民主主义革命初期反封建斗争的某些面影。老舍的《骆驼祥子》，不但通过祥子的悲惨遭遇，强烈控诉了使人变成野兽的社会罪恶，而且把祥子个人的悲剧描写同对社会人生进行哲理性、历史性思考结合起来，提出了中国现代城市个体劳动者的前途、命运问题，大大增强了作品的历史价值和意义。曹禺的话剧《雷雨》《日出》，就其题材本身来说，并非时代生活的主流，也很少诗史因素，但是，剧作中各阶级阶层人物之间乃至血缘关系之间的矛盾纠葛，与历史的、社会的矛盾关系糅合在一起，人物的性格既有复杂性、多面性，又有具体历史环境所决定的基本规定性，这就从不同的角度加深和补充了人们对整个社会历史进程的认识和对人的命运的思考。李劼人的《死水微澜》等长篇小说，虽然写的是从甲午战争到辛亥革命的历史现象，但作者要把自己认为"意义非常重大、当得起历史转折点的这一段社会现象"反映出来的雄图，和他创作中表现出的对生活观察的全面和理解的深入，对"各个时代的主流及其递禅，地方上的风土气韵，各个阶层的人物之生活样式、心理状态、言语口吻"等研究的透彻和熟谙，以及表现的浑厚、细腻，描写手法的娴熟，都表明"作者似乎是可以称为一位健全的写实主义者"。也许正由于描写内容的关系，李劼人的小说没能产生像其他作品那样重大的现实影响，但他的小说所具有的艺术成就，无疑是中国文学在客观再现生活方面达到新水平的有力证明。这个时期，巴金、老舍、曹禺创作的重要性，正在于他们的创作在一定程度上弥补了 20 年代后期文学在人物塑造中那种强调共性轻视个性，强调社会普遍意义轻视个别特征和偶然因素的缺欠，增强了人在文学中的主体地位。同时，不重复在人物命运的把握中向单一方向发展的模式，揭示了人物在处于异质环境时性格的合逻辑的发展变化，注意塑造蕴含历史因素的人物性格。高觉新的终于不能离"家"，祥子的最后堕落、繁漪的发疯和陈白露自杀，都包含着丰富的社会历史内容与人性意涵交融的特色。作家在当时对人物所作的某些似乎悖于社会普遍心理倾向甚至伦常观念的处理，曾经遭到过责难，但却符合生活本身的复杂性，随着岁月的流逝，这些连作家本人后来都试图弥补、修改的"缺点"却日益显示出它们的优点，这再一次证明了现实主义的胜利。

20世纪30年代，鲁迅和茅盾站在时代的高度，以深邃的历史眼光密切注视着复杂生活的实质性变化，并做了深刻的反映。鲁迅后期不潜心鸿篇巨制的创作，但他的杂文却以极其广泛的取材和灵活多样的手法，在整体上显示出一种伟岸恢宏的气派。他的伟大和独特，表现在他对社会现实的毫不掩饰的深刻揭示，对时代特质进行历史性哲理性的思考，对人的灵魂的"拷问"等，并不因其改变创作手法和文体样式而减弱，反而因他的创作使杂文这种文体获得了特殊的文学意义。茅盾曾一贯强调地要反映社会"全般"的理论在这时，由他自己做了成功的实践。长篇小说《子夜》和短篇《春蚕》《林家铺子》等，通过对都市、农村和商镇生活情景的描绘，展现出半殖民地半封建中国社会30年代的历史图景。这些作品，不仅以宏大的规模、广阔的生活画面有力地反映出时代的复杂面貌和壮阔波澜，而且将脉络清晰的理性分析付诸细致缜密的艺术描绘，透过作品主人公吴荪甫、老通宝、林老板等的命运，让人们看到了帝国主义侵略的魔爪紧紧扼住中国民族工业咽喉的怪异图画，"谷贱伤农、丰收成灾"的畸形现实和民族工商业处于风雨飘摇中的凄惨景象。这既揭示了30年代中国社会的现实图景，又是对反映中国社会发展进程的重大主题的艺术表现。

抗日战争爆发之后的中国现代文学，担负着新的使命，曾经有力地配合了民族解放和民主革命运动。但同时，它面临着新的考验，这就是，文学在及时紧密地配合现实斗争、发挥其特殊的作用的同时，能否创作出具有强烈现实感又有充分历史感的作品，这关系能否保持和继续提高现代文学水平的问题。

毋庸讳言，特殊的时代环境给文学创作带来了严重损失，但是，从整体考察抗战爆发后的创作全貌，中国现代文学并没有因此而改变总的向前发展的趋势。尤其是，严酷的现实在这时并没能使作家的创作枯竭，相反，它孕育出许多新的创作内容，为文学发展提供了新的领域。这表现在：第一，一大批革命作家，选择足以反映时代特征和现实本质的生活题材，多侧面多角度地描绘着抗战开始以后中国社会的真实面貌。《第一阶段的故事》（茅盾）、《火》（巴金）、《心防》《法西斯细菌》（夏衍）、《丽人行》（田汉），等等，大都在普通人民生活和思想的剧烈变化中，表现不同阶层人们对战争的态度和整个民族意识的觉醒过程以及人民的斗争精神。特别像老舍的《四世同堂》这样的杰出巨著，以其深沉的历史感和众多典型形象的塑造，提供了一部被征服者的"痛史"。在这部著作中，可以感受到，鲁迅曾用力探索的"国民性"的主题不但真正被继承，而且具有了新的含义和开掘深度。而像《腐蚀》（茅盾）、《寒夜》《第四病室》《憩园》（巴金）、《升官图》（陈白尘）、《雾重庆》（宋之的）等，则深刻地控诉和揭露讽刺了反动政治统治下的中国社会阴暗腐败的本质，对社会特点观察认识的明确性、透彻性，以及作者在处理素材中所表现出的对未来历史发展趋势的敏锐性，都是这类作品的突出优点。第二，这一时期，有一批作家在恶劣的政治气候下，转向描写敌后游击区、沦陷区、"阴阳界"、"小城风波"、"乡村土劣"和知识分子的苦闷等，也取得了令人注目的成就。沙汀的《淘金记》《困兽记》和《还乡记》以深刻的现实主义笔触，大规模地反映了抗战时期国统区的农村生活，塑造了一系列不同阶层、阶级的人物形象，描绘出旧中国特定历史条件下农村的现实画卷；艾芜的《山野》等长篇，则表现抗战时期中国农村"人民自己起来抗日"的战斗历程及其心理变化，并揭示了阶级矛盾、民族矛盾乃至宗教矛盾互相交织的复杂社会关系；而黄谷柳的《虾球传》通过一个流浪者的坎坷经历和走向革命的曲折途程，展示种种社会世相。这些作品大都注意以整幅画面来反映时代的变迁，有的作家还有意识地试图使作品具有社会和时代缩影的特征。如齐同的《新生代》是要"将从'一二·九'到'七七'北方青年的思想变动忠诚地告诉读者"。郁茹的《遥远的爱》"是想介绍在现社会中艰苦挣扎的女性底一部奋斗史"。《财主底儿女们》的作者路翎说："我所检讨，并且批判、肯定的，是我们中国底知识分子们底某几种物质的、精神的世界。这是要牵涉到中国底复杂的生活的；在这种生活里面，又正激荡着民族解放战争底伟大的风暴。"不管作者最后奉献出的是什么，他们力图深入历史、直面现实的自觉的艺术追求，在一定程度上已经说明一些现代作家对文学客观再现生活的认识和探索是在较深刻的层次上进行的。

延安文艺座谈会后，解放区文艺创作有了新的突破和进展。《李有财板话》《小二黑结婚》《白毛女》《王贵与李香香》《太阳照在桑干河上》《暴风骤雨》《种谷记》《吕梁英雄传》《新儿女英雄传》等作品，以崭新的艺术形式表现了新的时代生活。惊天动地的武装斗争，翻天覆地的消灭封建土地所有制的土地革命，解放区工农业战线的创造性劳动，以及那些小门小户人家日常生活的深刻变化，构成中国社会历史性变革的壮阔画面。尤其重要的是，一些作品不仅表现了人民群众在这一伟大历史过程中的战斗身影和英雄壮举，而且深入揭示了他们心灵上的历史性变化。其中赵树理的某些作品（如短篇《邪不压正》等），以严肃冷峻的态度注视着土地制变革之后复杂的社会矛盾和人与人的关系。一方面以明朗欢快的基调表现人民群众尤其是农民送别过去、当家做主人的乐观情绪和精神风貌，另一方面敏锐而又深沉地揭示出一部分人由被压迫者变成当权者之后的心理状态和新的欲望，反映出漫长的中国封建社会的历史惰性，特别是小生产方式的影响在农民心灵上的印记。这些都表明，解放区的作家，在新的历史时代，在自己独特的描写领域内，对新的社会生活作了具有历史意义的反映，为中国新文学谱写了新篇章。这既是五四以来新文学的一个必然发展，又是新的开拓和前进，对当代文学的发展也产生着深远的影响。

中国现代文学，在中国社会发生历史性伟大转折时期产生形成，随着深刻的时代变革而发展变化，它与中国现代历史进程中的最大的生活内容——人民革命和民族解放运动有着天然的联系，它比以往任何时代的文学都更加自觉、直接地参与了历史的创造。特别是当激烈的社会矛盾把人们的注意力吸引到重大社会政治问题的讨论和实践中去的时候，现代文学以它巨大的思想性和广阔的社会内容，以它昂扬的战斗激情和革命精神显示了自己的独特价值。文学对时代变革内容的及时反映、文学敢于直面现实的战斗精神，以及由此而获得的巨大的认识价值、教育作用和不同于传统文学的美学意义，构成这一时代文学重要的特点和优点。可以说，就文学与现实生活关系的密切程度而言，就文学在反映生活方面所达到的深度和广度而言，以及就作家对这两方面的认识所达到的程度而言，以往其他时代的中国文学史都不能与中国现代文学史相比拟。这正是中国现代文学客观再现倾向的强化所具有的巨大历史意义。

中国现代文学客观再现倾向的强化，既由文学自身发展规律所决定——现实主义文艺思潮对具有古典主义特征的传统文学的反叛，同时又受中国现代特定历史条件下各种复杂因素的强烈制约（其中政治斗争的因素尤为重要）。这些因素产生了两种直接效果，即从客观的积极意义上来说，时代发展对文学提出的要求与文学自身向客观再现倾向变化趋向同一方向，它不断地促进和强化着客观再现文学倾向；从消极方面来说，同是这种强化作用，使得客观再现文学有时偏离艺术发展规律，限制其水平的提高；有时使文学对自身缺点的克服变得异常复杂和艰难，产生了现在看来是比较重大的偏差和缺陷。而在政治的功利目的强烈影响文学的时代，这些矛盾又不能为文学自身所克服和解决，其结果，文学紧紧追随时代，不断反映发展中的现实社会现象成为一个优点，现实主义受到了独尊，保证着文学不脱离生活；但同时，又造成文学长期以来对生活的反映多停留在政治层次或表面现象上，不能深入历史底蕴，作家个体艺术上的追求也被放在极其次要的地位，这些又严重地影响着客观再现文学水平的进一步提高。这又是这个时期文学不能否认的历史局限，这些局限主要表现在以下两方面。

一、文学作品的主题问题。现代文学与现代社会生活的密切关系，使得不断开拓出新的文学主题、提出重大的社会问题成为这个时代文学的一个特点；但是，从整个现代文学史发展来看，在文学主题问题上却又常表现出一种与生俱来的随机性和概念化的现象；缺乏对重大主题的深入思考、探索，与缺乏主题寓意的丰富性、多义性，具有某种因果关系。

本来，侧重客观再现的文学，特别是现实主义文学，应是经由对错综复杂的社会生活的描绘和典型人物的塑造，提出社会历史性主题，揭示生活的底蕴，同时应该渗透进作家对生活的独立思考和见解，它所提供的认识价值往往使作品成为特殊形态的"历史"。马克思主义的经典作家因之把"较大的思想深度和意识到的历史内容"作为评价文学作品的一个重要标准。中国现代文学史上富有历史责任感和社会责任感的作家们，都曾不同程度地表现出一种可贵的追求和迫切的渴望，力图把处于伟大变革中的现实生活同祖国未来、人民命运和民族前途联系起来进行思考、理解和表现。这一内在的重要因素，使得许多看起来似乎根本无法联系在一起的作家们联系起来，从不同的角度和层次描绘着中国现代的形象，展示出一幅幅色彩各异的社会生活画面。中国现代文学史大厦的构筑，铸进了数以百计的进步作家共同追求的成果。也正是这种共同性，使得现代文学中所描写的题材现实而重大。从五四前夕《狂人日记》问世到新中国成立前夕《太阳照在桑干河上》《暴风骤雨》的发表，文学涉及农民问题、知识分子革命道路问题、"个性主义"在中国的命运问题、妇女解放问题、中国封建宗法家族制度的历史结局问题、城市个体劳动者命运问题、土地制与农民命运问题等等，这些问题无疑是中国现代社会中重大的现实课题。在短短几十年间，中国现代文学所提出和揭示的主题，就其重要性和现实性来说，足以与欧洲批判现实主义文学所触及的主题相比拟。这是可以引以为自豪的。

然而，问题的另外一个方面是，中国现代文学在跟随时代前进而不断开掘出新的文学主题的同时，在对这些主题揭示的深度方面却没有达到相应的水平，对一系列重大主题缺乏集中的探索和深刻的哲理思考，缺乏多层次多侧面的发掘表现；一些本来蕴含深刻历史因素的主题因多种原因常常被迅速更替或导致中断，或者轻率地被视为"过时"和做出简单的结论而不屑一顾。比如，关于中国"国民性"问题的探索，鲁迅从新文学活动开始就把探索国民灵魂的问题作为一个重大课题提出，并进行了深刻的揭示，他的小说的历史性成就与对这一主题的独立思考和杰出表现密不可分。同时，鲁迅由于把这一问题的思考与对中国革命道路的探索结合在一起，使得这一主题的意义远不是一个抽象的命题，而具有深刻的现实意义。而它所具有的历史哲学含义和寓意超越性决定了这不是一个很快就"过时"的课题。但是，20 世纪20 年代前中期，鲁迅小说的意义不被一些人所认识所理解，以致被苛刻地批评和否定，其重要原因正是认为鲁迅小说的主题过时了，"死去"了。待新的文学运动兴起，许多作家已转而开拓新的主题去了，对此不再感兴趣。随着创作题材的变化，作品内容的变化，一些作家的笔触离开了揭示国民灵魂的角度。后来虽有如老舍的《猫城记》《四世同堂》和部分短篇，张天翼的《鬼土日记》，萧红的《呼兰河传》等小说程度不同地继承了探索"国民性"的主题线索，但这些作品在这方面的价值却也长期不被理解。类似的情况，如个性主义问题、知识分子问题等，一些仍具有重大意义的主题，在现代文学史上早已"终结"或有了模式。

诚然，文学的发展不能不以主题的变化作为一个重要标志，文学主题的迅速更迭从一个方面也表明了作为文学反映对象的生活本身的急剧变化，现实生活的日趋丰富和复杂为文学主题的多样性、多义性提供着基础。但问题在于，我们不能把文学主题的发展变化与题材、与创作内容的变化混为一谈，不能简单地把文学对新的生活反映的依序排列等同于文学发展前进的轨迹。文学主题的发展变化，应该同时体现出作家们对于社会人生、现实生活的新的理解和认识，蕴含着对生活新的思考和发现，并呈现出由表及里，由外显层次到深隐层次的演进。然而，中国现代文学史上一些作家，却正是以对重大题材的追求（这并不能笼统否定）代替了对主题的深入开掘，以至于形成一种心理习惯，把文学题材的变化简单地看作文学的深入和发展。与此同时，他们在创作中，不追求体现自己对生活的独特见解，新的发现和思考，而是以社会科学的命题作为创作的出发点，创作变成对已有认识结论和抽象概念的演化。这类作品的主题很少引起争论，人物及其所"代表"的意义一清二楚，过分的理性色彩消泯了作品主题的多义性；在同一类题材中很少产生主题的意向交错。这种现象的出现，显然并不在于作为文学反映对象的生活本身就是如此简单划一、黑白分明，或缺乏色彩，而在于一些作家简单地狭隘地理解文学与生活关系，也在于他们作品的"主题"本来就只是一个概念，而这个概念也多是带有政治性质的，是用"正确"或"错误"、"革命"与"反动"等标准来划分的概念；在这个层次上，任何意向的交错或主题的复杂多义都可能被视为作家世界观的局限和弱点。

二、关于作品个人命运与时代关系及历史必然性的问题。注重个人与历史的联系，注重人物性格与时代特征的联系，是中国现代文学较之古代文学、近代文学在反映人生方面的重要进步，这是应该充分肯定的。但是，毋庸讳言，虽然中国现代文学对中国现代社会进程和生活发展轨迹的描绘比较充分，展现了从辛亥革命到土地改革的长长的画卷；然而，在这幅画卷中真正堪称艺术典型的人物形象并不多。这种现象的产生，一个深刻的原因，正在于许多作品在处理个人与时代关系、人物性格的变化与历史必然性的联系的问题上，存在着机械唯物主义决定论的现象，某些人物形象隐约有着"宿命论"的色彩。这主要表现在一些作品对人物形象的塑造，其目的不是刻画具有历史因素的典型艺术形象，把人作为主体对象来描写，表现人在争取自由的生命运动中的拼搏奋进而把人物命运、生活道路、性格生成等作为"历史"进步的具体对应物来表现，人物形象的描绘终归只是为了证明历史的必然性。在创作方法上，对人物形象的塑造追求线形因果律，只选择同质环境而排斥异质环境，人仅仅是阶级实践的工具，是完全被绝对必然性摆布的傀儡，人物性格的发展不是由生活发展和性格逻辑来制约，而是由"历史必然"来推动，人物性格常常消融到事件中。更有甚者，个人性格，个体特征被看作无足轻重，而代之以"群体"形象和整体意识。从现代文学作品中一些人物突发式地转变，以及转变前后形象的真实、丰满程度的比照——如有些人物在个性主义道路上是具有独立性格的"这一个"，而汇入集体主义革命洪流后却失去鲜明性格特征，作者对人物的这种处理又不单是个描写方法问题，而主要还是创作思想以及对艺术理解的问题。进一步分析，它的背后还有因政治环境所制约的作家创作心理倾向的问题。对此，李健吾曾经有过深刻的分析，他说，我们把人生看得命运化，男女多是傀儡，或者类型，缺乏明显的个性，深致的内心的反应。我们的人物大部分在承受（作者和社会的要求），而不在自发地推动他们的行为……我们描绘的风景大半和人物无关，我们刻画的人物不一定和性格有关；一切缺乏艺术的自觉，或者说得透些，一切停留在人生的戏剧性的表皮……我们无从责备我们一般（特别是青年）作家。我们如今站在一个漩涡里。时代和政治不容我们具有艺术家的公平（不是人的公平）。我们处在一个神人共怒的时代，情感比理智旺，热比冷要容易，我们的正义的感觉加强我们的情感，却没有增进一个艺术家所需要的平静的心理①。

　　的确，处在新旧交替、未死将生的剧烈变革时代的中国现代作家，尤其是具有强烈历史责任感的作家，他们要对生活发言，要对历史趋势作出评判，他们必然要通过作品告诉人们，什么是必然要灭亡的，什么是一定要兴盛的。然而，也正是这种由复杂因素所决定的创作心理，使得他们在创作中容易忽视人的主体地位，甚或出现本末倒置的现象，使历史必然性的揭示由于削弱人的主体地位而陷于抽象化、概念化。这种情状，借用卢卡契的话来说就是，"新人看来不像是事物的主宰，倒是它的附属品，是一宏伟的静物画在物方面的组成部分"。而如果把事物支配人的情况加以描写，那么在艺术上便使得事物对于人占有优势了。而"事物对于人占有优势"，正是中国

---

　　①　《〈八月的乡村〉——萧军先生作》，载张大明编：《李健吾创作评论选集》，人民文学出版社1984年版。

现代文学现实主义发展不充分的一个重要表现。在这个问题上，20 世纪 40 年代路翎的《财主底儿女们》所体现的创作思想和艺术追求具有启发意义，其意义便在于在作品中"人占有优势"。胡风在为这本书所作的《序》中说："作者路翎所追求的是以青年知识分子为辐射中心的现代中国历史底动态。然而，路翎所要的并不是历史事实底纪录，而是历史事变下面的精神世界底汹涌的波澜和它们底来根去向，是那些火辣辣的心灵在历史命运这个无情的审判者前面搏杀的经验。"胡风在这里讲的几点，即：以人物为辐射中心点反映历史，写出精神世界的波澜及其来根去向，表现心灵与历史命运的搏斗，这些作为路翎创作中的追求，可以看作中国现代文学史上作家在刻画人物形象与揭示历史必然性关系方面认识的一个新突破。在这里，最重要的是把人物作为中心点，确立人的主体地位，其次是注重人物的心灵的揭示。尤其值得注意的是，作者并不因历史的不可抗拒而轻易地牺牲掉人物的个性特征，即使是一个被批判的人物。对此，作者曾在本书《题序》中讲得很明白："我不想隐瞒，我所设想为我底对象的，是那些蒋纯祖们。对于他们，这个蒋纯祖是举起了他底整个生命在呼唤着。我希望人们在批判他底缺点，憎恶他底罪恶的时候记着：他是因忠实和勇敢而致悲惨，并且是高贵的。"可见，路翎确实是想塑造一个"虽然带着错误甚至罪恶，但却是凶猛地向过去搏斗，悲壮地向未来突进"的新的艺术典型。也许，我们可能说作者的探索没有完成，但是作者所体现出的创作思想和艺术追求却无疑是有重要意义的，是在新的认识层次上较深刻地理解了人与历史关系的表现。而从作品的主要成就看，作者即使在表现蒋纯祖作为个人主义者在时代潮流面前的跌落，展示他的背时的奋斗及其悲惨结局，也是在塑造一个实在的具体的个人；"历史"和事件在作品中承担着纠结人物命运的任务，同时也"参与"了人的行为和苦难。作品的独特和成功，甚或主要也是在表现蒋纯祖个性主义理想追求的不可企及中，反映了历史命运的不可抗拒，在表现"他因忠实和勇敢而致悲惨"中证明了历史发展的必然性，蒋纯祖的形象也才因此而具历史价值和典型意义，才不与任何个性追求者雷同，他的悲剧才更具深刻性。在这方面，可以看出路翎对鲁迅现实主义创作思想的真正继承，和他对外国现实主义杰出作家（如罗曼·罗兰）艺术经验的大胆吸取。

但是，路翎在塑造人物形象上的这种艺术追求只表明了作者自己的独特性，在当时不能对已经形成模式的普遍的创作倾向产生太大影响；此后，现代文学乃至当代文学相当长的时间内在处理人物与历史必然性方面，路翎的这种艺术追求的真正意义仍然未能引起充分注意和产生大的影响，直到20 世纪 80 年代前，中国文学对人的观照主要仍是沿看另外一种向度惯性运动——这或许正是中国现当代文学创造的典型形象与描绘的时代色彩、历史画面不相称的原因之一。

第三节　表现文学的创新及流变

五四时期到 1923 年前后，是新文学中主观表现文学倾向获得充分自由发展的时期。彻底冲破"万马齐喑"的氛围和打倒了古代正统文学的新文坛，确实呈现出黎明期的朝气。理论界的"纷如乱丝"，创作界的空前活跃，社团的大量迅速蜂起，文学刊物的层出不穷，使文学界顿然有声有色。这时，文学研究会高举写实主义大旗，强调客观再现，并不减弱对主观表现的兴趣；他们也并不那么"客观"，在写实之外往往点缀着"爱"与"美"，显示着各自对人生的主观见解和医治病态人生的"药方"。创造社异军突起，本着内心的要求，毫无顾忌地表现着自己的主观，并以他们为核心，形成与写实主义对峙的、也是现代文学史上唯一的主观表现倾向文学的高峰。这时，即使严肃冷峻如鲁迅，也主张"是黄莺便黄莺般叫，是鸱鸮便鸱鸮般叫"。即使人生派的代表如茅盾，也认为只要表现人生，"不管它浪漫也好，写实也好，表象神秘也都好"，甚至在寻找主观与客观、表现与再现融合的创作方法中，借用"新浪漫主义"以"聊胜于无"。这一时期，不但"西欧两世纪所经过了的文学上的种种动向，都在中国很匆促地而又很杂乱地出现过来"，而且这些不同倾向都能够同时"杂居"，相得益彰，这一切，曾经使得当时在涉及新文学的建设时，没有一种理论可以得到几乎一致的拥护。而这也正体现了新时代的中国文学，在诞生期的一种健康正常的情状。这一时期，面对彻底反封建的基本任务，适应人性解放的要求，不同阶级、不同思想意识和文学观念的作家，都有真正属于自己的对社会人生的主观感受，有个人独特的表现内容和表现角度。在诗歌领域，诗人们在同一时代环境中各自找到了自己的位置和发出了真正属于自己的声音。只要我们仅仅列举那一不长的时期内有影响的诗人的名字，就能为我们提供关于当时主观表现充分发展的某些历史面影：胡适、刘半农、刘大白、沈尹默、陈独秀、李大钊、鲁迅、俞平伯、康白情、宗白华、郭沫若、王独清、穆木天、周作人、冰心、朱自清、梁宗岱、朱湘、徐志摩、闻一多、李金发、冯雪峰、汪静之等；在这个蔚为壮观的诗人世界里，每个人都有一个充满个人色彩的内心世界，他们都是以不同的形态表现着自己对现实人生的主观感受，充分地体现着典型的个性解放的时代情绪和新旧交替的历史气氛。如果我们同样观照这一时期有影响的诗作，将会加深这种整体印象。从"两个黄蝴蝶，双双飞上天"起首的《尝试集》，到高扬时代精神的《女神》，以及在这前后问世的《冬夜》《草儿》《湖畔》《雪潮》《流云》《繁星》《春水》《微雨》《红烛》和《志摩的诗》，乃至颇有影响的诗篇《小河》和《毁灭》，等等，每一诗作都展示着一个个人的心灵天地，森罗万象的客观现实经由诗人主观的艺术感受和表现，显得扑朔迷离并充满感情色彩。诗人表现的或是"情绪中的意境"（宗白华），或是"情绪中的想象境"（康白清），或写"刹那间的感觉之心"（周作人），或追求真和自由，表现"赤子之心"（俞平伯），或是让激情火山爆发式地喷涌（如郭沫若等）。因作家不同感受、不同主观态度和艺术追求而创造的不同诗意世界气象万千。从要吞掉全宇宙的"天狗"、不屑"补天"立志创造的女神，到赞赏在空中游戏、夷犹如意的"鸽子"，感受掠过脸边细柔如春天绒线的"细雨"，以及"在和平的春里"远燃着的"几团野火"

和鸣不平的"布谷"，这些抒情形象，或硕大恢宏、奇特邈远，或虽则纤小，却含深意，都从不同层次和角度表现了人在"大梦初醒"时的感觉和情绪，以及那种在黑白交接时刻特有的憧憬与躁动不安。在小说领域，鲁迅那忧愤深广、以象征为特色的《狂人日记》《长明灯》和具有强烈抒情色彩的《伤逝》，表现着作者对中国社会历史深邃的思考，对人生的深刻理解感受和强烈的内心情绪。这些作品丰富的个人特点和主观倾向因之获得了震撼千万读者心灵的客观效果。而以郁达夫为代表，包括郭沫若、王以仁等的"身边小说"和庐隐、淦女士等的抒情小说，或以一己的体验表现时代的病痛，或以个人的不幸反映国家民族的不幸；作者胸中之逸气和强烈的感情色彩付诸真实的细节描写和心理刻画，更有一种撩人情思的感染力量。而那独具个性，多姿多彩的散文小品，则简直就是特定历史条件下作家人格的写照。

这是由不同思想感情层次所构成的一种文学倾向，是以不失个性特征为特点的主观表现文学思潮；它用不同于再现时代特征的方式表现了时代特性，由个体审美感受最终体现了群体审美意识。这一切表明，五四新文学，虽以强调客观再现和提倡现实主义为一大特点，但是，如果忽视同一时期主观表现倾向文学充分发展的事实，则是不能全面正视历史的表现。实际上，如前所述五四新文学，唯其是客观再现与主观表现两种文学倾向的共同发展，是现实主义同其他"主义"的相互消长，才充分地体现了中国文学在打破传统文学一统天下的局面后，向"多"的方面发展的新气象；同一道理，五四新文学作为中国现当代文学的伟大开端，它的最重大的意义便在于文学获得了一次真正的自由，有了多角度、多层次发展的机会，使文学以正视现实，面对生活和关注人生为轴心，形成广泛多样发展的局面。这也使得中国文学在反映客观现实与表现人的真情实感方面有了实质性的进展。所谓五四文学的优良传统，也不应仅仅看作是现实主义的同义语。

中国在五四时期有过个性解放的历史阶段，有过在这一阶段出现的主观表现充分发展的文学思潮，这些同欧洲在中世纪以后的社会和文学现象相似的情形，还包括中国人重新拿起在几百年前欧洲人使用过个性解放的思想武器和文学武器。这从一个侧面说明个性解放的时代与主观文学的发展有着必然的深刻联系。

然而，中国现代社会已不同于当年的欧洲，中国特殊的国情所决定，它不能留给"个人""个性"发展以充分的时间和空间，几乎在呼唤个性解放和肯定个人权利的同时，又强调和要求人们牺牲个人以迅速结成民族共同体和阶级整体，来完成历史使命。个性主义在中国现实面前的碰壁尽管实际上并不仅仅表明个性解放在中国已失去现实意义，但在客观上却促使人们形成一种认识：必须以群体力量来面对整个现实世界。虽然，从理论上来说，结成民族共同体或阶级整体，将个人交融于集体应不排斥和否定个体性，马克思主义尤其重视人的真正解放，任何把个人与整体截然对立都是错误的。但是，在中国现代社会特定历史条件下，在一个封建主义延续几千年的社会基础上，这难以得到真正的统一。中国传统的不从全体中划出部分、不自类中分离出个体的思维方式，往往与"天下兴亡，匹夫有责"的伦理观念杂糅在一起，都决定了在个人与整体发生矛盾时，往往把二者决然对立，或只能以牺牲个体来服从整体。这种思维方式和行为方式在国家民族存亡的时刻，又往往与社会责任感和使命感结合起来，形成备受尊崇的社会思潮和民族心理。中国在 20 世纪 20 年代中期以后，随着阶级较量、政治斗争的日趋具体和激烈，以牺牲个体服从集体或以贬低个人强调群体的观念曾成为一种典型意识。中国现代这种时代特征和文学思潮深刻地制约着文学的发展趋势，而且，越是社会责任感使命感强烈的作家，越是强调文学的社会作用，也越把文学的着眼点由个人转向集体看作文学进步的标准。这在实际上造成如下事实：从五四文学革命到 20 年代中后期向革命文学的转变，其变化的深刻性，不仅仅表现在从文学重视自身的变革转向文学为现实斗争服务，甚至也不仅仅在于文学的时代性由弱到强，而在于"时代性"的内涵发生了质的变化。五四时期，时代的中心和文学表现的重点是与反封建相联系的人性的解放、自我的独立，突出个人价值，张扬人的力量；这时表现自我和个性便是表现时代精神。而 20 年代中期以后，时代的中心是阶级意识的觉醒，强调群体力量和阶级共同性。这时，再强调突出个人逐渐变得似乎不合时代精神。这种时代精神的变化，对重自我、重内心、重个体审美趣味的主观表现倾向的文学来说，面临重要的抉择。在这关键时刻，导致作家态度迅速明朗化的一个因素是，五四时期普遍的"浪漫"氛围和亢奋的情绪，随着五四的退潮而消散，严酷而凝重的现实，使得许多作家转而重新审视现实，以对现实的客观反映和批判来发挥文学改革社会的作用。这些，也许可以说明为什么主观表现倾向文学发生重大变化首先体现在左派革命作家身上，而他们思想意识、政治倾向的变化同时带来艺术倾向的变化（尤以郭沫若的变化最为典型）。但是，对于这种变化，并不是所有倾向主观表现的作家都能自觉意识到或愿意自觉去适应，也不是所有这类作家、理论家都改变了自己的美学理想和文学追求指向。况且，还有许多作家始终在追求和表现着个性的解放。即使一些以天下为己任的革命作家思想意识的变化，也不是所有这类作家都简单地放弃了自己的艺术个性。这就是说，此后中国现代文学中的主观表现倾向，还在继续发展，只是它已处于不同于五四时代那样的社会环境了。

20 世纪 20 年代中期以后，主观表现文学的发展沿着不同的角度演变。一是随着时代的前进，作者作为时代和集团的代言人，面对现实生活，其主观表现侧重表达民族、阶级的整体意识；在艺术表现方式上仍以个人内心感受的抒发为基本形态，但在美学理想和艺术效果的追求上，则力求表现群体意识和触及客观现实。另一类则程度不同地侧重以个人，自我为中心，个人理想与时代发展趋向保持一定距离，并执着于"纯"艺术的追求，表现着个人的体验、感受和情绪。大体而言，前者朝着主观表现逐渐面对客观现实的趋向发展深入，后者则侧重趋向内心世界演进，而最终又不得不向现实靠近，在变易中保持自己的存在。

第一类，主要以左翼作家为主体，其创作主要在诗歌领域。这包括 20 世纪 20 年代后期郭沫若、蒋光慈、殷夫等，30 年代中国诗歌会诗人和艾青、臧克家、田间等，40 年代七月诗派和解放区新诗人，等等。这条线索，就其承续关系来说，继承了五四时代新诗面对时代人生的优良传统，也继承和发展了《女神》中的反抗精神和意志力量。作家自觉地把自己融于集体，他们的创作因与时代关系的密切，民族意识、阶级意识的强烈，抒情形象的高大和人格的崇高，成为中国现代诗歌和主观表现文学的主体。这类作家，始终深深扎根于中国这块土地上，在思想意识和感情上与广大的人民群众保持着血肉联系，在精神上与中华民族那种忠实、坚毅、深沉的特质相通，他们的出身、经历、教养和人生观决定了他们不能在残酷的现实面前闭上眼睛，去专注于内在生命意兴的表达。鲁迅对殷夫《孩儿塔》的评语，可谓道出了这类作家创作的一些共同特点："这是东方的微光，是林中的响箭，是冬末的萌芽，是进军的第一步，是对于前驱者的爱的大纛，也是对于摧残者的憎的丰碑。一切所谓圆熟简炼，静穆幽远之作，都无须来作比方，因为这属于别一世界。"这"别一世界"并不纯粹从政治的角度去断定，而是由它本身成系统的各种因素所构成。在对文学与生活的认识理解方面，这类作家并不因自己在艺术倾向上侧重主观表现而否定生活是文学创作的源泉，相反，客观现实生活的发展始终是他们主观表现的原动力。臧克家说："我沿着自己的道路，从《烙印》直走到现在"，"这变化，这演进，是沿着一条轨道进行的，而这条轨道是铺在生活的基地上的"。胡风说："诗应该是具体的生活事项在诗人的感动里面所扰起的波纹，所凝成的晶体。"在文学的创作目的方面，"永远为人民而歌"（田间）几乎是他们共同的信念。这些特点决定了他们在艺术追求上，则主张诗意世界的明朗性，简洁性。艾青说："诗人一方面形象地理解着世界，一面又借助于形象向人解说世界；诗人理解世界的深度，就表现在他所创造的形象的明确度上。"艾青是这类作家中最注重意象的深沉和含蓄的诗人，连他也如此强调形象的明确度，更不用说其他作家的艺术追求指向了。这类作家的优势在于，他们的主观表现始终不脱离客观现实生活，与人民同呼吸，与时代共脉搏，保证了主观表现文学既不能回到古代追求静穆的伟大、单纯的高贵，也不把主观表现局限在个人狭小的圈子里，转入纯内心意兴的表达，追求超现实的艺术效果。他们的成就无论如何不能漠然视之，他们中的佼佼者如艾青仍是中国现代文学史上继郭沫若之后最重要的代表诗人，也是在主观表现方面取得重要成就的作家之一。

情况更为复杂，同时也更值得重新认识的倒是另一类主观表现的文学倾向。这主要有：前期象征派（包括李金发及穆木天、王独清等），新月诗派，"现代"诗派，九叶诗人，以及废名、沈从文等京派的主观抒情小说，20 世纪 30 年代新感觉派小说，周作人、林语堂等的理论主张和散文创作，朱光潜的美学理论，等等。这是主观表现文学中的另一"世界"。较之前一类作家，在许多方面，他们"主观表现"的色彩更为鲜明，也更具典型意义。他们的不可轻视在于，他们不但与前一类主观表现倾向的作家形成明显的比照，而且他们曾和现代文学史上整个主张文学是生活的反映的创作界形成过一定程度的对立；他们的文学观念和艺术主张虽然屡屡"碰壁"，但其中也不乏精到的见解。所以，研究中国新文学（或 20 世纪中国文学）的发展，如果忽视了他们，或者把他们的存在只看作文学史上"局部"的个别的现象，那将是"战略"上的疏忽。由于这类作家本身的复杂性，使得我们在这里不可能对他们之间的区别作具体深入的分析，而只能从整体上把握他们的一些共同特征。

大致而言，这类作家在中国现代社会中保持自我，在思想意识上，他们继续沿着五四时期个性解放的轨迹发展，逐渐和时代发展潮头拉开了距离，仍然坚守自我、个性，本着内心的要求，体验、感受着生活。在剧烈变革、矛盾重重的年代里，他们的内心充满苦闷和矛盾，他们的不稳定的社会地位和不断受到冲击的意识追求，也决定了他们精神世界极为复杂，也极为敏感，他们的心灵不是简单的空虚，而是矛盾，愤懑乃至颓唐。

在对文学本质特征的理解上，一般来说，他们并不认为文学是生活的形象反映，而认为文学是作者情思的表达和意念的显现，是作者主观的外化。这一点是他们和前一类作家最根本最直接的区别。在艺术上，他们追求超现实的意境和超现实、超功利的审美情趣；他们的表现领域主要在内心、在自我。在审美方式上，强调个体化，"纯"艺术的执着与"纯"自我表现始终联系着。作为中国现代文学史上一种有共同特征的文学发展倾向，它们在整体上形成自己的发展演变轨迹，在 20 世纪 20 年代中期以后，基本上循着另一条文学方向变易。

大约从 1926 年开始，一个值得注意的现象是在诗歌理论中对象征手法的普遍强调，其中这一类作家对象征的强调是与对诗的特性（乃至文学特性）的理解发生变化相联系的。比如，穆木天在与郭沫若讨论新诗问题时说过："一首诗表一个思想，诗的世界是潜在意识的世界。诗要有大的暗示能，诗的世界因在平常的生活中，但在平常生活的深处。诗是要暗示出人的内生命的探秘。"穆木天用这种关于诗的标准来评价李白与杜甫，认为"李白是大的诗人，杜甫差多了；李白的世界是诗的世界，杜甫的世界是散文的世界；李白飞翔在天堂，杜甫则涉足于人海"。对于"内生命的探秘"和"潜在意识的世界"的注重，与对审美趣味个体化的强调是相通的。王独清认为："以异于常人的趣味制出的诗，才是'纯粹的诗'……不但诗最忌说明，诗人也最忌求人了解。"① 这时，在法国大量创作象征主义诗歌的李金发，也不约而同地认为："作诗全在灵感的锐敏，文字的表现力之超脱，诗人的那时那地所感觉到的，已非读者局外人所能想象，故时时发生理解的隔阂。我作诗的主观很强，很少顾虑到我的诗是否会使人发生共鸣"。在这些观点中，对诗歌某些艺术特性的新的见解与偏激杂然交陈着，更重要地是表明了在艺术观念的一些重要方面他们与前一类作家的区别。

不能忽视的是，对"人的内生命的探秘"和"潜在意识世界"的发生强烈兴趣，并不是象征派诗人所独具的现象，而是当时这类主观表现派一种共同的文学意识。这一点，新月派的主力徐志摩的"自剖"很有代表性：在实际生活的匆遽中，我们不易辨认另一种无形的生活的并存，正如我们在阴地里不见我们的影子……它是你的性灵或精神的生活。你觉到你有超实际生活的性灵生活的俄顷，是你一生的一个大关键！（《再剖》）显然，他们创作的"源泉"是那种"超实际生活的性灵生活"，他们的兴趣不在世间，而在心境；不在"人海"，而在"天堂"。这说明，这类作家曾经怎样地坚信自己文学观

---

① 王独清：《再谈诗——寄给木天、伯奇》，《创造月刊》第 1 卷第 1 期，1926 年 3 月。

念的"纯粹",企图超然世外而执着于自己的艺术追求;在他们心目中确曾设计过另外一番"高"水平的文学的蓝图,在这张蓝图中,个人、自我和内心世界占据着中心。如果抽掉这张蓝图的"背景",它确乎有其诱人的色彩,其中如对"性灵或精神生活"的重视等至今我们也不应笼统反对。

　　然而,中国现代具体社会环境以及这些作家对文学与生活关系理解上的偏颇,使得他们的追求处处显得不合时宜,各种各样的矛盾、抵牾接踵而至。即使他们能够力求保持内心的"超然"、有性灵生活的"俄顷",却也不能不时时感到在"匆遽"的实际生活中的困惑。20 世纪 30 年代初,陈梦家在《新月诗选·序言》中曾形容过这种难堪的处境:"十年来的新诗,又像一只小船在风里飘;在底下有那莫可以抵抗的汹涌的从好远的天边一层卷一层越过的强蛮水浪,追着船顺着它行;但侧面那从更辽远的高山丛林间吹来的大风,也有难以对制的雄力,威胁风帆朝着它的方向飘。"因而,想"在风和水势两下牵持不下的对抗中,找一个折衷的自然趋势"。陈梦家在这里所说的雄风和水势,也许象征中国传统文学特质与中国现代文学意识的矛盾,也许象征中外文化的冲突,甚或象征文学与政治的"势不两立",理想与现实的相悖……不管怎么说,他们的"小船"在"两下牵持不下的对抗中"无力自持却是事实。这从一定意义上暗示了他们所选择的道路的曲折性和危险性。而这又岂止只是新月派诗人所遇到的困境?他们之所以处于这种窘况中,除了政治态度和其他因素外,更直接的原因在于他们对文学与生活关系的认识,以及个人与时代关系的理解上的偏颇,导致了创作源泉的枯竭。因为对于他们来说,如果把"主观表现"看作可以与客观生活割断联系,陷入"纯"心境意绪的表达,或者把自己与时代隔绝,把自我封闭起来,固执地"表现自己渺小的一掬感情",那无异于作茧自缚。从创作的角度来说,这关系到他们的艺术追求能否真正找到相应的表现内容,他们渺小的"主观"能否支撑起较理想的表现形式,以及他们能否真正发挥出艺术的潜能。这是一种内在的矛盾。这种矛盾的解决只能是,他们或者在变易中求发展,或者在固执中分化和消亡。在这一点上,戴望舒就是一个典型的例证。他曾经参加过革命活动，并因之被捕，后来又是中国左翼作家联盟的第一批盟员，在政治上并非完全与革命脱节。但他的文学观念与艺术追求却与我们这里说的这类作家相同。1924 年前，他和朋友们"把诗当作另外一种人生，一种不敢轻易公开于俗世的人生"。"一个人在梦里泄漏自己底潜意识，在诗作里泄漏隐秘的灵魂，然而也只是像梦一般地朦胧的。"此后，他学法文，对象征派诗独特的音节感到莫大的兴味，获得"雨巷诗人"的称号。可是他摆脱不了实际生活的"纠纷"，从 1927 年到 1932 年去法国前的五年中，他仍把诗的创作看作"灵魂底苏息、净化"，以此想"从乌烟瘴气的现实社会中逃避过来"。其结果，"五年的挣扎只替望舒换来了一颗空洞的心，他底作品里充满着虚无的色彩"。就连他的挚友苏汶也说，当"翻到那首差不多灌注着作者底整个灵魂的《乐园鸟》，便会有怎样一副绝望的情景显在我们眼前"。"像这样的作诗法，对望舒自己差不多不再是一种慰藉。"① 这时，他的创作出现了空白。他的朋友已不能猜度他何时再写诗？作出怎样一种倾向的东西来？其实，类似戴望舒的情形的还有许多人，如徐志摩及新月派其他诗人。作家们或迟或早地遇到相同的问题，也同样面临或迟或早的选择和转折。更确切地说，他们需要变易，在变易中求生存，在变易中保持自己的艺术特性。那么，这种变易是否真的发生了呢？回答是肯定的。如果我们仍能把这一类主观表现的文学派别的产生和演变，作为一种整体文学现象来观照，那么，我们就会隐隐感到，这些具体派别大致上的顺序出现，各自都具有新的追求目标和特点，正是这些新的追求目标和各自的特点无意间所形成的序列，在事实上构成了这类主观表现文学在整体上发生内在变易的趋势。从象征诗派到新月诗派、到"现代"诗派、"九叶"诗派，从废名的主观抒情小说到沈从文的主观抒情小说，以及新感觉派小说等，它们之间虽然没有直接的因果逻辑关系，但在客观上却共同显示出这样一条规律：中国现代文学中这类重表现的文学倾向，能作为独特的派别延续下去，重要原因在于，一方面他们坚

---

① 杜衡（苏汶）：《望舒草》序，上海书局 1932 年版。

持了侧重主观表现的基本艺术倾向，并在具体创作手法和艺术技巧方面有所发展变化，就是说，他们并未失却自己的艺术个性；另一方面，他们对主观表现与客观现实生活的理解方面有所变化，由对纯潜意识，"纯"自我，"纯"主观情思的外化，到逐渐疏通"主观"与客观现实的联系。到后来，他们已不再把"主观""情思"等看作是"内生命的秘密""潜意识世界"的代名词。如果把前引早期象征派李金发、王独清、穆木天谈诗的观点、徐志摩在《诗刊弁言》中的观点以及"九叶"诗人的创作进行比较，这种变化是明显的。从早期象征派认为"诗的世界是潜在意识的世界"，诗人"飞翔在天堂"，到"现代"诗派提出现代诗"是现代人在现代生活中所感受到的现代的情绪"，无疑是重要的进步。特别是 20 世纪 40 年代出现的"九叶"诗人，虽然他们的诗仍然比较蕴藉、含蓄，重视主观内心感情的抒发，保持着自己的艺术特征。但是"比起先前的新月派、现代派来，他们是力求开阔视野，力求接近现实生活，力求忠实于个人的感受，又与人民情感息息相通"。在小说方面，尽管沈从文声明他的创作是"只想造希腊的小庙……这神庙供奉的是'人性'"；但同时他又抱憾于读者"买椟还珠"，只欣赏他小说故事的清新、文学的朴实，忽略作品"蕴藏的热情和隐伏的悲痛"——这说明他终究不能完全供奉抽象的人性。比起废名来，沈从文的小说显然更多人间气息，更多客观内容，也注意贴近人生。即使 20 世纪 30 年代出现的新感觉派小说，其主要意义也在于作者在艺术技巧方面有意识的创新，与对半殖民地半封建中国社会某些方面的新感受、对人生的新理解有相当的联系，揭示了生活中、特别是精神生活中某些深隐层次的内容，弥补了一般客观再现文学在这方面的不足。诚然，如前所说，这些变易没有直接的因果逻辑关系，同时这种变易又是缓慢的、不显眼的，更不是人为强制的而是自然形成的。唯其如此，它也是深刻的、内在的，它显示着生活发展的辩证法与艺术发展的辩证法。

以上对 20 世纪 20 年代中期以后两种不同类型的主观表现文学倾向的回顾，可以看出，作为客观方面的中国现代特定历史环境，和作为主观方面的作家对个人与时代关系的理解、作家对文学与生活关系的认识、以及作家对现实的态度，曾经怎样复杂微妙地影响着中国现代文学主观表现的面貌。

在对现代主观表现文学发展面貌总体把握的基础上，我们所要进一步探讨的是，中国现代主观表现文学未能得到充分发展的更内在更主要的原因是什么？

20世纪20年代以后，侧重主观表现的文学未能得到充分发展，除了时代原因，作家思想意识等原因外，还有艺术渊源方面的原因。文学艺术中的表现论及其艺术传统，在不同历史阶段和不同民族中有着不同具体内涵。大致来说，有西方浪漫主义的表现论，有西方现代主义表现论，也有中国传统文学的表现论（尽管在现代前不使用这一术语）。中国传统的表现论，突出了个体主体性，张扬自我人格，在艺术上崇尚自然、天籁、本性。这一源流在中国传统文学发展中有着重要的作用。如果说中国古典文学有浪漫主义传统的话，那么，以道家老庄哲学为基础的表现观就是它的理论精髓。西方浪漫主义时期的自我表现论，以"天才论"为其最重要的支柱，认为凡真正的艺术家都是超人和天才，他们表现的任何感情和思想，都会对人类有所启迪和鼓舞，因而都是有价值的。"它所遵循的逻辑是，只要艺术家本人有价值，他说出的话，表现的感情或创作的作品必定有价值，因此，艺术本质上是艺术家之随心所欲的自我表现，用不着特意的安排和修饰。"西方的表现论与个性主义社会思潮结合在一起，在浪漫主义文艺思潮中曾得到了充分的实践；它在五四新文学运动中同浪漫主义理论一同传入中国并产生了影响。而西方现代派的表现论，则强调表现主观和内心真实，而且认为主观真实是"最高的真实"，是反映了事物的"根本"，所以，主观性是现代派文学的最重要的特征之一。

但是，上述三种表现论的艺术源流，在中国现代的流向和路径都不分明和畅通，不是受阻，就是无伸展余地。西方浪漫主义的"自我表现"观，在五四时期传入中国后，因着个性解放的需求而得到推崇并产生广泛影响是不难理解的。但是，这使得一些作家在认识上产生一种误解，以为表现作家个人的内心都具有意义，表现自我都有社会价值。这种认识随后在中国现代具体环境中遂被发挥并产生了两种情况不同的影响。一种是一些作家，每每以"全人类"的代表的姿态出现，追求所谓表现永恒不变的人性，但在他们的内心深处却渗透着"世人皆醉我独醒"的孤傲，认为自己总不同于普通人，始终坚持"要忠实于自己"，竭力反对所谓"感情以外的事物的指示"。他们的理论中正流露着表现了自我就表现了人类的"天才论"的观点。另一种情况，虽然主要不是"天才论"，却同样沿着"自我表现"的思路引申出另一种观点，就是，"我"是这个时代的最不幸者、最痛苦者，表现了自我的不幸、痛苦就表现了时代的不幸、痛苦和精神。这两种情况各产生的艺术成果及文学价值有所不同，但却都是过高地估计了"自我"本身所蕴蓄的普遍意义，断绝"自我"与大千世界的沟通，拒绝自我的升华和超越，过分地把自我看作一个独立自主的整体。其结果，他们所表现的往往只能"给予人处在被局限的观点上的满足"。就他们的具体创作来说，虽然他们强调表现永恒主题，表现普通"人性"，并一再宣称创作时情感的真挚和"纯粹"。但是，由于他们始终固守自我，他们对"人"的表现因之缺乏一种雄浑博大的气派，缺乏一种从历史发展高度认识感悟人的价值的自觉意识。他们的主观表现作品，不同于《神曲》和《浮士德》对人的精神世界和心灵历程的揭示，表现人类得以进步发展的自强不息、执着追求的精神，反映作者崇高理想和伟大人格；甚至也不同于《女神》对时代精神的强烈呼唤和对人的力量的歌颂，不具有鲁迅《狂人日记》所体现的作者对人生理解的哲学深度，缺乏那种忧愤深广震撼人心的力量；即使对自我内心的剖示，也迥异于《野草》中那种由个人内心矛盾与时代矛盾交织、个人精神苦闷与民族灵魂沉默所浑成的悲剧感。他们既不重客观再现严酷的现实，又无意于通过表现自我来表达民族整体意识和时代情绪，他们的创作不能成为时代的强音就不难理解。虽然，我们也不能否认，在中国现代社会中，对现实不满的呼喊，对人间不平的绝叫，以至自我苦闷的悲鸣，都有其不可抹杀的积极意义。但其意义毕竟是有限的，任何想夸大这类作家在这方面的意义以提高他们的文学史地位都是不必要的。

以西方现代派的"表现"论为艺术追求指向的一些派别，如象征派、现代诗派、新感觉派和九叶诗派等，它们之间情况有所有同，其中以李金发为代表的象征派专注于人的"内生命"意兴的表达（如李金发、王独清等），或把创作看作另外一种人生的自我表露，并"秘不示人"。他们所要表现的基本是一种所谓"主观真实"。稍后的现代诗派，九叶诗派和新感觉派的小说创作，较之前者程度不同地注意"主观"对客观的感受和体验，他们虽仍把揭示人的内心世界甚至潜意识作为创作的中心，如施蛰存、穆时英的部分心理分析的小说，但另外一些创作则是用现代派表现技巧，以特殊的方式表现了某些现实，或者表现了作为客观反映的"主观真实"。然而，总的来说，这些作家没能形成如五四时期浪漫主义异军突起的局面，主要原因恐怕还不是技巧问题或作家太注重主观，而是主观对客观的感应和表现过于微弱和纤巧，没能"感得全人间世"的博大精神来充实和统挈自己的"主观"。同时，他们也少有西方现代派大师们那种对世界、对人类、对自我的那种全新的意识，以及由之而产生的创作激情。

与上述两种情况不同，在20世纪20年代后仍得到较大发展的以"现实"为轴心的表现型文学（如中国诗歌会，七月诗派等），在艺术精神上更多与中国传统相联系。但是，他们不是与传统的道家精神相联系，而是与儒家的哲学精神相联系。自我与群体、族类融为一体，"主观"实际是一种群体意识，主观表现是代阶级、民众立言。抑制个体的、内心的感受，而追踪和描述客观社会事象成为诗歌、散文创作的主体。这样，从文学样式来说，虽然仍属于侧重表现的艺术倾向，而实际已不是传统的表现论的继承。同时，重实用的思想，导致作家对现实理智的分析压过了激情的自由抒发，对客观生活的执着又往往限制对人的内心深隐层次的展示，对时代性、阶级性的过分强调在实际上排斥个人感情或某些人类共同情感的表现。进一步说，过分地强调文学的现实具体性，即过分求"实"，一味地反"虚"，又限制了在对个别偶然的把握中对一般和普通的表现。这就造成另外一种对"自我"超越和升华的障碍。鲁迅在《诗歌之敌》一文中曾说："诗歌不能凭仗了哲学和智力来认识，所以感情已经冰结的思想家，即对于诗人往往有谬误的判断和隔膜的揶揄……凡是科学底人们，这样的很不少，因为他们精细地钻研着一点有限的视野，便决不能和博大的诗人的感得全人间世，而同时又领会天国之极乐和地狱之苦恼的精神相通的。"鲁迅在这里讲的是如何正确理解诗作和诗人的问题，但也告诉人们，博大的诗人应具有"感得全人间世，而同时又领会天国之极乐和地狱之大苦恼的精神"。这不仅对于诗人，而且对于一切追求作品中诗意的作家来说，都应是一个力求达到的崇高目标。客观地来说，20 世纪 20 年代以后达到这种境界的诗人不多。从这一类作家创作的基本面貌来看，他们诗作的发展指向主要表现为，在内容上以诗歌主题的变化与时代发展同步变化为特点，并以诗意形象的创造与政治和伦理的评价相交融为基调；在形式上逐步由抒情到叙事、由短章到长篇。他们认为："主观的生活的体验和客观的社会的要求，都迫使新诗人们觉得，抒情的短章不够适应时代的节奏，不能把诗从'书房'和'客厅'扩展到十字街头和田野了。"这无疑也是一种进步，但同时它又表明，这种进步正是沿着追求表现客观现实事象和时代情绪的指向发展的，就是说，主要是一种在事物外显层次上的发展，而不是真正的深入。茅盾在以田向和臧克家的诗为例、谈中国叙事诗的前途时分析道：田间的《中国·农村的故事》在可喜的特点后隐伏着"危险"，"俏劲有余而深奥醇厚不够，有象木炭画那样的浑朴的佳作，但也有只见勾勒未成间架的败笔"。这里的"深奥醇厚不够"恐怕主要还是缺乏那种"感得全人间世，而同时又领会天国之极乐和地狱之大苦恼的精神"吧！而臧克家的诗作《自己的写照》，从篇名来看，这个命意具有以人作主体的自觉意识和包含可供向深层开掘的意念，"可是，他要写的，是这时代，'我'不过是天造地设的一根线索，所以诗篇题名虽是'自己的写照'，但全部内容'我'的分析几乎找不到"。显然，臧克家在这里是超越了"自我"，但他超越了自我后却没能把"我"作为主体来表现，没能把"我"作为"领会天国之极乐和地狱之大苦恼的精神"的体现者，而是在超越自我时也就失去了人的主体地位，转而以"我"为线索，为时代"写照"。这从一定意义上说明，这类作家，把通过个性化的生动表现来抒发典型的时代情绪和博大的群体意识，以及将时代变迁的表现与对人的精神世界、心灵深处的剖示结合起来，尚不是他们主要的创作思想和追求方向。

新时期以来，特别到 20 世纪 80 年代后期，主观表现的文学倾向有了重大的发展，小说方面，沈从文、郁达夫、废名、林语堂、汪曾祺等抒情的艺术倾向得到新的评价，王蒙《夜的眼》、张承志《北方的河》等得到认可和褒奖；诗歌方面，朦胧诗的繁荣和被评价为新的美学原则的崛起，抒情散文的大量出现，探索戏剧对现代主义借鉴等，以及理论上对主体性的探讨，对"向内转"的关注等，共同促成了与以往现实主义完全不同的文学思潮。这一思潮的内核就是对自我、个人、主观性的重新重视，以及与之相关的文学表现手法的重新肯定和张扬。这一思潮，大大地解放了文学思想、文体观念，开辟了创作方法无限发展的可能。它的客观意义在于：第一，打破了长期以来单一和僵化的文学格局和创作模式。第二，继承了中国文学传统中重表现的特质，20 世纪中国文学中一度被中断的重表现的创作倾向又得到了承续和发展。第三，缩短了与 20 世纪世界文学以现代主义为总体艺术倾向之间的距离。第四，这一艺术倾向实际伴随着对文学自由和个体地位的重新确立。中国文学在市场经济的大潮中终于开始改变面貌，文学的各种因素、包括主观表现问题，在新的形势下重新"洗牌"，重新组合，这才有了 20 世纪 90 年代之后和 21 世纪文学现象的无法命名的新状态。

第四章 历史责任、生命本真的对峙与融通

第一节 两大文学思潮的对峙

百年中国文学，建构起了新的文学体系，也内在地划分出新文学与旧文学的界限，并留下了价值选择和价值追求的轨迹。文学思潮在不同时空中有不同的形态、内涵，从时间维度来看，存在前后矛盾甚至相悖的现象；从空间维度来看，出现过同一历史阶段激烈的价值冲突和对峙现象。矛盾冲突不仅在于对文学价值属性的不同认识，更重要的在于文学主体不同的归属意识与不同的文学价值取向。它们在不同时期或者尖锐对峙，或者相互交织，特别是在不同时期的嬗变，构成了复杂的文学价值现象。这个过程中，有时相对"统一"，有时"杂乱无章"，有时相对平静，有时冲突激烈，流派林立。但总体来看，百年中国文学形成了两大文学思潮，即肩负历史和民族责任、追求文学参与历史过程而突出文学对国民群体的精神重建的文学思潮，与追求个体生命价值和个性自由而追求文学超越意义的文学思潮。

五四时期文学先驱者对中国新文学发展趋势理想蓝图的设计分为几种类型。为了赶上世界文学的步伐又避免西方文学道路的缺陷，中国新文学是既反映现实又表现理想，既表现人生又指导人生，既客观写实又主观表现的新浪漫主义文学（茅盾）。能够大胆地、深入地、真诚地写出人生的血与泪的文学，另开辟出一片崭新的文场（鲁迅）。使文学发挥类似宗教的作用（闻

一多），等等。这种新的文学发展格局，既不同于中国传统的文学道路与格局（"文以载道"和"消遣游戏"），也不同于西方文学道路与格局（或纯粹的暴露，或脱离人生的浪漫），也就是说，要"另创一种自有的新文学"。现在回顾总结，中国现代文学格局并没有完全达到这种目的。在五四之后的文学发展演变中，这种理想实际时时受到现实的制约，引起了各种冲突。从积极的方面看，形成了前面所说的两大系统。这两大系统在具体内容上当然与中国传统和西方文学都有很大不同，但是，从更广阔的文学时空背景上来看，这两大系统与传统文学格局又一脉相承，也未能脱离西方的影响。这两大系统发展过程中，并不令人满意，常常会出现偏执和极端，因而时时有人企图对之矫正，走出第三条道路，或者创造"第三种"文学。这种努力的代表不是"第三种人"，而是鲁迅。笔者觉得鲁迅的文学思想，从价值论的角度分析，具有把历史责任的担负与生命本真的追求结合起来的指向。而由于各种因素，鲁迅常常处于矛盾之中，他的理想也不能真正实现。中国新文学最终还是走在了偏重肩负历史责任与偏重追求生命本真两条路上，互相冲突又并行前进。如果联系到新时期文学的变化，则更清晰地看到这种格局的演变。

理性地分析这些现象，揭示其中的深层原因将有助于今天文学价值系统重建。

五四之前，出现梁启超与王国维不同取向的文学价值观。他们都有从整体上重新理解文学意义、重建文学价值观的意愿。梁启超是积极入世的取向，宣扬文学"新民"、"新人格"，进而"新国"的价值。王国维用叔本华的生命意志理论，宣扬文学对人的精神痛苦的解脱之道。而鲁迅的《摩罗诗力说》等，主张"立国"先"立人"，突出人的主体地位而又不追求"解脱"之效，强调文学对人的精神的陶冶，带有融通的意味。

五四时期，文学介入社会价值体系重建，出现了明确的两大文学价值取向，以文学研究会为代表的现实主义思潮，偏重文学介入社会和"为人生"价值目标，文学的价值属性定位在对社会现实的反映与批判；以创造社为代表的浪漫主义文学思潮，偏重于文学对主体的内心世界和生命意识的表现，文学的价值属性被理解为对内心情感的抒发和意志的张扬。20年代中期，革命文学运动兴起，先前以创造社为代表的重个体生命价值、表现自我的艺术思潮，从内心世界的张扬转向对外部世界的突进，径直转向文学服从于政治；文学研究会的转变几乎同时进行，沈雁冰的《论无产阶级艺术》与创造社、太阳社的革命文学理论在整体价值取向上有异曲同工之效，都期盼着、推动着文学"大转变时期"的到来。这些价值目标，既是社会政治革命的要求，又受社会政治局势的影响，终于发展为无产阶级革命文学运动。1930年中国左翼作家联盟的成立，标志着这一文学价值系统的真正形成。但是，由于文学有其自身的规律，它总是在介入历史过程、追求社会价值、向外部世界突进，在表现人性、挖掘内心之间寻求平衡，亦即，由于文学的特质和本性所决定，即使在一个以政治为解决问题的根本出路的时代，人的精神之源也不会干涸，"神人共怒"的现实反倒促使了精神的极度不安宁，文学就不可能忘记对人心的抚慰和提供寻求精神解脱的方式，而追求独立自由就成为文学价值的另一取向。于是，后来统称为自由主义的文学思潮不可遏制地出现和发展，形成与左翼对峙的局面。在这个时期，出现过鲁迅、茅盾与革命文学阵营内部的争论，也出现过鲁迅、左翼与自由主义的争论。争论的问题各有不同，前者是关于文学怎样在保持自身特性的前提下，介入社会历史的重建；后者的焦点则是文学要不要以介入社会价值重建为己任。在国家民族危亡的时刻，梁实秋的人性论与普通中国人的现实人生价值实现几乎完全隔膜，周作人的消极退隐意识则无异于消磨意志，其所追求的文学属性不能与整个民族在这一生死存亡的时空中构成积极的价值关系是不能否认的事实。左翼文学正是在这一点上，可以说是"深明大义"而符合了历史的价值选择，虽然在具体的艺术创造上存在不足，但在满足群体现实"需要"上形成优势。左翼的文学价值选择与历史主体的选择方向的一致性，决定了左翼文学价值观随着历史的进程逐渐居于主导地位。抗日战争的爆发，国家民族危机和生死存亡的搏斗，促使对文学属性的认识与作用的理解上必须作出更加决绝的价值选择，是参与社会革命民族斗争还是脱离现实去经营自己的园地，不仅是审美趣味和个人爱好的问题，而且具有了鲜明的道德、道义、责任的性质。这种情势下，以追求个人自由、"永恒不变的人性"、将文学作为小摆设的价值选择无疑要受到鄙视，连带着对内心、自我、人性表现的文学价值取向无可挽回地暂时消散。而文学更直接地介入社会历史创造的价值倾向，就有了更现实的需要、更充分的历史依据，毛泽东《在延安文艺座谈会上的讲话》为此做了理论上的总结与阐述，也标志自现代以来的以强调文学介入社会历史创造的价值系统的真正确立。

新中国成立，历史进入新纪元，新制度的建立与巩固成为历史必然，文学被纳入社会重建过程。要求文学必须介入社会主义革命与建设的进程，构成意识形态的有机部分，这决定了文学将有规定、有限度、有计划、有组织、有领导、有方向、有方针、有目标、有政策的运行。在继续强调文学介入社会历史重建的价值观念的过程中，简单化了这一价值系统本来应有的开放性、广延性，特别是限制了它勇敢地直面现实、深刻地揭示现实从而促进现实变革的精神。文学价值选择与政治层面的过度结合，不但抑制了文学在文化、心灵等方面的价值功能，而且在后来政治上出现偏差时，文学价值最终脱离了真正的现实，也与普通的中国人不能构成合理的价值关系，或者说不再"为人生"。

改革开放以来，文学有一个从价值回归到酝酿价值选择的过程。这一时期，文学在追求介入社会历史过程、肩负历史责任的价值选择倾向极为明显，与五四时期新文学的状况极为相似，所以有复兴五四精神、"人的重新发现"之谓。文学对人的情感、内心的表现被突显出来，随之有"向内转"的概括。40 年代以后逐渐被抛弃和抑制的文学价值取向有了重新兴起的趋势。汪曾祺、张承志、阿城等人作品的出现，沈从文、徐志摩乃至周作人、梁实秋等人作品的重新评价等，都是对这种文学价值的重新发现。20 世纪80 年代中期以后，一方面因社会政治、经济、文化结构等的急剧变化，一方面因文学自身的嬗变，促使文学价值向多元化发展。多元化只是一种表现，而从价值取向来说，实际上仍然是两大主导倾向。一是文学继续担当社会历史责任，向着现实人生的广度和深度"突围"，文学价值追求体现在介入历史变革中。一是文学向自我、生命本真深入，向着内心世界"突进"。到 90 年代，后者的发展趋势更加突出，如同 40 年代文学借助于历史主体的价值选择朝着更加靠近社会功用价值的向度嬗变一样，90 年代直到 21 世纪，文学借助于市场化、世俗化的历史趋势，朝着满足自我需求、寻求精神解脱的向度演变。各种各样、光怪陆离的文学现象，背后都有以自我为核心的价值取向的主导。而前一系统在 20 世纪 80 年代中期以前，居于主导地位，而在此后，后一文学价值系统向"矫枉过正"的态势演变，由此引起复杂的价值多元现象。

中国新文学价值重建的难题就是如何突破"文以载道"和"消遣游戏"两种文学价值偏向，走出一条既不脱离现实又超越现实的文学新路。这是新文学价值重建的难题。

从历史回顾与原因分析中，笔者认为，百年中国文学价值体系，既有现代以来的现实需要作为选择依据，同时又与传统的文学价值体系一脉相承。或者说，在价值重建的表层，表现出强烈的反传统激进姿态，但是在文化价值体系深层，则有着割不断的与传统精神的联系。这就在文学价值重建中，将如何处理现实历史选择与传统价值系统关系的问题突出出来。前述两种价值指向，体现了现代社会发展的需要对文学属性的理解和对文学的价值选择，是有现实依据的；同时，与西方现实主义、浪漫主义和现代主义文学价值观也有直接联系。但也可看出其深层与中国传统文学价值观的一定渊源关系。这就是，"为人生"的文学价值系统，与儒家积极进取、入世的传统文学价值观有某种联系，而追求文学自由、独立的文学价值观，与道家文学价值观有某种联系。从具体历史阶段看，儒家与道家这两种文学价值观都曾经被激烈反对；但从整个文学历史长河来看，特别是从价值要素及其结构方式来看，又有古今贯通性。前一种价值体系的取向，是追求社会伦理道德对人的规范，不将个体的情感心理要求和社会的伦理道德要求分裂开来，引导人、启示人在把个体融入社会整体中去估价自己的价值。这种源于传统儒家思想的价值定向，在被推向极端之后，就成为束缚文学自由发展和导致"瞒"和"骗"而构成消极的文学价值关系。因此在五四时期受到激烈批判，反"文以载道"就是反这种价值系统。后一种价值系统，与道家哲学思想有密切关系，它将文学艺术的价值定向与超功利的生活态度联系起来，追求人生的自由境界，提倡"朴素""无为""澹然无极"，这可以说是重视人的自然生命和自由意识、满足人的本真欲望的价值体系。这种文学价值观被推向另一极端后，又变成消极退隐、出世无为、回避现实人生问题的价值观，在五四时期同样遭到批判。

第二节　意义追寻的热切与价值冲突的激化

进入新时期以来，随着社会的重大转型与文学深刻的变化，文学价值重建又被充分突显出来。在 21 世纪重提文学价值重建，是因为新时期文学在取得长足发展之后，特别是在社会和文学转型后，面临许多与价值相关的实践和理论问题，需要从价值论的角度作出解释，也需要建构适应新的历史和文化发展的文学价值体系。文学自觉介入社会价值体系重建，不仅是文学的责任，也是文学在困厄中的一种"自救"。新时期以来文学在价值问题上的突破与迷惘是两大基本价值系统冲突在新形势下的激化与深化，具有"突围"的可能。

从价值角度审视，我们可以把新时期文学的复杂现象，视为在"寻求新的文学意义"过程中出现的结果，或者说是意义追寻中的价值困惑与多元选择，就是说即使不作简单地是非判断，也无法否认当前中国文学在价值观念、价值创造、价值实现方面存在的新问题。

一、文学价值观念方面。新时期文学在价值观念方面存在的主要问题，首先是长期无法建立较为稳定、相对合理、开放而具有主导倾向的价值观念体系。这表现在文学价值冲突、价值失范与价值多元相互纠缠的现象日益突出。新时期渐次出现的许多文学思潮和文学理论现象中，包含了鲜明的文学价值观念的嬗变的动向。从对"阴谋文艺"的清算，到对文学"工具论"的批判；从对现实主义回归的呼唤，到人道主义的争论；从"重放的鲜花"的面世，到对现代文学史上作家作品的重新评价定位，无一不反映了文学价值回归的重要进程和收获。之后，从对"纯文学"的倡导到"人文精神"的讨论；从对"伪现代派"的判断，到对"宏大叙事"的质疑；从对通俗文学与严肃文学的讨论，到对"痞子文学"的批评；从关于20世纪文学大师座次的排名，到为20世纪文学写"悼词"；从对自由主义文学的重新认识，到对左翼文学意义的重新探讨；从关于中国文学"现代性"的争议，到对"启蒙"主义的重建评价；等等。这些或者相激相荡地推进，或者相互矛盾对立的现象，表明文学价值观念逐渐呈现开阔、多样、开放的态势，但另一方面也表明，其深层存在价值观念和价值标准的冲突。假如把自新文学诞生到新时期乃至21世纪各种文学现象及其评价相对照，会发现许多十分矛盾和相互悖逆的问题，这既反映了文学批评的自由多样，同时又有价值无序、迷惘的因素。文学现象越来越丰富多彩、多样化，但同时也越来越无法进行价值定位。笔者认为，造成这种现象的主要原因，当然首先是社会文化方面的原因，与社会文化价值系统本身越来越复杂相关，与价值观念、价值选择、价值取向、价值标准等越来越多样相关。而就文学价值体系的建设方面来说，其主要原因是，在认识和理念上，对在新的基础上融通建构主流价值体系存在疑虑。新时期以来几十年，中国社会和文学都发生了巨大而深刻的变化，不管是社会价值体系还是文学自身的价值体系，都经历了拨乱反正、价值回归、解构整合和探索新发展方向的过程。或许由于过分吸收以前文学价值观念单一化、绝对化带来弊病的教训，对建构主导价值体系的必要性缺乏认识，把价值多样混同于价值相对主义，把文学自由与无价值目标、无是非观混淆起来。虽然对文学理论的整合和建立新的文学理论体系的呼吁很多，在理论上也有主旋律与多样性的正确引导，但是对建构相对合理的主导价值体系仍然缺乏有力地探讨，尚未形成共识。原因之一，是过分追求文学社会功用与追求"纯文学"两个观念被推向极端而均不被认同之后，并未能另辟蹊径，未能对文学在充分保持自身特性的前提下自然介入社会文化价值体系深入思考和研究。人们以一种谨慎的心理谈论文学的社会作用和功能，而"纯文学"观念的提倡和阐述，又将文学的社会功能与文学特性问题对立起来，也就不能理直气壮提出文学介入社会价值体系重建。特别在后现代主义以解构为重要特点的文化背景下，这一点越发突出。所以，一方面是价值重建不绝于耳，另一方面是价值无序现象越发突出。而离开介入社会价值体系重建，文学自身的价值重建实际上被抽空了基础，文学对自身前途，对自身价值的评价缺乏了最基本的前提基础和支点。

在文学价值建构的理论资源的利用、选择、融通方面存在问题。新时期以来，中国社会形成多源性价值观念的交织。这包括中国古代传统价值观与现代"新传统"价值观，西方传统价值观与西方现代价值观，以及中国市场经济条件下出现的新的价值观，加之全球化所引起的文化冲突，电子信息时代文学艺术的存在方式和接受方式、审美趋向等因素，共同作用于文学的价值体系，对文学的价值取向、价值目标、价值标准造成很大的冲击，出现了价值多元与价值迷失混乱并存的现象，这直接对文学价值重建造成障碍。在价值多元交织的情况下，对建构新的价值体系表现出茫然。在中西文学理论资源关系上，不但因为不同程度存在迷信西方理论、盲目趋"新"的意识，而且因为对本身就庞杂而相互冲突的西方的文学价值观难以做出选择或者融通吸收。从现实主义、浪漫主义到现代主义和后现代主义，各种理论都在中国被做出"适用性"解释。这些理论作为局部的批评有很强的现实意义和影响力，但都不能很好地与中国当前的价值理论体系融合。以笔者所见，新时期以来西方文学价值观，在中国所起的作用既在解构也在重建，而解构作用似乎具有惯性，重建作用则尚不充分。我们有了比以前更多更新的外来文学观念，这对打破狭窄的文学价值观，形成价值多元有显而易见的好处；但是同时，我们却越来越难以在此基础上达成最基本的共识，无法建立相对合理的价值体系，也无法消除无价值感。在中国传统与现代的关系上，不仅在关于古代文论的现代转换问题上存在分歧，而且对新传统（五四以来新文学传统）文学价值观存在不同认识，对其程度不同的解构也是事实；更严重的，是对新时期以来中国文学发展的经验和新的价值观不屑一顾，很少有对丰富的文学现象做真正价值论意义上的理论总结，缺乏理论的概括、提炼和升华，相反，情绪化地激进解构，以今日之我否定昨日之我的现象严重存在，表现出对历史传统和新传统价值体系的双重失望。所以，也不能在新时期文学自身获得文学价值重建的新的理论资源。这种价值层面的虚无，其实也是妨碍进行理论原创的重要原因。因此，对文学价值理论资源选择和融通的困惑，是造成文学价值迷失和难以形成主导价值体系的原因之一。

二、在文学价值创造方面。文学作为情感性的精神现象，它不仅是现实的反映和理想的表达，还是对精神匮乏的克服与缺失的寻找，是这种精神价值目的的特殊物化，其中体现深刻的精神动向和价值诉求。新时期文学价值意蕴的丰富性、复杂性、多义性是毋庸置疑的，它显示了新时期文学精神内涵在广度与深度方面达到新的水平，它的积极意义是应该充分估价的。从价值论的角度，完全可以把新时期出现的文学现象和思潮看作寻求文学价值追求的结果。由价值意义寻求作为内在驱动力依次形成的"伤痕"文学、反思文学、改革文学、"寻根"文学、新写实文学、新状态文学、先锋文学、新历史主义文学乃至"无名"状态的演变；朦胧诗、探索戏剧、报告文学和纪实文学的轰动和散文的繁荣，以及女性文学、私人化写作、"新生代"、网络文学等创作现象，都体现的是文学在以其审美特性介入社会价值体系建设过程中显示出自己特殊的价值追求与成果。也正是在这种新的意义追求中，出现了价值多元与价值迷惘交织，突破与困惑并存的现象。比如，文学在"重构历史"、重释人与历史文化关系中的突破与价值困惑。全面深入反映历史变革、"追求历史感"和诗史意识，是中国现当代文学中一个重要而引人注目的现象。艺术地反映历史规律与社会变革的关系、人与历史的关系等，曾经是中国新文学，特别是现实主义文学着重关注的问题，与之相关，是文学叙事成分的加强并形成创作模式。特别是在 20 世纪 20 年代后期形成，在"十七年"革命历史题材中得到进一步发展的关于个人命运与历史趋势关系的叙事模式，构成了新文学的重要传统。当代叙事文学中最重要的标志性成果大都与此相关。而这在 80 年代后被指称为"宏大叙事"并受到质疑，宏大叙事中关于历史与个人、时代与个人的关系，关于历史规律，关于现代民族国家历史建构过程中人的命运，以及这种叙事所具有的价值等也受到了挑战和质疑。新时期文学在向纵深发展演变的过程中，虽然并没有放弃对历史问题的关注，没有削弱对人与历史关系的思考，然而，却体现出不同的历史观。这种在寻求新的意义、突破历史进化论并涉及价值与道德关系的创作，从触及改革开放过程中如何认识传统伦理道德，到对民族传统文化价值体系、观念和文化心理的思考和批判，显示出从文化视角审视人在历史和现实中的价值意义的倾向。在展现社会与个人命运的社会画卷中，体现出新的历史意识。不但历史的重心不再是阶级斗争史和党派斗争史，而是家族史、风俗史、个人命运史，而且，人真正上升到文学表现的主体地位，历史成为"人的历史"，人与历史的关系，个人在历史过程中的价值等有了新的理解，其中的突破和进步是显而易见的，而面临的文化价值选择也是深刻的。其最具代表性的作品当是陈忠实的小说《白鹿原》。

作为新时期以来最重要的小说之一，《白鹿原》也是对于中国传统文化价值与特质和现代历史思考最深、最具有宏观视野和思想高度的作品，它所体现出的新的文学价值观，新的文学价值创造意识，以及作品的社会价值实现，都具有代表性。它仍然具有诗史品格、巨大规模和恢宏艺术架构，融进了意识到的历史内容并具有较大的思想深度，但已与"十七年"甚至 80 年代前期现实主义作品拉开了很大距离。开阔辽远的视野，丰富的文化意蕴，动人心弦的人物命运的叙述，对民族秘史的重新艺术解释，成为中国新文学以来关于人与历史关系叙事中的重要界碑。而它所反映的价值含义因此也最为深刻和有典型意义。作者陈忠实显然对于农业文明基础上中国传统儒家与道家文化特点及其在现代的命运有很深的思考，通过白家、鹿家等家族及其成员在现代历史变革中的思想行为，表现出对家族制度、政治革命、人生态度、文化冲突乃至人性等复杂问题的反思，其中深刻地揭示出，政治革命对传统文化价值造成极大而深刻的冲击，特别是对儒家的价值体系的冲击使其在现代面临深刻危机。作品以人与现代历史和文化精神构成内在结构及其冲突，决定了《白鹿原》在艺术地阐释中国文化价值系统方面独特的意义。它以真正意义上的"文学的"特性对文化精神的价值问题进行具体地、深度地思考和艺术表现，以前所未有的丰满与深刻，提出了中国现当代社会文化价值重建的问题并进行了具有深度的探索。它的重要性不在作出的结论正确与否，而在于它真正地显示出文学在介入社会文化价值重建中的不可替代的特性，通过典型人物的塑造，把全部矛盾性昭示出来。从这一点上来看，《白鹿原》也是一个经典。陈忠实的深刻、杰出与矛盾，他所具有的对历史文化的穿透力，无疑是属于个人的，同时又是属于这个时代的，是中国社会政治、经济和文化结构的转型、包括文学自身转型，为他提供了对历史文化重新思考和艺术表达的要求、空间和基础；而这些以前不可能面对的领域和问题，也正是作为精神价值创造者的文学家的用武之地，其突破和困惑都与这个时代的社会文化相关，对人的精神行为和历史过程的评价也与时代的价值观念密切相关。介入社会文化价值体系重建也许并不是《白鹿原》作者的初衷与明确意识，但其客观效果却昭示出：文学介入社会价值重建并不是要图解历史、哲学、政治、伦理、宗教、文化等具体问题，而是要对存在和渗透在我们精神文化生活中的这些问题进行感性地、形象地、具体地揭示，不是要开药方，而是要艺术地呈现和"敞开"。在社会价值系统中，文学所涉及的价值问题，既表现为文学对社会历史本身所作的艺术解释及其体现的价值取向，也更多地表现为文学在对情感问题、道德问题以及人的生命过程中精神、心理问题与人构成的价值关系的艺术表现和探索，对人的知情意发挥潜移默化的作用，为人类精神家园的建立提供新的资源，对社会文化发挥或整合或解构的特殊作用。陈忠实《白鹿原》的启示意义因此还在于，它反衬出许多涉及历史观的作品，将严肃的人与历史、人与文化等重大问题庸俗化、戏谑化的现象，因而缺乏价值蕴涵和精神深度的原因。由历史现象的思考和历史观而涉及文化价值选择的作品在贾平凹的《废都》《白夜》《高老庄》、张炜的《古船》等作品中也有程度不同的表现。

在文学对历史的重新阐述中，新历史主义文学是另一重要现象。如莫言的《红高粱》家族系列，苏童的《妻妾成群》《红粉》《米》《我的帝王生涯》等新历史主义文学，在关于历史与个人关系的叙事中，消解意识形态化的历史，脱离主流意识体系，进入相对主义、个人主义的历史叙事状态，质疑历史的客观性和真实性，颠覆革命历史小说中的英雄神话，不仅不总结历史规律，也不表现历史进程与个人命运之间的因果关系，而写人的命运的偶然性、写人的欲望。其复杂性在于对过去简单化的描写的质疑与基本价值底线的怀疑并存。这种历史观的根本问题在于，把人们在历史过程中的选择视为随心所欲的个人行为，忘记了历史是"无情"的：在历史提供的各种客观可能性和趋向面前，人们必然要权衡利弊，进行选择。所以，历史主体必然具有选择性。但是一定历史时期能够实现的可能性只有一种。人类的价值追求，必然要对历史发展的诸多可能性进行价值选择。不是历史必然、历史发展规律从属于历史选择，而是历史选择从属于历史必然。历史选择，实质上是历史主体的价值选择[①]。所以，离开历史任意虚构和想象的历史文学文本，其实反映的是对人与历史关系中个人选择的任意性、偶然性，掩盖了其价值取向含义。那么，如何重建新的历史价值观并在文学中得到正确的表现，这是摆在作家面前的新课题，也是文学价值评价的新问题。

新时期文学在与现实关系的建构方面取得了新进展。但是，文学对于现实重大社会问题回避和精神文化现象的批判不力，又是不可否认的事实，其中涉及文学价值选择中的历史责任与自我价值的关系，对文学认识价值和批判功能的淡化。

---

① 王玉樑：《当代中国价值哲学》，人民出版社 2004 年版，第 203—204 页。

三、在文学的价值实现方面。文学的社会价值最终的实现，是通过读者的阅读欣赏获得的。毫无疑问，随着整个社会结构、生活方式、精神需求、价值选择、审美趋向、社会风尚因素的变化，读者对文学的需求与接受，特别是选择性极大地增强。这是文学与人的关系更加趋于自由的表现，其中的进步意义是毋庸置疑的。但同时，在文学的价值实现方面，出现了许多新问题。大众的阅读兴趣在趋向多样化的同时，也出现选择标准的混乱，加上现代电子传媒载体和接受方式的变化、网络文学的兴盛等，文学变为"消费"对象，文学作品如同商品一样被时尚化，读者的阅读缺乏价值趋向的积极引导。"社会的吸纳力通过通化艺术之维的对抗内容掏空了艺术之维。在文化领域中，崭新的极权主义正是以一种和谐无间的多元主义展露自身的；在这里，最具对立的作品和真理相安无事地共存于心平气和之中。"[①]"大话文化"对经典的解构，对神圣、崇高的消解产生的负面效应不能得到有力的引导。大众文化、主流文化、精英文化相互抵牾。文学批评对大众、对文学需要的引导缺乏指向。这些都需要从理论和实践的结合上寻求解决问题的途径。

以上现象所反映的文学价值问题，仅从哲学认识论为基础的文学理论不能完全解释，价值评价、价值标准、价值目标、价值取向等文学价值问题，需要借助价值哲学，从价值论入手探讨。文学价值重建将是 21 世纪文学新的转型的重要体现和标志，必须重新认识文学自身价值重建与文学介入社会价值体系重建的对象、目标和契合点。以笔者拙见，以上现象的实质，是对现代以来两大文学价值系统在新的时空条件下的延续、丰富、深化以及进一步地对峙、冲突和极端化。中国文学既有重蹈覆辙出现以前价值系统重建中借助于社会条件偏向一隅的可能，也有在新时期文学繁荣基础上融通整合的基础。

_____

　① 　[美]赫伯特·马尔库塞：《审美之维》，李小兵译，广西师范大学出版社 2001 年版，第 64 页。

第三节　走出循环与融通整合

在人类历史上，文学艺术曾经被作为感悟与解释宇宙的方式，模仿自然和现实、追求真理的方式，"文以载道"、言志表情的方式。这一切方式，都可以归结为马克思主义关于人类艺术地把握世界的方式，它与科学、宗教、实践理性地把握世界的方式有很大不同。在艺术地把握世界的过程中，无一不包含着人类从中追求对自己有用的价值目的。那么，人类发展到21世纪，面对全新的现实和未知的将来，我们能从文学实践中获得哪些价值，我们因着什么样的需要而重新认识和理解文学的属性与功能，与之构成怎样的新的价值关系呢？在中国，面对改革开放带来的巨大社会进步和引起的社会各个方面，特别是精神方面的强烈震荡，面对民族振兴、建设和谐社会的新契机，文学将如何寻找自己的位置、如何建设自己的价值体系呢？

进入21世纪的中国文学，两大文学价值系统在新的社会历史背景上对峙、冲突与拥抱、交织；乐观地看，或许正处在突破的前夜，有可能在对峙、交锋、冲突中走向融通。这将是历史性的嬗变，其冲突的激烈，现象的多样复杂，作家面临的精神痛苦、迷惘和艰难选择也是前所未有的。融通不是对文学创作具体的规定，而是价值导向的融通整合。自然，这不会一蹴而就，也不会一劳永逸，文学就是在价值选择和艺术追求的冲突中发展的。而我们最需要的文学是多样性、多元化中的和谐发展。于是，从冲突走向融通整合，是我们可以向往并努力的文学价值重建的目标。百年中国文学对此的启示意义，笔者以为主要是重新从文学与人的价值关系的本来意义上看融通的必要性与可能性。从广义说，文学发展是有规律的，这个规律就是文学以人（"我"）为价值主体和轴心，向外，追求人与世界（社会、自然）的"效应"关系，包括形象而具体地感悟、认识、理解世界，引人介入具体的社会历史进程并确立自己在其中的价值意义；向内，寻求精神的平衡和心灵的安顿，通过文学表达来激发自己的感情，满足精神需要，体验生命，健全人格，合理地生存。这两种最本原的文学价值追求的延展和嬗变，是构成两大文学价值主导倾向的根源，贯穿始终的一个重要问题是"立人"与"立国"的关系。在文学价值体系中，不仅如何"立人"与"立国"的双向关系是一个重要问题，而且对"立人"本身如何理解与如何进行艺术表现也是重要的价值重建课题。

现代历史阶段的"启蒙"与"救亡"、中华人民共和国成立后的"革命"与"建设"、新时期的"改革"与"发展"，构成 20 世纪中国社会历史的时代特征。在这一背景下，作为精神文化组成部分的文学，从价值重构的角度看，贯穿始终的仍然是"立人"与"立国"的关系。"立国"必先"立人"，是鲁迅为代表的那一代文学家的理想和观念，是他们从事文学活动的主要动机。"立国"可以理解为建立新的社会制度和文化体系，是社会的全面现代化，"立人"是人的全面发展，是呼唤经过精神改造的新的国民的出现，文学通过改造国民精神而对社会全面进步发挥特殊作用。伴随"启蒙"与"救亡"的"变奏"，"立人"的旋律也在变调。围绕"立人"展开的文学在价值取向上出现过许多分歧，引起将"立人"与"立国"联系起来与游离开来而产生的不同冲突。有鲁迅的"为人生"，有周作人的"人的文学"，有茅盾的"表现人生，指导人生"，有梁实秋的表现"永恒的人性"，有毛泽东的文艺"为工农兵服务"，有新时期人性的重新发现……而在这一过程中，在现代乃至中华人民共和国成立后直到新时期前，主要是政治、救亡等不可回避的历史课题对文学变革的强劲影响，文学价值取向上对"立人"即国民精神的改造不得不让位于"立国"的需要，对生成文学价值要素有不可否认的影响，其中最重要的表现是文学对社会历史过程的关注重于对国民精神改造的关注。改革开放以后，以经济建设为中心的社会历史总趋势，对文学价值重建的影响具有了另外的内容和特点，这就是经济因素及其规则对文学价值取向的影响，文学越来越受制于市场经济的制约，文学的价值评价、价值目标或直接或间接地与复杂的社会文化价值体系相关，而社会价值体系变化的根本则受制于经济对整个社会价值体系的影响。在这种情形下，中国文学价值重建，特别是文学以自己特性作用于人的精神重建的目标，在从政治的束缚下解放出来以后，又受到市场经济的直接影响。这其中的进步意义和负面影响也是显而易见的，广义的"立国"与"立人"形成新的矛盾关系。所以，文学如何处理"立人"与"立国"、建设精神家园与介入历史过程，始终是文学价值重建的重要问题。文学价值体系重建的重要目的是文学更好地介入社会的价值体系，但是，鉴于文学活动具有自由的精神创造活动等特性，文学价值体系的具体形态将会是复杂的，它不仅介入社会主流意识形态体系，也能对社会的情感系统、人的精神家园的建构发挥特殊作用，对社会的信仰体系、对人的诚信理念的建设发挥积极作用。从长远来说，在一定程度上改变中国近代以来人文精神中不断强化入世层面而缺少超越层面的现象，弥补主要靠政治上的共同目标和阶级的共同意志来统一人们思想这一方式所带来的不足，开辟和建构人们赖以安身立命的精神家园的更大空间。

　　文学价值系统重建是一个艰难的渐进的过程，走出价值体系对立冲突的循环模式，面向 21 世纪，整合各种有益的资源，致力于原创性，将有可能迈出重建的新步伐。

第五章　生命过程的解释与反抗困境的努力

　　将发端于五四新文化运动的中国现代文学，作为百年中国文化体系的重要构成部分来看待，几乎已是人们的共识。但是，现代文学在何种意义上是一种文化，它以怎样的特质体现着文化身份并融入文化体系之中，怎样发挥着特殊的文化功能，等等，却是需要继续研究的。其中对现代文学的文化特质的分析是一种基础工作。

　　所谓文化特质，是文化组成分子中最小的单位。众多的文化特质互相配合又组成文化丛，即功能上相互关联的一组文化特征群。既然认定中国现代文学是一种文化现象，是以文化的身份出现并有特殊功能的文化特征群，能体现自己的文化价值意义，它就必然有其作为文化的特殊要素和结构形式，有由文学所体现的最基本的文化分子单位，亦即文学的文化特质。那么，什么是中国现代文学的文化特质呢？或者说，中国现代文学的文化特质中包含了哪些基本要素呢？笔者以为这是现代文学研究中一个有待深入探讨的重要课题，但也是一个难题，是不能简单回答的。

　　笔者试图从对文学特性的重新理解中对这个问题作出解答，认为百年中国文学作为文化现象既是现代中国人"生命过程"的一种艺术解释系统，也是帮助他们对付生存困境的一种努力，即特殊功能系统。前者涉及现代文学的文化特质，后者体现现代文学的价值意义。这个时代文学的发展与曲折，文学理论的分歧与冲突，大都可以由此观之。自然，这只是探讨现代文学的文化特质的答案之一。

第一节 文学是人的生命过程的特殊解释系统

文学是"人的生命过程的特殊解释系统"这一概念，是笔者受丹尼尔·贝尔对文化定义的启示而提出的。贝尔说："文化本身是为人类生命过程提供解释系统，帮助他们对付生存困境的一种努力。"①"文化领域是意义的领域（realmofmeanings）。它通过艺术与仪式，以想象的表现方法诠释世界的意义，尤其是展示那些从生存困境中产生的、人人都无法回避的所谓'不可理喻性问题'，诸如悲剧与死亡。"②笔者将它引申到中国现代文学研究领域，源于这一理论与我对文学的思考的某些契合，以及它对中国现代文学研究的有效性和适应性。其主要含义是：

第一，人的生命过程，一方面与具体的社会、时代构成现实联系，另一方面与自然、宇宙构成深邃邈远的意义关系。人作为"历史的中间物"，也作为宇宙的中间物，其个体生命价值既可以在具体的现实社会关系中得到评价，也可以在更为广阔的时空联系中得到确认。文学对人的生命过程的解释，可以在这两种"背景"及其联系中展开，它既解释人的生命过程中的现实具体问题，更要"以想象的表现方法诠释世界的意义，尤其是展示那些从生存困境中产生的、人人都无法回避的所谓'不可理喻性问题'"，亦即人的生命过程中遇到的普遍命题。它比一般"生活过程"的展示更便于揭示人生的本原和深层状态，也最容易具体地切近人与历史、人与社会的深刻关联点，因而也更容易蕴涵较大的思想深度和意识到的历史内容。通过人的生命过程来表现现实生活深度和历史细节，是文学作为特殊解释系统不脱离现实

---

① ［美］丹尼尔·贝尔：《资本主义文化矛盾》，赵一凡等译，生活·读书·新知三联书店 1989 年版，第 24 页。

② ［美］丹尼尔·贝尔：《资本主义文化矛盾》，赵一凡等译，生活·读书·新知三联书店 1989 年版，第 31 页。

历史又不把个人作为"工具"的极佳的视角。文学通过生命过程的解释帮助人们对付生存困境，这种"帮助"的途径、功能和价值意义是多维的，它可以为人"指路"，也可以帮人"解脱"；可以陶冶情操，也可以消遣娱乐；可以激发情感，也可以使人沉思。更重要的是可以通过审美特性和艺术感染力使那些"不可理喻性问题"变得可以"理喻"，将人们从生命过程中的那些深层困境里拯救出来。从这个角度说，人文精神和现实情怀，是文学在对人的生命过程的解释中所体现的主要文化特质和价值意义。

　　第二，文学作为文化系统中的子系统，它是以艺术的特殊方式为人类生命过程提供的解释系统。不同于哲学、宗教、生物等对生命过程的"解释"，文学以其具体性、情感性、审美性对人类的生命过程提供最充分的形象化的解释。它的解释包含关于人的生命过程及其意义的哲理思考，但不同于哲学的抽象概括和理性分析，它更重视人的生命过程的感悟和体验；它关怀人的生命过程的终极问题，诸如生死、悲剧、命运等，有宗教般的情感特征和类似的表达方式，但它表现现实情怀和人间情景，不引人脱离现实而启示人如何面对现实；它对人的生命过程的展示是具体细腻的，有"纵切面"和"横剖面"的"诊断""解剖"，但它着重关注的不是人的生理肌体的生老病死，而是作为社会人的存在状态和生命过程。诚如一位当代作家所理解的："小说家的思想与哲学家的思想不一样。方法论上有分野。对于作家，思想上更多的是人的基础生存，也就是说，是构成人的存在，是基础的部分，是一站一立，一递一送，一举手一投足，极度的生物化。离不开张三李四，离不开起居、吃喝，它关注的不只是人的类，而应是人的单位个体，由个体生发，个体外张，再回到个体，再由个体推及'类'的可能性。作家关注的是人在你当时所生存的环境里的状态，就是说，你如何地诗意地生存，这是关键。"① 另外，这一概念中"过程"的意识与文学特质中的"时间性"有必然

---

① 毕飞宇：《历史缅怀与城市感伤》，载张钧：《小说的立场——新生代作家访谈录》，广西师范大学出版社 2002 年版，第 124 页。

的契合。"人的生命过程"的艺术展示和解释过程，也是最能发挥文学形象化和具体性的优点和特性的过程。文学对人的生命过程的展示和表现不可能是全部的，但却是形象的、典型的和具体的，因而是"完整"的。

第三，人的生命过程作为文学的表现领域和文学家的重要视点，具有极大的创作空间和拓展余地，有价值预设的多种可能。人的生命过程本身既包含作为社会人的精神生活过程，也包含作为生命个体的人的物质肉体的生存过程；既包含人的社会属性，也包含人的自然属性；既包含人的理性，又包含人的非理性——本能、欲望、冲动、直觉、无意识等"过程"内容。这可以借用维特根斯坦的一句话："我们的生命是无止境的，正如我们的视野是没有界限的一样。"① 文学表现人的生命过程的视野也是没有界限的。即使人的自然性和非理性的表现，在文学领域里，因为牵涉到诸如灵与肉、情与理等关系，同样能获得社会意义。文学对伤的生命过程的解释具有"个别"与"全面"、"特殊"与"整体"相统一之特点，这是由文学的艺术概括性和典型化等特点所决定的，是其他任何领域所无法比拟的。

第四，"个体"含义。人的生命过程总是具体的、感性的、个体的"生命过程"。文学的特性决定了它如果真正地关注现实的人的生命过程，必然从个体出发解释人生。它从个体入手，却在"人类"的层面展开"生命"过程的描述。它包含阶级性、社会性但又超越了阶级性、社会性，而具有更大的涵盖性和包容性。厨川白村在《苦闷的象征》（鲁迅译）中说过："生命者，是遍在于宇宙人生的大生命。因为这是经由个人，成为艺术的个性而被表现的，所以那个性的别半面，也总有很大的普遍性……在那样的生命的内容之中，既有人的普遍性共通性在。换句话说，就是人和人之间，是具有足以唤起生命的共感的共通内容存在的。""将生命的内容用别的话来说，就是体验的世界。"这就是说，艺术领域的"生命"是具有普遍意义的生命，这种普

---

① 维特根斯坦：《逻辑哲学论》，载 [美] D. J. 恩莱特：《人的末日》，华进等译，上海文化出版社 1988 年版，第 5 页。

遍意义的获得正在于艺术的特性是通过个性表现普遍性、共通性，通过作家的个体体验表现人类性。正是在表现人的生命过程这一层面上，文学才在具有民族性的同时具有人类性，文学家才在整体上体现出冲突中的统一，也在相似中表现出区别。所以，文学作为人的生命过程的解释系统的概念，有助于对文学与人的关系的调整，也打开了文学理论更大的思维空间，同时也拓展了文学的表现领域。

第五，人的生命过程自然包含"生存状态"，因而涉及人与环境的关系。人生活在一定的时空中，生活在一定的社会和自然环境中。人的生命质量和意义不仅取决于自然环境，更取决于具体的社会和文化环境。人的生命过程的展示，必然同时伴随对人的生存环境的展示，其社会批判性和思想倾向性在对人的生命过程的艺术解释中自然而然地流露出来。它不会限制和隔绝文学与社会现实的联系，却可以以人的生命过程状态为轴心而深入辐射社会和时代的方方面面。

文学是"人的生命过程的特殊解释系统"的概念，会使我们想到一个非常熟悉、被广泛运用的概念，这就是文学"为人生"。这两个概念在外延上有所联系，但具体内涵却不相同。众所周知，作为中国新文学真正开端的五四文学，其重要标志是"人的文学"的产生。然而，对于"人生"和文学"为人生"的具体理解，实际上长期以来是约定俗成的但却含义不明的。因为人生本身是多方面的，文学应根据自己的特性将重点放在人生的哪些层面，是需要进一步探讨的。这如同"文学是人学"的概念一样，它用来反对蔑视人的文学的现象或某些思潮倾向是有具体针对性的，是有效的，但用来指导具体文学实践却需要进一步理解和界定。文学"为人生"习惯上被理解为文学对现实人生的关注和表现，对人生状况的客观观察和真实描写等。这虽然大致不错，然而如果进一步追问，文学怎样具体表现人生，或者通过写什么来表现人生，则不能不关注具体的个体生命过程，通过具体生命过程的展示表现人生状况和社会现实。文学的特性决定了它表现的"人生"，其具体所指与其他社会人文学科对人的研究是有区别的，它如果不是全部，至少应该主要对"人的生命过程"进行艺术地解释。

可以说，"人的生命过程"属于广义的"人生"但不等于"人生"。人的生命过程"与"人生"的概念并不矛盾，但它更适宜作为文学表现对象的概念。中国现代文学对人的生命过程的解释，是与人的重新发现和五四新文学对普通人生的重视相关的，从这个意义上说，人的生命过程的艺术解释可以理解为"人的文学"的深度体现。

第二节　鲁迅等对生命过程艺术解释的开拓

文学作为一种解释系统，也许是人们容易认识和接受的；但是，文学作为人的生命过程的解释系统，特别是将中国现代文学特质之一看作人的生命过程的解释系统，却可能存在分歧。这使我们必须首先把目光投向中国新文学奠基期的那些奠基性作品，重新审视它们的精神特质和"基因图谱"。

对人的自然生命过程的"解释"，最直接的也许莫过于医学。但是，在中国近现代，医学为人类生命过程提供的解释系统和所做的努力，并不能真正帮助他们对付生存困境——鲁迅从医学向文学的转变，有一定的象征意义和先兆性。主要不是从生物的意义而是从文化精神的意义思考中国人的生命过程，是鲁迅对中国现代"人学"思想作出的重要贡献之一。

《狂人日记》就是对中国人的生命过程毫不掩饰的揭示和形象概括，是对中国人生命过程作出的历史性的文化哲学解释。"人吃人"是鲁迅创化的第一个触目惊心的生命过程意象，也是历史上中国人的生命过程的缩影。自己被人吃，自己又在吃人，这是何等惨烈的生命过程。然而，"铁屋子"中的人们还在梦中昏睡，而且"从昏睡入死灭，并不感到就死的悲哀"（《呐喊·自序》）。于是，振聋发聩的"呐喊"就迫切而必需，惊醒他们，正视自己的生命过程，"揭出病苦，引起疗救的注意"，就成为鲁迅"为人生"的启蒙主义文学的具体体现；而"意在暴露家族制度和礼教的弊害"的创作动机，又将危害中国人生命过程的病根追究至封建制度和文化，其"立意在反抗，指归在动作"的目的不言自明。从此以后，鲁迅沿着这一思路"一发而不可收"，为我们展示了形形色色的中国人的生命过程。在一般民众人物身上，他十分悲愤地描绘了生命意识的愚昧、生命过程的盲目和生命感受的麻木（《药》《故乡》《阿 Q 正传》《祝福》等）。在知识分子身上，特别是"新"知识分子身上，更加悲痛地揭示了生命意识觉醒后的无奈和梦醒之后无路可走的悲剧，写了生活重归无聊、无价值、无意义的"几乎无事的悲剧"（《在酒楼上》《孤独者》《伤逝》等）。

《药》写了华小栓无意义的短暂的生命过程，写了肉体的无可救药，这固然令人同情和可怜，但更令人扼腕叹息的是华老栓们精神上的无可救药，这使我们想到作者的愤激之言：这样的人"病死多少是不必以为不幸的"。作品深层意蕴还在于揭示出夏瑜本来有意义的生命，在遭遇统治者的屠戮与"受惠者"的亵渎双重"否定"之后的无意义和无价值，他的生命过程壮烈却"无效"，其悲剧性令人深思。接下来的《孔乙己》《阿 Q 正传》《故乡》《祝福》等，分别写了几种不同类型的人的生命过程的悲剧性。孔乙己的生命过程的悲剧性在于，他是一个将自己的生命意义和期待寄托在学而优则仕的道路上的失败者。一个本来极为自尊的有生命意识的人，最终在极端贫穷、受侮辱、被嘲笑中无声地结束了生命。在这过程中，我们也看到了庸众对他人生命的无情、冷漠和残酷。在《故乡》中，我们看到少年闰土生命的鲜活，也看到中年闰土生命的萎靡，在前后的对比中看到中国人生命过程的艰难困苦和简单"重复"，看到生命是怎样变为低级的求生过程，生命力怎样在"过程"中萎缩。《祝福》中的祥林嫂，其生命过程普通却更令人震惊。她的生活片段代表了旧中国劳动妇女的许多不幸，而最使人不能平静的，是一个劳动妇女，其生命过程中精神的痛苦超过了肉体生理的痛苦，超过了她所能够承受的极限。她饱尝了丧夫、被卖、失子的不幸，在"现世"咀嚼了精神的苦汁，又被"来世"的恐惧心理所缠绕。她的生命过程不但无幸福、无意义、无价值，简直是一个"负增长"的过程。阿Q的生命过程，是作者"眼中所经历过的中国人生"的写照，使人们从中看到了"国人的魂灵"和自己的生命过程，特别是在"困境"中怎样"造出奇妙的逃路来"。小说始终暗含主人公面对困境如何对付的问题，阿Q一生的"事迹"，或者说他的生命过程就是一个弱者面对"外界"困境步步败退的"应对"过程。比起闰土、祥林嫂和孔乙己来，阿Q所经历的"生命过程"要复杂得多，包含的典型意义也丰富得多。

读《伤逝》，笔者总是隐隐约约地感到鲁迅对"生活"过程与"生命"过程有着不同的解释。子君与涓生的爱情悲剧的最终原因是模糊和多义的，其中的关键似乎不在"生活"层面而在"生命意义"的层面。子君和涓生是对自己的生命过程有过自觉感悟并企图把握自己人生命运的人，"我是我自己的，他们谁也没有干涉我的权力"。这是个性觉醒的宣言，也是有意义的生命过程开始的标志。但是，他们以后的生命过程却出乎意料地走了下坡路，最终造成人生悲剧。原因究竟是什么？是生活的拮据和乏味，还是"新"的生命过程的无聊、无生机、无希望？作者在回答问题时又提出了新问题。小说多次提到"生活的路""新的生路"的问题，似乎并不是指一般意义上的生存问题，而是生命过程意义的问题。涓生没有能够拯救子君而悔恨和悲哀，在这悔恨和悲哀中，有对自己"自私"的忏悔自责，但也有无奈的叹息和对"不能"原因的思索，这"无奈"或者"不能"，其实质也许主要不在他不能给予子君富裕的"生活"，而在于他不能给予她新的生命意识和有意义的生命过程。他知道"安宁和幸福是要凝固的"，却不知道怎样打破这种凝固，因而感到"外来的打击其实倒是振作了我们的新精神"。涓生在"伤逝"过程中有一段名言："回忆从前，这才觉得大半年来，只为了爱，——盲目的爱，——而将别的人生的要义全盘疏忽了。第一，便是生活。人必生活着，爱才有所附丽。世界上并非没有为了奋斗者而开的活路……"但是，需要追问的是："生活着"的这对情人，他们的爱为什么就不能有所附丽，反而失去了爱乃至一个年轻的生命呢？显然不仅是生活的无着，而是无生命意义和价值的生活，也就是常说的无"理想"的生活。而涓生的"进步"或者"清醒"是把人生的"要义""活路"与"奋斗"联系在一起，而这奋斗目标显然也不是一般意义上的"活着"。那么，为什么而奋斗，涓生却还没有找到答案，这是他最感困惑和彷徨的。我以为，对有意义、有价值的生命过程的探寻，而不仅仅是对爱情悲剧原因的反思，这或许是《伤逝》真正的意义所在。另一篇小说《在酒楼上》中的吕纬甫，也曾为充实的生命过程兴奋过、激动过，但是十年之后，生活重归无聊，只能违心地做些毫无意义的琐事。这篇小说表现的中心就是生命的浪费、意志的消磨和生存的无味。所谓"彷徨"，其焦点不仅是一般意义上的社会革命道路，而是人作为"历史的中间物"，如何将自己有限的生命有效地融进历史过程的问题，也就是生命过程意义和价值问题。《孤独者》中，"以送殓始，以送殓终"，或许有一定的"生命过程"的象征含义。魏连殳作为一个有过自己独立意识和生命感悟的知识分子，他曾顽强地应付习惯势力对他的种种精神重压，走过了一段孤独却有意义的"超人"式的生命之路。但他终于屈服了，他的屈服就是与传统生命意识抗争的失败，是无价值无意义的生命过程的重新开始，其结果是自戕。他的死是没有具体原因的，但却是必然的，因为对他这样一个梦醒之后无路可走的人来说，他知道活着跟死了是一样的，他选择自戕，符合已经意识到生命过程价值却无法实现其价值的人的思维逻辑。

鲁迅的杰出在于他穿越一般社会现象和生活状况而直抵生命过程深处。真诚地、深入地、大胆地写出人生的血和肉，写出人的生命过程的真实状态，挖掘其中的内涵。孔乙己、阿Q、闰土、祥林嫂、子君、涓生、魏连殳、吕纬甫等形象，其所以具有典型意义，就在于通过病态社会中不幸的人们生命过程的解释而通达对中国社会历史、文化精神病态的批判。

中国文学从半人半神的形象的塑造，到对人的个体生命过程的重视，不只是一个简单的表现对象的变化，而包含了人的觉醒，包含了文学对人的生命意义、价值的重视，显示出新文学与人的关系的新的联系维度。鲁迅作为现代文学奠基者的意义，首先在于他将中国人的生命过程，置于中国历史文化体系中去思考和表现，具体的生命过程与具体的文化生存环境的关系构成对社会的批判性：社会的罪恶莫过于对人的生命的摧残，而其隐蔽性则在于这种摧残成为一种习惯和集体无意识，一种渗透在人生过程中的"自觉"行动，生命过程中伴随着几乎无事的悲剧。反过来说，只有通过人的生命过程的具体揭示才能真正发现这种"无物之阵"的巨大势力和浓重阴影。

　　与小说具有同样指向的是鲁迅前期杂文和随感录。《春末闲谈》中那被细腰蜂的毒针刺得不死不活、不腐不烂的小青虫，作为旧中国人的生命过程的形象化比喻是十分恰当的。《灯下漫笔》对"暂时做稳了奴隶"和"想做奴隶而不得"两个时代的循环往复的概括，也包含对中国人生命过程的揭示。"我们的古圣先贤既给我们保旧守古的格言，但同时也排好了用子女玉帛所做的奉献于征服者的大宴。中国人的耐力，中国人的多子都就是办酒的材料。""自己被人凌虐，但也可以凌虐别人；自己被人吃，但也可以吃别人。一级一级的制驭着，不能动弹，也不想动弹了。""因为古代传来而至今还在的许多差别，使人们各各分离，遂不能再感到别人的痛苦；并且因为自己各有奴使别人，吃掉别人的希望，便也就忘却自己同有被奴使被吃掉的将来。于是，大小无数的人肉筵宴，即从有文明以来一直排到现在，人们就在这会场中吃人，被吃，以凶人的愚妄的欢呼，将悲惨的弱者的呼号遮掩，更不消说女人和小儿。"鲁迅所解释的中国的"人史"是惨烈的，生命过程是悲剧性的，人肉筵宴是令人震惊的。然而，这是哲学意义上的关于中国人的生命过程的一种真实概括和精辟抽象。

　　鲁迅从"社会""文化"的角度看透了中国人的生命过程的实质和现实的残酷，却从"自然""宇宙"的角度表现出整体的"乐天"精神和顽强的生命意识。他在《生命的路》中说：

　　　　想到人类的灭亡是一件大寂寞大悲哀的事；然而若干人们的灭亡，却并非寂寞悲哀的事。
　　　　生命的路是进步的，总是沿着无限的精神三角形的斜面向上走，什么都阻止它不得。

自然赋予人们的不调和还很多，人们自己萎缩堕落退步的也还很多，然而生命决不因此回头……

人类总不会寂寞，因为生命是进步的，是乐天的。

在《热风·四十九》中，鲁迅对个体生命和群体生命关系的思考，体现出同样博大的胸襟。他说："凡是高等动物，倘没有遇着以外的变故，总是从幼到壮，从壮到老，从老到死。""我想种族的延长，——便是生命的延续，——的确是生物界事业里的一大部分……但是进化的途中总须新陈代谢。所以新的应该欢天喜地的向前走去，这便是壮，旧的也应该欢天喜地的向前走去，这便是死：各各如此走去，便是进化的路。"鲁迅毫不讳言个体必有一死的自然法则，唯物地看待人的生命过程，这可以说是另一种勇敢地"反抗绝望"的方式。

鲁迅作为中国现代文学的奠基者，其意义正在于为中国人的生命过程的新的解释系统的建构打下了坚实的基础。这是鲁迅作为中国新文学奠基者的丰功伟绩之一。

鲁迅之外，新文学的其他重要作家，也在对现代中国人的生命过程的解释这个层面上，作出过可贵的努力。

众所周知，文学研究会曾是大力提倡"文学为人生"的团体，他们的"问题小说"更是把人生问题的探究作为直接表现对象的，而其中创作小说最早、最具代表性的作家是叶圣陶。但是，叶圣陶的小说在对中国人的生命过程的艺术解释方面所具有的意义，却没有得到应有的重视和评价，或者说我们常常忽略了这一层面的价值。叶圣陶的小说善写"灰色"的人生，表现无爱的、无聊的、无意义的、无生机的生命过程，揭示人与人的隔膜和孤独感。在这些方面，他最接近鲁迅。1921年3月的短篇小说《隔膜》，就是通过"我"在走亲访友中的见闻和感触，表现生命过程中的虚假和无意义感、孤独感。小说写到，人们表面上相互尊敬、相互了解，主宾之间关系融洽，实际上是在用"公式"交往，互相敷衍应付，充斥言不由衷的套话。对于这种"各有各的心"，但"深深地掩藏着"的人生状态，"我"体验到的是"孤独""寂寞"，"我如漂流在无人的孤岛，我如坠入寂寞的永劫，那种孤寂彷徨的感觉，超于痛苦之上透入我的每个细胞，使我深思昏乱，对于一切都疏远、淡漠"。《潜隐的爱》中的主人公对邻居孩子的爱和孩子离去后的惆怅与失望，同鲁迅的《明天》有异曲同工之处，表现生命过程中的孤独和寂寞。独幕话剧《恳亲会》中的小学校长黄隶青在自然界的勃勃生机的理想境界中，有着对人的生命过程的反思。"河水是不息地流动着，草木是生生不已，没有一刻说唱没有新机的，小鸟会得唱歌，叫出宇宙的微妙，轻云会得舞蹈，构成美丽的图画。从知环绕我们的凡物，无不活动，新鲜，快乐，优美。"但是，在人类社会，却另一种景况，"环绕我们的人，却决然相反，他们的心灵，只充满了忧郁，怨恨，讪笑，诽谤，猜疑，怠慢，丑恶，衰弱，腐朽，死灭"。这可以看作叶圣陶的"夫子自道"，浸透了他对灰色人生的痛切体验。生命意识的麻木，生命的灰色无生机，生命堕落为生理过程的"重复"，这就是颇为常见的中国人的人生过程。由此可见，探讨"人生问题"、人的价值和意义的文学研究会的作品，提供的中国人的生命过程是普通的又发人深省的。反对苟活，厌弃灰色、无聊的生命过程，批判窒息生命力的社会环境和文化传统，肯定生命的自然形态等，在这些方面，新文学阵营有极大的一致性。创造社的创作、特别是郁达夫等人的私小说，也以切身体验表现特定情势下人的生命过程。通过展示人的生命过程，现代作家找到了表现现实人生的最佳切入点，将表现"人生"落到了实处，显示了现代新文学的实绩和文化特质。

在 30 年代的文学中，对人的生命过程的解释这一传统并没有终止，而在发展中演变。巴金的《家》是提供了一个大家族内的种种生命过程现象。这里有生命在家族制度中的衰败（高老太爷），生命的浪费和无聊（克安、克定），生命的扭曲（觉新），生命的横遭摧残（鸣凤、梅、瑞珏等），生命的蓬勃和新路（觉慧）。巴金后来在《憩园》中表现出的对于生命被金钱毁灭的惋惜，《寒夜》中人对生命被困境所扼杀的无奈的控诉，都是对中国现代人的生命过程解释的继续。老舍对民族性格的文化思索，在一定意义上就是以人的个体生命过程的展示为依托的。祥子的人生就是一个健康生命在现实中的畸变过程，《月牙儿》通过母女两代的生命过程控诉了"人不如狗"的生存状态和"社会不如监狱"的生存环境。曹禺感兴趣的不是宏大的社会事件，而是具体情境中的生命过程和生命状态。在《雷雨》《日出》中，开拓了为人们所不熟悉的表现领域，用话剧这种叙事方式真实地展现了不同的生命在特定情境中的迸发、冲突、搏斗和毁灭；在《北京人》中批判了家族制度和传统文化如何导致生命力的萎缩；《原野》则通过复仇故事把人的本能冲动与情理冲突、阶级矛盾与人性弱点、心理危机交织在一起，把人的生命过程中的深层精神世界的表现推向极致。而沈从文对人的生命过程的理性自觉和感性表现，在现代作家中格外突出。沈从文说过，"我是个对一切无信仰的人，却只信仰'生命'"（《水云》）。他在《生命》《长庚》《烛虚》《水云》《中国人的病》《给志在写作者》等一系列作品和《从文自传》中，都表现出对生命力的肯定，对无意义的生命过程的批判，对精神上的"阉人"的蔑视，对"愚妄迷信，毫无知识，靠君王恩赏神佛保佑过日子"的抨击。在《生命》中，他说："爱国也需要生命，生命力充溢者方能爱国。至如阉寺性的人，实无所爱，对国家，貌作热诚，对事，马马虎虎，对人，毫无情感，对理想，异常吓怕。也娶妻生子，治学问教书，做官开会，然而精神状态上始终是个阉人。"[1]《长庚》："至于许多受过高等教育称绅士淑女的，这种人的生活兴趣，不过同虫蚁一样，在庸俗的污泥里滚爬罢了。"[2]"麻木风气表现于个人性格上，大家都只图在窄小个人小圈子里独善其身，把所学一切只当成换吃换喝的工具，别的毫无意义。这些人生存的意义既只是养家活口，因

---

① 《沈从文文集》第 11 卷，花城出版社、生活·读书·新知三联书店香港分店 1984 年版，第 295 页。

② 《沈从文文集》第 11 卷，花城出版社、生活·读书·新知三联书店香港分店 1984 年版，第 289 页。

此凡一切进步理想，都不能引起何等良好作用。"①"然而细细一想，这些人根本上又似乎与历史毫无关系。从他们应付生存的方法与排泄感情的娱乐看上来，竟好像今古相同，不分彼此。这时节我所见的光景，或许就是两千年前屈原所见的完全一样。"（《从文自传》）这是他从文化哲学的角度对人的生命过程的思考。反映在他的作品中，对原始生命力的礼赞和对精神阉人的嘲讽更是为人们所熟知的。另外，张爱玲的作品在特定的环境中展示着生命的扭曲，提供了另外的生命过程图景。京派、海派的作品和钱锺书的《围城》，都从不同角度表现了中国现代社会人的生命过程。

第三节　从生命过程艺术解释到历史过程的宏大叙事

笔者在这里重点要说的是另外一种现象：中国现代文学从人的生命过程的解释向侧重社会变革过程解释的转变。

在 20 世纪中国文学发展演变的诸多层面和线索中，有一条重要的线索和发展轨迹，就是文学创作经历了从侧重人的生命过程的解释，到侧重社会变革过程的解释，再到人的生命过程解释这样的变化。

从 20 世纪 20 年代后期开始，由于社会历史环境、文学价值观念等诸多方面的原因，"人的文学"的具体内容和发展方向发生了变化。一方面，随着个性解放向阶级意识的觉醒的转变，新文学的主潮发生了从侧重对人的生命过程的解释到侧重社会历史过程的解释的转变；另一方面，仍有一部分作家在对现代中国人的生命过程的艺术解释方面有了新的进展。这两种现象相互并存又不断地发生冲突，一直持续到现代文学为当代文学所取代。而 20

---

① 《沈从文文集》第 11 卷，花城出版社、生活·读书·新知三联书店香港分店 1984 年版，第 290 页。

世纪 80 年代以前的当代文学更将社会变革过程的解释作为文学的表现中心，个体的人生过程或命运结局实际成为社会运动过程的解释符号。这种现象延续到新时期，特别是 80 年代以后才渐渐被改变，其主要表现是新写实小说、新状态小说对普通人的生命过程的展示，而此后的"个人化"写作则将它推向极端。我想无需用太多的笔墨去描述这些现象和过程，而侧重分析这些现象中包含的意义。

这里，主要想通过对在这个过程中最具代表性的作家茅盾的分析，来揭示这种变化的含义。茅盾处女作《蚀》三部曲的创作是有着个人体验和切身感受的，他在《从牯岭到东京》中说："我是真实地去生活，经验了动乱的中国的最复杂的人生的一幕，终于感得了幻灭的悲哀，人生的矛盾，在消沉的心情下，孤寂的生活中，而尚受生活执着的支配，想要以我的生命力的余烬从别方面在这迷乱灰色的人生内发一星微光，于是我就开始创作了。我不是为的要做小说，然后去经验人生。"①《蚀》的价值或许正在于茅盾如实地写了那些走向社会之后的革命者的真实的人生过程和体验，表现了他们的灵与肉，追求与幻灭，欲望与冲动，挣扎与动摇。在此后的同类作品中，很少能再看到对青年革命者这样真实的生命过程的描写了。《蚀》在受到批评后，茅盾调整了创作思路，其标志是《虹》的创作出版。茅盾的转变是必然的，这是由他的文学观和对文学价值意义的理解特点决定的。他主张要表现人生、指导人生（后来变为表现现实、指导现实）。而要指导人生，必须对人所处的时代的特点有理性的认识和科学的分析，对人在阶级关系链条中所有的环节有准确的把握，这样才能或明或暗、或直接或间接地指导人生。茅盾认为："现在已经不是把小说当作消遣品的时代了。因为一个做小说的人不但必须有广博的生活经验，亦必须有一个训练过的头脑能够分析那复杂的社会现象；尤其是我们这转变中的社会，非得认真研究过社会科学的人每每不能把它分析得正确。而社会对我们的作家的迫切的要求，也就是那社会现象

_____

① 《茅盾论创作》，上海文艺出版社 1980 年版，第 29 页。

的正确而有为的反映！"① 因此，茅盾在 20 年代后期的文学理论中特别强调个人与时代的关系，尤其是社会变动与人物性格变化的对应和因果关系。在《读〈倪焕之〉》中，对"把一篇小说安放在近十年的历史过程中""并有意地要表现一个人""怎样地受十年来时代壮潮所激荡"给予高度评价。从《蚀》到《虹》（包括《路》《三人行》等），其表层的变化，是作者从悲观情绪中解脱出来，但深层的变化是由人的生命过程的解释到社会变化过程的解释，具体体现为对文学时代性和社会化的强调："一篇小说之有无时代性，并不能仅仅以是否描写到时代空气为满足。""还应该有两个要义：一是时代给与人们以怎样的影响，二是人们的集团的活力又怎样地将时代推进了新方向，换言之，即是怎样地催促历史进入了必然的新时代，再换一句说，即是怎样地由于人们的集团的活动而及早实现了历史的必然。"② 这里涉及现代文学史上一个关系重大的课题，即如何处理个人和时代、历史的关系问题；而隐伏其中的更深层的问题则是文学表现的中心是个体生命过程还是社会过程。这个问题在创作中则是，为写时代和社会的变化过程而写人，还是为写人而写时代和社会变化过程？这二者是有紧密联系的，但并不是没有区别的。如果为写人而写时代，那么，这里的"时代"就可以理解为现实主义文学所强调的典型环境，二者是典型环境与典型形象的关系问题，这既符合现实主义文学的规律，也符合文学作为"人学"的特性。但如果是为了写时代而写人，通过人的命运、人生历程来证明历史变化和时代特点，这样的文学就会有较多的社会历史过程的描绘而少有人文精神的蕴涵，因为它关注的不是个体的生命过程，而是时代特点，创作重心已经转移，其中最关键的是不再将文学视为人的生命过程的解释，而是对社会过程的解释，写人是为了说明时代特点，写人的归宿是写历史和回答社会科学命题，其落脚点在历史或时代，而把"那些从生存困境中产生的、人人都无法回避的所谓'不可理喻性问题'"

---

① 《我的回顾》，载《茅盾论创作》，上海文艺出版社 1980 年版，第 8 页。
② 《茅盾文艺杂论集》上集，上海文艺出版社 1981 年版，第 288 页。

置于后台。简言之，它解释的是时代，这实际已经进一步靠近了历史哲学的任务而偏离了文学的特性。这虽然也有价值，但其价值意义却主要是"历史的"而不是"文学的"。这就是说，实质不在写什么，而在出发点和归宿是什么。茅盾正代表了把历史和社会过程的解释作为文学重心和归宿的倾向，并一直影响到后世。平心而论，茅盾的《子夜》《春蚕》《林家铺子》等，作品主人公都可以说是性格比较丰满的人物形象，现代文学也需要这样的形象。然而，这些形象的意义却被局限在时代特点怎样决定他们的命运的解释中。不错，小说也写了吴荪甫、老通宝、林老板的人生历程，写了他们的搏斗和挣扎，但作者将他们搏斗的对象和战胜他们的真正对手在本质上解释为"时代""社会"和"阶级"，而不是"人"，主人公无论如何都会是一个失败的结局，最终一无所获。这使我联想到一个看来似乎没有关联的作品，就是海明威的《老人与海》。那位老渔民在与鲨鱼奋力拼搏而最终一无所获这一点上，与吴荪甫、老通宝、林老板是相似的，他们的搏斗过程同样的惊心动魄，只是对手一在"自然"，一在"社会"。然而，我们在老渔民的搏斗过程和结局中体悟到的是人的生命力的顽强和抗争精神，而在吴荪甫们的搏斗和结局中看到的是社会力量对人的命运的"决定"和时代对人的制约。换句话说，海明威最终让读者"理喻"的是人，是人的生命过程最灿烂的方面即生命力的表现，是"以想象的表现方法诠释世界的意义"；茅盾最终让读者认识的是社会，是对社会变革过程中某一时期历史特征的揭示。可以说，在这一点上，茅盾同样是成功的，他充分地达到了"全般"概括时代的创作目的。但同是文学，这"最终"结果的区别，我以为却并不单是个题材问题，不是作家面对的"现实"差异的问题，而是文学观念和价值目的以及文学的文化特质问题，是有必要反思的问题。

笔者不否定文学表现人与社会、人与历史关系的意义，不否定文学的社会历史价值和认识价值，特别是在中国现代社会，这种文学价值得到最大的社会实现是一种必然。笔者不否定茅盾作为现代杰出作家的重要意义，相反，笔者认为他在中国叙事文学的历史转变中具有举足轻重的作用，他为改变中国文学的整体格局作出过很大贡献。茅盾的社会分析小说仍然有独到之处和特殊意义，在对时代特点的艺术概括方面，他仍然是现代最杰出的作家。笔者也不否认，茅盾的作品中也有对人的生命过程的具体描写，这或许是他的作品有吸引人的方面的原因，这得益于他的艺术功力和修养。这就是说，笔者并不否定作为作家个人的茅盾的创作及其意义。笔者要指出的是，茅盾所代表的由对人的生命过程解释到对社会变化过程解释的创作现象及其创作意识，在后来演变为现代乃至当代文学的一种普遍现象和意识，特别是经由他这样一位举足轻重的人物的理论提倡和创作实践的示范，就具有了文学史的意义。笔者不敢说，中国现当代文学在一个时期内，多社会变革的过程叙述和时代画卷的场面描绘而少有典型形象塑造与此有关，也不敢说早就出现的追求文学短期效应的现象（包括许多作品有头无尾）与此无关，但可以说，由侧重人的生命过程的解释到侧重社会过程的解释的变化，是中国现当代一种重要的文学史现象，这也几乎成为中国现实主义文学的典型特征。这种变化或许早就伴随文学特性的某种偏离，潜伏对文学价值目标的误解。

第四节　反抗人生困境的努力与文学走出困境的艰难

中国现代文学创作，由侧重人的生命过程的解释，到侧重社会过程的解释，有其必然性。这是在文学"为人生，而且要改良这人生"，在文学不仅满足于"表现人生，而且要指导人生"的观念支配下的必然结果。也就是说，这是文学试图在帮助人们对付生存困境的努力过程中自然形成的态势和潮流。从这个意义上说，它又有不可逆转性。这种不可逆转性的深层动因是：在中国现代，人们的最大困境是生存困境，对付困境的最有效手段是社会革命，是反抗现存制度和既定秩序，是挣脱现实强加于人的生命过程中的种种束缚。而左右现代文学的主流意识顺理成章地认为，中国现代文学的价值目标不仅是对现代中国人的生命过程的解释，还是帮助他们对付困境的一种努力，生命过程的解释最终是为了"改变这人生"，而对文学来说其主要功用是启蒙和认识价值。如果没有这种价值预设，文学对人的生命过程的解释也就失去了意义和追求目标，作家创作就缺乏博大情怀和内在动力。可以说，文学是否在帮助人们克服困境，是现代文学一种最重要的价值取向和基本的价值尺度，也是作品的价值底线和作家的道德底线。正是由于中国现代文学的这种价值取向和价值评价尺度，使得一些人进而认为，文学或明或暗地为人们选择正确的"道路"就是为人们摆脱困境提供帮助，就是文学"为人生"的深化和发展。于是，随着现代文学与时代关系的变化和文学自身的发展，一种由对人的生命过程的重视向揭示时代特征、选择道路转变的意识逐步成为主流意识。

这种不可逆转性及其演变过程，长期以来，在现代文学研究界被作为一种规律来总结和肯定，认为这个转变是新文学发展的标志，是文学与时代和社会关系的调整，其中不存在对新文学性质的改变。然而，一个不可否认的事实是，文学在后来积极地，有时是被迫地追踪、反映、解释社会变化的过程中，却未能有效地帮助人们对付生存困境，特别是精神和心理困境。正是借着要表现时代精神，要指导人生和现实，一些文学家轻易地放弃了"人"，弱化人的生命过程的意识而强化社会变化过程的意识，个体生命过程的艺术解释被社会变革过程的科学解释所覆盖，由重在人文关怀向社会科学命题和历史过程的关注转变，文学在似乎不可逆转的变化过程中，其重心发生了质的变化。现代文学在调整与时代的关系时，文学自身却面临深刻矛盾，这种矛盾在进入当代后的一个长时期内，不但没有得到缓解和克服，反而愈演愈烈，成为20世纪中国文学发展中一个难题。一方面，文学以宏大的叙事模式将社会变革过程解释得合情合理、合乎逻辑和规律，掩盖了现实中的矛盾和人所面临的实际困境；另一方面，文学摒弃了"以想象的表现方法诠释世界的意义，尤其是展示那些从生存困境中产生的、人人都无法回避的所谓'不可理喻性问题'"，不能真实地对现当代社会变化过程中人的"生命过程"

进行富有人文情感性的解释，当然也就不能真正帮助人们克服困境。这种变化所丧失的一个是文学的人文情怀，另一个是文学对社会的批判和质疑。对历史过程合理性的证明缺乏人性的尺度，对社会意识形态的顺应使文学丧失应有的批判力，有时反而使人陷入"瞒"和"骗"的更大的沼泽中。鲁迅所曾呼吁的真诚地、大胆地、深入地写出人生的血与泪，反对"瞒"和"骗"的文学理想在一个时期未能真正实现是不可否认的事实。

那么，对这一现象今天该如何认识？对其反思有何启示意义呢？

第一，这一现象的前因与后果有其复杂性，不应简单地否定或肯定，而要探究其深层原因和利弊得失。应该看到，这是在文学寻求其现实的价值目标，也就是在试图帮助人们对付生存困境的过程中，基于当时的时代环境和文学意识而产生的现象。就是说，即使在今天，我们也不能将新文学试图帮助人们对付生存困境的努力本身进行否定，不能贬低这种文学动机。在中国现代，文学如果对当时现实的生命过程中的种种困境视而不见，不能为克服现实生存困境提供帮助，那它的永恒性恐怕也就要打上问号。没有真诚地解释人的生命过程的实际状况，在现实面前闭上眼睛，遑论帮助人们对付困境的努力？新文学在后来把"帮助"对付困境的目标和途径主要限定为对时代特点和历史趋势、社会变革过程的科学分析并加以形象图解，有对文学特性和价值意义理解上的单一性和片面性的弊病。而在当代一个时期将其推向极端、走向反面，则与当代社会整个意识形态特点及社会背景有直接关系，这已经不是一个认识问题了，而是另外一种价值目标的转换和文学功利性的追求，转换的实质是由先前帮助人们对付生存困境转向证明社会演变过程的合理性和现存秩序的合法性。也就是说，这一现象的前因与后果、出发点和归宿之间有了根本的变化。这在当时几乎是一种无法由文学自身克服的悖论。

第二，应该重新思考人的生存困境的问题，进而重新反思如何在"文学立场"上理解人的生存困境的问题。人面临的困境各种各样，可以从不同的层面分析。有作家自己面临的人生困境，有民族群体面临的生存困境，也有人类普遍面临的各种困境；有现实生存困境，也有心灵困境；有具体人生困境，也有抽象人性困境。在这些不同的层面，20 世纪的中国作家形成了不同的群体、派别和千姿百态的个体创作状态。从宽泛的意义上来说，文学对生命过程中的现实生存困境和心灵困境、人性困境的解释，都有其意义，都有帮助人们对付困境的功能，后者甚至还有"永恒"的价值。但研究界集中关注的是，文学是正视现实困境，写出人生的血与肉、生路与死路？还是在现实面前闭上眼睛，无视人的现实生命困境？这可以说是一种具有道德含义的理念，也是现代区分不同作家的"第一区别"。这本没有错，然而，却又不够全面和科学。文学其所以为文学，它不仅不同于"宣传"，也不同于"历史"和一般社会科学，它还有"人文"性质，有人文情怀，也就是可以"以想象的表现方法诠释世界的意义"，尤其是展示那些从生存困境中产生的、人人都无法回避的所谓"不可理喻性问题"。而当我们反思中国现当代文学时，特别在反思文学帮助人们对付生存困境时，我们会发现眼界的有限和目的的单一，文学所解释的多是一些可以理喻性问题，而放弃和贬抑的恰恰是那些从生存困境中产生的、人人都无法回避的所谓"不可理喻性问题"，因为表现历史过程而忘记了文学更大的要义。这使笔者对一个似乎不好理解的问题有了新的理解——沈从文、张爱玲、郁达夫等人的作品持续的"热"有许多原因，但是其中一个重要原因是他们的作品中具有上述被主流文学所忽视的特质，读者感兴趣的或许正是那些不可理喻性问题，它们在帮助人们对付生存困境方面也有价值和意义，这是由文学超越一般社会过程必然性的解释的"局限"所获得的一种结果。这里笔者不是鼓吹文学脱离历史和社会现实，而是要说明这些作家的发展空间正是现代文学的"主体"在这方面留下的空隙，这也才有今天"热"与"冷"的反差。

第三，文学如何帮助人们对付生存困境？文学以什么功能和特性帮助人们对付困境，决定文学的价值取向，也决定文学的文化特质。解释生命过程和帮助对付困境本应是统一的，对社会变革过程的解释和对生命过程的解释也是不矛盾的。中国现代文学在进一步与现实结合的过程中，理应在对人的生命过程解释与社会过程解释之间，找到一个契合点。研究界（包括笔者）

一直认为这个契合点找到了，但是，把它与西方 19 世纪现实主义文学相比，其问题却十分突出。西方传统现实主义文学十分出色地反映了那个时代，也成功地艺术地解释了社会历史变化过程，其作品有较大的思想深度与的历史内涵。然而，它们是在对人的生命过程，包括人的欲望（如于连）、贪婪（如高老头、葛朗台）、情感如（安娜·卡列尼娜）、灵魂（如聂赫留朵夫）等的表现中自然对社会历史进行解释的。在这里，文学对时代特征的反映是一种客观效果，而不是着意追求。社会历史过程在人的生命过程中得到自然体现，而不是为说明时代特征而设置人物的命运结局。中国现代文学在一个时期内沿着启蒙主义的思路，认为中国人最大的困境是在现实面前的"出路"问题，而"路"被解释为选择革命道路，到后来被演化为政治立场的选择、两条道路的选择，而对人的其他困境却缺乏正视的意识和勇气，文学成为历史变革的合理性的形象解释和依据，《金光大道》即是一个极端例证。以往对于文学与政治的畸形关系进行过深刻地反思，但是对于文学与历史的关系却没有认真地思考。或许我们应该有这种意识：正像文学与政治有重要关联性但文学不能简单地服从政治一样，文学与社会历史有重要关联性也不能以艺术地说明历史特征为文学的主要目的，文学的意义不仅在于整合新的意识形态。

最后，笔者想要说的是，当今文坛，另外一种现象也值得注意，那就是，一些文学作品在重视对人的生存过程和状态的艺术解释、有时是细微地解释中，却缺乏帮助人们对付生存困境的努力，文学的文化身份和特质发生着另一种变异，生命过程的解释失去了价值预设和价值目标。笔者认为，文学应在对人的生命过程和生存困境重新理解的基础上，将人的生命过程的艺术解释与帮助人们对付生存困境的努力有机地结合起来，使 21 世纪的中国文学具有新的价值意蕴和文化特质。

第六章　价值与真理之关系

　　文学的世界在根本上是创造精神价值的世界而不是展示客观事实的世界，是诗意的感性世界而不是抽象的理性世界。这是文学的人文特性的体现。然而，文学作为人类一种重要的精神现象，一种有目的的实践过程，一种由"存在者"将"真理自行置入作品"的创造性活动，它不可避免地会遇到任何人类实践活动都会遇到的重大问题：价值与真理的关系及其冲突问题。这也是长期困扰 20 世纪乃至进入 21 世纪的中国文学发展的一个深层问题，是一个难以解开的死结。笔者尝试为打开这一死结找到一些理论线索。

第一节　文学真理观：从现实主义到后现代主义

　　文学与真理（诗与真），是人类艺术活动中的普遍命题。在西方美学和文学理论中这一命题具有悠久传统，认为诗与真是统一的，文学能表现真理。在中国传统文学艺术理论中，则有一系列的概念、术语和范畴程度不同地涉及这一问题，如情与理、虚与实、有与无等，特别是文学与"道"的关系，更是触及文学与真理的深层问题。但是，由于中国哲学侧重主体性与内在道德性，中国文化的特质侧重关注价值世界，这与西方文化传统重视知识和事实世界有很大不同。可以说，伦理价值重于真理追求是中国文学的特点之一，也是文学发展中的顽症之一。同时，由于中国古典文学追求诗意真实而不追求客观真实等特点，使得文学与真理的关系极为复杂而特殊，在理论上，也未能生成直接把文学与真理的关系作为中心命题的概念及其理论传统。

到了现代，随着西方哲学思想和文学理论的传入，特别是现实主义理论的深广影响并一度形成文学主潮，文学与真理成为中国现代文学中一个十分重要的命题，也成为中国文学从古典走向现代过程中的重要课题。新文学从反对"瞒"和"骗"切入而向旧文学开刀，就是对文学与真理关系的历史性认识的转变。之后，文学与真理的统一，成为认识上的一种"新传统"。因为"真"，文学才有价值，这是逐步形成并被强调了将近百年的理念。比如，我们曾经反复强调文学的现实主义精神，因为我们相信那体现了"真"，追求现实主义精神就是追求"真理"；我们坚持新文学的鲁迅方向，因为我们认为鲁迅代表了具有现代意识的文学的"真"，鲁迅精神被视为现代文学真理性的代表；我们肯定新文学对现代社会历史进程的积极意义，因为我们相信它艺术地表现了历史或者历史精神的"真"；等等。中国现当代文学确实在一个时期把反映现实生活真实或者历史真实作为文学的终极目标，作为追求真理的特殊方式，文学常常以真理的身份发言，并与某些权利结合，形成了特殊的"元话语"。

然而，现在这一切都遭到质疑：那些以真理名义讲话的"宏大叙事"有"真实性"可言吗？那些曾经被作为必然道路的描述是"真"的吗？那些体现时代精神的人物形象昭示的是现代中国人"真实"的人生历程吗？那些被奉为圭臬的艺术原则和方法是体现文学规律的"真理"吗？与此同时，人们对现当代文学史上曾经被作为"经典"的一些作品的价值也提出质疑：它们艺术表现的是真实的历史或者历史精神吗？它们在现在和将来还有价值吗？

于是，文学与真理、文学与价值及其相互关系，便成为不可回避的理论问题被突显出来。而这个问题的复杂性在于，当中国现当代文学借鉴西方传统文学真理观进行创作实践和理论建设的时候，这种观念本身已在现代西方被质疑。中国现当代文学中的真理与价值的问题，在 20 世纪 80 年代以前，主要探讨的是文学如何真实深刻地反映现实，最大限度地使主观与客观相符合的问题，是艺术地揭示事物本质的问题。而目前面对的最大的挑战，则来自后现代主义理论的质疑，现代所形成的文学真理观受到了根本怀疑，也就从根本上动摇了新文学的价值观。因此，面对今天的文学理论与实践，我们需要对文学与真理的关系重新认识和理解。

笔者认为，文学真理，包含两种实质不同但有联系的含义：一种是指任何文学活动过程都会遇到的对文学自身"真理"的追求，就是文学活动向文学本质的接近，文学活动要遵循文学规律，尊重文学特性。比如，追求"纯粹的"文学性，实际就是追求文学属性的"终极真理"。再一种是指，文学作为特殊的精神创造活动，作为审美意识形态，它在根本上是对存在的反映，是对"内外世界"感悟的审美化、情感化和形象化，因此，在这个过程中就有一个文学接近客观事实、追求真理的问题。这一含义的前提是假设文学是："一种视觉隐喻：人的心灵犹如一面巨镜，能够准确地或不准确地反映外部世界的本质，而对其本质的准确反映就是真理。"① 比如，现实主义和现代主义文学对"客观真实"和"本质真实"的追求就是对"真理"的追求，它们因此把对现实世界反映的广度和揭示的深度作为重要目标。在这两种关于文学"真理"的含义中，前一种涉及的主要是文学理论中关于什么样的文学是"真正"意义上的文学，是"纯粹"的、"独立"的文学的问题，以及文学定义、文学规律、文学特性等理论问题。后一种文学"真理"，涉及文学创作实践和文学活动中对世界的反映、表现是否与对象相符合的问题，是否最大限度地接近事实本质的问题。文学创作中的真实性问题、艺术概括问题、典型环境与典型性格问题、现实性与理想性的关系问题等，都是文学创作中"真理"问题实际涉及的范畴。这两种不同意义上的文学真理并不是说文学作品包含两种真理，不是二元论，而是说有两者层面和意义上关于文学真理性的问题，这两个问题不是推测出来的，而是文学理论或者争论中实际

---

① 姚大志：《现代之后——20世纪晚期西方哲学》，东方出版社2000年版，第5页。

和普遍存在的问题，而且二者往往相互交织在一起。而一般在理论上所探讨的文学真理主要是指后者，即文学蕴涵的真理。概而言之，传统的真理原则就是在意识和行为中追求真理、服从真理、坚持真理的原则，认为真理就是主体向客体的接近，其基本内容是人类必须按照世界的本来面目和规律去认识世界和改造世界，包括认识和改造人类自身。文学真理观是在这种真理观的影响下产生和发展的。中国现代和新时期以前的文学主要接受的是这种真理观。以往文学理论和研究中常常引起争议的问题，比如文学反映现实的客观性、深刻性问题，艺术真实与历史真实的关系等，都可以说是在这种思维方式中进行的。这也可以说是现实主义的真理观，是现实主义文学原则中的文学价值与真理关系的特点。而现代主义文学追求的深度模式、本质真实等，也是对这种价值与真理关系的发展和深化。

而在现代西方哲学中，特别是后现代主义哲学中，对于真理本身提出了质疑。"尼采提出，尽管在西方哲学中真理一直以客观的口气讲话，然而真正起作用的东西是人的权力意志；福柯揭示，真理同权力是不可分离的。没有真理，权力无法运行，真理为权力立言，权力以真理的名义行事。人们表面上是服从于真理，实际上是服从于权力。真理被树立为标准也就获得了霸权：所有话语或知识都必须向真理看齐，真理也必然压迫弱势话语和非主流话语。"① 所以，后现代主义对传统的真理原则和观念进行了一系列颠覆，对传统的文学与真理关系的观念也有极大的冲击。这主要体现在一些后现代主义理论家认为，传统理论把诗人视为真理的代言人的观念，实际上是西方社会的权力话语的体系。因此，文学中的真理性是不可信的。

但同时，另有一些重要的思想家对真理与艺术的关系有了重新认识，其中海德格尔、伽达默尔、马尔库塞等人的理论值得重视。第一，将"存在"观念引入对真理的思考。海德格尔认为，存在与真理同行，真理应和存在（此在）结合起来探讨，而传统的将真理视为主观与客观相符合的观点是不

---

① 姚大志：《现代之后——20世纪晚期西方哲学》，东方出版社2000年版，第5页。

正确的。他特别提出作品对世界的"敞开"和"澄明"与真理的关系。第二，反对文学以真理的名义形成元话语霸权。他们更重视感觉经验，特别是审美经验，并把它当作探讨真理的重要途径。第三，反对审美无功利性，重新肯定文学与真理的关系。比如，伽达默尔对18世纪以来以康德"审美无功利性"的思想为代表的观点提出批判，认为强调审美无功利性，实际上使美学失去了与传统真理的联系，因而他肯定文学与真理的关系，并把它作为重要的课题来研究。这就是说，其实，现实主义和后现代主义文学都肯定文学与真理的关系，只是对真理本身有不同理解。西方后现代主义理论家提出的尖锐问题是，艺术作品如何自行置入真理而不是以真理的名义成为霸权话语？换言之，问题的关键不在于文学能不能和要不要反映真理，诗与真是否统一，而在于文学反映的是否是真正意义上的真理。

从这样一个大背景来看，百年中国文学价值与真理及其关系问题的冲突，大致以20世纪80年代后期为界而具有不同特点。从五四时期到80年代，主要是受西方传统文学真理观的影响，特别是现实主义文学理论中的真理与价值统一观的影响，认为文学反映现实真实就具有了真理性，文学的价值在于全面深刻地表现现实，进而参与现实；同时认为，文学创作作为一种有意识有目的的活动，其主观与客观相符合就是接近了真理，就是符合文学规律，文学因此具有真理性。这几乎成为普遍的价值准则。80年代后，在文学观念开放和价值标准多元的背景下，特别是受后现代主义文化思想的影响，出现了对文学真理性的怀疑或者价值相对主义的倾向，文学价值与文学真理的关系被模糊或淡化，文学具有真理性观念本身被极大怀疑，文学价值根基不可避免地被动摇，于是，文学与真理这个在西方具有悠久传统，而对百年中国文学产生深远影响的命题，成为我们不得不重新面对的研究课题和理论反思的对象。

那么，现在还要不要重新确立文学真理观？进而，怎样重新认识文学真理性呢？这虽然是一些难以回答的问题，但理论家的一些观点是具有启发意义的。比如，海德格尔说："艺术就是真理自行置入作品"。"作品的存在是真理的一种发生方式。"① 马尔库塞说："'真理'在艺术中，不仅指作品的内在一致性和逻辑，而且还是对它所述说的、它的图像、它的音响、它的节奏的确证。艺术中这些东西揭示和传递着人类生存的事实与可能性，它们借助一种完全不同于表现在日常的（和科学的）语言和交往中的现实的方式，'目睹'了这个生存。在此意义上，真正的作品，就具有宣告一般的确实性、客观性的意味。"② 由此看来，关于文学真理并不是一个过时的命题，而是一个见仁见智的问题，一个具有现实意义并且涉及文学本体的重要命题。在清理传统文学真理观时，不是否定真理与文学的关系本身，而是在新的理论基点上重新认识文学与真理的关系。在当前，在文学真理性受到根本怀疑之时，强调文学的真理性是有现实意义的。我们反对把文学真理理解为是对事实世界的模仿，但认为文学可以表现真理，作品应该"自行置入真理"。所以，一个基本的理念应该重新确立：有价值的文学是蕴涵真理的文学。

第二节　文学价值与真理关系问题的反思

在百年中国文学发展过程中，有两种重要现象反复隐显。一种是在理论上围绕什么是本来意义上的文学、"纯粹"的文学，与什么是有价值的文学、"应该"的文学的争议；另一种是在创作实践上围绕追求文学的"真实性"还是自由地发挥文学"创造性"的探讨。前者不断提出的是关于遵循文学自身的规律与最大限度地追求文学功用价值的关系问题，后者反复谈及的是文学追求反映事物终极"真理"而为意识形态寻找合法性还是坚持文学的特性以确立自身价值的问题。这两种现象时而交织，时而疏离，构成引人注目的

---

① ［德］海德格尔：《人，诗意地安居》，郜元宝译，广西师范大学出版社 2000 年版，第 80 页。

② ［美］赫伯特·马尔库塞：《审美之维》，李小兵译，广西师范大学出版社 2001 年版，第148 页。

文学理论和实践中的景观。它们的深层都涉及一个根本问题：文学价值与真理的关系及其冲突。

20世纪初，梁启超探讨小说与群治之关系，认为小说是新道德、新风俗、新人心、新国民、新政治的利器，并且强调文学"熏""浸""刺""提"的功能，这既是抬高小说地位和对文学价值的夸大，也是对文学是什么和文学有什么用的一种具有时代背景的新解释。在这之前，康有为就说过："'六经'不能教，当以小说教之；正史不能入，当以小说入之；语录不能喻，当以小说喻之；律例不能治，当以小说治之。"这和梁启超的观念是基本一致的。他们看重小说的价值，主要是看到了小说对人心、情感的影响作用，以小说来启迪民智，其中暗含的重要意思是认为文学比其他方式更能以特殊的方式解释"真理"和让人接受"真理"，而对小说本体问题则仍缺乏深刻探讨。梁启超的理论被后来的文学史家普遍认为是为了"价值"而偏离文学特性亦即自身"真理"的观念。王国维借助西方理论对文学及其功用的独特理解，开辟了"重文学自己的价值"，将文学与人生、特别与人的精神需求结合起来的新思路，包含着关于重新理解文学"真理"与"价值"的双重含义，他是看到了文学表现人生"真谛"的特殊价值的，也在向文学特性即文学自身"真理"的逼近方面作出了贡献。

真正把文学价值与文学真理之间的关系问题提高到新旧文学界线的高度，并作为理论问题来探讨是在五四时期。这一时期，反对旧文学提倡新文学，对文学进行"价值重估"，其中反复探讨的是文学"本来是什么"的问题，并将这一问题的探讨和文学与现实人生关系的探讨结合起来，这在根本上涉及文学真理性的两个方面，即文学自身的真理性（文学本来面目）与文学蕴涵真理性（文学反映现实的本来面目）。包括陈独秀、胡适、鲁迅、沈雁冰等在内的一些最重要的新文学先驱者，都把外国文学的"真"与中国旧文学的"瞒"和"骗"相比较，并由此追究中国文学错了路子的根本原因。鲁迅把文学能否真诚、大胆、深入地写出人生的血和泪与开出一片崭新的文场联系起来（《论"睁了眼看"》），茅盾认为"表现社会生活的文学是真文学"（《社会背景与创作》），更有许多人提倡文学表现真情实感，"求情感之真"（王统照《文艺杂评三则》）。虽然，这一时期文学追求的真实并不等于真理，但是在当时，认为强调真实就是强调文学的真理性似乎是可以肯定的。可以说，五四时期有两个向度触及文学的真理与价值的关系问题，一是探讨文学自身的真理性与追求新的文学价值融为一体，二是将文学揭示社会现实的"本来面目"视为文学从假到真的具体体现，是文学向真理的接近。唯其反映真的人生，文学才有价值，才是文学的正道，才具有真理性，这可以说是中国新文学初步建立起来的文学价值观与文学真理观。这个时期，人们的注意力集中在新旧文学的对立上，而且更重要的是以追求文学直面人生为焦点，使得文学价值与真理的关系趋于和谐，虽然在建设什么样的新文学方面几乎没有一致的意见，但在文学价值与真理关系方面却也没有出现明显的冲突。值得特别一提的是，20年代初爆发的"科学"与"玄学"的论战，就包含了以科学为终极真理与以传统理学来重建价值之间的分歧。这场论战涉及中国文化现代化价值重建和功能分化的双重课题，但一些有意义的命题却被淹没在构建终极真理的意识形态论争之中。虽然这次论战的命题不是文学问题，也没有结果，然而它实际触及的真理（知识）与价值关系问题，也是文学理论和创作中的现实问题，并在后来以不同形式反映出来。

20世纪20年代中期之后，新文学在进一步发展中，关于文学价值与文学真理的冲突问题日益突现。革命文学论争中关于文艺与政治关系的辩论，随后新月派提出文学表现人性的观点和维护文学"原则"的主张等，都是各文学派别从不同立场和角度对文学真理与文学价值关系进行的新解释。追求现实价值，还是维护文学"真理"，实际成为论辩的核心。接下来，从30年代左翼与自由主义文学理论的论战，到40年代毛泽东《在延安文艺座谈会上的讲话》中"从实际出发而不是从定义出发"对文学及其意义的阐发，都把文学真理与文学价值的关系问题具体化，也都是依照自己的理解或者现实的需要力图解决本来存在的文学价值追求与文学真理追求之间的矛盾，并且在客观上把争议向逐步"统一"的认识方向推进。最终，文学作为生活的能动反映的定义（文学真理观）和文学作为"武器"的价值观得到确认。但特定背景下的这种统一，为日后的进一步冲突埋下了伏笔。

进入 20 世纪 50 年代以后，文学在社会结构中的位置和作用有了重大变化，文学价值目标更加明确，同时也逐步趋于单一。从表面看，或者说从理论上推论，新的社会制度中文学价值与真理的关系是统一的，不存在矛盾和冲突。但实际上，一系列与文学关系密切的政治思想运动表明，这一时期文学价值与文学真理之间存在冲突。后来出现过的"文学是人学"的观点、"现实主义的广阔道路论"等，实际都与文学真理与价值这一深层问题相关。而诸如作家深入实际以揭示生活底蕴的问题，了解社会现实以揭露社会矛盾本质的问题，用科学的世界观和理论分析社会关系的问题等，都成为文学"重大"问题、"根本"问题。然而这些问题却始终不能解决，其要害在于，由于现实的价值目的的过度强化，使得文学对真理的揭示和表现大打折扣，现实主义被不断强调却始终不能得到真正实践，表面上的"统一"掩盖了文学价值与真理的冲突，其极端便是文学最终背离了真理原则，也背离了价值目的。

到新时期，从对文学"工具论"的拨乱反正，到现实主义的回归，从对"纯文学"的追求，到市场经济和全球化背景下对文学价值重建的思考，也都不断地触及文学的真理与价值的关系问题。在某些方面，以矫枉过正地反拨方式把文学真理与价值问题推向另一极端，其主要表现是从二元对立走向了怀疑真理和价值虚无。

对于新时期文学发展的具体过程及其成就如何评价，也许将在今后的文学史研究中会有争议，比如理论界有以 80 年代中期为界，或者以 90 年代初期为界将新时期文学分为前后期的观点。这种区分是有依据的，但是，对于前后期的文学价值和意义的评价将会有分歧。如果单就文学真理与价值之间关系的和谐程度来说，我们以为新时期前期（80—90 年代）处于较好的状态。随着思想解放和"实践是检验真理的唯一标准"讨论的深入，在探讨文学自身"真理"方面，不论是对文学概念和基本特性的拨乱反正、重新理解和定义，还是在文学创作中强调现实主义的回归，揭露历史和现实真相，表现人的真情实感等，都是文学向真理的接近。在文学"价值"方面，不管是作者个人的价值实现，还是作品通过读者接受的社会价值实现，都可以说是达到了非常充分的程度。当时文学地位的提高并不全是借助其他因素，其中值得总结和重视的经验就是文学真理与价值的关系的和谐一致。

20世纪90年代后的中国文学，在真理与价值的关系方面，既有前所未有的理论认识上的发展和成果，也有值得正视的问题。从积极方面来说，文学领域进一步对其真理性进行了深入探索，对过去一些被视为真理而实际是谬误的观念进行了批判清理，对过去以真理的身份发言的文学现象提出了质疑，对宏大叙事有了反思，对文学的"元话语"思想疆域有了冲击，文学向世俗、个人、诗意、感性、体验诸方面深入。文学不再"遮蔽"而大胆"敞开"，不再构筑乌托邦世界而表现现实世界、特别是内心世界和体验的"世界"。从总体趋势来说，中国文学在向文学自身的真理性与文学作品中"置入真理"方面，在文学的价值回归方面都有新的收获，这是值得肯定的。但是，存在的问题也不容忽视，文学"真理"与"价值"及其关系在后现代主义思潮的影响下，受到来自多方面的怀疑和颠覆。第一，是对文学规定性、文学规律、文学定义自身的怀疑和颠覆。文学是什么？文学应该是什么？具体来说，什么是诗？什么是小说？什么是散文？什么是戏剧……在观念更新的浪潮中被泛化、边缘化、模糊化。我们并不否认，文学概念的内涵和外延乃至文学的分类是随历史的变化而变化的，文体的变革为文学带来的新气象是人所共知的。然而，任何事物都是有基本规定性的、有限度的，艺术也同样，超过了事物的限度和基本规定性就是对事物本身的否定。文学之所以为文学，之所以可以进行艺术分类，正由于它们各自有其基本规定性和价值属性。而当前文坛的现状不是定义太死，而是从一个极端走向另一极端，从以前的只讲实际价值与定义过死过窄，到过度地随意消解文学基本定义概念，一味放纵地打破文学类型的界限，漫不经心地对待文体的创造。诚然，打破文体基本界限，固然可以带来许多创作自由，但超过极限也会使小说、散文、诗歌等在扩展自己的边缘时有模糊自己特性的危险。失去文学自身基本的"真理"标准，是文学表面繁荣而杰作不多的重要原因。第二，对文学真理性的根本怀疑与蔑视。在对以真理的身份发言的宏大叙事进行消解时，连同文学作品应该具有真理性的观念本身进行颠覆。以往文学对人物命运与历史、社会的关系的关注，文学着力表现的真理、社会规律等受到严重质疑，消解中心性、规律性、权威性、整体性、同一性、确定性，追求差异性、偶然性、不确定性和边缘性等成为新观念。它的积极意义是对以真理名义发言的文学"元话语"的消解，对虚假崇高的"祛魅"，而其消极影响则是以相对主义来怀疑真理、怀疑终极价值和文学的超越性。这是文坛的价值混乱与价值多维性相互裹缠的重要原因之一。第三，价值主体意识的过度"私人化"和价值观念上的犬儒主义。毫无疑问，新时期以来，文学在打破大一统的价值体系，追求文学价值的多维性和观念的多元化方面有着重大的积极意义，它是文学繁荣和多样化的重要理论基础。这种现象的出现，与文学活动主体的归属意识从国家、民族、阶级向自我、个体转变有极大的关系，"主体性"问题的讨论可以说是一个标志。但是，目前创作中带倾向性的问题是，不少作家缺乏博大的精神情怀和对于人类的普遍精神价值的追求，过分地强调文学价值属性的个人性，甚至耻谈文学的价值追求，相对主义盛行，表面上的价值多元掩盖着实际上的价值无序和价值失落。与此相关的一个现象是对于中国现当代文学及其研究价值的不断质疑，而质疑的深层原因之一其实是对现当代文学所具有的"真理"性的怀疑，是对现代文学所曾经遵循的规律的怀疑。

百年来这一过程比上面描述得要复杂曲折得多，具体面对的内容也各不相同，但其中反映的问题的实质是基本清楚的，这就是深层焦点几乎都集中在文学真理与文学价值的关系问题上，追求文学的终极真理与追求文学的终极价值成为两端。追求文学的终极真理，就有"纯文学"的理论主张，有对文学价值多维性的排斥；追求终极价值，就有文学"元话语"的产生，文学就有为意识形态寻找价值合法性的"任务"。而在创作实践上，不同文学作品中所实际蕴涵的价值和作者各自在作品中"置入"的真理，更是存在巨大的冲突和矛盾，由此显示着新文学丰富的内容和意义的张力，同时也必然地决定了对其研究中的各种不同解释和冲突。

纵观百年中国文学发展史，围绕真理与价值关系的问题，可以说争论不断而结论不多。对这种现象，以往的文学史曾经从政治的、阶级的或者思想意识的层面，把他们指称为是促进文学发展的必然的"思想斗争"或者"内部争论"，并在文学史中总结其规律，找到某些演变轨迹。对此，我们至今仍缺乏理性而耐心地清理和反思。诚然，文学真理与文学价值的冲突是人类文学史上的普遍问题，但是在20世纪中国文学发展史上这一现象显得如此突出和尖锐、强烈而持久，就不能不对产生这种现象的原因进行研究。

第三节　寻求文学价值与真理的和谐统一

在重新肯定了文学的真理性和回顾了百年中国文学中价值与真理之争后，我们再回头探讨文学真理与文学价值的关系问题，并试图回答一个现实理论问题：能否在新的认识基点上使文学价值与文学真理关系相对和谐，达到新的契合。

对这个问题，如前所说，需要分两个层面来探讨。一个层面是在文学活动中坚持文学自身的真理性与追求价值目的的关系问题，也就是尊重文学的特殊性、规律性，坚持那些被公认的文学真理，同最大限度地追求文学价值意义的关系问题。再一个层面是关于文学文本的价值创造与它蕴涵的真理的相关性问题，即探讨文学如何具有真理性因而具有特殊价值的问题，是关于文学作品中置入真理与作品价值的关系问题。因为后一层面的问题涉及真理与存在的关系等更为复杂的问题，笔者将继续探讨。这里主要讨论文学活动中坚持文学自身的真理性与追求价值目的的关系问题。

追求真理与追求价值的统一是人类社会活动中的基本原则。这一原则在文学活动中的体现，就是主体在文学创作和接受过程中充分发掘文学属性以满足自己需要，追求文学对人的最大的效用意义，建立合理的价值关系，它是客体以对"在者"的有用为内在尺度的。但是，在人类行为中，真理原则与价值原则常常发生矛盾和冲突，由此引出许许多多理论问题。文学活动者，总会以自己或者某种群体的归属意识作为"主体"的尺度来追求文学价值，于是必然出现各种各样、相互冲突的文学"价值"的观念和体系；同时也会以不同价值立场来看待文学的功能、特性，以不同的价值目的看待和处理表现对象，于是也就出现各种各样、相互矛盾的关于文学的"真理"。应该认识到，文学真理与文学价值本身都有其相对性，也都有局限性。离开主体"需要"去追求绝对文学真理，与离开文学的规定性随意追求文学价值，都会造成价值与真理的分裂，都不能达到文学满足主体需要的目的，如果各持一端，只会追求所谓片面的深刻而难以获得文学真理，也难以获得理想的文学价值。就一个具体作家或者某一文学群体来说，在特定的情势下，为了求得符合自己尺度的文学价值，可能牺牲或抑制真理与价值的某一方面而突出另一方面，并在一定的层次和范围保持相对稳定和统一，甚至由此形成某些文学艺术特色。但是，对于一个国家、民族整体的文学发展来说，片面强调价值而不顾及文学的基本定义，或者离开价值而追求"纯粹"真理都会使文学发展发生重大偏颇。在这一关系中，价值与真理的具体的历史的统一，互补和谐、相辅相成是应追求的目标。不单一追求绝对的文学真理，也不片面追求绝对的文学价值，而追求二者之间的和谐统一，减少冲突，应该是文学的理想境地。

百年中国文学中真理与价值的冲突，除了其他许多外在的原因之外，从思维方式的角度来反思，一个重要的、也是共同的原因，是将文学真理与价值对立起来或分离开来的二元对立的思维方式的固守并被不断强化。比如，左翼与"自由人"的论争中，左翼强调价值原则而回避文学真理，自由主义强调文学"真理"而回避"此在"和文学现实价值。论争者的价值立场对文学真理探讨的左右，意识中情感、意志对文学知识的遮蔽，使得本来的文学常识变成了争论不休的理论难题。争论者对关于什么是文学，或者什么是好的文学的解释，不是建立在对文学真理探求的前提下，而是以不同的主体归属意识和立场来解释和进行简单的价值判断。这种判断先于认知、不能兼顾文学真理原则与价值原则的现象，因为政治因素和特定社会氛围而被强化。20世纪50到70年代，总体上对文学"实际"功用价值（或曰"现实意义"）的强调几乎已经无视文学的基本"定义"，对文学真理的追求几乎不可能，这时，"文学是人学"的理论虽显得十分可贵，却无法从根本上改变功利价值的强化抑制文学真理探求的基本倾向。又如，新时期不断引起争议的关于"纯文学"的理论，意在维护文学的独立性和"纯粹"属性，亦即追求文学自身的真理性，但回避文学的价值问题，或者把价值与真理对立起来、分裂开来，因而常常不能自圆其说，难以得出令人信服的结论。这种现象说明，任何特定时空中人们关于文学真理与文学价值的解释和实践都不能站在"纯粹"的客观立场上进行，不能不受主体归属意识和价值立场的影响。甚至可以说，文学真理与文学价值的关系或许本来就是一个二律背反的命题：正题是，文学中的真理不应受价值立场的干扰，这样才能寻求到相对真理。反题是，文学真理又不可能离开文学价值立场，否则文学真理的探求是无现实意义的。这种二律背反并不说明这个问题不可探讨，而是说明探讨这一问题具有极大的复杂性。近百年来的教训是，由于不能科学冷静地思考价值与真理的关系，就不断地反复出现这样的现象：或者离开基本的文学"定义"，无视文学的相对真理而追求文学价值，或者离开人的现实价值关系而孤立坚持文学"真理"，其结果，便是我们结合自己的文学实践而总结的原创性的有价值的文学"真理"很少，留下的是争论"过程"，那种含有相对文学真理的理论体系很难建树。所以，破除文学价值与真理关系上的二元对立思维模式，以人的全面发展的需要为尺度，追求二者相辅相成、相互协调的和谐关系，是建立开放的文学真理与价值统一观的基础。而这个问题的要害和新的理论基点是重新认识真理与存在的关系问题，进而重建文学真理与文学价值之体系。

第七章　科学主义和人本主义之影响

　　文学与哲学关系的进一步密切，是 20 世纪一个世界性的重要文化精神现象。以反传统姿态出现的西方现代主义各种文艺的兴起和嬗变，无不以西方现代哲学思潮的转向作为直接动因。中国传统文学渗透着东方哲学精神，这是它在根本上不同于西方文学特质的最重要的原因。到了 20 世纪，中国文学发生了整体性的历史变革，形成了迥异于历代文学面貌的新格局。这些变革，同样有着哲学思想及其演变的重要作用。其中居于主导地位的马克思主义哲学、在不同时期产生影响的科学主义与人本主义思潮以及嬗变中的中国传统儒道互补的模式，都不同程度、不同角度和不同层次地影响到 20 世纪中国文学的价值意蕴和精神特质。这种影响既在文学创作方面，也在文学批评、文学理论方面。这两种思潮及其演变对 20 世纪中国文学精神内涵的影响不仅构成重要的深层的线索，而且这种影响在近年又日渐突出。当前中国文坛许多费解的现象，正与这两种哲学思潮的再度产生作用有着深刻的关系。

第一节　中国现当代两种文艺倾向与西方两大哲学思潮

　　百年中国文学的艺术倾向，在总体上呈现出两种相互消长的态势：从文学的精神特质和价值意蕴来说，是以强调文学对于现实的真实反映从而使文学参与现实的变革的倾向，与以突出人的真情实感从而张扬人的力量和价值这两种倾向的相互消长；从文学的艺术目的、手法等角度来说，是以追求科学地真实地再现现实，与自由地表现人的心灵世界为特点的两种倾向的相互消长。处于不同层面的这两种倾向既有对峙冲突的一面，又有相互渗透交织的一面，它在某一个具体时代或某一个具体作家身上都有表现。文学上的这种倾向，当然有着中国具体的历史、文化方面和文学自身发展的重要原因，同时也有中国文学在接受外来文学思想时直接受西方两大哲学思潮影响这一重要因素。

20世纪西方哲学，以反对黑格尔为代表的传统理性主义为起点，形成了两大哲学思潮，这就是以非理性主义为特点的现代人本主义和以实证主义为基础的现代科学主义。现代西方人本主义和科学主义哲学思潮，对西方美学思想、文艺观念和创作面貌产生了极大的影响，甚至许多重要文学作品本身就是哲学家对哲学观念的演绎。西方现代的这两大哲学思潮在中国文学中也有着突出的反映，如在五四前后就有对尼采、柏格森、叔本华、弗洛伊德等的介绍借鉴，其中许多翻译者或介绍者就是新文学的提倡者和实践者。中国现代文艺中的"现代主义"思想或创作派别，如象征主义、精神分析学、表现主义、新感觉派等，都可以找到西方现代人本主义哲学的影子。而对西方科学主义精神的介绍，在很长一段时期则基本是对西方传统的理性的科学主义的借鉴，以及自然主义、实用主义哲学的改造利用。在文学理论方面，写实主义、自然主义理论，客观观察、真实描写的思想和观念，既有现实主义文学思潮的影响，也可以从孔德实证主义、杜威实用主义等哲学观点中找到理论依据和渊源关系。

20世纪到了80年代中期，西方人本主义与科学主义思潮对中国文化思想、特别是文艺的影响再度突出，许多现象都可以从这种背景中找到影子。其中现代西方以非理性主义为特点的人本主义对当代中国文学精神的影响，西方现代科学主义对当前学术理论的方向、方法的影响特别明显。这种现象一方面说明中国现当代文学与中外哲学的密切的关系，另一方面，或者说更重要的是表明20世纪中国的哲学领域也存在着类似西方人本主义与科学主义相互对峙、冲撞、影响、失衡以及位置的变换等现象。而这种现象深层次地内在地制约着文学的发展及其精神特质的内涵。20 世纪中国人本意识与科学精神的对立与冲突，可以追溯到 20 世纪初西方哲学文化思想的传入，但是最先表明这两种哲学思想对立的，也许就是 20 年代初爆发的所谓"科玄论战"，即玄学（"形而上学"，代表人物为张君劢、张东荪）与科学（代表人物为丁文江、胡适）的论战。当时的"玄学"，其实质不是关于"形而上学"的方法问题的讨论，而是"人生观"问题，强调的是人的主体性问题，是以人为本的观点。当时的"科学"也不是指自然科学或科学知识，而是提倡一种科学态度和精神。就其思想来源与理论依据来说，"科玄论战"双方则与西方人本主义与科学主义两大哲学思潮直接相对应、相联系。这场论战，尽管它本身并没有形成真正的两大思潮在中国对峙的局面，但是其意义却在于，这场论战中反映的一些问题和论战的结局，特别是讨论问题的出发点和归宿，都在一定意义上显露出人本主义与科学主义在中国的反映及其面临的命运，也显露出中国现代哲学思想的一些规律性的端倪。

今天，我们来回眸这次论战，它具有某种征兆性和典型性。后来的事实说明，中国现当代不同哲学思想和意识的冲突在相当程度上都与这些哲学课题相关。从整体上看，西方人本主义与科学主义在中国的作用和位置，是以它们适应中国的现实需要的程度来决定的。中国文学对西方哲学营养的吸收，既有现代的，又有传统的，既有人本主义，又有科学主义。而以 20 世纪 80 年代中期为界，诸种关系的不同交错组合，构成很不相同的两种局面。前 80 年，人本与科学、传统与现代以及"中"与"西"的关系构成的大致图景是，西方传统的科学主义占上风，而人本主义思潮在被抑制中得到变异、改造和发挥，但它不占主导地位；与之相对应，中国传统的玄学也只是作为一种学术观念被继续，而没有与实际的社会运动、思潮发生直接的重要关系，占主要地位的是中国传统实用理性精神和西方自文艺复兴以来的理性主义的人本主义精神的结合。五四时期文学对人性解放的呼唤，对人的价值的肯定、人的权利的争取，对人与历史关系的思考，基本是以传统的理性的人本主义为哲学基础的，即使对于人的生命意识的张扬，对于人的潜意识心理的揭示，对人的合理欲望的表现，也没有把人的非理性因素强调到人的本体的高度。而现实主义文学在后来成为一种占据绝对优势的主潮，当然有着复杂的原因，但其中就有科学主义哲学思想的深层作用。五四之后中国文学的发展演变，在其深隐层次也循着这种基本的哲学思路在嬗变。

上述状况发展到 20 世纪 80 年代有了重大变化。进入新时期，随着西方哲学观念和文化思想的进一步传播，西方现代人本主义和科学主义思潮再次以更为强盛的势头同时传到中国，并形成相互冲撞又相互依存的局面，在中国掀起了更大的波澜。但是，由于 20 世纪 80 年代中国社会在诸多方面发生了重大变化，西方这两大思潮在中国的影响产生了与以前极不相同的结果，也使我们对这个世纪两大哲学思潮与文学的关系及其嬗变的轨迹看得较为清晰了。80 年代传入的人本主义，是以西方现代非理性主义为主要特征的。除了叔本华、尼采的唯意志主义、弗洛伊德的精神分析理论、柏格森的生命哲学以及克罗齐的表现主义美学等曾经影响过中国几代人的哲学和思想理论之外，又有了诸如海德格尔和萨特的存在主义、胡塞尔的现象学、卡西尔的符号学、荣格的分析心理学、马里坦等的新托马斯主义等的思想。而现代西方科学主义，也因为时代特点的变化，不但得到了新的重视，而且带有明显的倾向性和选择性，先是对桑塔亚那的自然主义美学、贝尔关于"有意味的形式"的观点和形式主义美学、格式塔心理学等大力介绍，之后是对语义学、分析哲学、结构主义乃至解构主义的介绍。这表明西方带有传统色彩的科学主义如实用主义、自然主义不再受到特别看重，而对实证主义的逻辑化现象表现出很大的热情，对具有实际"操作性"的思想观念和方法如词语、概念、逻辑和结构等有着极大兴趣。这一点在美学领域似乎显得更为突出。新时期传入的这种人本主义与科学主义的新的内容，在中国当代的影响表现在不同的层面上。以非理性主义为特点的西方人本主义思潮，与中国新的历史气氛、思想意识有着自然的契合，使之具有了某种"实用"意义，适应着中国现实的文化思潮，适应历史转型期的某些社会心理、特别是青年的心理。一些重大的文学现象，如关于主体性问题、关于文学中的严肃与通俗的关系、关于"痞子"文学的批评、关于人文主义精神的探讨等所涉及的问题，从文艺理论的角度不能得到透彻的解释，本身就说明它们在根本上就不只是个文艺思想、文艺观点的问题，而有其深层的哲学精神在起作用。在西方已经似乎并不新鲜或者"过时"的哲学思想，再一次被中国人重新阐述、理解、改造和发挥，来为己所用，中国当代许多文学现象乃至精神现象正与这种哲学思潮中的非理性主义有着密切的关系。

相比之下，现代西方科学主义似乎主要在学术界（所谓精英文化层）有着较大影响，它不但从学理的、方法的角度得到借鉴，而且在一定意义上改变着中国知识层的世界观和思维方式。与此相反，传统的理性精神（中国的和西方的）受到不同程度的贬抑；传统的科学主义也受到冷落。上述现象说明，我们不能回避西方人本主义与科学主义思潮在中国的影响，不能回避 20 世纪中国文学与这种哲学思潮的深层联系，不能不对这两种思想倾向在当前文艺中的表现进行认真探讨。中国的人本意识与科学精神在性质和内涵上，既有与西方两大思潮相同的方面，又有鲜明的中国特点。总的来说，中国特殊的环境和传统决定了在这两种思潮中没有产生许多具体的派别，也没有形成相互冲击、对立的明显态势；然而，中国这两种思潮的潜流及其来源似乎比西方现代两大思潮本身的关系更为复杂，这主要表现为围绕人本主义与科学主义，涉及中国与西方、现代与传统、理论与实践等关系的相互交叉，它们的焦点则在于：第一，围绕人本主义，有着理性与非理性的关系；第二，围绕科学主义，有着西方传统科学精神与西方现代科学精神的关系；第三，在这两种现象的更深层次，还有中国现当代的精神需要、社会思潮与传统哲学中的玄学与实用理性精神的关系，它们多方面地影响到 20 世纪中国文学的整体格局、创作思想、艺术思维方式和文学的精神意蕴。

第二节　科学精神：传统与现代

20 世纪 80 年代前中国的"科学主义"，主要不是移植西方现代科学主义，而是借鉴西方近代科学主义，即自文艺复兴以来至 19 世纪的理性的科学主义，在美学和文艺领域还特别包括了俄国 19 世纪以近代科学发展为背景的文艺理论与美学思想。也就是说，中国现代哲学中的"科学"，在实际内涵上，更多是西方传统的理性科学精神，或者说，是西方传统理性精神与科学思想的一种结合，是一种用以指导人生和社会活动的科学精神和科学态度，而不是严格意义上的现代西方科学主义，不是以反传统（反形而上学的方法）姿态出现的、以逻辑实证主义和经验主义为特征的现代科学主义思潮。企图用科学的方法证实哲学问题或人文科学命题，用以解决现实社会问题和人生问题，坚持实践论和反映论，推崇决定论和因果律，是中国现当代长达几十年间最重要的一种哲学"实践"，是一种新的实用理性精神的反映，这在文艺中有突出的表现。

第一，这种以科学精神为核心的思潮直接影响到文学价值取向及其文学发展思路，成为对于外来文学和中国传统文学采取何种态度和如何进行取舍的重要标准。五四时期新文学的倡导者和实践者正是以这种科学精神作为反对旧道德和旧文学的武器的。在文学理论上，他们用科学理论来分析文艺的进步和发展，认为 19 世纪以后，是科学盛行的时代，是科学方法对非科学方法的变更，而中国文学的历史性变革，最需要科学思想的洗礼。这正如茅盾所理解的："十九世纪的写实主义对于人生表现的努力是朝着两个大目标的：更多的确实性和更多的科学性。"由此推论，他提出只有经过自然主义的洗礼，中国文学才有可能接近现实，而后才能提倡象征主义、新浪漫主义等新的文艺潮流。在这种意识下，"用科学解决宇宙之谜"（陈独秀语），用社会科学原理来艺术地理解和分析现实和人生，在作品中表现哲理和社会科学命题等，逐渐成为主要的文学观念和艺术主张，从一定意义上说，他们认为文学向现实靠近，在方法上注重客观真实的反映是文学上的一种科学精神的体现。当时对于自然主义、写实主义的提倡，也有认为中国文学缺乏真实性和科学精神这种意识，这与五四时期的"科学""民主"思想是一致的。

第二，西方传统科学主义对于中国文学的影响，还突出地表现在 20 世纪前 80 年中国文学艺术倾向的总体格局上。从文学艺术倾向的发展演变的角度来看，以五四时期为新的契机，古老的中国文学历史长河在改变走向，加快了文学朝着强化客观再现现实的方向运动的步伐，求"真"是其重要目标，它的背后则有科学精神的支撑。那时，站在这种文学潮流前列并推波助澜的，是一些具有新的思想意识、带有不同程度启蒙色彩和科学精神的人物，如陈独秀、李大钊、胡适、鲁迅、周作人等，他们大都是新文化运动的发动者、组织者，又是新文学运动的积极倡导者和参加者。他们提倡新文学，在相当程度上取决于他们进行思想革命和社会改革的需要，对文学价值的判断着重于思想内容、认识意义和启蒙效果，而客观写实的文学无疑最适应这种需要。客观再现因素的强化，除了被中国文学自身发展规律所决定外，还为思想革命、社会改革等时代需要所选择，而追求文学的科学、真实性在当时成为文学参与这种社会实践的一个重要体现，并认为强调文学客观写实，既是使文学成为思想革命的有力工具的重要一环，又是扭转文坛风气的关键。这已成为一种普遍的心理倾向和文学意识。在这种心态和意识中，就有着明显的近代科学精神的重要作用。中国在一个相当长的历史时期形成以强调客观再现的现实主义为主潮的文学思潮，固然有时代要求、现实国情等方面的原因，但是，哲学思想上的这种影响作用也是十分强大而深刻的，因为科学精神在这里既是世界观也是一种方法论，它直接影响到文学的艺术倾向。

第三，从现代文学观念和创作意识来说，科学主义思潮同样有着重要作用。陈独秀说："吾国文艺，犹在古典主义理想主义时代，今后当趋向写实主义。文章以纪事为重，绘画以写生为重，庶足挽今日浮华颓败之恶风。"周作人认为："用人道主义为本，对于人生诸问题，加以记录研究的文字，便谓之人的文学。""我们可以因此明白人生实在的情状，与理想生活比较出差异与改善的方法。"① 胡适大力介绍易卜生主义，他对其理解为："易卜生把家庭社会的实在情形写了出来，叫人看了动心，叫人看了觉得我们的家庭社会原来是如此黑暗腐败，叫人看了觉得家庭社会真正不得不维新革命：一这就是易卜生主义。"② 瞿世英说："'小说的价值，便在乎能描述人生至于若何程度。'愈能将一幅人生之图描画得逼真的，便愈有价值。"③ 这些观点所显示的美学倾向正是，排斥那种对超现实的美的境界的追求，提倡文艺与客观现实的迫紧，崇尚对社会人生的逼真写实描绘；同时倾向于把审美情感理解为唤起日常生活情感，文学艺术美的价值依存于对客观现实的再现。显然，这既有对于文艺与人生关系理解上的原因，也有对于文艺功能要求方面的原因，而其深层意识是要用科学态度和科学精神对中国传统文学精神进行"洗礼"，以获得不同于传统文学的价值意蕴。正像"科玄论战"中表现出的思路一样，在文艺领域，对于文艺作用和功能的理解，也是要为文艺与人生找到一个切实的契合点，使文艺成为表现人生、同时也指导人生的武器。对文学的认识价值的追求，是由科学精神的融入而走向对现实真实反映、深刻揭示的观点。茅盾此后进一步提出的文学不仅应是一面镜子，它还应是一把斧子的观点，在现代文艺理论中有相当的典型意义。它是科学精神在新的历史条件下的一种发展和反映。也就是说，文学不但要科学真实地表现生活和人生，而且文学要为社会革命、历史发展艺术地找到证据，拿出确证，进而文学应该直接促进生活的变革和历史的发展。这种文艺目的论，正是有着哲学思想上的理性精神和科学精神为理论依据的。

第四，科学主义精神还直接影响到中国现代文学家的艺术思维方式，而非渗透在创作实践中，形成中国现代文学的理性化特点。茅盾在五四时期就提出在创作中要有观察和想象的能力，运用"分析与综合"的方法；而文学

---

① 周作人：《人的文学》，《新青年》第 5 卷第 6 号，1918 年 12 月 15 日。

② 胡适：《易卜生主义》，《新青年》第 4 卷第 6 号，1918 年 6 月 15 日。

③ 瞿世英：《小说的研究》，《小说月报》第 13 卷，1922 年 7 月 10 日。

研究会关于要客观的观察、如实的描绘的写实主义主张，也同时表明了艺术思维上的变化。分析、观察、描绘、反映等概念，说明了作家意识内部对知、情、意三者的区分，也说明意识结构上的变化，即对于认知方面的强化。这与中国古代文人的思维意识有了明显的区别，与传统文学艺术中的重"意会""传神""顿悟"等思维方式有了很大不同。这种创作意识在现代文学中的反映十分突出。从 30 年代茅盾在《子夜》的创作中明确以文学参与社会科学论战为创作出发点，到新时期的"改革文学"，占据作家创作意识主体的就是对于表现对象的科学分析，重视作品内容与社会现实的对应。现当代文学中的理论观点的许多冲突、特别是围绕现实主义创作方法的争论、探讨，几乎都可以从它们与科学主义的关系中找到深刻的原因。

综上所述，20 世纪 80 年代前的中国文学中，科学精神先被认为是一种医治传统中国文学"虚假"的"药方"；后又被当作现实主义文学主潮的思想理论基础。在这里，西方科学精神与现实主义的创作方法、文学观点，与中国当时的社会实践、与文学的历史使命达到了统一；同时，这种哲学精神与中国传统的实践理性精神也有着深层的契合，与中国传统的重实用的文学理论，与"兴、观、群、怨"的文艺观念一脉相通。"科学"作为一种世界观和方法论影响到文学活动的各个方面。比如，强调综合分析的方法，突出观察和如实描写，排斥形而上学和思辨精神，用社会科学理论形象地反映现实，强化客观真实而不是心理真实。没有"原罪"之类的永恒主题，也少有如西方现代主义对于哲学先验理论的演绎，着重探求社会的发展道路和历史规律，用阶级分析的方法表现人在阶级链条中的位置和所处的环节，理性的描写人的心理变化，探索人生道路。作家用切身的回忆和血与泪的真实对推翻旧制度提供具体形象的"实证"，追求文学的历史感，强调文学意蕴的认知成分。创作中少形式、语义、结构等方面的意识和执着追求。这些都与科学精神的强化和文学的认识价值、历史价值追求目标相一致。这大致可以说是占据 20 世纪中国文学主导地位的侧重再现的文学精神特质和哲学意蕴。

进入新时期后情况有所不同。传统的科学精神被扬弃，代之而来的是西方现代科学主义。80 年代以来，中国文学受西方现代科学主义哲学思想的影响，把追求哲学含义，追求哲学意义上的科学、实证、"纯粹"真实作为文学"深刻""严肃"的一个重要方面，从对西方现代主义文学技巧的借鉴、实验，到语言结构、叙事方式等方面的有理论指导的实践，其背后有着西方科学主义哲学观念的支配。这种思潮的传入，对于冲破传统文学观念的束缚，丰富和变革文学创作方法，促使文学艺术价值向多元方向发展，推动中国文学话语向世界文学靠近等，无疑有着重要的积极意义；这种思潮对于改变中国文学的局面、使之蕴含多维价值内涵也有不可否认的进步作用。但是，这种科学主义思潮对中国文学的影响，是在中国社会、中国文学的一个新的转型期，亦即人们重新认识、理解、确认文学角色和地位的时期，因此，这种思潮有意无意成为文学"重建"的一种理论依据、甚至直接的"操作"方式，出现了由试图对文学"科学"地解释而改变文学"本性"的倾向，它的极端可能是另一意义上的"科学"对文学特性的否定和文学本身的"消解"。也许问题主要不仅在于文学受到哲学思想的影响，还在于 20 世纪哲学本身也陷入了困境，特别是西方现代科学主义哲学面临着一些难以克服的偏执。"哲学的实证化乃是这种偏执的代表……实证化倾向从内容和形式两方面把哲学引向歧途：在内容上拒斥形而上学，使哲学变成一种在视野和预设上都混同于科学的东西，从而蒙蔽了自己的本性。在形式方面，则追求表达上的清楚明白，试图用科学语言来谈论哲学问题，结果遗忘了'为了正确地讨论内容实质起见，双方均必须进入哲学的领域'。"[①] 哲学上的科学主义对于文学的副作用和负效应，也许就在于一方面把文学"变成一种在视野和预设上都混同于科学的东西"，从文学的终极目标、本质特性等内容方面对文学进行釜底抽薪的颠覆；另一方面，试图用科学语言来谈论文学问题，使文学领域也弥漫一种"极端形式化的技治主义思想"，从而从文字的形式方面对这门特殊的语言艺术进行全面的解构。比如当文学语言方式探讨的目的是为了

[①]　高清海：《突破真理论的传统狭隘视界》，《新华文摘》1995 年第 10 期。

更好地达到某种明确的文学价值目标时，它还是文学内部本身的探讨，而当这种语言的探讨及其结论与文学本质特性的重新定义等问题联系起来时，当把这种理论解释运用于文学创作实践时，它就实际超出了传统意义上的文学欣赏和研究的范围，就是文学的一种"哥白尼式的革命"，一种对文学的哲学的重新理解和解释，一种从语言入手对文学的"科学"解剖，读者面对的不再是传统意义上的文学而是科学分解后的"零件"和"结构"。它的极端就是从科学主义走向"技治主义"，从而使文学失去它的独特的视野和价值预设，或者使文学变得陌生和难以理解。这到底是使文学更加接近它的本体呢？还是使文学失去自身？这确实是一个值得深思的、需要从哲学角度探讨的文学现实课题。现代科学主义对于中国文学的影响的全部后果或许还需要随时间的推移方能真正理解，但这一现象本身及其对于当前文坛所起的作用，是值得认真思考的。科学主义对于 20 世纪中国文学的影响的利弊得失，要从中国文学的总体的历史发展走向和结果来看。就有利的方面来说，西方传统科学精神与中国传统理性精神的结合，确如新文学的倡导者所预想的一样，对于中国传统文学起了某种扭转方向的作用，在一定意义上说，它与中国现当代文学所一贯倡导的现实主义文学的方向是一致的，与"求真"的价值目标是一致的，中国现当代文学中的历史和认识价值的强化与之有一定的关系。这对于改变中国文学的传统面貌起到了重要的作用。但是，科学主义思想对 20 世纪中国文学的影响也有着不利的方面，这主要是：第一，这种潜在的哲学意识，强化了把文学等同于一般社会科学的观念，使文学向"科学"靠拢，它的极端化是使文学机械地、"科学"地而不是能动地、艺术地反映现实，从而在深隐层次形成一种以"科学"地反映现实即为艺术之"真"的文学意识，加重了文学的理性化色彩，这片面地扩大了文学的认识价值而极大地局限了文学的其他应有之意。第二，这种"科学"精神被渗透到文学创作过程中，形成以科学"技术"理性支配创作意识的思维模式。比如，不是强调作家对于世界、人生、现实的独特的理解、感悟、体验，而是强调用科学原理来解释社会，并与现实对应。文学的特殊性被科学观念所束缚，被这种哲学意义的追求所左右。而问题在于，现当代中国的哲学、包括科学主义哲学思潮本身就具有极大的局限性，如有的研究者所指出的："哲学的科学化影响至今也并没有完全消除。在从苏联引进的教科书里，我们就能看到大量的这类影响印迹。教科书里的基本哲学范畴，如物质、运动、时空、规律、因果、必然性等等，当初是从科学概念直接搬运过来的，至今对它们的所谓哲学解释，体现的仍然主要是科学（而且是那一时代的科学）的观点，例如规律的理解基本是如此。另外，适应科学的要求，教科书把哲学理性化，重视认知理性的意义，不重视非理性因素的作用，像意志、情感、目的、欲望这些范畴都未给予应有的地位。""科学的真理论被归结为认知性的科学真理论。"① 熟悉现当代文学的人大概不会不由此想到，在几十年的文学历史中，上述从外国教科书引进的哲学概念，也曾经是文学理论中的常用术语和概念范畴，我们的文学在一个时期所追求的哲理实际就是这种有局限的哲学概念，我们追求的"真善美"可能就受制于"科学真理论"的支配。

我们的文学批评所赞扬的某些作品对历史规律的揭示，文学研究对于文学史规律的勾勒，也有可能把这种科学主义影响下的创作轨迹作为文学进步的规律来肯定。这样分析，不是要否定对文学规律、因果关系等的研究价值，而是在于说明，科学主义哲学思想的膨胀实际使哲学自身受到危害，不言而喻，当这种受危害的哲学思想作为一个时代重要的文学理论依据或创作意识时，它的片面性就不能被忽视。

第三节　人本意识：理性与非理性

20 世纪中国哲学思想在很长一个时期是"科学主义"占了上风，并逐

---

① 　何中华：《回到自身：世纪之交的哲学重建》，《新华文摘》1996 年第 1 期。

渐由马克思主义占据主导地位，但是人本主义思想不但没有完全被取代，而且以其特有的内容和方式构成重要线索。而围绕人本主义，传统的理性主义与现代非理性主义的关系成为一个重要的问题。换句话说，在中国实际形成了以理性为特质的人本主义与以非理性为特质到人本主义两种不同思想倾向，它们之间的关系及其演化极大地影响到中国文学的意蕴。一般意义上的非理性与理性一样，是人的精神现象的不同方面，本身并没有是非之分，不应扬此抑彼；而当它们被推向极端、成为某种"主义"后就产生了片面性和谬误。"理性"，是指概念、判断、推理等思维形式或以此形式进行的思维活动；与理性相对而言的是"非理性"，它指人的本能、直觉、情感、无意识等因素。理性主义则是只承认理性认识的可靠性，否认理性认识依赖于感性经验，因此它又称为"唯理论"而与"经验论"相对；而非理性主义，则是把人的非理性因素夸大、上升到人的本体的地位，看作人的本质。

　　文学对人的理性与非理性的理解和表现，在某个具体作家身上或某个文学派别中并不是界限分明、决然对立的，而往往呈现出相互矛盾又相互统一的复杂现象。这是正常的，因为作为文学表现对象的人，作为文学深入揭示的人性，本来就是包含理性与非理性的相互冲突又共存于一身的。而作为文学历史中的一种整体现象，这种或突出理性、或偏重非理性的倾向就具有复杂的原因而值得特别关注了。西方传统人本主义呼唤人的觉醒，肯定人的权利、价值，高扬人的主体精神，承认社会的客观规律，在哲学上，作为其集大成者的黑格尔的哲学理论和美学观点是它的典型代表和最高水平。他的著名的"美是理念的感性显现"的论断以及由此而展开的美学体系，充分反映了黑格尔理性主义的"人本"色彩。而现代人本主义与传统的黑格尔的人本主义的根本区别，就在于它是非理性主义或反理性主义的。现代人本主义的非理性主义特点，表现在否认客观世界的规律性，否定理性思维能力，崇尚意志、直觉、本能、情感等非理性因素，并把它们提高到人的本体的地位。西方自文艺复兴以来以理性为特征的传统人本主义，与以非理性为特征的现代人本主义在 20 世纪初几乎同时传入中国，而随着五四前后思想启蒙运动与新文化运动的深入，在思想文化界和文学艺术领域产生了实际影响。中国文学中的人本主义思潮，也以 80 年代为其基本界限，表现为两种不同的面貌，有着两种相互联系又有明显区别的意蕴。这两次人本主义思潮有着不同的中国现实背景和世界文化背景，有着不同的内容和表现方式，它的焦点在于：前者是在理性与非理性的关系中，以理性的人本意识为主要特征；后者则发生了由重理性的人本意识向重非理性的人本意识的深刻转变。换句话说，从 20 世纪初到 80 年代前，在理性与非理性的关系中，是理性意识占主导地位，这种理性既有中国传统的实用理性精神，又有西方传统的理性精神；而到 80 年代后，文学中对人的理性与非理性的表现，在经过冲突、并存、失衡之后，一时有着非理性占据主要位置的倾向，或者说是对人的非理性的表现成为一种时尚、一种潜在的创作意识，并在实际上被作为文学发展或意识进步的标志；许多作品（文学作品及其改编的其他艺术作品）借助对非理性的张扬而独领风骚、名扬四海。这时，或可说非理性因素已经开始演化为一种非理性主义的倾向了。在这种倾向中，西方现代非理性主义发生了重要的影响作用，而中国现实社会转型的时代特点以及由此所形成的社会意识也表现出对非理性的"需要优势"，文学中的非理性主义正是对此需要的一种满足。回顾这一演变过程，对于认识和理解当下中国文艺界的现状是有意义的。

首先，从纵向发展来看，中国现当代文学中贯穿着一种虽有曲折但并未消失的"人本"意识的线索。20 世纪中国的历史特点、社会现实和意识形态决定了从 20 世纪初到改革开放前的相当长的历史阶段，没有也不可能产生与西方那种现代人本主义完全相同的思潮及其现代主义文学，也没有对于"人本"的持续地哲学思考和理论探讨。但是，20 世纪中国文学并不一般地忽视人的问题，相反，它不断地呼唤着人，形成了中国式的人本主义文学思潮。它以对"人的发现"、对人性的呼唤和人道主义精神的张扬以及"人的文学"的提倡为重要标志，它集中地体现在五四新文学与新时期文学两次重要文学变革及其随后的嬗变中。五四时期"人的发现"，人本主义思想的传播，在相当程度上是由新文学运动及其参加者承担的。五四新文学运动中，有过"人的觉醒"的历史过程，有过对人性的不断的呼唤和追寻，有启蒙主义、人道主义、个性主义的理论，有对"人的文学"的提倡，有创作中的"问题小说"对人生问题的思考，对下层社会人的生存的关注和苦难的揭露，还有文学表现"普遍人性"的理论观点。五四之后，二三十年代对人走向社会后的道路、精神状况的追踪表现，40年代对不同条件下的人的处境、心理、精神追求等的表现，五六十年代文学所提倡和设计的"理想人格"，等等，都是一种建立在对人的理性思考的基础之上的、与传统科学精神结合在一起的理性人本主义思潮的演变。这种文学精神所蕴含的哲学意味是，认识人的价值、权利、意义，确立人在社会发展中应有的位置和作用，发扬人的理性精神，理性地认识人在社会历史中的意义和价值，等等。它始终在深层制约着中国现当代文学的精神意蕴和主题。

其次，在中国现代文学领域，以"人的发现""人性解放""人的发展与历史发展"相统一为基点而展开的是十分复杂的认识层面，在这些不同层面中作家进行着各自不同的人生世界的艺术建构，从而从不同的角度共同体现了一种"人本"文学思潮。比如，鲁迅在前期以个性主义和进化论为武器，提倡改造国民精神的观点及其在创作中的体现，有着一种深刻地与现实息息相关的人本意识和理性精神。而他对人的非理性因素的肯定和表现，因与对人的全面发展相联系也具有重要的时代特色和现实意义，它共同标识着文学中人的解放的动向和在这一时期达到的范围。周作人提倡以"人间本位主义"为核心的人道主义，看到的是兽性的泛滥、人性的沧桑，进而把人性的恢复主要理解为个性的充分独立和自我价值的提高。梁实秋以文学要表现永恒的、普遍的"健康"人性而闻名，他用白璧德人文主义和抽象人性论的"眼光"看待人生，提出自己的文学价值观。稍后，从下层社会步入文坛的老舍，不但深切地体验到罪恶的社会制度造成人与人之间的不平等，看到人把自己的同类驱逐到野兽里去的严酷现实，而且强烈地意识到古老的传统文化对人性正常发展的严重束缚和对人的灵魂的戕害。他因之几乎和鲁迅一样，自觉地去探索中国民族性格的重大问题。所以，老舍关于人对文学需要的理解有着自己独特的角度和出发点。诸如此类的例子难以尽数，相互之间明显和微妙的区别更是难以描绘。这说明，现代作家对于中国传统理性的批判并没有导向非理性主义，他们义无反顾地反传统也没有像西方现代人本主义一样陷入纯理论的思索和"科学"的逻辑实证。

最后，中国现代文学家因对"人本"概念的不同理解和对人的发展及其实现途径的不同理解而直接关系到他们的文学主张和创作面貌，这在一定意义上表明了人本意识在文学中达到的深广度。现代作家们在具体到什么是人的真正的发展，什么是真正完美的人生理想和人性，以及什么是达到这种境地的途径时，人们开出的"药方"、提出的方案就迥然不同，对文学需要的理解就出现深刻的分歧和对立。有的把人的发展理解为政治、经济地位的获得，有的理解为个性的充分独立，有的理解为美好的人性的复归，有的理解为理想人格的重建。而其途径，有的理解为经由阶级的、民族的群体奋斗，把族类的解放和新生看作人的发展的具体表现；有的理解为精神的改良和人性的健全；有的理解为人格的自我完善；等等。这样，实践的革命者更多地需要文学成为政治斗争的武器，直接的教育、激励甚至宣传的需要就显得重要；思想家和启蒙主义者更多地看到文学精神武器的作用，着眼于重建人的道德意识、精神结构方面的需要，以及认识和批判的需要。"纯粹的"美学家艺术家则往往从维护文学独立性和抽象人性的角度，强调文学"本来""应该"去满足人的何种需要，而不大顾及文学与现实具体人生状况的问题。但是，无论在人的问题上有多少种分歧和冲突，而理性地思考人的问题，思考人与历史文化的关系，是一个最重要的相同点。这从一定意义上说明，中国现代文学以不同的对人的思考及其结论构成了一种特殊的中国式的人本主义思潮。这种人本主义一方面是现实的需要和中国传统实用理性精神的延续，一方面则是受西方传统的理性的人本主义的影响。如果我们分析一下中国现代各种不同的文学观念和理论观点，就会看到它实际是以围绕人与文学的关系而形成的不同文学价值观的冲突。而对于绝大多数作家、理论家来说，在种种不同中，一个相同点是贯穿着一种理性精神，并将文学对"人的发现"视线主要投向对人的理性精神的发扬。

中国现代少有西方那种与哲学思想结合在一起的文学家，或者用文学方式演绎哲学观点的哲学家，如萨特，也少有现代西方那种明确地以"人"为出发点进而研究世界的思路，而是把人与世界的关系作为研究对象，这是因为中国现当代社会基本上没有大力张扬这种哲学思想的机会，也没有把这种哲学观念推向极端的可能。文学中的"人本"意识的体现，也大致带有这种特点。中国现代所奠定的这种人本主义的模式延续到当代，其具体内容与现代有很大不同，但是其深层的结构并没有根本变化。它在经过曲折后，一直持续到进入新时期。新时期前期（70年代中后期到80年代中期），中国文学对人的重新发现和呼唤，文学对人的理性思考，对丧失理性的批判等，如所谓"伤痕""反思"乃至"寻根"，都是对"人本"真实含义的恢复和呼吁，是对人由极端理性化而走向非理性化的鞭挞和反思。它反映的是社会思潮和文学思潮对人性的重新发现。这种"发现"仍然是十分理性的，或者说是对人的理性方面的重新认识，它是在一种与政治相关的伦理层面对正义与非正义的区分，而不是对人的理性与非理性因素地位的争论。换句话说，当时关注的还是关于社会政治的问题，是对压抑人的美好精神的政治的抗议而不是文化哲学的问题。我们可以列出一大批这一类在当时产生重要影响的作品。这一时期，中国文学还没有将对于人的非理性因素的表现提到重要的位置，它的主体还基本属于从20世纪初以来占主导地位的理性的人本主义的文学线索。

20世纪80年代中期后，随着社会结构、生活内容和方式、文化心理、价值观念等方面的变化，随着西方文化的传播，中国文学的面貌发生了不以人的意志为转移的深刻变革，这种变革不但把人的非理性因素的表现推向文学视野的前台，而且使以前文学对人的非理性因素的表现得到了新的价值评估（比如对郁达夫、沈从文、张爱玲的一些作品的重新评价中，实际就包含着对这些作品在人的非理性方面表现的欣赏、肯定和价值定位），也使我们越来越清晰地看到一个事实：20世纪中国文学对人的非理性因素的表现，构成了另外一条虽不明晰但同样重要的线索。文学中的这种非理性的人本意识，是从两个意义上说的，一个是作家对于人的非理性方面的表现，一个是作家非理性地表现人生和人性。当然，非理性表现方式既可以表现人的理性方面，也可以表现人的非理性方面；反之，理性的方式，既可以表现人的理性方面，也可以表现人的非理性方面。

20世纪中国文学中的非理性的现象的源头同样可以追溯到五四时期。这个时期，西方现代人本主义的影响，是通过现代哲学和现代主义文学传入中国的，柏格森的生命哲学、尼采的意志哲学、弗洛伊德的精神分析、克罗齐的表现论等都以不同的形式对中国文学产生了不可忽视的作用。西方浪漫主义和现代主义在中国产生实际影响，形成以强调主观、自我、表现为特点的艺术倾向，不能否认有西方传统文学中的自然主义人性论的影响，比如卢梭的浪漫主义的自然人性论的影响。但是，更重要的也许还是现代西方非理性主义的人本主义哲学思想的作用。这也许是中国新文学中的浪漫主义较少传统浪漫主义中的"理想"、而多一些愤懑和感伤的原因之一。这种文艺思潮的出现，不仅仅是西方文学中的浪漫主义和现代主义创作方法的影响，而相伴着它们的哲学基础而来。受这种双重影响，在文学理论上和创作中，注重表现人的直觉、体验、感受、情绪、潜意识等，在方法上则运用象征、变形、心理独白、精神分析等。五四时期人性的解放包含的一个重要内容是对人的非理性因素的解放并为其争得地位。在五四时期较为集中的婚姻爱情小说中，文学对人的非理性因素作为一种被压抑的人性得到肯定和张扬，许多作品把人的合理正常的生存要求甚至生理欲望作为人性觉醒的一种体现，把它与反对封建压迫和束缚联系起来。这在创造社的诗歌和"身边小说"中乃至鲁迅等的创作中都有反映。如果说郭沫若的《女神》没有正面表现人的非理性因素却借助非理性的思维方式高扬了人性解放的时代精神的话，那么，郁达夫的小说创作中就有着对人的非理性因素特别是人的欲望的直接剖示，有着人性在理性与非理性的冲突中的跌宕摇曳；如果说，鲁迅的《狂人日记》

是以"狂人"的非理性的精神状态成功地表达了作者理性的思考的话，那么创造社的"身边小说"就是在对自我的感觉、体验的诉说和愤懑情绪的发泄中渗透出一种非理性意识。五四运动之后几十年，陆续出现的受现代主义影响的文学现象，不同程度地都与对人非理性因素的探讨和表现相联系，如精神分析派、新感觉派、象征主义、表现主义等。中国现代文学中这种对人的非理性因素的表现，创造了中国现代文学一条奇异的风景线，中国现代那些突破传统思想束缚，向封建理性和禁忌冲击，具有惊世骇俗效果的作品多半与对人的非理性因素的表现有关系。

与此相映成趣，中国现代另外一些有特色的作家，主要并不以西方哲学中非理性主义为依据或对其进行图解，而是以自己的文化意识、文化背景和人性观念，着眼于对人性的哲理思考，将人的非理性的探讨推向前进，他们重视人的自然生命状态，表现人的感受体验，肯定未经现代物质文明浸染的原始人性。就大多数作家的作品来说，他们表现了人的非理性却没有走向非理性主义，是因为他们把这些非理性因素作为正常人性来表现，在当时或自然或生硬地与反封建和人性解放不同程度地联系起来，体现着作者对文学终极价值的追求取向，着眼于积极的社会作用。这或许就是中国现代文学对于人性的"纯思"表现的特点。到了 20 世纪 80 年代，中国随着"人的重新发现"，人本意识再次成为最重要的文学思潮，或者说其背后有着人本主义哲学思潮的作用。这种对人的新的认识，对人的非理性因素的肯定，最初是源于思想观念的变化，而后对它的真正的肯定并把它推向一个重要的位置，则是中国社会历史的转型及其引起的整个社会意识的变化。它随着社会结构的变化、社会生活内容的变化和西方现代哲学思想的再度传播，非理性的思潮逐渐占了重要的地位。

非理性因素在中国文学中得到真正的重新崛起，也许可以把源头追溯到张贤亮的《绿化树》《男人的一半是女人》等作品引起的反响和争议。张贤亮这些作品在表现人的理性受到压抑、畸变扭曲之时，人的非理性的方面仍在曲折然而顽强地表现，它从一定意义上说就是人的本能、人的生命力的自然合理地显示。他的作品中对人的性意识的揭示，对人的饥饿状态的描写及其引起的心理活动的刻画，堪称对人的非理性描写的极致。虽然，作者细腻地铺张地对性意识的描写和对性心理同样深入的揭示，在当时和后来都引起争议，但是，作者当时基本是以一种理性精神正面表现了人的非理性因素，在这一点上是适度的。这个特点反映的不仅是一个道德准则问题，而是透出了作家重新思考人的理性与非理性关系的一些信息，也是当时人们对人性中的非理性因素的理解和认识所达到的程度的标志。这之后，陆续出现了许多有实力的作家向一定方向靠拢的趋势，如王安忆、刘恒、莫言、铁凝、苏童等，他们的作品不能说是主要对人的非理性的因素的表现，但是，非理性因素却成为他们特别重视的一个极重要方面，或者说在对人的理性与非理性冲突的表现中，把人的非理性的受压抑和复苏与人性的探讨结合起来，他们中的一些人的一些极端的作品，则有把人的非理性因素，人的生物本能提高到人的本体地位之嫌。与之不同，另外一些作家，如先锋小说作者，则不仅有着较明确的哲学理念的支配，以之对人性进行探讨，或者表现人的非理性，而且，他们的表现方式带有明显的"非理性"的倾向。这种文学现象从某种意义上说，是新时期文学意蕴发生变化的一个重要的表征。把中国当代文学中的非理性主义精神"发扬光大"，并与世界"接轨"的是张艺谋导演的，由文学作品改编的一批电影，如他的《红高粱》《菊豆》《大红灯笼高高挂》，以及《摇阿摇，摇到外婆桥》等。他用将文学作品改编成电影的方式把中国文艺中的非理性倾向推向一个高度。张艺谋的成功就作品的意蕴方面来说，在相当程度上是得益于对人的非理性因素的张扬，或者是在人的理性与非理性的冲突中突出人的非理性的方面。张艺谋的电影在选择角度上和艺术处理上，看重的都是人性中的理性与非理性冲突以及这种冲突中非理性因素对于事件、情节或人性深度发掘的推进所具有的功能，或者是人性中的非理性的膨胀所导致的不同的结局。换句话说，他揭示人性的深度是以非理性为其主要向度的，他因对人性的拷问而使观众心灵震颤的奥秘在于他敢于触及禁忌、表现越轨行为，并把它们解释为一种勇敢的对假恶丑的反叛，一种人性的解放，一种能够激起某种同情然而又带刺激性的义举，如《红高粱》《菊豆》。他的电影具有相当多的观众，因为他对非理性方面的大胆的展示，能给人一种只有借助特定的艺术形式而不能在现实中获得的解脱感；从这个意义上说，艺术作品中人物的非理性展露与接受者的非理性的放纵有着对应的关系。从这个角度说，影响很大而且争议很大的王朔小说，似乎也需要从这一角度进行分析。王朔得益于对变动着的人的心理的及时把握，对社会转型期文学功能的一种敏感，对人的心态和社会心理的及时适应。他比别人更直观地意识到，一种既不同于传统主流文化又不同于"精英文化"的世俗文化，在中国有着现实的基础和深厚的传统，它代表着为数不少的人的心态和精神需要。基于这种敏感，王朔的创作起初以玩世不恭略带反抗情绪的意识对于"主流"文化进行冲击，此后则有了强大的经济结构的变动和社会意识形态作为现实基础和深层动因而形成迅猛的发展势头。王朔及时揣摩和把握的心理就是这种文化背景下市民的世俗心态，或者说是社会普遍心理的市民化、世俗化倾向。他的作品在一定程度上代表了这个时代的一种普遍的文化精神，这种精神就是对人的非理性的张扬，就是非理性地去看待社会和体验、享受人生。从这个意义上说，王朔创作确可称为一种文化现象。问题也许不在于王朔作品中的这些人有无"真实性"，而在于作者对于这些人物的态度，不在于它们是不是中国现实的人生状态对人性的表现，而在于作者欣赏的是怎样的人生态度和张扬人性中的什么？这里既涉及人生价值观，同样也涉及文学价值观。如果认为中国现在与十几年、二三十年前甚至更早的社会结构、文化意识、人生状态、心理需求一样，仍然是理性对人性的束缚而不是非理性的放纵，是道德的桎梏而不是道德的淡化，是缺少宽容而不是容忍罪恶，那么"逃避崇高"、游戏人生就真的具有某种反传统、反封建、反精神控制的积极意义。然而，现实似乎并不是这样，历史转型期的文化精神中，既存在着因经济发展和社会进步所带来的文明进步，同时也带来人欲横流，人性中"恶"的膨胀，这是一个世界性的历史现象。而作为精神活动的文学，正是需要在这个过程中发挥自己的独立意识和作用，一方面需要对在这个历史进程中人性的解放和人的发展进行肯定和表现，另一方面对于历史进程中的并不利于历史发展和人的发展的精神现象进行批判、鞭挞。据哲学研究者说："道德状况的恶化同世界范围的市场化之间无疑存在着某种因果关系。市场经济所带来的人的命运的不确定性，使得永生观念必然被及时行乐的世纪末情绪所取代。而'丧失永生的思想，就意味着文化的衰败和死亡'。同样，市场经济也妨碍着人的'积极自由'市场经济的交换行为，使人们必然按照外在尺度来塑造自己。'上帝已死'也使得'神的存在'成为不可能。世俗化倾向给'我们这个时代造就了大批没有任何信仰的人'。"① 而一些文学作品却不无欣赏地把这样的人所体现的人生精神当作时代的精神，为这样的人生争得"话语权利"。

关于人本主义中的理性与非理性的关系，似乎也不能回避关于人文精神的讨论。人文精神的讨论，以笔者浅见，问题不在于有没有一种"人文"精神的存在，而在于是一种什么性质的精神，"精神的侏儒化和动物化"与"人文精神的枯萎，终极关怀的泯灭"是互为表里、有着因果关系的，它的实质就是人的理性与非理性的失衡，是极端理性化后的极端非理性化，是人的理性的"侏儒化"与动物性的放纵。笔者以为，人文精神的提倡就是提倡一种具有新的含义的理性精神，就是对人的存在意义、人的价值的重新思考估价，包含着对现实中的无是非观和相对主义的反抗，对躲避崇高的心态的反抗，它反映了对人的无价值感、无意义感的焦虑；同时它含有以形而上的哲理思考对抗以非理性为特征的世俗意识和"科学真理论"的意义。从一定意义上说，这是 20 世纪中国人本主义思潮中理性与非理性冲突、失衡的又一次突出。它的价值和意义是不言而喻的。这个问题探讨的深入，或许正需要在关于人的理性与非理性问题上有新的共识。可以看出，中国现代作家对于西方非理性主义，与中国当代某些作家对西方非理性主义的态度是不同的，前者由于特定的历史条件和文化背景，对其采取了克制的态度和批判的精

---

① 何中华：《回到自身：世纪之交的哲学重建》，《新华文摘》1996 年第 1 期。

神，而后者则在新的时代条件和社会心理的作用下，采取了放纵和欣赏的态度。后者还得益于世俗精神的盛行和享乐主义的精神需要。当前的非理性演化为非理性主义倾向，是因为时代不同了。

这是一个历史大变革大发展的时代，是一个社会结构转型的时代，是一个经济基础发生巨大变化因而引起意识形态相应剧变的时代；这又是一个刺激人的欲望的时代，是一个文明与愚昧冲突、禁忌与越轨较量的时代，是一个理性受到挑战的时代，是一个容易丧失理性而放纵非理性的时代。这种背景容易为人的非理性因素的膨胀提供机会。而且这似乎是一个世界性的现象，中国的巨大变革还在继续，非理性的因素仍然有着重要的表现机会。这种情景下文学对人的非理性所采取的态度及其效果，它的利弊得失不能不引起人们的思考。

第八章　内倾型作家和抽象性作品

第一节　心理类型与作品特质

　　某种文学现象的发生，除了客观的社会和文化因素以及文学活动参与者的思想意识、道德观念、审美倾向、艺术追求等这些较易为人们所了解和把握的因素之外，还有不易被了解和把握的深层心理方面的因素，包括人格类型和心理倾向诸多因素的作用。德国美学家沃林格曾提出一个重要观点，认为所有艺术现象的最根本和最内在的要素就是人所具有的"艺术意志"，"每部艺术作品就其最内在的本质来看，都只是艺术意志的客观化"。他认为艺术意志是人的一种潜在的内心要求，它来自人面对世界所形成的心理态度①。把艺术本质全部归结为艺术意志也许有些极端，但是作家的"艺术意志"确是一个极为重要而又极易被忽略的领域。

　　分析心理学的创始人荣格曾经说："当我们审视人类历史的时候，我们看见的仅仅是发生在表面的东西，甚至就连这些东西也在暗淡的传统之镜中受到歪曲。甚至发生的事情往往逃避着历史家追寻的眼睛，这是因为，真正的历史事件总是深埋在地底，所有的人都能体会到它，却没有一个能够观察到它。一场场战争、一个个朝代、一次次动乱、一次次征服、一种种宗

---

① 　[德] W. 沃林格：《抽象与移情》，王才勇译，辽宁人民出版社 1987 年版，第 12 页。

教……所有这些仅仅是那隐秘的心态的表面症状，而这隐秘的心态甚至不为那拥有这心态的个人所知．也不被历史家所传达。"① 荣格的这种看法直接运用到人类历史研究中去，或许在给人以许多启示的同时也会产生某种偏颇——西方现代新史学所取得的成就和遇到的问题（其中包括将历史名人心理特征等"潜在的"因素与历史事件联系起来研究）就说明了这一点。但是将荣格的这种看法应用到作为人类精神活动的重要方面、与人的心理有深层关联的文学研究中来，却有相当的针对性和可行性。当我们审视文学历史的时候，人们较易注意到的也是发生在历史过程中的表面的"症状"和形态，这些表面的东西也容易在"传统之镜中受到歪曲"，而容易忽视的恰恰是决定着表面形态的作家的隐秘的心态和人格倾向。这些心态和人格倾向甚至不被作家个人所意识，也容易被文学史家所轻视和忽略。对此，分析心理学理论给予我们的启发是，将文学历史现象的研究与有类同性的作家群体心理倾向的分析结合起来，确有许多可以拓展的领域。

将分析心理学用来考察作家的人格，有内倾与外倾的划分；用来考察文学的创作与欣赏，则有移情与抽象的区别。内倾型人格对应于抽象型作品的创作和欣赏；外倾型人格对应于移情型作品的创作和欣赏。

这里说的作家内倾与外倾的人格，并不仅指作家的性格，还特别指主体在客体面前所表现出的心态、心理能量释放的指向和所采取的"对策"。分析心理学认为人的创造性潜能的实现有"内倾"与"外倾"两种不同的途径，外倾指人的心理能量投注于外部事物，内倾指人的心理能量经外部事物折射而返回到主体自身。在对象面前，作为主体的作家的心理倾向如何，他对自我与世界关系的理解及其态度如何，它是进取的还是退缩的，是积极的还是消极的等，自觉不自觉地直接影响到作家艺术活动的方方面面，包括表现对象的选择、艺术处理的特点和价值定向、美学趣味等。对这种现象，仅仅视

---

① ［瑞士］荣格：《心理学的现代意义》，载《荣格文集：让我们重返精神的家园》，冯川译，改革出版社 1997 年版，第 145—146 页。

为"风格"类型显然还不够，而应注意到人格类型，特别是心理类型的因素。这种不同心理倾向表现在个体的行为中，在一定程度上近似于中国传统文化中的所谓"出世"与"入世"、"兼济天下"与"独善其身"的关系。"近似"而又不同，是强调它的核心是一种心理特征而主要不是行为态度，或者行为态度中深层心理的制约作用。

这里所说的"抽象"与"移情"，指文学创作和欣赏过程中由不同"艺术意志"所支配的两种指向不同的表现"形态"，是内倾与外倾人格的具体体现。按沃林格的观点，抽象与移情是人的两种不同的本能冲动，也是艺术运动的两极，艺术意志既表现为移情冲动，也表现为抽象冲动。沃林格的理论依据源于他对艺术现象的分析，而他的这种理论也同样适用于文学现象。文学中的抽象，不仅是指抽象性的表现对象、抽象手法，更主要的是指作家追求抽象性的意蕴，诸如抽象的人性问题、"永恒"性主题等等。对"抽象"的偏好有其心理动机。按照分析心理理论的观点，抽象是把外在对象抽象为某种固定的思想或形式，以解除对于外界的恐惧。移情是把自己的情感外设于对象中，在对象中感受、欣赏自我。"移情"就是外倾的一种形式，移情是"我在一个不同于我的客体中对象化"（立普斯），"以致他觉得他自己仿佛就在对象之中"（荣格）。因为"移情作用预先设定对象是空洞的并且企图对它灌注生命；与之相反，抽象作用却预先设定对象是有生命的、活动的并且企图从它的影响下退缩出来"①。抽象型人的态度是向心的，即内倾的（中国传统文人似乎多偏向内倾）；而移情型的人则充满信心地面对世界，即外倾。

当然，内倾与外倾、抽象与移情也并非截然对立，并非某种类型绝对只属于某种人群。"在任何对于对象的欣赏和艺术创作中，抽象和移情，两种形态都是需要的，两种都出现在每个人身上，虽然在大多数情形下两者的分

---

① ［瑞士］荣格：《美学中的类型问题》，载《荣格文集：让我们重返精神的家园》，冯川译，改革出版社1997年版，第203页。

化是不相等的。"① 这就是说，不同类型的人格和文学现象的区分只是相对而言的，是对一些具有倾向性现象的概括。

依据以上理论分析，中国现代文学家在心理类型上有不同的甚至对立的倾向。一部分作家对于现实，对于外部世界表现出极大的热情，他们关注、把握、分析和再现现实，并投入和参与其变革过程：他们将文学活动视为自己生命的一部分，将生命意识贯注于所创造的艺术成果中，其创造性潜能体现在创作过程中，体现在对现实的参与和"应战"中，人生价值最终体现在对于外部事物的改造中。在对象中体现自身，也在对象中"欣赏"和肯定自身，使自己的本质力量对象化。所有这些都表现出一种外倾型的心理特征，一种对外界持"克服"和试图"改造"的姿态。这就是外倾型作家及其移情型作品。

中国现代文学史上，另有一批作家及其文学活动，构成人所共知的、与上述情况相反的文学景观：他们的创作在艺术方法上各具特色，富于个性与创新，在作品意蕴上则追求永恒性、抽象性和超越性，有意无意表现出与时代生活主流的疏离，因而其作品的现实意义和价值往往受到质疑。他们信守思想的自由和艺术的独立，故而引人注目也颇多争议，其典型人物有周作人、梁实秋、徐志摩、沈从文、废名、张爱玲等；作为类似倾向的文学派别则有小说方面的京派和诗歌方面的新月派等。他们的创作具有这样一些相似特点：一是一般选择便于表达自己内心感受和情思的体裁方式，如散文、诗歌、短篇小说，而较少用长篇小说和大型话剧这样的样式来反映重大的事件，因为他们要表达的意蕴一般似乎不需要过于庞大的载体。二是他们的创作题材多从有切身感受、体验和思索过的方面着眼，关注那些带有普遍意义和超越具体时空界限的对象。三是他们作品的主题一般具有抽象的哲理意味，追求对于"永恒"问题的表现，其中侧重对人性的发现和揭示。四是在

---

① [瑞士]荣格：《美学中的类型问题》，载《荣格文集：让我们重返精神的家园》，冯川译，改革出版社1997年版，第209页。

作品的价值观上，他们不特意去追求作品的社会价值的实现，而首先是为了满足自己心灵的需要。对于这类作家及其作品，以往有过从政治态度、思想意识及道德观念方面着眼的评价和分析，也有过从人生情趣、审美意识和艺术追求方面的重新评价和分析。这些分析和评价都有一定的依据和道理。笔者认为，除此之外，这些由作家相互之间的类似性构成的文学现象，还包含有相似的心理倾向和人格类型方面的因素。可以说，这是中国现代文学史上一群典型的内倾型作家，他们的创作活动及其作品具有抽象型特征。

第二节　抽象性作品的价值取向

首先，这些内倾型作家对客观外在世界的变化，尤其是对社会历史的转型和剧变，表现出某种疑惑、迷惘甚至恐惧感，这种潜隐心态透过他们躲避具体现实问题而专注永恒课题以求心灵宁静的艺术目光和视野而折射出来。他们的情感不特别显露，而以一种较为超脱的心态静观外在世界和人生现象，并将这些现象的感受、直觉、体验蕴蓄为特殊的情绪或意象加以表现。他们没有移情于外物，而是把外物、把生活现象抽象为某种固定的、"超凡"的人生艺术并予以形象的外化，在寻求"永恒""不朽"中觅得心理的安宁。因此他们宁可去观照一些远离时代中心的生活现象或某种人生片段，体悟某种人生况味，而不大对现实的具体的人生状况做出及时和过多的反应。可以说，对某些抽象的、永恒的、普遍的事物具有浓厚兴趣，是内倾型作家的共同特点。如梁实秋的"雅舍"小品关注的是这样的对象：男人、女人、孩子、中年、老人、好汉、代沟、友谊、生死、时间、生命、谦让、握手、下棋、麻将、俭、勤、廉、懒、馋、闲暇、沉默、废话、健忘、梦、快乐等，这些表现对象本身就具有恒定性、普遍性和抽象性，对它们的沉思和表现，可以发现其中的"秩序"和永恒不变的"形式"。这一过程就是作家的心绪躲开

"现象世界的流动和混乱"从而找到一点安宁的过程。周作人在 20 年代后的创作也体现了大致的情景。沈从文在论冯文炳的创作时附带对周作人的创作评价道："周先生在文体风格独特之外，还有所注意的是他那普遍趣味。在路旁小小池沼负手闲行，对萤火出神，为小孩子哭闹感到生命娱乐与纠纷，用平静的心，感受一切大千世界的动静，从为平常眼睛所疏忽处看出动静的美，用略见矜持的情感去接近这一切。"沈从文说周作人表现的是"僧侣模样领会世情的人格"。他认为冯文炳作品所显现的趣味与周作人有相似之外，冯文炳的作品"是充满了一切农村寂静的美"，"作者所显示的神奇，是静中的动，与平凡的人性的美"[①]。沈从文对周作人"僧侣模样领会世情的人格"的描述可谓一语中的。他揭示出其人在面对外部世界时所保持的矜持的人生姿态，他的内倾型人格特征，他在艺术趣味中所透出的求静的心理倾向。而冯文炳"原来是很热心政治的人"，后来"终于是逃避现实"，"躲起来写小说乃很像古代陶潜、李商隐写诗"。这反映在他的作品中便是由先前对乡村纯朴人性的赞美和安逸闲适的田园风光的诗意描画，变为以"隐逸"的心态静观、甚至主观虚构人情风物，来表达他的抽象的理想和对人性的思考，逐渐透出"有意低徊，顾影自怜之态"。内倾型作家喜好抽象并不仅仅是对于某种题材的偏爱，而有直接的心理方面的原因和目的。抽象的目的，是要把无秩序的、变化无常的事物限制在固定的范围内。因为"在抽象型的人看来，世界充满了危险的、强有力的对象，这些对象使它感到恐惧，使它意识到自身的软弱无力。他从与世界的任何过分地亲昵的接触中退缩回来，以便编织那些思想和形式，通过这些思想和形式，他希望能够在这个世界中站稳脚跟，他的心理因而是一种战败认输的心理"。[②] 这就是为什么一些内倾型的人有退隐的意识的心理原因。

---

① 沈从文：《论冯文炳》，载《沈从文文集》第 11 卷，花城出版社、生活·读书·新知三联书店香港分店 1984 年版，第 96 页。

② ［瑞士］荣格：《美学中的类型问题》，载《荣格文集：让我们重返精神的家园》，冯川译，改革出版社 1997 年版，第 208 页。

内倾型作家一般不去表现重大题材和急剧变化的生活，并不是他们缺乏这方面的自觉和敏感，恰恰在于他们的过于敏感和有深切的细微体验。变化不定的、剧烈动荡的社会现实，使得他们没有稳定的心态和宁静的情致，因而对此表现出一种近乎本能的反感。所以，现实的重大事件根本不能引起他们的兴趣，或者说是他们所不需要表现的。他们必然地转而寻求那种最宜于表现抽象内容的题材，以在创作活动中找到一种安宁、超脱现实的心灵世界。就日常生活和行为中所表现出的个人秉性来说，有些作家表面上并不"内倾"，甚至很"激进"，但是，在他们"过敏"地感悟人生的内心深处，在他们超乎常人的生命体验过程中，却感到了精神的无助和心灵的无着。比如张爱玲，作为一个女人，她不属于那种固守传统规范的人格类型。但是她的文学创作却无意间透露出她心理深层中更为内在更为重要的另一面。正如有学者所分析的：张爱玲执意要从"安稳""和谐"方面，而不是从"飞扬""斗争"方面去把握人生。她"求助于古老的记忆"，从那里"抓住一点真实的、最根本的东西"。她的这种特点，并非故意的标新立异，而是基于真实的生存体验；忠实于战争给予她的"什么都是模糊，瑟缩，靠不住"的"感觉"。她甚至意识到"还有更大的破坏要来，有一天我们的文明，不论是升华还是浮化，都要成为过去"。这种感受，使她拒绝了一切乌托邦彼岸的幻想：普通市民在战争中"攀住了一点踏实的东西"真实地活下去的事实，更启示她抓住了人生此岸，形成了她"凡人比英雄更能代表这时代的总量"的历史观。张爱玲的心态，正表明在现实面前所具有的内倾型人格的特征，因为内倾型的人"被现象世界的流动和混乱所折磨，这些人有一种对于安宁的巨大需要。他们在艺术中追求享受，主要并不在于使自己沉浸于外部世界的事物之中并从那儿找到乐趣，而在于把个别的对象从任性的、偶然的存在中提升出来，让它们接近于抽象的形式来使之不朽，这样在外部现象的不停流动中找到一点安宁"①。

---

① 钱理群、吴晓东：《二十世纪中国文学史略》，《海南师范学院学报》1996年第3期。

　　内倾型作家往往表现出对于传统人生"秩序"的欣赏和静观，对于往昔文化精神的迷恋和玩味，对于即将逝去的原始人性美的赞美和记录。这并非完全是一种逆历史潮流的道德态度，也不是一般的所谓缺乏社会责任感和民族责任感的表现，恰恰相反，有的内倾型作家对于民族前途，特别是对于民族文化、民族精神、民族性格和人性的关注十分显眼，所展现的焦虑感、责任感也并不弱，但是为什么却给人以相反的感觉呢？这正是荣格所说的在人人都可见的"形态"背后有着隐秘的心态。内倾型作家"僧侣模样"的人格和矜持的姿态中有着不大为人理解的心理隐衷和精神方面的隐痛。其要害是这些作家身处其间的传统文化面临威胁和挑战时引起的他们精神的不安和心灵的匮乏，以及由此所形成的心理压力和集体无意识。个体的"内倾"性就是一种与集体无意识原型有着关联的情结。从这个角度上说，内倾型人格是某种文化精神的人格化，而不单是作为个体的性格倾向。他们的"内倾"，曲折地反映着某种文化精神和意识无法抵御新的压力时的防御姿态。比如，自称"乡下人"的沈从文，清醒地意识到与城里人"原是两路人"。两路人的形成源于两种文化模式和背景，由此产生两种不同的心态，就个人的秉性来说，沈从文"崇拜朝气，欢喜自由，赞美胆量大的，精力强的"①，充满着乡下人的自尊与自信。但是，当他面对"城里人"的文化模式，面对中国社会的变化，而对受精神文明浸染的城市文明和城市人群（知识分子、绅士）时，他却感到了自己作为个体面对城市文明整体的孤独和无奈。他无力改变这业已变化的现实，当然也没有无视这种现实，而是采取了他能够采取的应付这种现实的方式，这就是通过抽象和"沉浸在某种不变的必然事物的观照中"，"从生而为人的种种机会中，从生命存在的表面上任性中寻求解脱"。沈从文不无悲观伤感地说："在死亡来临之前，我也许还可以作点小事，即保留这些'偶然'浸入一个乡下人生命中所具有的情感冲突与和谐秩序。我

---

　　① 沈从文：《〈篱下集〉题记》，载《沈从文文集》第 11 卷，花城出版社、生活·读书·新知三联书店香港分店 1984 年版，第 33 页。

还得在'种'之解体的时代，重新给神作一种赞颂。在充满古典庄严与雅稚的诗歌失去光辉和意义时，来谨谨慎慎写最后一首抒情诗。"源于这种心理需求，出于这样的目的，沈从文构筑了湘西文化世界，在此基础上建造了"人性"的"神庙"。沈从文的作品以其新奇和抒情感动了"城里"的读者，似乎取得了胜利。但是对社会和文化的变迁十分敏感的"乡下人"沈从文却仍然感到自己的失败和悲哀，失败感和悲哀感的表面原因是读者的"买椟还珠"，是对小说故事清新的欣赏和对背后蕴藏的热情的忽略，是对朴实的文字的欣赏和对背后隐伏的悲痛的忽略。但更深层的悲哀也许来自沈从文深切地意识到自己作品中所体现的"乡下人"的文化意识和心理情感永远不会被城里人所领会和接受，意识到乡下人的文化，特别是那些有着原始美的人性、人情的无可挽回地被取代。他的出色的对于"地方风景"的记录及其对蕴含的人性的发掘，他对于历史演变中"常"与"变"的规律的感悟及其所采取的"对策"，终不能与正在成为主潮的文化精神相抗衡，也终不能消除一个"乡下人"的精神担忧和心灵孤独。在风云变幻、波澜壮阔的时代激流中，他建造的人性小庙是何等的渺小和脆弱！至此，我们可以说"乡下人"沈从文的创作不是一般的乡土文学，他对湘西艺术世界的建构源于他的内心的担忧和隐痛，他的作品从一定意义上说也是"苦闷的象征"。在这里，就沈从文作为一个现代作家的个体来说，他的经历、他的创作态度、他的性格气质似乎是外倾型的，是积极进取的，对外部世界他常常采取"进攻"的姿态；但是沈从文作为一种即将逝去的"地方风景"的记录人。一种即将消退变异的文化肖像的描摹者，他在另一种文化面前，在"充满危险"的、强有力的现实面前，他却是、也只能是"内倾"的姿态。他企图通过对原始生命意识的肯定和赞美，对淳朴的人性和人情的忠实记录，将其抽象为一种"人生的形式"、一种"优美、健康、自然而又不悖乎人性的人生形式"来加以保存。于是，人们从积极"入世"的沈从文的作品中，在沿着"长河"和"边城"观赏湘西地方风景和人情世志的同时，却发现了作为一种文化的代言人和一个民族无意识心理显现者的沈从文所表现出的"防御"姿态和退避心理，也看到了其精神意蕴与时代趋势的脱离。正因如此，沈从文创造的文学世界客观上获得了某种文学人类学的价值。

内倾型的作家，一般喜欢表现主观情思和内心感受，但是，并非一切倾向主观表现的作家都是内倾型的人格，如郁达夫。郁达夫鼓吹文学是作家的自叙传，并且实践着创造社"本着内心的要求"进行创作的文学主张。他的多愁善感，他对自由、个性的重要性的强调，很接近前述一些作家的情况。但是，郁达夫对于外界纷杂的变化及其敏感的体验，没有采取退让的向内的姿态，没有企图通过抽象的方式寻找心理的安宁，而是将所思所感大胆地表现出来，对之采取了应战的姿态，尽管这种应战是无力的和病态的。他的"好处"也许就在于他敢于面对现实"绝叫"而不寻找心灵的逃路。

内倾与外倾在特定情景下可以发生"反向转化"。分析心理学认为，反向转化是人的心理变化的一种趋势。一个人往往在人生的某一时刻放弃先前执着的价值和信念，转而追求相反的价值和信念，或放弃先前的生活方式，转而追求相反的生活方式。中国现代文学史上不乏这样的例子。从外倾转向内倾，或由内倾转向外倾者都有。朱自清的心理变化就带有从外倾向内倾"反向转化"的特点。朱自清说："我解剖我自己，看清我是一个不配革命的人！这小半由于我的性格，大半由于我的素养，总之，可以说这是命运规定的吧。""驳杂与因循是我的大敌人。现在的年龄是加长了，又遇着这样'动摇'的时代，我既不能参加革命或反革命，总得找一个依据，才可姑作安心的日子。我是想找一件事，钻了进去，消磨了这一生。我终于在国学里找着了一个题目，开始了像小儿的学步。"朱自清的这种已经变化的心态，在他的作品中得到了最直接的表现。于是我们看到那个曾经面对"黑夜里歧路万千"的现实而苦痛地呼唤"光明"的朱自清，在"荷塘月色"中新的身影和情态："路上我一个人，背着手踱着。这一片天地好像是我的；我也像超出了平常的自己，到了另一世界里。我爱热闹，也爱冷静；爱群居，也爱独处。像今晚上，一个人在这茫茫的月下，什么都可以想，什么都可以不想，便觉是个自由的人。"

那么，内倾型作家和抽象型作品，在一个风起云涌的时代壮潮中，为何由对人生、人性、生命意识等的执着思考，甚至对重铸民族精神的关注，却在客观上走向了对于现实人生的回避和对时代中心的疏离了？

荣格的解释不失为一种较为准确的答案："面对生气勃勃的对象世界的令人为难的丰富性，我们创造了一种抽象物、一种抽象的普遍意象，这种抽象的普遍意象把种种混乱的印象转变为一种固定的形式。抽象型的人变得如此迷失和沉浸在这一意象之中，以至最后，这意象的抽象的真理被建立在生活现实之上，而由于生活（生命）可能干扰对于抽象美的欣赏，它遭到了完全的压抑，抽象型的人把自己转向和投入到一种抽象物之中，使自己同这一意象的持久效应打成一片，并从而在其中僵化，因为对他来说这已经成了一种重新得救的方式。他放弃了自己真实的自我，把他的全部生命投入到他的抽象物之中。在这种抽象物之中他可以说是完全结晶化了。"① 这种现象具有普遍性。中国现代文学史上，与左翼作家相比较而言，有自由主义意识倾向的作家在现实面前大都容易采取"内倾"的态度，大都喜欢谈论抽象的人性，追求高贵的单纯和静穆的伟大的美学趣味，他们营造着自己的意象世界，安放着敏感而孤独的心灵。他们往往在总体上呈现出艺术领域中的真诚追求与现实行为中的态度暧昧的矛盾，他们在现代历史中的表现总是受到道德方面的责难。但是，这种现象用一般的脱离现实来解释似乎过于表面，与其说他们是脱离现实，毋宁说他们对于现实过于敏感。就对现实的感触的深切这一点来说，他们的敏锐和多情本身并没有过错，反而为他们独特的艺术表现领域提供了独到的内容，并获得了价值独具的艺术成果。问题主要在于面对外界变化的刺激，他们敏感而又脆弱的心理在难以承受这种刺激的情形下，转而寻求一种解脱之道，一种内倾的心理趋向。这种心理趋势的变化必然反映在作家现实生活中，变为一种无可避免的选择，于是心理类型倾向也就带上

---

① ［瑞士］荣格：《美学中的类型问题》，载《荣格文集：让我们重返精神的家园》，冯川译，改革出版社 1997 年版，第 209 页。

思想和道德含义了。这种心理倾向，在所谓和平盛世中也许并没有太大的过错，但在风沙扑面、虎狼成群的特殊年代，这种本来只是人格类型的现象就有了伦理道德的色彩，有了高下之分了。相反，外倾型的作家，比如鲁迅，他对现实的敏感和人生的体悟不但异常深刻而且异常"绝望"：一本薄薄的《野草》，展示了一幅怎样令人战栗的阴暗的痛苦绝望的心灵世界啊！然而，我们同时从《野草》中看到了鲁迅对绝望的反抗，也看到了他本质上心理能量的"外倾"。从这种对比中，我们似乎既感到了西方日神精神与酒神精神在中国现代精神界的矛盾性萦绕，同时也似乎感到中国传统文化精神在现代知识分子中的不同回响。

　　中国现代内倾型作家的这种性格类型和心态的形成，似乎不能理解为一种与生俱来的天性，而是与他们后天的出身、经历、教养、社会地位等因素相关的。对于他们来说，社会现实还没迫使他们绝望到有采取"应战"才能真正解脱心理压力的地步，他们所感到的只是精神方面的匮乏和心灵遇到的纷扰，而不是生存危机所引起的恐惧。因此，即使在剧烈变革的、纷乱的外界刺激中，他们仍然还可以找到自己心灵的避难所。

第九章　民族精神改造和理想人格设计

第一节　人格观念在现代的嬗变

在中国古典文学向现代文学的历史转换中，伴随着许多文学术语概念和文学观念内涵的变化。它们的嬗变过程，从一个非常重要的层次和特殊的角度，反映出传统与现代不可割裂的深层联系，又显示着"现代"对传统的深刻变革。中国文学史中历来占有重要位置和发挥重要作用的"人格"观念在现代的嬗变，就是这类值得研究的现象之一。

在中国传统精神文化中，"人格"这一概念涉及许多领域却又超越了具体领域的范围。它在整个文化系统中的重要性，主要还不表现在它超乎具体领域的抽象定义上，而在人格观念意识与具体领域（如哲学、宗教、文学艺术、伦理道德）所实际构成的"相互作用"的特定关系中。亦即，某些具体领域以自己的特性强化着人格意识，使得人格观念深深地渗透于中国文化系统和民族心理中；而人格观念反过来又反作用于这些具体领域，深刻影响到这些领域的发展面貌。中国文学，作为文化的重要构成要素，人格意识与其形成这样一种特定关系：一方面，文学在诸如理想人格设计、人格模式的建构、理想人格典型形象的塑造等方面，发挥着举足轻重的、不可替代的作用，它在使人格意识形象化、具体化的同时，自然成为体现特定历史时代人格精神的独特载体，成为人格理论研究不可忽视的重要对象。另一方面，中国文学受到人格观念深刻而持久的影响。人格，既作为一种具有特定内涵的观念意识渗透于文学活动过程中，又作为一种具体的价值尺度制约着文学发展及其评价。它并非被动地只为文学所"载"，而是同时又强烈地反作用于文学，内在地影响到文学自身。文学作为人格精神的独特载体与人格观念对文学的影响这两方面的相互作用，在相当程度上是由中国古代传统人格观念的形成特点与传统文学观念特点的相互契合所决定的。在中国古代，人格观念的形成和理想人格建构过程，因受儒、道、释等不同哲学文化思想的影响而有人格取向和人格准则的区别和冲突，这种区别和冲突，与它们之间在文学观上的区别和冲突有明显的对应与契合，反映出各自人格观念与文学观念的深层联结。比如，儒家对人格概念的理解，主要着眼于伦理道德规范的需要，侧重强调个人的品质、道德情操、气节尊严等方面；设计理想人格范型的目的，是为了社会的稳定与和谐，突出个体对群体的服从等。其人格准则及其价值评价，始终不离开封建伦理道德的轴心。儒家对人格的这种理解特点和人格范型的功能指向，正与儒家突出文学的教化作用、强化其伦理道德功能的文学观念相贯通相"契合"。儒家观念占主导地位的中国传统文学，不论是"载道""言志"，还是"缘情""达意"，其功能指向终归是追求文学对人的潜移默化的作用、转移人的性情的作用，培养出适合特定时代的"人格"。从孔夫子的"兴""观""群""怨"和"事父""事君"的文学观，到后世梁启超提倡的"熏""浸""刺""提"的具体的文学功用目标，都强调文学对人的精神意识的规范和诱导作用。或要求文学使某些强制性的伦理规范成为个体自觉的心理欲求，使个人利益与社会需要相一致；或使某种观念主张经由文艺的特殊作用转化为人们愿意接受的意识，从而改变人的精神境界和道德情操，其目的是触及"人格"层面。中国文学反映社会人生并不轻视人的性格的刻画，但更看重的是注入了一定社会内容和道德目的的人格模式，文学中理想人格所体现出的智慧力量、道德力量和意志力量，是使文学与现实人生相沟通的特殊桥梁和中介，是文学与现实人生发生具体价值关系的重要方式和途径，由之决定了中国文学许多特性。正如朱光潜先生所指出的："就大体说，全部中国文学后面都有中国人看重实用和道德的这个偏向做骨子。这是中国文学的短处所在，也是它的长处所在；短处所在，因为它钳制想象，阻碍纯文学的尽量发展；长处所在，因为它把文学与现实人生关系结得非常紧密，所以中国文学比西方文学较浅近、平易、亲切……中国文艺和中国伦理思想一样，要在现世以内得解放，要把现世化成理想世界，所以特重情感真挚，实事求是……在中国文学中，道德的严肃和艺术的严肃并不截分为二事。"朱先生这里说的"看重实用和道德的这个偏向"，在一定程度上与文学中人格意识的强化相关联，因为作为精神现象的文学活动，其看重"实用"在实质上主要是看重文学对人的直接的道德教化作用，对人格形成的制约作用。与儒家形成比照，道家突出个体人格价值的人格意识，追求独立自由的"至人""真人"和"顺从天性"的人格理想，与其强调文学的自然天籁、朴真超脱等文学品格相对应相契合，构成文学意识与人格意识的另一种深层联结，由此影响到中国文学另外一些重要现象和特质的形成。中国传统的人格观念与文学观念的这种对应、"契合"，在具体的文学活动和创作中的贯彻实践，极大地影响着中国文学的特色和风貌。

就作家来说，中国传统文人，不管是"入世"还是"出世"，是"兼济天下"还是"独善其身"，也不管是"替古哲圣贤宣传大道"（茅盾语）还是醉心于自我表现，都力求使自己成为理想人格形象的创造者、人格精神的发掘者和完美人格的体现者。珍惜自己的人格和气节操守，保持能为社会所尊崇和承认的人格面具，在文人中造就了许多传统理想人格的范型。而追求文格与人格的一致，不但是作家的一种自觉意识和潜隐心态，而且成为评定作家作品地位和价值的重要标准，作品的优劣往往与作家人格互相印证。这其中的利与弊有待具体研究，但有一点可以肯定，人格观念意识对作家的制约影响是持久而深刻的。

就作品来说，中国传统文学，特别是小说戏曲，在写人叙事的过程中，对"好""坏"的人格伦理评价，往往重于对"本来是什么"的客观展示。大奸巨猾、无耻小人与君子德行、美善化身的比照，正义与邪恶、"白脸"

与"红脸"的冲突和较量，体现出作品鲜明的道德价值的追求和伦理的判断。个体人格品质的优劣常常是作者关注的中心和作品最精彩的部分，好人与坏人、善与恶的斗争对立并被推向极致，便是作品着力追求的重要效果。即使在悲剧中，"好人"实际上的失败，可以在人格的高大伟岸中得到补偿，"坏人"的恶行倘若得不到惩罚，便以人格的受谴责作为"报应"。所以，"人格"又往往成为作品一种潜隐的"纲"，内在地制约着作品的面貌和情节。

就接受过程来说，中国的普通读者和观众，对作品的欣赏评品，首先要区分好人坏人，从道德伦理的角度切入而对审美对象表示好恶，对人格精神、人品的关注是一种潜在的心理准备和不可或缺的"程序"，对性格特征的把握评品还在其次。观众、读者的这种欣赏心理特点，反馈于创作过程，刺激作者不仅要刻画人物的外貌、性格、言行、事迹，而且特别重要的是要揭示人物的人格风貌。界限分明的人格角色和一目了然的人格面具的相互对照，成为创作的一种内在模式，这种对照越精细、具体、可信和鲜明，冲突越剧烈，越能显示作家自己的人格和艺术才能，也越能受到读者的欢迎。

中国文学史上许多现象表明，传统的人格观念意识对于文学的影响作用是多方面的，甚至可以说是成体系的，它无形中制约着文学活动的各个环节；同时，文学也独特地体现着不同时代的人格精神及其特征。中国古代的人格观念的演变过程与文学发展过程中形成的这种难解难分的微妙关系，作为重要传统之一，一直延续到现代。

进入现代社会，中国文学在其整体发生重大变革的过程中，人格意识在其中的作用和意义不是减弱了，而是变易后更加强化了。这种变易，首先是人格观念的内涵的根本性变化。它大致经历了三次各具特点的嬗变过程和历史阶段。

第一次嬗变是五四时期，人格观念在这一阶段发生的嬗变具有重要的历史意义。1915年9月，陈独秀在《青年杂志》创刊号《敬告青年》一文中，首先明确提出并论述了新的人格问题。他敬告青年的"六义"，虽然并非专门论述人格问题，但是几乎每一"义"对此都有直接涉及；其中第一"义"

较集中地对人格问题进行了阐发:"第一人也,各有自主之权,绝无奴隶他人之权利,亦绝无以奴自处之义务。""解放云者,脱离夫奴隶之羁绊,以完其自主自由之人格之谓也。我有手足,自谋温饱,我有口舌,自陈好恶;我有心思,自崇所信;绝不认他人之越俎,亦不应主我而奴他人:盖自认为独立自主之人格以上,发切操行,一切权利,一切信仰,唯有听命各自之智能,断无盲从隶属他人之理。"陈独秀的这些主张,实际上阐发了新的人格的取向和准则、人格权利和责任等问题。进而他一反传统的理想人格的信条,对素被尊崇的人格观念进行了抨击。陈独秀这些簇新的见解,体现出鲜明的"科学""民主"精神和反对旧道德、提倡新道德的时代精神,其人格观念具有了真正的现代意义。他主张的人格的取向是突出个体意识,强调人格的独立自主;其人格准则则是进取、实利、自由、世界性、科学性等。这些主张,显然是受到西方资产阶级民主主义思想和观念的影响,并以西方近现代人格理论为参照,表现出在人格观念上的彻底反封建的意向。同一时期,李大钊在《〈晨钟〉之使命》《自然的伦理观与孔子》等文中,在对旧的道德意识的批判、对新的民族精神的呼唤中,客观上也表明了他的新的人格观念,明确提出要"变弱者之伦与理强者之人生",进而"觅新国家,拓新世界"。陈独秀、李大钊等对人格概念的理解,已根本不同于从传统的伦理道德角度着眼的思维框架,而注重从国民精神的改造及社会发展的需要思考人格问题,在人格观念中注入了历史发展意识,"历史的尺度"将作为重要标准对"人格"作出评价。这是人格观念内涵发生的根本变易。此后兴起的关于人生观问题的讨论,实际也反映出人格观念的某些变化,如傅斯年的《人生问题发端》对所谓"左道"人生观念的辩驳,事实上就触动了传统的人格准则。五四时期,人格观念发生的变化,在作为新文化运动重要组成部分的文学领域有着相应的表现。在创作上,不管是揭露家族制度与礼教弊害的作品、探索国民性的作品(如鲁迅的创作),还是侧重描写下层劳动人民的不幸、展示市民和知识分子灰色生活的作品(如叶圣陶及文学研究会作家的创作),也不管是侧重主观表现、抒发人生理想和宣扬个性解放的作品

（如创造社的创作），还是较集中地探讨人生问题的作品（如问题小说），等等，都不同程度地体现出对新型人格精神的追求。文学及时敏锐地反映了人格意识的历史性变动，这种变动又内在地影响了这个时期文学的面貌。肯定个体人格价值，张扬人格力量，尊重人格权利和维护人格尊严，作为新的人生价值标准在作品中的表现，大大提高了五四文学的思想价值和历史意义。同时，对新的人格的追求与对剥夺人格权利的封建专制主义的批判，大大增强了文学的时代色彩。特别值得指出的是，五四新文学最重要的奠基者鲁迅、郭沫若，虽然在当时并不直接或者不多用"人格"一词，但实际上人格意识在他们的文学活动中具有重要意义，而且对人格观念内涵的理解也有了全新的角度和标准。鲁迅对个体人格状况的历史考察是通向探讨国民性格的重要环节。经由对个体人格的剖示而"画出国民的魂灵"，通过个体人格的再造而达到改良民族精神的目的，是鲁迅探索国民性问题的重要特色，也是他的探讨十分具体现实而不走向抽象的关键。在郭沫若，人格的"更生"（自我、个体的更生）则是祖国、民族更生的前提，人格独立自主则是人的觉醒的重要标志，前者在《女神》中有着突出的表现，后者则在卓文君、王昭君等叛逆女性形象的刻画中有具体的描写。而无论是鲁迅还是郭沫若，显然已经不再是从一般伦理道德的要求，而是从人的全面发展与历史发展相统一的角度，去思考人格问题。

　　五四时期，人格观念内涵的历史性变化，就其整体状况而言，具有这样一些主要特征。第一，中国传统的人格观念受到巨大冲击，西方社会思潮和人生观念直接影响到新的人格理论的形成。其中特别重要的是，人格问题上的种种新动向因与当时彻底反封建的时代要求相一致、相呼应，或者说它就是反封建的一个重要方面，因之深刻触动了传统的伦理道德和人格观念，打破了旧的人格模式，开始以历史发展的尺度来衡量人格价值和意义，这在客观上有助于人格理论向"科学型"发展。第二，在人格取向上，这一阶段突出的特点是充分肯定个体人格价值，宣扬人格独立精神和个性自由，确立自我人格权利和人格尊严的合理性、正当性。而这种特点，从根本上说并不与群体利益和历史趋势构成矛盾。第三，人格准则有了实质性的变化。被当时社会所推崇的先进人格的智慧力量、意志力量、道德情感力量都有了新的特征。这个时代的文学所提供的形象，无不因人格意识的增强、人格观念的变化而带有那一时代的鲜明特质。

第二次嬗变是20世纪20年代中后期发生的人格观念的嬗变，经这次嬗变而逐渐确立的新的人格观念，以其构成要素和内部结构的相对稳定而一直持续到70年代中后期。从20世纪20年代中期开始，由于时代特点、阶级关系、社会思潮等的变化，特别是因政治斗争突出而出现的"以政治斗争为解决问题的途径"的意识成为一种共识，文学中的人格观念发生了新的变化，形成了与五四时期不同的特征。一是在人格取向上，由五四时期的重个体重自我向重群体重整体转化；二是在人格准则上，阶级意识和政治色彩的强化，血缘人伦关系被淡化和遭"摒弃"；三是理想人格的"载体"由知识分子向工农兵逐渐转化；等等。笔者所指出的这些现象，也是人格观念嬗变的反映。

此外，这个时期人格观念变化的内容还包括：第一，自我人格意识的被淡化。自我与阶级、民族整体的交融，在这种特定历史条件下，是人格观念中历史意识的一种特殊表现方式而不是对它的根本背离。亦即，评价人格优劣高下的"历史的"尺度，在当时表现为对个体在促使历史进步的政治斗争、阶级和民族斗争中的精神追求和行为规范的具体评价。由此决定着这个阶段人格意识在实际上不是被淡化了，而是强化了，斗争的尖锐严酷更需要先进健全的人格精神、人格力量的弘扬。而所谓政治立场、阶级觉悟、斗争精神、革命意志等观念意识和行为规范中，本来就包含着强烈的伦理道德的意蕴和人格要求，只是表现形态不十分明显而已。后来，现代和当代文学作品中塑造的许多以政治斗争、阶级较量和民族革命为历史活动舞台的人格范型，都带有这种时代的印迹。第二，20世纪20年代中后期人格观念的嬗变，还表现为不同人格观念之间矛盾冲突的增强。这在30年代尤其明显。这些冲突，发生在不同的层次范畴，并具有和封建主义影响之间斗争的性质。在战争年代，它集中表现为面对国家民族的生死存亡，是提倡历史的参与意识还是鼓吹"超脱"意识，是为了群体利益牺牲个体利益还是游离于群体之外，或者明哲保身，"经营自己的园地"甚至苟且偷生。人格观念上的这种冲突不但在当时的现实中异常尖锐和普遍存在，而且在文学中有着清楚的反映。再如，从哲学、文化背景与理论基础的角度而言，则有马克思主义观点与其他思想观点的对立。这种对立在当时又表现为具体的历史的人格理论与脱离历史实践的抽象人格理论之间的对立。此外，冲突还包含了东方与西方、传统与现代等因素，以及个体因素。自然，这种种冲突在 20 年代中后期至 70 年代中后期之间，始终不是平分秋色的对抗和长期的对峙，而是由历史特点、传统影响等因素所决定，特别是以政治形势的变化为外力而使其在总体上不是走向多样而是趋向"一致"，终归以坚持社会本位、利他、奉献、注重协调等为人格取向和准则的主体。这成为 20 世纪中国人格特征的最主要的方面，也内在地影响着这个时代文学的风貌。

第三次嬗变是 20 世纪 70 年代末和 80 年代，这是伴随着改革开放和思想解放而悄悄兴起的人格观念的"革命"。70 年代后期，政治上的拨乱反正、思想上的正本清源，为人格意识的真正恢复和人格尊严、人格权利的再次被尊重创造着客观条件。而这个时期的文学（以"伤痕文学"为特征）及时敏锐地反映着这种变化和动向；同时因为文学独特而深刻地触及人格这一中国人非常敏感的深层意识，也为文学自身赢得了声誉。以《班主任》为标志，那一时期文学中凡有深度和独创性的人物形象，无一不显示出作家对人格及其形成原因的剖析的努力。或许，有些作家在主观上对此并不十分自觉，但客观的结果却同样证明着人格问题在当时已不可回避。进入 80 年代，随着改革开放的深入，以及"哲学热""文化热""观念更新热""寻根热"等文化现象和社会思潮的更迭，人格观念实际屡被触及。关于人与历史、人与现实、人与文化、人与自然等的反思，常常最终把焦点集中在中国人的人格、国民性格方面，从而对一些素被尊崇的人格观念、人格准则提出了质疑，或者进而批判、否定。不管人们将对此作出怎样进一步的评价，这些现象却已成为历史。在这种背景下，人格观念的嬗变在文学领域得到特殊的反映，并且影响到文学自身面貌。

其一，"人格"在被赋予新的含义和受到普遍重视的前提下，出现了人格取向、人格准则、人格权利和责任等方面的意向交错甚至悖逆现象。如"在同一地平线上"的"东方女性"，其人格美既可以是"仁爱""忠恕""怨而不怒"的传统美德的体现，也可以是充满竞争意识和独立精神的张扬……这些复杂多样的文学现象，当然也有社会效应与审美价值分离、作家创作个性等方面的原因，同时也与作家的人格观念、人格价值尺度的不同有密切关系。

其二，人格观念中道德意识的淡化。商品经济的发展、商品意识的增强改变着人们的生活方式、行为方式和观念意识。传统观念，包括20世纪以来形成的一些新传统观念受到了冲击，其中道德观念受冲击尤其剧烈而深刻。这直接影响到文学中人格准则，特别是其道德层面的把握和展示。一个时期内把"历史与道德的二律背反规律"直接引入文学领域，用以解释文学中历史与道德相冲突、历史尺度与道德尺度相矛盾的现象，这种观点的出现和引起讨论有现实依据和必然性，它在客观上也与人格的道德意识的把握相关联。

其三，中国传统人格理论与西方人格理论的冲突。譬如，新时期文学界，在许多令人眼花缭乱的文学现象中，作家队伍中因年龄层次的不同而出现的创作意向不同的现象值得特别注意。产生这种现象的原因可以举出许多，其中不可忽视的一点，便是作家心灵深处人格意识的区别。中老年作家就大致情况而言，在对人的思考和进行人格评价中，中国传统的东方伦理型的人格理论和意识要多一些，或者说占据主导地位；而青年作家，在他们的现代意识中包含较多的西方现代科学型人格理论和意识观念。他们之间的区别，不仅表现在"什么样的人格才是合理的人格"的问题上，而且还存在着"以什么为核心建构的人格才是健全的现代人格"的实际上的争议。这在具体的创作上便有侧重强调个体意识还是群体意识、利他还是利己、追求现代意识还是保持传统美德等的不同意向。当然，年龄层次上的这种现象并不仅仅说明东西方人格理论的冲突；反过来，这种冲突也并不只表现为这一种现象。

其四，人格标准和价值取向的多维，增加了"理想人格设计"的难度。新时期的文学，打破了过去偏重从政治伦理的单一角度确立人格准则、设计理想人格的状况，这有利于文学与现实人生关系的进一步束紧，也有利于塑造新时代的人格形象。但是，在打破旧的格局、设计新的理想人格的时候，人们面临着多种观念的冲击、影响和多种选择，加上处于变革时期的社会特点，使得"理想人格"的标准不易确立，现实性、真实性与理想性、超越性的关系也难把握，所以，像过去那种能为社会和公众普遍承认的、相对稳定的理想人格便难以出现。新时期文学在稍后的发展中，不再有对"新人""理想人物""英雄人物"的大力提倡，也难有同样的人物形象的出现，或者"理想人物"难以经受住时间的考验，除了社会思潮等原因外，在相当程度上，是因为作家难以有社会和自我确认的"理想人格"作为价值坐标和支点。

文学中的人格观念在现代的嬗变，除了人格内涵的实质性变化外，还因现代中国文艺的总体风貌和格局的变化而有外延的变化。第一，随着中国文学由传统的侧重主观表现向侧重客观再现艺术倾向的变化（这种变化的趋向至新时期再次被打破），由重写意向重写实的变化，人格在文学中的体现方式和途径等有了重要变化。现当代文学中的人格，已不再仅仅是作家自我人格的一种流露和体现，而已转向人物形象、典型的客观塑造中，这与中国传统文学史上的诗词、散文占据"正宗"地位，人格意识在字里行间表露出来的情况已有很大的不同。新文学中关于"形象""典型"等概念的理解，"理想人物""英雄人物""中间人物"和"正面""反面"人物的塑造，并不是一般意义上的所谓性格的再现，而实际上是按照一定准则和价值标准对人格模式的"再造"。从一定意义上说，现当代文学中人格概念所确指的对象的范围，不仅包含"人物形象""典型"等，而且其重心也早已向人格方面倾斜。这与文学功能、文学观念、创作手法、表现对象的变化相联系，也为整个文学格局和艺术风貌的变化所决定。当然，这种变化，不与作家个体人格在文学活动中的体现相抵牾。第二，与上述创作中的现象相联系，文学批评中"人格"标准的运用也发生了相应的变化。几十年来，文学理论和文学批评中所运用的一些术语概念，诸如"典型形象""典型性格""性格特征"等，人格模式的区分归类在其中占有重要位置，甚至可以说，人格意识是其核心；而所谓典型的"共性"与"个性"的关系问题，则与个体人格形象在多大程度上具备人格模式意义的问题直接相联。这种变化是文学中人格观念嬗变的一种反映，也是批评视角变化的一种反映，又是人格概念外延在文学中的一种延伸。它在中国新文学批评史中有重要意义。从二三十年代茅盾对鲁迅等人的作品进行评论时所用的概念术语和所取的角度（如"老中国的儿女"的灵魂、"灰色人生"、"精神胜利的法宝"等），到当代文学、新时期文学的批评界的变化，可以说，批评者"万变不离其宗"的深层视点正在于人格而不是一般的性格或其他。亦即，对作品意义和形象价值的评定，总是以一定的人格价值标准（通常是能为社会公众所普遍承认和接受的标准）为核心标准和尺度作出判断和定性。而性格往往被视为是人格的一些"外部"表现形态。基于以上分析，笔者认为，与古代相比，人格意识在中国现当代文学中，不仅概念的内涵有了重要变化，而且其外延也有变化；它不仅体现在创作中，而且已渗透于文学批评中。不管以前的认识如何，人格观念对文学的影响作为客观存在今天已不可否认。因此，把新文学中的人格问题作为重要研究对象，把人格意识明确引入文学研究领域，对于进一步深入探讨 20 世纪中国文学的特质及历史地位有不可取代的价值。进而，我们还应历史地、客观地回答这样一个重大问题：20 世纪的中国文学，到底塑造着怎样的和怎样塑造着中国人的人格，怎样铸就着我们民族的灵魂？

第二节　理想人格设计概观

以"人的发现"为其深刻变革动因和真正开端的中国新文学，不管它在后来的演变过程中，是否始终自觉地把人的问题作为中心课题去思考和表现，它的全部历史和成果，在客观上却已成为体现着 20 世纪中国人生景观的生动具体的载体。其中极有研究价值的方面就包括了文学对人格状况的反映和突显。

关于人格，国内外尚无统一的定义，目前我国理论界一般认为，人格概念具有以下几方面的含义：1. 人格是个体相对稳定的心理与外在特征的总和（或内在心力和自我意识诸要素整合的产物及其表现）；2. 这些特征或要素主要包括感觉、信仰、性格、气质、能力、兴趣、倾向性，以及人的能作为权利和义务的主体的资格等；3. 人格是个体在生理素质的基础上，通过社会实践逐步形成和巩固的。① 另外，在日常生活中以及传统的对于人格的理解，带有鲜明的伦理色彩，主要着眼于个人的品格、境界、尊严、格调和道德水准等，这与现代人格理论所着重关注的方面有所区别。这里关于人格概念的使用和探讨问题的角度，着眼于前者，力求把 20 世纪中国文学视野中的人格问题，作为这一历史发展过程中的社会精神现象去把握和研究。首先对 20 世纪中国文学中的"理想人格设计"做一个素描。人格理论认为，"理想人格是时代精神的凝聚"，它以"'虽不能至，心向往之'的特殊功能提升着实有人格和贫乏的现实"。而"理想人格设计"，"是指一种人生哲学或伦理学对于最健康的人格，或最值得追求和向往的人格的看法。一种文化的理想人格设计体现了这种文化的文化精神"。② 理想人格是与实有人格（或实际普通人格）相对而言的。把"理想人格设计"这一概念引入文学领域，乃是基于这样的思考和面对如下事实：首先，文学写人，表现人的内外世界和反映人的愿望追求，其终极目的之一，是在或贬或褒、或否定或肯定和提倡某种人格，而不是纯客观地展示性格。其次，20 世纪中国文学作为文化的特殊"肖像"和重要组成部分，作为具有鲜明时代特色的精神活动过程，它

---

① 参见许金声：《走向人格新大陆——健康人格探索》，工人出版社 1988 年版，第 3 页。

② 许金声：《走向人格新大陆——健康人格探索》，工人出版社 1988 年版，第 171 页。

比其他任何领域都更突出地、持久地和具体地体现出关于理论人格设计的动态图景。在不同的历史时期，文学家往往先于其他人们，自觉不自觉地、理智地或情感地设计了各种各样的理想人格，铸造出了不同类型的理想人格模式，进而或隐或现地把它作为一种价值坐标去反观、评价乃至规范实有人格。

笔者把百年中国文学，大致分为四个互相联系又有独立特质的历史阶段，即：辛亥革命时期的文学、五四时期的文学、20年代中后期至70年代中后期的文学、新时期的文学。这四个阶段的划分，当然不仅仅以理想人格设计的变化为依据，但理想人格设计的变化，却从一个重要方面显示着文学在不同历史阶段的特质及其目标指向，也反映出文学运动过程的内在机制和深层原因。

辛亥革命时期的文学，大致以戊戌维新失败及梁启超提出"新民"主张并创办《新小说》杂志为上限，以1915年陈独秀创办《青年杂志》、五四思想启蒙运动开始为下限，是在内忧与外患并存、希望与绝望交织的时代背景下演变的。这一时期，在不同的治国兴邦的方案和"新学"中，对于改革"国体""政体"的重视是一个十分出的时代现象，"借制度改革以解决问题的途径"的意识，在当时的思想文化领域有着重要而实际的影响。这反映在文学上，便是政治色彩很浓、功利目的明确的作品的集中出现，特别是以宣传鼓吹新的理想政治、理想社会制度为核心的各种新小说的产生。如梁启超的《新中国未来记》（1902年），旨在"发表政见，商榷国计"，宣传的是以维新主张建国的思想，蔡元培的《新年梦》（1904年），是对自己关于未来中国社会的观念的一种演绎。影响很大的陈天华的《猛回头》《警世钟》（1904年）等，都突出了对于理想社会制度的向往和宣传鼓动作用。他们所关注的重心显然还不在人，少有对理想人格的憧憬，更难有对理想人格的具体探索。但是，辛亥革命时期，毕竟是我国精神界发生变动的重要时期，毕竟有了"开发民智""新民之道"的提倡，对"民"的更新及其"智"的开发的企望，无疑反映着对理想民族性和理想人格的一种新的追求意识。更重要的是，辛亥革命时期涌现出了一批体现着中国传统崇高人格精神的仁人志士，他们之中就有以天下为己任的文人学士，如陈天华、邹容、秋瑾、早期南社诗人等。他们一方面借文学以唤起民众，一方面身体力行，以自己的崇高的人格力量感召民心，并把这种精神渗透到文学活动和作品中。因此，辛亥革命时期文学中的理想人格，不是理性的"设计"和客观的展示，而是一种"体现"，它主要作为一种精神体现在秋瑾、柳亚子等人的诗文创作中，体现在抒情主人公的形象中。特别像谭嗣同为变法献身，像秋瑾这样的巾帼英雄，都比较充分地体现了对传统的依附人格的勇敢反叛。然而这种精神变动并没有在当时的文学中得到相应的表现，人格问题没能真正进入作家的视野。这一点并不构成辛亥革命时期文学的突出缺点，它是与这个时代文学整体的思想艺术水平相平衡的。因为，我国辛亥革命时期的文学，既然没能达到如俄国革命民主主义文学那样对"谁之罪"的追根究底，对"怎么办"的思考探索的水平，也就难以在此基点上对"新人"进行追踪和创造，对于人格以新的人格取向和准则进行理智的设计。它有待于新的时代变革创造新的条件和氛围，有待于文学与人的价值关系的重新认识和调整，有待于文学家把人的思考和探索推进到新的历史高度。从这个角度说，鲁迅在这一时期对国民性的探索，对合理健全的人性的思考，以及把这种探索和思考与文学功能的重新认识结合起来的努力，有其独到的意义，它实际上为五四新文学以新的观念意识来思考和反映人格问题准备着条件。

五四时期的文学，其发生发展，受到"借思想文化以解决问题的途径"这一社会改革的思路和意识的强烈影响。这一思路和意识认为，解决中国的社会现实问题，应首先从解决中国人的思想意识和重建新的世界观入手，"立人"而后"立国"。五四文学，无一不与五四爱国的民主政治运动有着重要的联系，但它主要作为五四新文化运动的一个重要组成部分，其思想启蒙色彩和对人的生存发展的思考显得格外突出，并带有以前不曾有过的内容和特点。"人的发现"和"立人"的意识，为理想人格的设计准备了新的文化氛围和现实条件，它使得五四新文学从它的奠基作《狂人日记》开始，就具有了十分鲜明的特征，即对人的精神世界和智慧风貌的高度重视，对人的个体意识和独立特性的充分关注。与之相联系的现象是，文学在表现理想的社会、理想的政治的同时，把焦点移向了对理想人生、理想人格的追求。在鲁迅的小说和杂文中，在郭沫若的《女神》和《三个叛逆的女性》中，在文学研究会作家对社会人生问题的探讨中，在淦女士等的爱情婚恋小说中，甚至在杨振声的《玉君》里，在许地山带有浓厚宗教色彩的作品中，在周作人、沈雁冰等的文学主张中，都从不同的方面（或正面"设计"或反面否定）共同呼唤和期待着中国有新的理想人格的出现。因此，他们从诸如人与历史的关系、个人与社会的关系、父与子的冲突、妇女观、婚恋观以及日常生活现象等方面，批判了种种蔑视人格、扭曲人格的社会现象，从不同角度探究了这种种弊害的根源和恶果，提出了清除这些弊害的种种设想，同时对新的理想人格进行了初步设计。这些，似乎不需要特别加以论证。

值得引起注意的倒是这样一些现象，五四时期的文学，越是具有更多新特质、包蕴更多理想人格含义的艺术形象，越是显得笼统，模糊朦胧，而且大都具有象征意义，如"狂人""疯子""夏瑜""女神""天狗""凤凰"等。越是适合传统审美欣赏心理、容易为一般读者所立刻接受的形象，越给人留下作家"深思熟虑"的印象，其描写也具体细致，形象也似乎较为鲜明，如杨振声《玉君》里的主人公，许地山小说中的尚洁等。这种现象至少说明这样两个问题：第一，五四文学在关于理想人格的表现上，一开始就出现了人格准则的意象交错或冲突，带有新旧交替时代的色彩。它除去作家的个人因素（如许地山受佛教的影响）外，主要原因还在于中国传统的伦理型人格理论与西方现代科学型人格理论之间的冲突。鲁迅、郭沫若等所向往的理想人格，注入了他们对人的现代化的思考的成果，吸收了新的社会思想和观念意识；他们当然着眼于中国新的理想人格主体的建构，但又对中国传统理想人格模式的弊端有深刻的认识或感知，特别是对培植畸形人格的封建传统文化精神疾恶如仇，对其进行理性的批判和强烈反叛，他们的理想人格中自然就有较明显的外来影响的印迹，有不合传统规范的特征。而许地山等人塑造的形象中，其人格理想更多侧重于东方传统的伦理道德的评价，他们在一定的范围内和意义上，其人格是"高尚""纯洁"的，却少有人的真正觉醒和人格独立意识。正是从这种冲突和比照中，我们比较清楚地看到五四时期文学中在关于理想人格问题上的实质性变动。第二，与此相联系，五四文学中的理想人格设计，其主导方面，主要还是一种对新的理想人性的寄托，一种对新的时代精神和群体意识的具象化、人格化，"理想人格"是这个时代精神特征的"凝聚物"和载体。

基于这些原因，五四文学中那些较集中地体现了新的理想人格的艺术形象，都具有"新""奇""大"的特点。其"新"，是作家竭力要在形象的人格特质上划出鲜明的新旧界限，把反抗传统的依附性人格作为重新设计新的理想人格的前提，其中特别重要的是对个体人格的自觉和独立自由意识的强化，充分显示理想人格中的智慧力量。"狂人""夏瑜""女神""凤凰""天狗"以及中国式的"娜拉"们，他们对周围世界的观察和评价，对自我的意识，以及对未来的追求，都具有了一种不同于以往的全新的人格理想准则和目标。其"奇"，是指五四文学中具有新质的理想人格形象，大都以不合传统道德规范和审美标准的形态出现，充分显示新的道德力量。奇怪的举动，荒诞的心理，不合逻辑的意识流动和复杂怪异的内心世界，给人以心灵的震撼，也给人以"痛快的刺激"。这种外表的奇异，乃由理想人格准则的裂变所决定。一向以"君臣父子仁义礼信"的宗法伦理来规范人际关系的中国，一向以所谓"去欲存理"、修身养性为人生重要目标的中国，一向以"克己""舍身""逆来顺受"和"节烈"为人格信条的中国，一时间出现了反对各种强权而具有独立人格的形象，传统的理想人格和被尊崇的人格准则受到了怀疑和挑战；而这些形象一经注入个性解放、"超人哲学"、"泛神论"的血液，便以一种新的姿态显示自身的人生信念和价值，并以新的目光打量和评说这个古老的世界。其"大"，是指形象的巨大，特别是人格力量的巨大，它侧重显示其意志力量。"狂人""疯子""女神""天狗"等，他们面对的是整个黑暗社会甚至全宇宙，尽管常常显得孤单，但他们的出现却打乱了以往的安定和秩序，引起的是普遍的震动。作家们以象征的手法显示人格形象的高大和能量的巨大，不惜创造出"现代神话人物"。这一方面反映出他们渴望新的理想人格的情态，反叛传统的执着和坚毅，但另一方面同时也流露出在理想与现实的巨大冲突面前的惆怅——为了在精神上与整个封建势力对垒，使新的理想人格与"旧人"抗衡，唯有以半人半神、半狂迷、半清醒的特殊形象，方才显得"和谐"与适宜，方才能突现理想人格的特质和力量。

五四文学中的理想人格设计，就总体上说，主要是一种"终极描述"而非"过程描述"。也就是说作家以各种不同的表现方式表达着对新的理想人格的设想、构筑，并以被象征化的、夸张的甚至荒诞的形象加以外化。但所有这些，大都是对理想人格总体特征的一种想象和描述，一种对其终极目标的希冀和把握。当然也有人试图对理想人格进行具体的"过程描述"，如郭沫若，但这种描述在当时还必须借助于历史神话题材和浪漫主义的手法。比如在《凤凰涅槃》中，凤凰的整个涅槃过程，其每一"细节"都有象征意义，它既是诗人"设计"的祖国更生的过程，也是新人、新的人格更生的过程，然而这种"过程"显然在当时还仅仅是一种诗人的理想，还难以通过现实人生的描写来展现达到这种理想人格境界的"过程"。这也许可以部分地说明，五四文学中那些试图写出"超人"形象和"爱与美"的化身的作品，何以给人以"空泛""点缀"和"生造"的印象，人物转变过程何以唐突、生硬和仓促。五四文学中理想人格设计的上述特点，既打着鲜明的时代烙印，又与理想人格设计在当时的实际功能相关联。比如，鲁迅的作品以"揭出病苦，引起疗救的注意"为其重要特点，但鲁迅小说的深刻性和现实性，对人生洞察的深入和评价角度的独异，正在于他心目中有自己独特的新的理想人格的准则，有一个用以衡量人生的新的人格价值坐标系。与鲁迅相似的叶圣陶，明确告诉世人，他的作品在"讽它一下"的后面，是对人生的"未厌"，是对理想的向往。这也说明，文学中的理想人格设计，不等于理想人物塑造，它不一定要付诸具体形象，而可能体现在字里行间，关键在于作家是否具备追求新的理想人格的意识和形成新的人格准则观念。而理想人格与实有人格在观念上的区分，是作家对现实的清醒认识的一种表现，它在一定程度上决定着这个时代文学对人生揭示的深广度和对现实触及的力度。

五四高潮过后的一段时期，曾经以人的发现、个性解放为其特质的理想人格设计，逐渐失去了现实基础和社会条件。早先那种对力量巨大、品格超俗、独立不驯的个体理想人格的期待和讴歌，已为普遍的悲哀和彷徨所取代，甚至五四高潮期对人格问题思考的深度与这时作家的内心矛盾程度成正比。就以最勇敢、执着的鲁迅来说，"呐喊"过后，在追忆和沉思中，他痛心地意识到，中国近代知识分子人生道路的艰难，除了客观外在的原因之外，内在的人格缺陷也是重要原因。或者说，外在压力造成内在人格的畸变，是知识分子悲剧的直接根源。像吕纬甫（《在酒楼上》）这样曾充满朝气和反传统精神的知识分子，在如蝇子一样"飞了一圈"之后又回到原处，重教起了"子曰""诗云"，又走上了中国传统文人的人生老路。像魏连殳（《孤独者》）这样孤傲拔群、具有新人品格的少数清醒者，在客观环境的压力下，也变得乖戾消沉，甚而躬行先前所反对的、反对先前所躬行的，自戕式地结束了自己的人生。特别是像子君（《伤逝》）这样曾勇敢宣布"我是我自己的，他们谁也没有干涉我的权利"的人格独立者，实际上，"她当时的勇敢和无畏是因为爱"，而当她面对现实人生和需要更坚毅的健全人格时，则暴露出人格的孱弱无力和实质上的依附性，以致使她在无爱和无望中孤寂地走向了坟墓。这些知识分子形象，甚至包括像《离婚》中的庄爱姑这样具有一定反抗精神和人格自尊的农民群众的形象的塑造，都反映出鲁迅在五四后对人格问题的深沉思索，如果再联系他的同一时期的杂文以及《野草》，这一点就更为清楚。他后来曾自述在写《彷徨》时，技术比先前好一些，"思路也似乎较无拘束，而战斗的意气却冷得不少"。这种意气的冷却或情绪的减少，当包括理想人格设计受挫。这在当时具有普遍性。郭沫若在饱尝人生"苦味之杯"之后对"星空"的怅惘，创造社和文学研究会其他作家创作的变化，以及 1922 年后新出现的大批文学社团的创作倾向，都清楚地反映出这种特点。从对人生问题的热烈探讨变而为冷静客观地写实，从浪漫地对理想的憧憬变为对现实不满的宣泄和寻求刺激，便是表征之一。这种现象，宣告了五四时期文学中理想人格设计的暂时终结，同时它又是一个过渡并孕育着新的转机。

20 世纪 20 年代中后期，随着时代形势的变化，"以政治斗争为解决问题的途径"的意识逐渐产生重要影响，而且越来越达成一种共识。这种意识的形成，显然是与当时关于中国革命的前途、道路、途径、任务等社会改革的纲领的进一步明确相联系的。而对文学领域来说，这种意识占据主导地位，就意味着对人在新的社会变革大系统中的位置、作用、价值等新的认识和评价，政治因素将成为一个首要标准，而文学中理想人格的设计将不会离开政治这一轴心。这也预示着文学运动的"重造"必然要造就出具有时代色彩的新的政治伦理型人格，这种人格不是唯一的但却是最重要的、占据主要位置的理想人格范型。

把 20 世纪 20 年代中后期至 70 年代中后期这半个世纪的文学史划为一个阶段，一方面是依据这一阶段文学与人的价值关系、文学赖以发展演变的主要社会时代特征，亦即政治斗争（从提出文学与革命的关系、到文学服从于政治、再到"以阶级斗争为纲"）对文学运动的深刻影响；另一方面便是注意到这一阶段文学的这种共同本质目标、文学中理想人格设计的共同特质，以及用以反观实有人格、表现和评价社会人生的价值取向和准则的内涵。作为一种总的趋势和整体特征，这一时期文学中的理想人格设计按照以下主要轨迹在演变。其一，在人格取向上，由五四时期的重个体向重群体重整体转化。个性的发现、个体意识的增强、个体人格的张扬，曾是五四文学中理想人格的主要标准，个人与社会的对立、个体与群体的冲突也曾给那一阶段的文学涂上了异样的色彩。而到了这一时期，从个体向群体的转变、从个性主义向"集团主义"的转变成为衡量作家政治意识和评价人格的重要标准。20 年代后期出现的一些作品及其"新人"形象，大都隐含进这种价值取向和标准的变化。从《倪焕之》《虹》《一九三〇年春上海》及稍后的《家》《三人行》《路》等，到 40 年代《在延安文艺座谈会上的讲话》后的解放区文学，一直到新中国成立后甚至"文化大革命"期间，尽管文学在表现内容上、在人物形象的具体特征上有了重要变化，但这种重群体的取向始终是理想人格的首要条件，他们人格力量的巨大和崇高就在于个体与群体的利益的高度一致，"忘我""无私"因而无所畏惧。其二，在人格准则上，是阶级意识和政治色彩的强化，它的进一步发展是对传统的血缘人伦关系人格准则的彻底摒弃。20年代后期开始，文学中关于个人人格的优劣、精神风貌的评价，逐渐把出身与阶级意识、信仰和政治立场等作为重要尺度。个人的价值、人生意义和人格的高低，不仅取决于他的信念和行为，还取决于在阶级链条、政治斗争中的作用。这样，忠诚、坚贞、克己、利人、视死如归、威武不屈、刚正不阿等优良品质，再不是一种抽象的东西和个人的修养，而是与政治斗争、民族斗争的活动相联系的被具体化，人格主要被视为政治品格。比如，《光明在我们前面》和《到莫斯科去》（胡也频）中的主人公，因为信仰的转变和政治立场的改变而奠定了他们人格中值得肯定的基调，其他人伦关系在阶级、政治标准面前便"是非分明"，人物的转变也显得必然并易被接受。而《子夜》中的吴荪甫，尽管他个人的人格具有某些优点，尤其是当他与赵伯韬相比时更是如此，但作品告诉人们，由于他的阶级本性和政治态度所决定，终于暴露出他的人格缺陷，以致去强奸女佣而发泄自己的愤懑。从作者对这个"否定"形象的刻画过程中也可以反衬出对人格准则运用的某些特点。其三，理想人格的"载体"由知识分子向工农兵的转化，即：日趋倾向于在农民、士兵、工人阶级的形象中"设计"理想人格。因为在观念和理论上认为，只有他们才是历史的主人并代表着理想和未来。其四，对理想人格的设计，由原先的侧重"终极描述"向"过程描述"的转变。这种转变既有现实生活基础，又是文学发展的一种标志，同时也与文学功能追求指向相关联。茅盾的短篇小说《野蔷薇》（特别是其中的《创造》）和中篇《路》、长篇《虹》等作品的出现，代表了创作中一种重要而明显的意向，即对人的思想意识、斗争经历、人生道路等方面"过程"的具体描述。比如，从人性解放到阶级意识的觉醒、从个性主义到集体主义等。这些过程的内在线索和变化轨迹主要是人的精神意识，而人格由不健全到健全则自觉不自觉地成为结构故事的

"纲"。与之相联系，此后对作品的评价和人物形象的评价，也把"过程"作为一个重要方面，人物转变得是否自然、可信、真实成为许多评论主要的着眼点。所谓理想人物、英雄人物、正面人物、中间人物和反面人物界限分明的区分，在一定程度上可以说是上述倾向发展的一种结果。

20世纪20年代中后期至70年代中后期，是我国现当代文学发展中一个极为重要的阶段，它经历了极为艰难曲折的历程。在这一过程中，文学对理想人格的呼唤、设计始终未曾中断，尽管今天我们对此可以从不同的角度给予不同的评价，但它所塑造的理想人格形象及其对民族心理的影响是不容否认的事实。它曾代表了我们民族在一个非常重要的历史时代的人格主体和理想人格的特点，也从一定程度上显示了中国人民觉醒的过程、在改造客观世界的同时改造自己的主观世界的过程，以及重铸民族性格的艰难历程。它构成了虽复杂多变却又有内在一致性的文学现象，其核心就包括了人格取向和人格准则的基本相同性，比如，重群体，重共性，重人的政治品格及其在日常生活中的体现，重自我的克制约束，强调个人对社会的服从，对阶级、民族的义务和献身精神，以及对"重义轻利"，"正其谊，不谋其利；明其道，不计其功"的价值观的尊崇，等等。需要特别指出的是，这里主要是从发展态势着眼的"概观"，是在20世纪中国文学不同阶段相互比较中对这一具体阶段特征的素描，而这一阶段本身则是非常复杂的，除过上述共同性之外，还有许多不同性，这不仅表现为理想人格设计中，纵向历时态的相互比照甚至冲突，而且表现为横向共时态中人格取向和准则的意向交错（特别是三四十年代）。

第三节　传统人格的批判与再造

文学的价值，文学的功能，文学对于人生的作用，如果不是处于特定的历史时刻，一般来说并不要求体现在文学直接地为现实生活中的人们提供仿效的榜样上，而多是通过具体形象所蕴含的人格准则和行为规范来影响读者的精神和意识。中国现代文学固然有着强调文学直接为政治运动服务的理论和实践，有要求文学直接为人"指路"的价值目标，但是更重要的更大量的是通过人格的塑造，表现作者的人生态度和追求，并对读者进行人格方面的潜移默化的教化。所以，对于传统人格的批判，对新的人格的描写和再造，是新文学的一个潜隐系统，是文学最接近人生并改良人生的一个层面，也是渗透进作者意识最多最直接的一个层面。现以几位重要作家的创作为例试作分析。

鲁迅的创作中，对于个体人格的揭示和新的人格的再造，既是他"个性张，沙聚之邦，由是转为人国"的主张在文学领域的具体实践，也是通过个体人格的探讨达到探索国民性的中介。他对国民精神的关注、对"立人"的强调，如果没有对于具体人格的揭示和表现这一环节，就只是一个没有具体内容的抽象的理论框架。同时，鲁迅对于人的精神状态的特别重视，在一定意义上就是对现实人格的剖析和理想人格的设计。在《呐喊》和《彷徨》中，鲁迅对知识分子和农民群众题材的表现，实际也是对中国当时最为重要的两类社会力量身上所具有的不同人格类型的揭示和追踪。就农民群众的描写来说，鲁迅通过表现他们赖以生存的物质和文化精神环境，剖示他们畸形人格形成的深层原因。就知识分子题材来说。鲁迅对旧知识分子进行了道德方面的人格批判，对于新知识分子，则揭示了他们人格中新的因素及其人格观念容易反复和动摇的精神悲剧。从这个角度来看，鲁迅对于新知识分子形象的塑造没有雷同和重复，狂人、魏连殳、吕纬甫、子君、涓生等形象，各自都有人格方面的丰富的内涵。例如，吕纬甫在十年后的颓唐、敷衍人生，如蝇子一样飞了一圈又回到原处，实际就是他的人格意识的停滞和倒退。魏连殳则是以孤傲超群的个体人格意识反抗社会失败后，人格变得畸形扭曲。而子君前后的变化和最终的悲剧，贯穿着一条人格意识的线索，即由最初的独立人格到后来的依附人格的变化。子君这一形象的独特价值之一，就是对于觉悟后的中国知识女性的人格的探讨和追踪，并且达到了非常深刻的程度，在人格这一层次上，子君的内涵甚至较娜拉更为丰富和深刻。鲁迅的《故事新编》也显示出鲁迅对于人格问题的深入探讨。对“故事”进行“新编”所遵循的思路是对不同人格类型及其精神特质的剖析。格式的特别和笔调的“油滑”在一定意义上突出了这种追求的意向。女娲、大禹、墨子、后羿、眉间尺等，这些民族的“脊梁”，最为重要的特点是他们都有一种不屈不挠、充满进取和斗争精神的人格感召力量和意志力量。而老子、庄子、叔齐、伯夷等历来被尊奉的理想人格及其所代表的君子风度受到鲁迅的讽刺批判，其锋芒所向并不在他们的道德和品行方面，而在于他们人格中的无是非观点，退让、柔弱的性格，无视现实、空幻的精神等方面，并对历来被尊崇的传统理想人格提出了尖锐的批判。这些不同的人格类型是存在于不同的时空内的，鲁迅采取“故事新编”的、非“现实”的方法正适合他的艺术目的。鲁迅的杂文所谓“砭痼弊常取类型”，这类型，可以看作是人格类型。郭沫若认为诗是“诗人人格创造的表现”，他的诗歌创造突出地反映了他的理想人格的设计。

茅盾的初期小说创作对于人格给予了极大的关注。《野蔷薇》《蚀》三部曲和《虹》对于女性的人格进行了深入的分析。茅盾说，《幻灭》中“那三个女主角绝对不是三个人，而是许多人——就是三种典型”，“《幻灭》、《动摇》、《追求》这三篇中的女子虽然很多，我所着力描写的却只有二型：静女士、方太太，属于同型，慧女士、孙舞阳、章秋柳，属于同一类型。静女士和方太太自然能得一般人的同情——或许有人要骂她们不彻底，慧女士、孙舞阳和章秋柳，也不是革命的女子，然而也不是浅薄的浪漫的女子。如果读者并不觉得她们可爱可同情，那便是作者描写的失败”①。茅盾在这里显然还不是以政治的、伦理道德的标准去评价他的人物形象的意义，而是对人物所具有的人格特质进行分析。茅盾更多的是对孙舞阳型的女士进行肯定和赞赏，并且把前一类型用来与之做对比。在茅盾看来，尽管“孙舞阳们”有许

---

① 茅盾：《从牯岭到东京》，载《茅盾论创作》，上海文艺出版社1980年版，第31页。

多不足，甚至在道德行为方面有让人难以接受和产生同情感的一面，但是，从人的历史发展、从人的个性解放的角度来说，她们的人格结构中出现了某些充满希望的新因素，她们具有新时代女性的本质特征，因此她们比静女士和方太太更值得肯定。这种对于人格剖析的意识，在短篇小说集《野蔷薇》中就有表现。他在《写在〈野蔷薇〉的前面》一文中，针对有人认为《诗与散文》太肉感，或者以为是单纯的性欲、近乎诱惑时，他辩白道："如果《创造》描写的主点是想说明受过新思潮冲击的娴娴不能被拉回来徘徊于中庸之道，那么，《诗与散文》中的桂奶奶在打破传统思想的束缚之后，也应该是鄙弃'贞静'了。和娴娴一样，桂奶奶也是个刚毅的女性，只要环境转变，这样的女子是能够革命的。"这就很清楚地表明了茅盾是对于某种类型的人格进行分析，而不是进行政治和伦理的评价。爱情或性的描写是从一个特殊的隐秘的方面揭示人格的深层特点。

巴金争议很大的《爱情的三部曲》，以雾、雨、电来象征三种不同的人格，实际也是对变动中的青年人格的一种检视，由此显露出作者自己的人格理想。巴金说："这三部曲所写的只是性格，不是爱情。""它不是普通的爱情小说，注重的乃是性格的描写。""要主要的描写出几个典型，并且使这些典型普遍化。"其所以披着爱情的外衣，是因为在爱情上面下手，便于显露人物的真面目，便于刻画人物的性格特征。巴金在这里说的性格与茅盾当时的理解有相同之处，主要也不是进行道德伦理的评判，而是对人格进行分析，有着作者鲜明的人格态度和人格理想。《雾》中的周如水，性格柔弱模糊如"雾"，《雨》中的吴仁民，性格浮躁粗暴如"雨"，《电》中的李佩珠，性格如"电光"闪烁"近乎健全"。作者在描写中对雾一样的性格给予否定，对于雨一样的性格寄予希望，对于电一样的性格则予以充分肯定。这种评判标准就是看其是否具有强劲的人格力量和反叛精神。巴金所肯定的人格指向与茅盾大体上是一致的。这种人格倾向性，在后来曹禺的几部话剧中得到了继续和深化。《雷雨》中的蘩漪、《原野》中的金子都是带有乖戾、野性的女性，有着被传统道德视为大逆不道的越轨举动，但是，作者却对她们给予热烈的赞颂和同情，对于她们的悲剧主要不是从个人品行道德方面找原因，而是从客观方面找原因。曹禺的同情是有道理的，这个道理如同鲁迅对于狂人、魏连殳，茅盾对于孙舞阳、桂奶奶，巴金对于吴仁民、高觉慧的肯定一样，是肯定他们人格中所具有的那种狂狷、野性和困兽犹斗的精神。这种人格特征是他们当时所能意识到的理想的民族精神，是与传统人格迥然不同的。这类人格多带有个性主义的特点，但是却不是用个性主义可以概括的。

如果说，上述作家作品中的人物多带有理想人格的特点的话，那么，另外一些作品则是对于传统人格的批判。鲁迅之后，叶圣陶、王鲁彦、张天翼、老舍、萧红、张爱玲等人的作品，都不同程度地对于"老中国的儿女"的性格做了揭示，其中老舍的贡献是突出的。这些现象说明，中国新文学中，对于人格的批判和再造是一个客观存在的潜隐系统，是我们把握文学价值意蕴的一个重要的方面。下面对人格再造系统予以大体描述。

（一）"老中国的儿女"灵魂的揭示

"老中国的儿女"是茅盾在 20 年代对鲁迅小说《呐喊》中所塑造的人物特征的一种概括。茅盾解释说，"老中国"，并不含有"已经"过去的意思，照理说是应该被留剩在后面而成为"过去的"了，可是"理"在中国很难讲，所以《呐喊》和《彷徨》中的"老中国的儿女"，我们在今日依然随时随处可以遇见，并且以后还会常常遇见。这些"老中国的儿女"的灵魂上，"负着几千年的传统重担子，他们的面目是可憎的，他们的生活是可以咒诅的，然而你不能不承认他们的存在，并且不能不凛凛地反省自己的灵魂究竟已否完全脱卸了几千年传统的重担"①。揭示"老中国的儿女"的灵魂，是20 世纪中国文学历久不衰的课题，显示着文学对于传统人格的不断剖示的过程。开先河并同时达到高峰者是鲁迅的《呐喊》《彷徨》，继之有叶圣陶对小市民和知识分子灰色人生的描写，乡土作家对于农民生存状态和精神状态的揭示，张天翼对市民意识和畸形人格的讽刺，而老舍对城市生活和市民性

---

① 茅盾：《鲁迅论》，载《茅盾论创作》，上海文艺出版社 1980 年版，第 110 页。

格的杰出表现，把"老中国儿女""精神奴役的创伤"的剖析推向又一个高峰。另外，萧红、张爱玲、钱锺书等人的创作，也都有对这类主题的揭示或触及。

"老中国的儿女"们，或者有着醉生梦死的灰色人生，或者是"心脏麻木的然而又张皇敏感的怯弱者"，或者是圆滑到连自己都没有，或者是"在物质生活的鞭迫下，被'命生定'的一句格言所卖，单独地艰苦地挣扎着"。（潘训：《雨点集》自序）他们的人生充满着"几乎无事的悲剧"。他们的人格受到物质和精神双重的挤压。懦弱、柔顺、驯服、退让、保守、无进取心、自私自卑、麻木、冷漠等，成为他们人格的主要方面，由此构成国民整体的劣根性和愚弱精神。揭示"老中国的儿女"精神状态，画出国人的魂灵，通过再造新的人格从而重铸民族精神，是中国新文学最具价值意义的方面。这种批判，一直延续到21世纪中国文学创作中。比如，余华的长篇小说《兄弟》中，笔者以为就浸透了作家的价值批判，只是把这种批判以反讽和夸张的形式客观地表现出来，似乎是一种无奈，但实质上是真正的清醒。在中国一个叫刘镇的地方，一个在14岁偷看女人屁股而身败名裂的李光头成了超级巨富，成了时代英雄和成功人士，一个破罐破摔、将耻辱做资本的人成了令人羡慕的人物；一个温文尔雅、曾经的好青年宋钢在患难与共的兄弟与自己妻子寻欢作乐之时自杀；一个美丽矜持的女人林红最后倒在了侮辱过自己、深恶痛绝的男人的怀抱里……李光头用各种能想到的"传统"和"反传统"方法，费尽心机追求林红都无法奏效后，却由于强大的金钱势力轻易俘获了林红。一切都不可思议，一切又都是现实，都可以理解，一切如梦似幻，一切都真真切切。余华所作的艺术描写，高度概括，极度深刻，喜剧中蕴含悲剧因素。在这里，笔者总无法排除把李光头与阿Q联系起来的念头，已经"大团圆"的阿Q精神在李光头身上得到复活与变异。刘镇仿佛就是发达了的未庄、鲁镇。

（二）时代激流中"新人"品格的追踪

20世纪毕竟是中国历史走向现代化的时代，是不断造就出"新人"的时代。描写"新人"进而追踪"新人"的人格特征，是这个时代文学另一个重要的课题。所谓"新人"是一个含有具体历史性的概念，一般来说指具有先进意识和人格追求的先觉者，他们总是在对自我、对世界的认识上高于同时代人。辛亥革命前后文学中还没有明确的"新人"的出现，也少有对于"新人"的超前的探索。它的"新人"形象是在此后以反顾的视觉得到表现的。五四时期的"新人"多带有理想的色彩或一定意义上的"超人"精神。个性解放、人格独立、富于反抗、具有创造精神，以与传统道德意识决裂的姿态出现，等等，构成这一时期"新人"形象的特点。"新人"的出现，是新型人格的出现。当时的一些优秀作品还揭示了由传统人格向新的人格转换过程中的精神历程和曲折，如鲁迅关于知识分子题材的小说，淦女士和卢隐的小说。20年代中后期，"新人"具有和社会运动结合的特征，人格置于历史潮流中去考验。以青年知识分子为主体的时代新人，在时代潮流面前，其人格不再是一种抽象的概念（诸如坚强、勇敢、高尚、智慧或软弱、动摇、卑下等），而与一定的道德态度、意志目的、人生目标等具体结合了起来。他们对不同的道路的选择和人生历程，有着人格方面的原因，有着作者的人格评判。只是多年来，人们对这个时期"新人"的研究过分地注意了其与历史潮流的关系，而多少忽视了他们作为中国文学人格再造系统的一环的意义。对"新人"的追踪一直持续到40年代以至更远。只是在后来"新人"的品格转向新的时代的主人即工农兵身上。

（三）精神重负下知识分子灵魂的拷问

在知识分子的人格结构中，最充分地体现着历史潮流动荡所镌刻的先觉者的心灵印迹，同时也最深刻地显示着中国传统人格深隐层次的积淀。在对知识分子命运的思考和表现中，其中最具魅力的，是少数"残酷的天才"对精神重负下知识分子灵魂的拷问。鲁迅、郁达夫、丁玲、巴金、沈从文、钱锺书、路翎等在这方面都达到相当的水平，或者说各有千秋。中国现代文学中最值得研究的形象中大半与此相关。

对于知识分子灵魂的拷问可以说是现代文学的一个母题。这个母题的出现，乃是因为知识分子作为先觉者，在他们身上有更多的精神方面的意义可以发掘，较能体现人性深层的底蕴与时代潮流碰撞产生的波澜，较易追踪和剖析新的人格出现后的变化轨迹。而且，知识分子是精神的重负者，他们有比常人更多的思想，也就有更多的精神负担，他们的灵魂也就备受煎熬，通过他们剖示于人的东西也就加倍地多。

鲁迅和郁达夫对灵魂的拷问，都带有自剖的特点，而鲁迅融进的更多地是哲理性的思索和终极性的追问，郁达夫则是深入潜意识的情感性的体验。在"拷问"的方法上，鲁迅是深入肌理的解剖，郁达夫则是大胆的自我暴露。在这两方面，都对后来的创作产生了影响。而丁玲笔下的莎菲、巴金笔下的高觉新、沈从文笔下的"八骏"、钱锺书笔下的众文人、路翎笔下的蒋纯祖等，其灵魂都被"残酷"地拷问。在作者客观冷静的叙述中，或多或少都流露出自剖的特点。

知识分子灵魂的拷问，批判锋芒最终不是指向知识分子本身，而是追寻造成精神悲剧的社会历史、文化原因，较少从人性或"原罪"的角度进行开掘。就是说，在这个领域内，同样表现着中国现代文学重认识价值和社会批判功能的特点。

（四）传统平民理想人格的欣赏

传统平民理想人格的表现，主要在张恨水和大量的现代通俗小说中得到继续。张恨水的章回小说渗透着平民的意识和理想，作品中的人物有着界限分明的伦理道德的评判，作者所肯定的人物是传统意义上的理想人格。《啼笑姻缘》《春明外史》《金粉世家》等代表作品中，好与坏、正义与邪恶、高尚与卑下的对立就是人格的对立。他的作品拥有大量市民阶层的读者，原因之一就是这类作品能以故事冲突的鲜明和情节的曲折细腻来满足读者消遣的需要，满足对于社会不满的发泄的需要。他的故事的模式化和人物的定型化，也在于他的人格的模式化和定型化。

（五）审父意识与否定人格的塑造

现代文学中的审父意识是与反封建的时代特点一致的，"父亲"是家族的代表，也是封建统治的象征。现代文学否定性人格的剖析多从父亲(老爷)身上开刀。四铭(《肥皂》)、鲁四(《祝福)》、高老太爷(《家》)、吴老太爷(《子夜》)、蒋老太爷（《财主底儿女们》)、周朴园（《雷雨》）等受到批判和否定的形象，多是以封建主义的代表出现的，个人的道德品行也被看作是封建当权者必然的普遍的行为。于是个体人格的批判就具有了社会制度和道德伦理批判的意义。

此外，儒、道、释文化中的传统理想人格精神，在现代文学中也有一定的继承和演变。周作人、林语堂对于道家哲学和思想意识的欣赏，"革命文学"对于儒家理想人格精神的变易，苏曼殊、许地山对于佛教道义的阐述和艺术表现（如《缀网劳蛛》《商人妇》等)，都与人格问题相关。还有对历史转折期"边际"人格的审视、现实挤压下的人格变形的描写和理想人格追求中的痛苦体验的表现等，都是现代人格再造的内容。

第十章　中国表现主义文学的兴起与消歇

第一节　表现主义理论的译介、传播和阐发

20世纪20年代，随着西方各种文学思潮的传入中国，表现主义文学也被作为最进步的文学派别介绍进来。

西方表现主义文艺思潮源于绘画界，中国对表现主义理论和思潮的介绍也首先始于这一领域。1921年《小说月报》第十二卷第六号在介绍象征派绘画的同时，发表了日本黑田礼二的论文《狂飙（Stuym）运动》（海镜译），该文是把象征派作为表现派的一支来介绍的。文章认为表现派（Expressionism）绘画，是德国在第一次世界大战后社会现实的特殊反映，由于物质与精神贫乏，所以只剩下性的表现，因之表现主义有色情主义之嫌。同年该刊第十二卷第七号介绍未来派、立体派画的同时，发表了海镜的《后期印象派与表现派》一文，文章在介绍"俄罗斯表现主义展览会"的情况时，认为表现主义画包括了象征主义、未来主义、表现派等各种画作。关于表现主义的现象和特征，文章说："据说表现派有三种：第一是以描写活动为特色的美国主义，这或者可以说是美国的活动主义。这派发生于意大利米拉诺，是对于工场、飞行机、兵舰等等物质文明的机械的活动有特别的兴趣的。这就是马立涅奇的未来派自身，但只是表现物质力的未来派，没有德国表现主义的那样的特色，暴徒的骚动，无政府主义者的葬仪之类。""第二就是原始异国的情

241

调的作品，这与那被人骂为野蛮人的原始异国的作品没有多大的区别，其实就是它的后继者。""第三就是所谓'忘我的艺术'的一派，这派的思想是表现派的中心思想。"文章引用日本金子筑水的话对所谓"忘我的艺术"派解释说："这派的特征就是脱出了自然的束缚，在灵魂和精神里面认识了无限的力和无限的可能性。人的精神是无限自由的，是有无限能力的活力的。凡从本质上凝视人灵魂，到了领会这灵魂就是宇宙灵魂或世界灵魂同一根源——或更进一步是与这宇宙灵魂相调和的微妙活体的时候，所谓忘我的姿态必至油然而生，这忘我的姿态是人的灵魂回到最本然的最精粹的状态了，最灵活地、最本源地、体得了人生的状态。"从这些论述可以看出表现主义在最初被引进介绍时所指内容确很广泛笼统，几乎包括了当时现代主义文艺的所有方面。作者虽然使用了"表现主义"和"表现派"两个术语，但从行文可以看出实际上并没有区分"主义"和"派"的界限，认为表现派即表现主义，亦即现代主义。在这篇文章的最后，作者的概括进一步表明了这种认识理解的特点："所谓后期印象派应当称为表现派，欧洲大陆大概都是用这个名称。在德俄美各国，欧洲大战前，就已经出现了许多表现主义者……表现派并不是战后德国人发现的艺术上的新主义，其实他们在精神上、名称上，都是法国人的后继者、追从者。更进一步说他们把新印象派以后在各国兴起来的未来派、立体派、表现派共同的思想连接起来，又加上战败国的惨状、变态色情主义，刹那的享乐主义、运命主义等的思想感情，在'表现主义'这名称下发泄的。"以上这些看法，基本上抓住了表现主义重灵魂、重精神、重主观内心等特征，而且已经注意到了表现主义产生的社会历史背景及其因不满现状而"发泄""叫喊"的特征。"发泄""叫喊"的特征在表现主义绘画中有着较文学更为直接的表现，如表现主义代表画家蒙克就有曾以《嚎叫》为题的画作，画面的怪诞、表情的扭曲等充分体现了表现派绘画欲使人心灵震撼的艺术目的。这个时期对表现主义艺术介绍较早而且得力者还有汪亚尘，他在《从印象派到表现派》《论表现主义艺术以后的感想》中，对表现主义绘画的手法、特征作了较详细的介绍。

1921 年《小说月报》第十二卷第八号"德国文学研究专栏"，发表了一组涉及德国表现主义的文章，包括日本山岸光宣的《近代德国文学主潮》(海镜译)，山岸光宣的《德国表现主义的戏曲》(程裕青译)，金子筑水的《"最年轻的德意志"的艺术运动》(厂晶译)，李达译介的《大战与德国国民性及其文化艺术》等文。其中《近代德国文学主潮》的第十三节集中介绍了表现主义文艺。同年五月号《新公论》杂志发表梅泽和宣的《表现主义与新六法主义》，将表现主义与东洋艺术联系起来(六法即谢赫所倡的六法，对此作出新的解释便谓之新六法主义)。同年《小说月报》第十二卷十二号《海外文坛》(百〇四、百〇五)均提及德国文坛的"狂飙运动"及其诗人勃伦纳尔的"绝对"诗。文学研究会的另一刊物《文学旬刊》第 77 期发表赵景深翻译斯宾加恩(Joel Elias Spingarn)的《文学的艺术的表现论》，介绍了表现论的文学观和批评观。此外，五四时期曾经介绍过表现主义的还有《东方杂志》《晨报副刊》等刊物。大致而言，五四时期，以《小说月报》为主要阵地的文学研究会及其倾向此派的理论家在介绍表现主义时，都抱着较客观的态度，很少有自己的发挥，他们对表现主义的了解多通过日本的理论文章。当时他们所介绍的所谓表现派，基本上可以说是现代派的同义语。

与文学研究会有所不同，异军突起的创造社对表现主义的译介和宣扬表现出更大的热情，他们对表现主义的理解似乎更加贴切、深入，并明显地折射出自己的文学观。创造社同人对"表现"的文学观与属于现代主义文学的"表现派"都予以赞赏和推崇，他们在当时也没去区分传统意义上的"表现"说与现代主义的"表现"之间的界限。1923 年《创造周报》第三号发表了郁达夫的《文学上的阶级斗争》，该文认为："德国是表现主义的发祥之地，德国表现派的文学家对社会的反抗的热烈，实际上想把现时存在的社会的一点一滴都倒翻过来的热情，我们在无论何人的作品里都可看得出来"。《创造周报》第五号还发表了郭沫若的《论中德文化书》，指出德多"对于相对论量子论等科学上的新论争，似乎艺术上的表现主义的狂飙运动，他们对于欧洲固有的科学精神与进取主义，似乎并未完全唾弃"。同年《创造周报》

十六号发表郭沫若论文《自然与艺术——对于表现派的共感》，指出："十九世纪的文艺运动是受动的艺术。自然派，写实派，象征派，印象派，乃至新近产生的一种未来派，都是模仿的艺术。他们都没有达到创造的阶级，他们的目的只在做个自然的肖子。""自然派和写实派是善于守财"，"象征派和印象派是顾影自怜的公子"，"未来派只是彻底的自然派"。"20世纪是文艺再生的时候，是文艺从科学解放的时候，是文艺从自然解放的时候"，"是艺术家赋予自然以生命，使自然再生的时候，是森林中的牧羊神再生的时候，是神话的世界再生的时候，是童话的世界再生的时候"，"艺术家不应该做自然的肖子，也不应该做自然的儿子，是应该做自然的老子"！郭沫若在这里强调的是文艺的再生、创造精神，他所赞赏的艺术是"做自然的老子"的艺术，亦即将能体现艺术家主观创造性的、"表现"的艺术。所以他发出了这样的感慨："德意志的新兴艺术表现派哟！我对你们的将来有无穷的希望。"在稍后的一些文章中，郭沫若的这种观念反映得更加明了清楚。

20世纪20年代中期以后，由于中国时代特点的变化，文学的社会作用被重新认识，中国现代文艺思潮开始向着尊崇现实主义的方向演变，但文艺界仍然有对表现主义的译介，而且较之以前更加系统全面。这中间较突出的有胡梦华和鲁迅。

1926年《小说月报》第十七卷第十号发表胡梦华的论文《表现的鉴赏论——克罗伊兼的学说》①，第一次较系统地从鉴赏的角度介绍克罗齐的表现论文学观。他认为克罗齐的表现的鉴赏论，在关于文学规律、分类、悲喜剧的划分、风格、体裁、文学道德问题等十个方面是对前人主张的革命，并因此而主张应以克罗齐的理论和文学观念来认识和理解文学。从整篇文章来看，胡梦华主要是以克罗齐的"直觉即表现"的文艺观为核心展开论述的，阐述的实际是"表现论"文学观点而不是真正意义上的西方现代主义范畴内的"表现派"文艺。正反映出当时一些人对表现主义认识和理解上的一个特

---

① 克罗伊兼即克罗齐。

点，即认为克罗齐的表现论与表现主义文学思潮是一脉相通的，或者是等同的。

与胡梦华的译述不同，20 年代中后期，鲁迅正面翻译、介绍了现代西方表现主义文学思潮和理论。他先后翻译了日本片山孤村的《表现主义》（载《壁下译丛》）和山岸光宣的《表现主义的诸相》（载《壁下译丛》），这两篇论著较为准确深刻地论述了西方表现主义的特点和它的产生渊源。

从鲁迅对《表现主义的诸相》的译介中，可以看出鲁迅这一时期对于表现主义的态度。片山孤村的《表现主义》，比较注重表现主义思想倾向性及其渊源关系的介绍分析。关于表现主义的世界观，该文认为"乃是一世纪前的罗曼派的世界观的复活。因此他们之中，也有流于神秘教、降神术的、occultismus（心灵教）的。而近代心理学发现的潜在意识的奇诡，精神病底现象，性及色情的变态等，尤为表现派作家所窥视着的题材。又，尼采和伯格森的影响，则将现实解作运动，发生，生生化化，也见于想要将这表现出来的努力上……"这里讲到了表现主义与浪漫主义的某些相通之处，是符合实际的。同时指出这种文艺现象的出现，与近代心理学对于人的意识结构和精神现象的新发现之间的关系，与尼采、柏格森等现代非理性哲学思想之间的联系。这些看法都是深刻的。

关于表现主义的整体艺术特征，该文指出："他们是和自然派、印象派正相反的极端的主观主义者……那崇尚主观、轻视现实之处，表现主义是和新罗曼派相象的，但和新罗曼派之避开自然不同，表现主义却是对于现实的争斗，现实的克服，压服，解体，变形，改造。表现派又排斥象征。他们是在搜求比起'奇怪的花纹'似的象征来，更其强烈，深刻，有着诗的效力的简洁，直接，浓厚的言语。"这里值得注意的是，此处不仅指出表现主义与自然主义的对立，而且指出它与印象派也有区别，同时还指出表现主义并不避开自然和现实，而是对于现实的争斗，等等。这种看法比较准确地抓住了与其艺术特点相一致的表现主义的一些思想实质和社会功能。文章在谈道表现主义创作特点时指出："最要紧的事，是表现派将他们所要表现的'精神'

（心灵，灵魂，完有的本体，核心）解释为运动，跃进，突进和冲动……表现派的作品是爆发底、突进底、跃进底、锐角底、畸形底，而给人以不调和之感者，就为此。自然物体的变形和改造——在有着真的艺术底，表现底冲动的艺术家，也是不得已的内心的要求。"这种看法较为简洁明了地解释了表现主义艺术追求和创作风貌形成的内在原因。

　　山岸光宣的《表现主义的诸相》从表现主义在不同体裁领域的特征、表现主义与自然主义等不同艺术倾向的比较等方面分析表现主义艺术的种种现象。文章认为："表现派的诗人，是终至于要成为理想家，不，简直是空想家，非官能而是精神，非观察而是思索，非演绎而是归纳，非从特殊而从普遍来出发了。那精神即事物本身，便成了艺术的对象。所以表现主义，和印象主义似的以外界的观察为主导，是极端的相对立的。表现主义因为将精神作为标语，那结果，则惟以精神为真实现实的东西，加以尊崇，而于外界事物，却任意对付，毫不介意，从而尊重空想，神秘，幻觉，也正是自然之势。"关于表现主义的戏剧特点，山岸光宣指出："表现剧的人物，往往并无姓名，是因为普遍化的倾向，走到极端，漠视个性化的缘故。"这一点，可以作为辨别表现主义戏剧的重要特征。文章还论述了表现主义的政治倾向性，指出："表现主义虽排斥自然主义的技巧，但在反抗现在的国家组织，和社会主义有着密切的关系之点，却和自然主义相同。假如以用了冷静的同情的眼睛，观察穷人的不幸者，为自然主义，则盛传社会主义底政治思想者，是表现主义。表现主义大抵是极端的倾向艺术，不是为艺术的艺术。""自然主义的社会诗人，虽然对于贫民倾注同情；但大抵是站在有产者的立脚地上的。然而表现派的诗人，却公然信奉社会主义，打破现存的经济组织。"《表现主义的诸相》还对表现主义艺术的独异之处进行了探究，比如认为"表现派的戏剧，往往流于感情的抒情底发扬。因此主角当然多是忏悔者，忍从者，真理的探究者"。其用意也颇高亢，有时发出痉挛的绝叫。"题材也颇奇拔，而且是挑拨的。"鲁迅翻译的日本两位理论家的文章，在20年代中期的中国，应该说是较为全面、准确地从理论上阐述了表现主义的特点。这也可以说它是这一时期中国人对表现主义了解程度的标志。鲁迅在20年代中后期对它的客观介绍翻译至少说明了他对表现主义还有某种兴趣。

20世纪20年代末，鲁迅还翻译了日本板坦鹰穗的《近代美术史潮流》，其中第九部分"最近的主导倾向"有对表现主义尤其是德国表现主义绘画的评介，并配有许多表现主义绘画作品的插图。在往后的30年代，鲁迅仍对表现主义给予较多的关注，对表现主义先驱蒙克发生兴趣，曾经策划出版他的画集；同时，鲁迅对珂勒惠支等表现主义版画家的作品也作过介绍。可以说，在20世纪西方现代主义文学艺术中，表现主义是鲁迅较有兴趣并曾用力介绍过的为数不多的流派之一。

1928年10月，刘大杰的《表现主义的文学》由北新书局出版。这也许是20世纪前半叶唯一一本由中国人自己编著的较为完整的介绍表现主义文艺理论的专著。作者在"校后记"中说，这本书是根据小池坚治的《表现主义文学的研究》，北村喜八的《表现主义的戏剧》《德国文学十二讲》，东京帝大德文研究会的《德国文学》一二集等书编辑而成的，但它实际已不是一般的译介，而是作者在对表现主义较全面的把握理解的基础上，重新归纳系统阐述之作，它较为准确地反映了当时中国表现主义文学思想的特征。

《表现主义的文学》共七章。首先，在"小序"中，作者强调了表现主义文学的重要意义："表现主义文学的产生，是大战后德国文坛上一种个性发展的倾向。这种风动一时的思潮，与十八世纪的狂飙突起运动，有同样的重要。"这里强调了表现主义产生的社会背景，以及它的反传统的姿态。

第一章"表现主义文学的主潮"，概述了"战前的德国文坛""表现主义文学的中心思想""表现主义与自然主义""表现主义的形式"四个方面的情况，其中较为重要的是关于表现主义文学的中心思想、与自然主义的比较两个问题的论述。在论述表现主义文学的中心思想时，该著认为："表现主义文学里面所表现的世界，与我们日常经验的世界，全然是两样。以真实去观赏艺术，乃是自然主义与印象主义的看法，依着这种艺术观，在感着世界的现象里，惟有真实，是艺术的奥义。可是表现主义作者之主观，全是别一种世界，就是艺术世界的创造。在这世界里，一切的标准，不可用平常的尺度去测量它。所以有人说表现主义的艺术，超越奇拔，而近于混沌……"这里讲的是表现主义艺术观与传统艺术观的一个重要区别，就是它反映的世界不是客观的现实，而是主观的心理现实，或者说是按照作者的理解所重新创造的"现实"。"而今的表现主义，是再生发现人间之灵与精神。心理的人间，与灵的人间这两句话，是表现主义的精义，就从这两方面说明了表现主义的要求。"这里特别强调了表现主义所追求的心理真实与创造意识，所谓"再生发现人间之灵与精神"，而不是再现"感着世界的现象"。再生、发现、创造，以心理真实为最大真实，正是表现主义艺术的重要特征，也是它在自己的艺术天地里试图打破常规现实，冲破束缚人们精神的禁锢，表现和唤起人们的活力与冲动的前提。刘大杰关于表现主义中心思想的概括抓住了这个要害。在谈到"表现主义的形式"时，作者指出："表现主义的艺术是破坏周密的繁细的深刻的描写的记录文学，抛弃理智的明了与论理的严整。绝对的深入主观的深冥，陷入神秘的幻想，文句流于幽郁模糊，实现它的原始还兑主义。"

《表现主义的文学》一书有一个基本的观点，就是认为表现主义产生的艺术渊源，是对自然主义印象主义的"反逆"，或者说，表现主义首先与自然主义相对立而产生。进而认为，在这种相对立的文学现象背后，有着哲学基础上的对峙，为此作者在文章中特意列表进行对比，从三十六个方面指出二者的相异、相对之处。比如，关于哲学基础及其相关的特征，他认为，"自然主义"是"唯物观""第一义的""实证主义""相对主义""客观的""自然中心""论理的""理性的"等，而"表现主义"则是"唯心观""第二义的""理想主义""绝对主义""主观的""非论理的""非理性的"等。在涉及这两类文学的其他因素时，指出与"自然主义"相关的概念范畴有"进化论的""经验""现世教""无神""因果律""阶级爱""科学的""文明的""西洋的"等，而与"表现主义"相关的概念范畴则有"形而上学的""体验""神教""有神""自由意志""人类爱""哲学的""原始的""东洋的"等。关于它们的创作方法的对比，"自然主义"是"观察的""描写""复杂""分析""归纳""塑像的""局部描写""环境描写""性格"等，而"表现主义"则是"直觉的""创造""单纯""综合""演绎""音乐的""大局把促""幻想""类型"等。关于它们不同的艺术风格，"自然主义"是"明了""沉溺""静的""规则的""叙述的""照相式""油绘式"，而"表现主义"则是"晦涩""简切""动的""狂乱的""抒情的""电影式""意匠式"等。从这里可以看出，作者从哲学背景、理论基础到艺术内蕴、创作特点和风格等各个方面，对表现主义与自然主义作了根本区别，这里的"自然主义"大致可以看作 19 世纪以来，以近代科学思想和唯物主义为背景的、包括现实主义和自然主义在内的文学现象，而与之相对的表现主义，则可以看作是 20 世纪兴起的、以现代西方哲学为背景、以"表现"为特征的文学思潮。这种区分，系统而又较为深刻准确，即使在今天仍有理论意义。

《表现主义的文学》第二章"表现主义的国家社会思想"，涉及"大战前的唯物史观""自然主义社会思想""表现派的国家观""表现派的政治运动""表现的非战论"和"先觉派的诗人"六个问题。第三章论述表现主义戏剧的来源和特质；第四章"表现主义的分类"；第五章"表现派的剧作家"；第六章"表现派的小说和诗歌"。从这些章节的安排和论述中反映出，关于表现主义文学创作和作品的情况的介绍，当时主要集中在戏剧方面，而小说、诗歌的比重十分小，这也符合表现主义在这一时期的实际情况。对表现主义戏剧的论述，不仅有理论的阐发，而且有具体作家作品的介绍分析，这在以前还不多见。在此基础上，刘大杰概括了表现主义戏剧的特点："表现主义的剧作家，不重个性的描写，不重外形的气质。就从这中解放，向核心飞跃，向灵魂的深处突进。""他们唯一的目的，是追求本质，要求极端的直接表现。所以一切特殊的和第二义的东西，不得不舍弃，取一种粗强的线，明简的轮廓，力强的样式，由个别走向全体，由特殊走向普遍，走到象征，走到类型。"作者还把表现主义戏剧和小说的特点作了比较，指出其小说不如戏剧繁荣的原因。他说，表现主义小说"令人有荒凉寂寞之感。因为小说的内容是日常生活的表现，绝不是他们所主张的那些幻想幻影的东西……小说与戏曲大不相同，不仅不能轻视描写，描写不深就不容易动人"。"表现主义的小说，充满了同情，但缺少细密的描写，文章，有时是不自然的抽象化结晶化。言语不是以前的小说那种叙述的形式，是一种叫唤的东西。"关于表现派的诗歌，在主要介绍乔治和李尔克时指出："新的抒情诗人，对于自然界的森罗万象，山海，星云，大地，草木，动物等，全不像十九世纪的诗人，取分离对立的态度。我们人间与自然界的一切，应当接触，应当成一个东西，应当生感情。好像太古原始的人间，对于自然界所生的感情一样。他们对于山川草木，常保有一种神秘亲近的关系，所谓母亲的大地，父亲的天空，已经把自然看作同胞，看作自己了。现在的新诗人，也是主张人间与自然的同化，人间是风景之一，人间的地位与一草一木一样。""表现主义的抒情诗，对于现实世界不作幸福之歌。此类诗人，大都不满意现实世界之事象。"在这里隐约触及表现主义诗人中的一个重要问题，即与"泛神论"的某种联系，以及抒情主人公"与自然同化"的特点。此外，作者还指出，表现主义诗人"不作幸福之歌"的特点，这也从一个侧面体现了表现主义文学不满现实、富于反抗精神的整体风貌。《表现主义的文学》最后一章即第七章，归纳了表现主义文学的总体特质后分析了它的弱点："一、表现派的反自然的精神，致失文学的普遍性。""二、因主情的倾向，使文学变态化而失其永久性。""三、欢喜小儿的单纯，不免有外形模仿之流弊。""四、既无热烈的古代信仰，不应追慕原始民族的艺术。""五、因哲学的宗教的倾向，使作品抽象化类型化，陷入文艺贫血症。""六、热情过感，一切作品都抒情诗化。都沉溺在诗的观念中。""七、戏曲往往是作者的独舞台，自我的作品。""八、生命的律动太激烈，毫无余裕。""九、表现派的文学，缺少 HUMOY"。"十、无意义的技巧上的古典化，有暴动的破坏行为之嫌。""但是表现派的作家，确是时代意识的觉醒者。"

刘大杰对表现主义的这些总的看法，特别是对它的弱点的看法，是比较深刻准确的。也可以说，他带有比较自觉的分析和批判的态度。在一定程度上，他的认识水平代表了中国现代学者对表现主义的理解所达到的最高程度。

　　较之 20 年代初期对于表现主义的一般译介，这一时期，不管是系统性还是准确性方面，都有了明显的进步，基本捕捉到了表现主义的精神实质。但同时又使人感到，直到这时，中国对于表现主义仍然没有十分明确的范围的划分和概念的界定，表现主义似乎仍然类似于"现代主义"。一方面注意到了表现主义与印象派不同的真实观、艺术观，注意到它与第一次世界大战后德国的社会背景及新狂飙突进运动的联系，因而有把表现派与一般现代派其他派别区别出来的意向；但另一方面，在论述中又把表现主义作为与自然主义相对立、相反逆的文艺思潮，看作一个涵盖面很广的新型文艺运动，实际是一种"泛表现主义"的理论。这是认识上的一种局限，同时也正是 20 世纪前半叶中国对表现主义认识和了解的特点。正视这一基本的事实，是我们实事求是把握这一时期中国表现主义文艺思潮的特质和基本倾向的基础和前提。

　　总的来说，五四至 20 世纪 20 年代末，在对现代主义文艺的译介中，表现主义是较为被重视的派别之一。在这一过程中，反映了中国现代作家理论家的文学意识，折射出他们精神上与表现主义的某些相通之处，表明他们对于"表现"的兴趣和对表现主义文艺特性的理解。其中较为一致的看法和对其肯定的角度，一是表现主义在思想意识上的反传统的特点，特别是其不满现实的"绝叫"和发泄的特点与当时中国的时代精神一拍即合。二是表现主义在艺术上的反传统的精神特别适于当时除旧布新的中国文艺界，反叛自然主义、写实主义乃至浪漫主义的姿态，对于打破固有文艺观念和不囿于西方某一种文艺观念都有直接的启示作用。三是表现主义提倡对于灵魂、内心、现实进行创造性的"表现"，因此它被认为对于现实的揭示要比自然主义、写实主义更加真实和深入，对于情感（情绪）的表达要比浪漫主义更加彻底和强劲，而这在当时正是时代对文艺的一种要求。就是说，表现主义的提倡有特定的"需要"机制内在地发挥作用。四是表现主义在当时少有正面的理论的阐发和缺少科学的概念的界定，其中原因之一是当时多把表现主义作为一种与社会思潮联系在一起的心理情绪和精神现象而不仅仅是文艺现象。

以上是五四时期到 20 世纪 30 年代前，中国对表现主义理论介绍的基本状况。这也可以说大致反映了 20 世纪上半叶中国对表现主义理论的介绍达到的深广度。

表现主义理论在中国重新得到重视，是思想解放运动背景下的 80 年代。与这一时期的文化开放相伴而来的，是学术界对西方 20 世纪文学艺术发展与变革的系统介绍。它使中国的作家批评家更准确地把握了现代主义文艺思潮内部的复杂关系，以及不同流派之间的联系与差异。但总的来看，在新时期文学的开始阶段，批评家们对象征主义、意识流文学的关注和译介较集中，而对于表现主义思潮及其理论的翻译介绍则相对滞后，仅在一些对现代文艺思潮进行综合介绍的著作中有所涉及。直到 80 年代后期，对表现主义文艺思潮的译介才取得了明显的进展，陆续出版了一批重要的理论专著和译文。其中有代表性的专著如瓦西里·康定斯基的代表作《论艺术里的精神》（四川美术出版社 1986 年版），赫尔曼·巴尔的《表现主义》（生活·读书·新知三联书店 1989 年版），弗内斯《表现主义》（昆仑出版社 1989 年版），斯泰恩的《现代戏剧的理论与实践》（中国戏剧出版社 1989 年版），埃德加·卡里特的《走向表现主义的美学》（光明日报出版社 1990 年版），雷内特·本森的《德国表现主义戏剧——托勒尔与凯泽》（中国戏剧出版社 1992 年版），张黎编《表现主义论争》（华东师大出版社 1992 年版），沃林格的《抽象与移情》（辽宁人民出版社 1987 年版），弗兰西斯·弗兰契娜、查尔斯·哈里森的《现代艺术和现代主义》（上海人民美术出版社 1988 年版），卡·埃德施密特的《论文学创作中的表现主义》，库·品图斯的《论近期诗歌》，哥·贝恩的《〈表现主义十年抒情诗〉序》（均载《现代主义文学研究》上册，中国社会科学出版社 1989 年版）。同时，在一些综合性的现代西方文艺理论译著选本中，也列入了表现主义的内容，如伍蠡甫的《现代西方文论选》（上海译文出版社 1983 年版），胡经之、张首映主编的四卷本《西方 20 世纪文论选》（中国社会科学出版社 1989 年版），等等。此外，关于表现主义美学思想的译介则相对早一些。克罗齐的《美学原理　美学纲要》（人民文学出版社 1983 年版）和科林伍德的《艺术原理》（中国社会科学出版社 1985 年版）在 80 年代中期便已产生了较大影响。

　　通过对表现主义经典论著较丰富的翻译和介绍，增进了国内作家和评论界对西方表现主义思潮及其理论基础的系统了解和研究，进一步推动了表现主义在中国文坛的传播和借鉴，尽管如此，作为 20 世纪最重要的西方现代文艺思潮和流派之一，我们对表现主义思潮的译介和研究还远远不够充分，甚至远不如同一时期我们对与之密切相关的象征主义、意象派、意识流、未来主义、超现实主义等其他思潮的翻译介绍那么完整系统。一个最明显的事实是，80 年代后期出版的两套有关现代文艺思潮的大型编译丛书——柳鸣九主编的《西方文艺思潮论丛》（中国社会科学出版社 1987 年版）和张秉真等主编的《外国文学流派研究资料丛书》（中国人民大学出版社 1989—1994年版）均未包括表现主义分卷。这样的状况与表现主义思潮在 20 世纪世界文学中的地位和影响，及国外对表现主义研究的丰富成果都是很不相称的，也很难令人满意。

　　20 世纪 80 年代以来，研究界对于中国现代文学中的表现主义也有了较为系统的研究。这种研究，先是从戏剧界对表现主义的借鉴（如曹禺）的考察开始，逐步扩展到对小说（如鲁迅）和诗歌（如郭沫若）等的研究。之后，又深入到把表现主义作为一种文艺现象、文艺思潮来看待，从理论上对表现主义的特质进行了深入的探讨，在一个更为广阔的历史和文化的背景上考察它的来龙去脉，从哲学基础和文学历史发展的视角观照它的内蕴和意义。这种研究，其意义不仅是对具体作家和作品从新的角度的重新认识，甚至涉及了如何看待新文学文艺倾向及其格局的问题。总之，这一时期，对表现主义从理论上把握的准确程度和研究的深度都超出了以前。

第二节　表现主义作家作品的翻译和介绍

早期对表现主义文学作品的介绍，以现在所能掌握的材料来看，主要限于戏剧方面，涉及的作家和作品也很有限。最早介绍表现主义戏剧的是宋春舫。他在 1918 年出版的《新青年》第 5 卷第 4 期上发表的《近世名剧百种目》收录了斯特林堡和魏德金的剧作 5 种，1921 年 8 月他又发表了以介绍作品梗概为内容的《新欧剧本 36 种》，其中收入表现派作家凯撒、哈森克莱维尔、温鲁和郁司特的剧作共 8 种。

较早的译文是 1921 年《东方杂志》第 18 卷第 3 号上发表的《戏剧上的表现主义运动》（作者马鹿）一文。该文称："近代的剧场，经过多次的改革，和希腊的剧场，面目已是不同，但是戏剧上的一切的革命，最大胆最奇特的，却要算最近的表现主义运动了。"但是，文章只是介绍了表现主义戏剧及其演出中的一些现象，虽对其变化的动因稍作解释，却未免过于简单，对许多表现派的代表人物也未提及。

稍后，《东方杂志》第 18 卷第 16 号发表宋春舫《德国之表现派戏剧》的论文，对表现派戏剧的特征及代表性作品都有较为具体的介绍。文章认为，表现派与新浪漫派、神秘派及其他种种派别的不同在于，新浪漫派等的人生观认为人类的躯壳如同"鸽巢"，故其环境也无足轻重，这是一种认为尘世虚空的观念。这种观念泯灭"势力""情感""争斗"，宣扬清静无为。而表现派"一方面承认世界万恶，一方面仍与人类奋斗，以剪除罪恶为目的"。作者指出："吾人对于外来之影响之印象，宜抱主动之态度。正不必以新浪漫派，以人类永处客观之地位，而为被动之目的物也。""人类生存此世，虽饱受苦辛，然绝不当受运命之束缚。故表现派之剧中，常有一'我'与'世界'相抗，两种势力，互相消长，而绝不调和，果能调和，必在万恶俱灭，理想世界实现之后也。"宋春舫不仅从思想倾向上区分出表现派戏剧的特征，而且在一定程度上反映了中国现代，尤其在 20 年代选择和接受表现派影响的一些深层原因，这就是"抗争"意识。这与茅盾当时提倡"新浪漫主义"文学的出发点是相似的，即文学不仅要揭示丑恶、反映现实，而且要表现理想、指导人生，尤其是要鼓舞人们的反抗意识。

《德国之表现派戏剧》一文还介绍了表现派戏剧及其代表性作家作品，涉及的作家有表现主义的先驱布希乃（今译毕西纳）、韦特金（今译魏德金）、史脱林堡葛（今译斯特林堡）、欧伦伯格、司德汉末等。这些作家基本上代表了当时表现主义戏剧家的主流。提及的作品有乔治恺石（一译盖欧尔格·凯撒）的《珊瑚石》《煤气厂》《清晨至半夜》，郁司脱的《独夫》，石而极的《乞丐》，格林的《海战》，等等。这些作品几乎都是表现主义戏剧的典型作品。可见，表现主义戏剧在中国得到了及时的较系统的翻译介绍。值得注意的是宋春舫在介绍表现派的剧作之后，还比较中肯地指出了表现派的缺点，"在无逻辑之思想，剧中情节与世间事实不相符合。剧中人物，如凯石所描写，举止狂暴，仅持感情，似无理论之能力者，自吾人视之，非疯人院中人物，即孩提耳。观者虽间亦为此中冲突如其来之举动所动，然果能信其为事实上之所应有者乎？"宋春舫所讲的表现派的缺点，也许正是它的特点，其中不乏卓见，同时也表现出当时译介者的取舍标准和对外来文学样式的态度。另外，我们还从中可以看出当时中国人特有的思维习惯和参照系，即以是否合于逻辑、与世间事实相符合为潜在的衡量标准，这基本上是现实主义的戏剧观。尽管如此，宋春舫最后还认为，表现派"乘时崛起，足以推倒一切"，"德国表现派新运动，足当文学革命四字而无愧。譬犹彗星，不现于星月皎洁之夜，而现于风雷交作之晚"。

此外，在介绍表现主义作家作品方面，影响较大的论文还有署名"蠢才"的《新表现主义的艺术》（《东方杂志》第 19 卷第 12 期），俞寄凡的《表现主义的小史》（《东方杂志》第 20 卷第 3 期），章克标的《德国的表现主义剧》（《东方杂志》第 22 卷第 8 期）。此外《小说月报》《民国日报》《创造周报》《当代文艺》《世界日报》等报刊上也都有对表现主义的介绍。其中较独特的声音来自余上沅的《最年轻的戏剧》(《新月》创刊号)。该文作者认为,表现主义剧是"用混乱表现混乱","已经叫人今天烧到一百度,明天又冷到零度了"。所以它虽然肯定表现主义的"反对一切旧制度、旧思想、旧技术",仍然认为中国不必去学习表现主义戏剧。如果做一个粗略的统计,仅1921年到1928年间,在《小说月报》《东方杂志》《创造月刊》《创造周报》等重要刊物上,便先后发表了数十篇介绍表现主义思潮和作品的文章与译作。

从表现主义作品的翻译看,1922年宋春舫翻译了哈森克勒维尔的《人类》(《时报》双十增刊);同年,商务印书馆出版了鲁迅翻译的日本作家武者小路实笃创作的表现剧《一个青年的梦》;1923年《小说月报》发表了陈小航译凯泽的《从清晨到午夜》(第14卷第1号);1928年《创造月刊》发表了托勒尔的《群众二人》(李铁声译,第2卷第2、3期);此外,1922年出版过张毓桂译的《史特林堡戏剧集》,收入《母亲的爱》《幽兰公主》《债主》。沈雁冰也在《小说月报》上翻译过斯特林堡的作品,如《人间世历史一片》《情敌》等。其他人翻译的斯特林堡的剧作还有《热心的妇人》《鬼魂奏鸣曲》等。

值得注意的是,一些与表现主义思潮相关的作家作品的译介,也取得了较多的成果。如未来主义的作品,自1921年始,仅宋春舫就翻译并发表了8种未来主义剧作。沈雁冰、郭沫若、马鹿等人也都写过评价未来派的文章。例如被称为怪诞剧代表的意大利作家皮兰德娄的引起轰动的代表作《六个寻找作家的登场人物》,也都在20世纪20年代被译介给了中国读者。

显而易见,20世纪20年代对表现派乃至整个现代主义的戏剧介绍最多的是宋春舫,而被介绍得最集中的剧作家是瑞典的斯特林堡,至于对中国影响很大的表现主义的剧作家——美国的奥尼尔,则主要在他1929年访问中国后,其影响才日渐明显。

奥尼尔早在20世纪20年代就对洪深的创作产生过影响,但那时的影响是由于洪深留美期间,同奥尼尔先后共同受业于贝克教授的缘故,而国内对奥尼尔的了解并不多。1924年,余上沅曾在《今日之美国编剧家阿尼尔》一文中介绍过奥尼尔的《天边外》《琼斯皇》等五个剧本(见《戏剧论集》,

北新书局 1927 年版），但那还是很简单笼统的介绍。

　　1929 年，奥尼尔访问中国，他的影响也随访华而有所扩大。同年《小说月报》第 20 卷第 2 号发表赵景深有关奥尼尔的文章《奥尼尔的奇怪的插曲》（Strange Interlude）（载"现代文坛杂话"栏），该文讲道，奥尼尔的这个作品"是写一个女子丽娜的变态心理，起初爱她的父亲，后来爱一个军官，军官死后嫁一个丈夫，又姘识了一个男子，还爱着她自己的儿子，甚至嫉妒着儿子的新妇……像这样 Cediacuscomplex 事件，实可供作精神分析学者的研究资料呢"。《小说月报》第 20 卷第 9 号同一栏目赵景深又写了《奥尼尔开始三部曲》，介绍了其新作《发电机》。这些情况说明，奥尼尔在 20 年代末受到了较多的关注。奥尼尔表现主义戏剧理论也逐渐被中国人所认识。1933 年洪深在《现代出版家》第十期发表文章《欧尼尔与洪深——一度想象的对话》，通过想象的两人对话的方式，介绍了奥尼尔关于戏剧的模仿与创作的关系，关于戏剧情节、故事与社会背景之联系，以及关于弗洛伊德学说等问题的观点，也表明了洪深自己的观点。之后，洪深把这篇想象对话收入《洪深戏曲集》作为代序（现代书店 1933 年版）。由此可见洪深对奥尼尔的浓厚兴趣。1934 年洪深在《文学》第 2 卷第 3 期发表《奥尼尔年谱》。同年《洪深戏剧论文集》中有《"表现主义"戏剧及其作者》的文章；同一内容的文章还见诸 1939 年《戏剧的方法和表演》一著中。可以说，奥尼尔是这一时期最受关注的西方现代主义剧作家。对奥尼尔戏剧作品的翻译也呈逐步扩大的状况。到 1930 年，奥尼尔的戏剧译本才真正出现，该年由商务印书馆出版的戏剧集《加勒比斯之月》，收入多幕剧《天边外》《琼斯皇》，独幕剧《东航卡迪夫》《加勒比斯之月》等剧本。1932 年《新月》第 4 卷 4 期发表奥尼尔的成名作《天边外》（顾仲彝译）。对奥尼尔剧本的翻译和理论介绍，为中国剧作家对他的戏剧特点的了解和艺术方法的借鉴提供了有利的条件。据统计，从 1924 年到 1947 年间，国内发表的评介奥尼尔的论文达 40 篇之多，翻译的剧作达 28 种。不仅奥尼尔的代表作如《天边外》《琼斯皇》《大神布朗》和《悲悼》等均有译本，而且其中《天边外》《琼斯皇》《东航卡迪夫》《捕鲸》

等剧还被搬上了舞台。由此，奥尼尔成为 20 世纪上半叶在中国影响最大的表现主义作家。

在对西方表现主义文学作品介绍方面，布莱希特的戏剧作品占有重要的位置。中国对布莱希特的作品在 20 世纪 40 年代就有翻译介绍，最早译成中文的布莱希特作品是《第三帝国的恐怖与灾难》中的《告密的人》①，同一作品戈宝权译作《奸细》②。与此同时，戈宝权还翻译了另外一出短剧《两个面包师》③。在布莱希特作品的翻译介绍方面，进行拓荒工作的还有冯至。他于 1951 年主持编译了第一部《布莱希特选集》，其中包括三十八首诗歌和三个剧本。

表现主义再次在中国引起注意，是在 20 世纪 70 年代后期和 80 年代。除了前述对于表现主义理论的译介与研究重新兴起之外，对表现主义作家作品的介绍也出现了新的热潮。新时期第一部集中介绍表现主义代表作品的选集是袁可嘉先生主持编译的《外国现代派作品选》第一册（下），其中收入了斯特林堡、凯泽、托勒、恰佩克和奥尼尔的戏剧作品和卡夫卡的两篇小说。这部书使许多在新中国成长起来的文学青年第一次接触到表现主义的经典作品。此后，对表现主义作品的翻译逐渐增多，但大部分集中在戏剧领域。1980 年人民文学出版社编辑出版了两卷本的《布莱希特戏剧选》，收《三角钱歌剧》（高士彦译）、《第三帝国的恐惧与苦难》（高年生译）、《卡拉尔大娘的枪》（姚可昆译）、《大胆妈妈和她的孩子们》（孙凤城译）、《伽利略传》，还有《潘第拉先生和他的男仆马狄》、《高加索灰阑记》等。在这些作品中，有许多是表现主义代表作；1982 年出版了《恰佩克选集》，其中包括戏剧集和长篇小说《鲵鱼之乱》。90 年代初三卷本的《西方现代戏剧流派作品选》出版，其中第三册 62 万字，为表现主义专集。除前面已提到的作者外，还增录了魏德金、佐尔格、哈森克勒维尔、巴拉赫，以及美国的赖斯和欧文·肖的作品。接着三联书店又出了两卷本的《奥尼尔集》（1995 年版）。

---

① 译者天蓝，载《解放日报》1941 年 8 月 24—26 日，《新华日报》1941 年 10 月 13—16 日。

② 载《学习与生活》1942 年第 3 卷第 5 期。

③ 载《新华日报》1942 年 8 月 6 日。

关于布莱希特、奥尼尔研究的专著也有了翻译，如中国社会科学出版社的
《布莱希特》（1992 年版）和美国学者弗吉尼亚·弗洛伊德撰写的《尤金·奥
尼尔的剧本——一种新的评价》（上海译文出版社 1993 年版）。所有这些翻
译和介绍不仅增进了中国作家和读者对表现主义艺术的深入理解，也大大推
动了具有表现主义特点的实验戏剧在中国戏剧舞台上的推广和发展。

　　在小说领域，奥地利小说家卡夫卡受到了格外的重视。对卡夫卡作品较
集中的介绍是在 80 年代，翻译出版的作品大致有：《城堡》（上海译文出版
社 1980 年版）、《审判》（湖南人民出版社 1982 年版）、《卡夫卡短篇小说选》
（内收《审判》《变形记》《司炉》《乡村医生》《致科学院的报告》等 20 个短
篇，外国文学出版社 1985 年版）、《卡夫卡作品精粹》（收录最有代表性的作品，
包括长中短篇小说、书信、日记并附简短评价。汤永宽选编，河北教育出版
社 1993 年版），《诉讼》（外国文学出版社 1986 年版）等。另外，卡夫卡的作
品全集也得以出版。介绍卡夫卡的译著有德国人瓦根巴赫的《卡夫卡传》，英
国人罗纳德·海曼的《卡夫卡传》，日本人三野大木的《怪笔孤魂：卡夫卡》。
对卡夫卡的研究也成为新时期外国文学研究领域的重要现象，如叶廷芳的《现
代艺术的探险者》一书中，就介绍过卡夫卡。他编的《论卡夫卡》（中国社会
科学出版社 1988 年版），汇集了七十年来国外学者各个时期写的有关卡夫卡
的代表性论文，其中有勃罗德的《〈城堡〉第一版后记》，奥登的《K. 的追求》，
加缪的《弗兰茨·卡夫卡作品中的希望和荒诞》，海勒的《卡夫卡的世界》，
索克尔的《反抗与惩罚——析卡夫卡的〈变形记〉》等重要研究文章。中国学
者的研究论文大约也有上百篇，有研究卡夫卡的硕士和博士论文出现。

第三节　表现主义文艺思潮的兴起与高涨

　　20 世纪中国表现主义文学大致形成过两次思潮，第一次是前半叶的 20

世纪 20 到 30 年代，第二次是 70 年代末到 80 年代。

20 世纪前半叶，中国的表现主义文艺现象，从五四时期一直延续到 20 世纪 40 年代初。不管在理论上还是创作实践上，表现主义并非一闪即逝。但是，作为与当时社会思潮紧密相关的表现主义文艺思潮，其兴盛主要在五四时期至 20 年代后期大约 10 年多的时间内。

五四时期至 20 世纪 20 年代末，是中国表现主义从译介、酝酿到兴起、发展时期。这一时期，与其他现代主义文艺现象相比，对表现主义的介绍在当时不但比较集中，而且还有较为得力的创作实践，甚至形成了一种推崇和提倡表现主义特点的文艺氛围，表现主义现象实际具有了与当时社会思潮相联系的文艺思潮的性质。中国出现的这种文学现象，一方面直接受到西方表现主义的及时影响，另一方面，中国现实社会蕴蓄了一种需要以特殊方式大胆"表现"的社会情绪。再从文学本身来说，中国传统文学从万马齐喑的局面下解放出来，也需要大胆"表现"的文学样式。

在考察中国表现主义文学思潮的发生发展过程中，一个值得注意的现象是，创作实践中所体现的表现主义精神，并不完全是在表现主义文艺理论被介绍进来之后才出现的，而是在它同时、甚至在它之前已经出现。指出这一点，不是说表现主义理论没有对中国文学创作产生影响，而是说，中国表现主义文艺思潮的兴起，不仅仅是因为西方表现主义文学派别影响的结果，而且更重要的是它已经有了一种内在的需要，一种一俟与表现主义理论"相撞"就喷发出火光的精神"淤积"，一种有待解放的思想"潜力"。这些内在的需要、淤积、潜力的产生，在新文学阵营中几位最具代表性的人物身上有着鲜明的反映，他们是鲁迅、郭沫若、沈雁冰，此外还有曾经受鲁迅影响而心态和文学活动极为类似表现派的高长虹。他们或直接或间接对表现主义产生兴趣，既有在特定的情境下与表现主义文学精神相通的原因，有他们当时对文学社会功能的独特理解的因素，也与他们受表现主义思想前驱的影响相关。

鲁迅对表现主义理论的译介，是在 20 年代中期后和 30 年代；其实，在 1918 年《狂人日记》及其稍后的小说创作中，鲁迅已经体现出较为典型的表现主义的文学精神。这种现象出现的原因主要有：第一，鲁迅在五四时期虽未有直接证据说明他受表现主义的影响，但鲁迅受尼采等人的哲学思想的影响却是不争的事实，而尼采被公认为是表现主义的思想前驱。弗内斯说："在任何关于表现主义前驱的描述中，讨论尼采都是必不可少的……正是尼采对自我意识、自主和热烈的自我完善的强调给了表现主义者的思考方式以最强大的推动力。自然主义也许会欢呼尼采对资产阶级自鸣得意的攻击，而象征主义者则为尼采在遥远的、蔚蓝色的孤寂中这——诗人——先知的幻想而激动，正是表现主义的一代人，他们深为尼采无畏的悲怆、为他对一切古老和垂死之物必将毁灭的重申，为他对勇敢和幻想的强调所倾倒……尼采骄傲的背叛激动了整整一代诗人和思想家。"① 鲁迅受尼采的影响是人所共知的，尼采关于"上帝死了"的观念，尼采无畏的悲怆、他对一切古老和必死之物必将毁灭的重申，尼采的"超人"哲学等，都可能给鲁迅表现主义式的"思考方式以最强大的推动力"。这也就是说，鲁迅在五四时期产生表现主义的情绪，主要还不是直接接受表现主义文艺理论的影响，而源于尼采等人的哲学观点与鲁迅对中国社会历史的深切感知体验的相互融汇。

　　鲁迅在这时产生表现主义艺术倾向的第二个原因是，鲁迅自身蕴聚着表现主义式的激情，这种激情在本质上是社会存在的反映。鲁迅所处的环境，当然不同于第一次世界大战后德国的具体条件，但却有着类似的社会氛围和心理基础。愤懑、压抑、不满、反抗的精神状态，破坏与创造交织的意识，"世纪末"的情绪等，自然促成知识分子的"表现"欲望，也使鲁迅发出大胆无谓的奇特的"呐喊"声。五四时期浪漫气息的形成和"泛表现主义"思潮的出现说明，是外来文化的冲击触发了中国社会蕴蓄已久的渴望"表现"的普遍意识，而不仅仅是一种影响的结果。鲁迅作为思想先驱和文化旗手，他对时代气息的感受更加敏锐深刻，他的创作带上表现主义色彩有其内在动因。我们因此无须再去寻觅鲁迅如何受外来作品影响的线索，以证明表现主

---

① ［英］R.S. 弗内斯：《表现主义》，艾晓明译，昆仑出版社 1989 年版，第 8—9 页。

义对中国的影响及其结果；而应该表明，表现主义作为一种有基本倾向而界定不明的文艺思潮，它在中国的出现有各种不同原因，其中就包括中国社会自身的基础和内在要求。而外来影响的深层作用也不仅仅在于提供文艺的样式，而是对作家的观念和思维方式的改变。从鲁迅这位"旗手"身上，我们可以体会到中国表现主义文艺思潮兴起的内在的深层动因。

同样作为显示新文学实绩而性格与鲁迅迥异的郭沫若，从另一方面表明了表现主义文艺思潮在中国兴起的原因。郭沫若作为创造社的中坚和中国现代浪漫主义文学的典型代表，他的创作和文学观念，表明了"本着内心的要求"进行主观表现的文学倾向，如何吸收了表现派的社会思想和文学思想，进而使之融入当时重在表现自我情绪的文艺思潮。

郑伯奇在《中国新文学大系·小说二集导言》中论述说，若对创造社"艺术派"加以更细的分析，则它"实包含着浪漫主义以至表现派、未来派的各种倾向"，认为歌德而外，海涅、拜伦、雪莱、基慈、惠特曼、雨果、斯宾诺莎、泰戈尔、尼采、柏格森这些浪漫派的诗人和主观的哲学家都是创造社作家所崇拜的。"象征派，表现派，未来派也都经创造社的同人介绍过，这些流派实在和浪漫主义在思想上，是有血缘的关系。"郑伯奇的这些看法是符合实际的。郭沫若的表现的文学观，不仅有浪漫主义思潮中的"表现"观念，而且明显地有着表现主义文艺观中的表现观念。郭沫若自己就曾回忆说，他的《女神》，特别是其中的诗剧的创作，就受包括表现派文学在内的外国文学的影响和启发，有这些作品对他情绪的感染。另外，郭沫若自述对他的《女神》影响最大的惠特曼的诗歌，本来也是表现主义的艺术和思想渊源之一。正如弗内斯所说，在表现主义的形成中，"一种特别强盛的力量来自惠特曼的诗歌，惠特曼和尼采有许多共同之处，他的活力论后来在表现主义者狂热的乌托邦思想中赢得了无可否认的共鸣"[①]。惠特曼对郭沫若的影响显然也不仅仅在于艺术风格方面，而是整体的启示和浸染，《女神》的狂飙

---

① [英] R.S. 弗内斯：《表现主义》，艾晓明译，昆仑出版社 1989 年版，第 13 页。

突进的气势，夹带着特有的表现主义的精神气息。郭沫若与表现主义的关系，还反映在他的文艺观与表现主义有相通的一面。郭沫若在《文艺的节产》（《创造周报》第十号）一文中认为："'艺术是现，不是再现'"，"这句简明的论断，把艺术的精神概括无遗了"。他解释说："甚么是现？这是从内部自然发生，这是由种子化而为树木，由鸡孵化而为鸡雏。""甚么是再现？这是微生商的醋：人向微生商讨醋，自己没有向邻人转借……一切从外面借来的反射不是艺术的表现。""艺术是从内部的自然发生。它的受精是内部与外部的结合，是灵魂与自然的结合，它的营养也是仰诸外界，但是它不是外界原样的素材。"从这些论述反映出，郭沫若与创造社同人对表现主义推崇是有其内在原因的，从一定意义上说，他们尽管对战后德国正在兴起的表现派文学了解并不全面，但却紧紧抓住了文学艺术是"现"（表现）、"是从内部自然发生"这一表现论文学观，对表现主义有着极大的兴趣。当然，创造社对论表现论文学观和表现主义文学的提倡、肯定，还有时代特点的原因以及他们自身的许多其他原因。在这里，我们所要说明的是，在中国的表现主义文艺思潮的兴起演变中，创造社的作为具有特殊意义。他们的理论和创作实践，不是一般的浪漫主义，而具有表现主义的鲜明特色。

20世纪20年代初期在中国兴起的表现主义思潮，在文学理论方面也有相应的反映。这甚至体现在后来以提倡和实践现实主义理论为特点的沈雁冰（茅盾）身上。当时的沈雁冰主要从事文学理论建设和进行文学批评，他在主持《小说月报》时，也曾通过"海外文坛"栏目介绍过许多表现派文学艺术方面的消息，更重要的是他还提倡过新浪漫主义文学，提倡过表象主义文学。在对西方现代主义文学初步接触的20年代初，茅盾称之为新浪漫主义的文学现象，大致类似于其他人称之为表现主义的文学现象，其基本点在于他们都注意到了这种文学与写实主义、自然主义，甚至印象主义的区别，区别的关键在于后起的这类文学强调自我和主观，尊崇"表现"，追求比写实主义和自然主义更深刻的"内在真实"。茅盾认为，写实主义和自然主义以纯客观的态度，暴露现实的丑恶，只表现人生而不能指导人生。他说："写实文学的缺点，使人心灰，使人失望，而且太刺激人的感情，精神上太无调剂，我们提倡表象，便是想得到调剂的缘故，况且新浪漫派的声势日盛，他们的确有可以指人到正路，使人不失望的能力。"茅盾从文学的积极的社会作用的角度出发，试图寻求一种既描写社会又宣泄情感，既表现人生又指导人生，既反映现实又表现理想的文学；在创作方法上，则追求分析与综合、主观与客观相结合的方法。而他认为，新浪漫主义文学具有这些特征。自然，茅盾的这种对新兴的现代派文学的理解带有误解的成分，甚至把它"理想化"了。稍后茅盾迅速地纠正这种看法，转而提倡自然主义、"无产阶级文艺"就是证明。但是，也正是从茅盾的这种误解和追求中，反映出当时文坛对于宣泄情绪、表现理想的需求。

说到当时文学理论方面对于"表现"的理解，我们不能忽视以强调"表现"为特点的创造社理论家的观点。1925年《创造周报》第五号刊载成仿吾的《写实主义与庸俗主义》，文章在讲到写实主义的特点时，却阐发了近乎表现主义的"真实观"和艺术观："文艺由浪漫的变为写实的，是我们由梦的王国醒来复归到了自己。我们已与现实面对面，我们要注视着它，而窥破它的真。我们要把它赤裸裸地表现出来。然而我们于观察时要用我们全部的机能来观察，要捉住内部的生命，要使一部分的描写暗示全体，或关联于全体而存在。文艺于成作者之不断的反省，作者的目的也在由于读者之不断的反省使读者也捕捉作者意识中的全部的生命。"这里的"窥破""真象""赤裸裸的表现""捕捉内部的生命"等意识，正类乎表现主义文学观。而成仿吾作为创造社在理论批评方面最有代表性的理论家，他当时所阐发的主要就是"表现"的文艺观。

在中国表现主义文艺思潮中，还应该提到高长虹及狂飙社。1924年因《狂飙月刊》而得名的狂飙社在北京成立。狂飙社虽然不曾明确地自述过与德国新狂飙运动的联系，但他们的理论主张和创作实践却表现出与狂飙运动及表现主义的内在联系。思想倾向上的"尼采"声（鲁迅语），艺术上"用大胆无畏的态度，发表'强的艺术'"的追求，以及"拟尼采样的彼此都不理解的格言式的文章"，都透露出与表现主义的某种契合。狂飙社的代表人物高长虹也曾经表示出对表现主义的赞赏。在《中国艺术的姿势》中，他认为："人类的行为是刺激的反应，而不是有意识的，所以人常不能够认识自己的同别人的行为，表现行为的艺术，所以最真实的便是那最近于无意识的。写实主义在表现现实，却以观察为依据，所以不能够表现真实的现实。再则虽然艺术上常有用科学的一个形容，然艺术同科学总是相去甚远。所谓观察者，写实主义的观察与科学上观察也相去甚远，我常觉得表现主义比现实主义更是科学的，而且这也是最进步的科学可以说明的呢！"

诸种现象说明，"表现"的冲动和"写实"的欲求，是当时文学界并行不悖、相激相荡的内在驱动力。"表现"的冲动在特定时期不仅是"派"而且带有"主义"的特点，实在有着多方面的原因，表现主义能在中国形成一定的思潮，有诸多与当时的具体历史环境联系在一起的复杂因素。从前面概述的理论的译介和创作现象中可以看出，中国文坛的表现主义是当时世界范围内表现主义发生演变过程的组成部分，同时又具有其自身的特征，这主要是：

第一，"泛表现主义"的特征。从对表现主义理论的译介状况中和创作实践中反映出，这一时期对于西方现代派文学中的表现派和以表现为特质的现代派文学思潮，以及以克罗齐为代表的表现派美学、文学观，没有概念上的明确区分和界定，或者说只注意到它们之间的联系而没有分辨它们的不同。这种理解一直在此后延续。所以，当时所谓的表现派因具体个人而有不同的理解。大致而言，大部分人对表现派的理解主要是把它视为继写实主义、自然主义以后新的文学思潮，其核心是强调"表现"而不是"再现"，表现对象是精神、心灵而非表面真实。因此有人把后期印象主义划归再现（观察）的文艺，而把未来主义等归类为表现主义。这种"泛表现主义"的理解，还反映为把浪漫主义的"表现"与表现主义的"表现"都视为同一问题。这种"泛表现主义"在认识上可能存在局限，但对当时中国文坛来说可能还是一种幸运，由此形成了自己的特点和优点。这是因为，唯其是"泛表现主义"，才适应了当时中国文学表现各种各样复杂精神情感的需要，才不画地为牢和生硬模仿，才使表现主义的文艺真正形成了与现实主义相激相荡的局面。就具体作家个体来说，唯其有"泛表现主义"的文学观念，才能在一个作家身上体现不同的文学精神，才能使他们不受观念的樊篱，以彻底表达自己的情感为指归。创造社的创作是这方面的具体例证。当然，唯其"泛"，也就无专一的、典型的表现主义作家。

第二，重精神特质、轻艺术技巧的特征。"泛表现主义"泛化了表现主义的范畴，但其主体方面却未被忽略。这一时期所以能做到虽对表现主义理解不准确而又在创作上形成气候，关键在于，就总体而言有一种重表现主义精神特质、轻表现主义具体技巧的倾向。表现主义的生成演变不是纯艺术变革，而是和社会思潮、哲学观念紧密结合的文化精神现象。弗内斯曾对这种现象分析说："以表现主义著称的运动或者说倾向、精神，是从包括有各种不同特征的思想氛围中涌现出来的，其中尼采的活力论，马里内蒂的未来主义，惠特曼的泛神论和陀思妥耶夫斯基对下意识的隐秘所作的心理探索起到了重要的作用。进一步的推动来自柏格森，柏格森对'隐秘的自我上升到表面'这一现象作了描述，这一描述是对主观力量的进一步强调和一个根本的变化。不论在什么地方，人们呼唤的都是自我表现、创造性、狂喜的热情和对传统的无情否定"。[①] 弗内斯在这里讲到的表现主义文艺的理论先驱几乎在中国文化思想界和艺术领域都发生过重要影响。中国的表现主义的产生也有这种思想和哲学观点的直接触发，而不仅仅来源于表现主义文本身。在20 世纪 20 年代前后，对表现主义的兴趣首先在于它的精神特质。热烈的反抗情绪，无视权威、反叛传统的意识，饱满的激情，强调揭示"本质的东西和深藏在内部的灵魂"的主张，不仅仅是适应艺术变革的要求，主要还是满足思想革命和政治革命的需要，表现主义因之成为一种对于现实的精神态度。抓住这种精神特质而不重表现主义的具体技巧，正是这一时期的特点之

---

① ［英］R.S.弗内斯：《表现主义》，艾晓明译，昆仑出版社 1989 年版，第 18 页。

一，而且越是重要的、有影响的作家，这种特质体现得越是明显。也正是有重精神特质以适应时代需要这一特征，才使表现主义不是作为一种流派而是作为具有思潮性质的现象存在。

第三，重内心却不回避现实的特征。表现主义从根本上说对现实持一种"干预"和"参与"的姿态，强调表现心灵、精神、直觉、体验等，却不割断它们与客观世界的联系。尤其左翼表现主义，与现实的联系更为密切。五四至20世纪20年代的中国表现主义，始终与理性的、现实的精神交织融合，居于其主导方面的是以表现主义的特别的"格式"来表现"忧愤深广"的现实感受和精神态度，而不是限于纯粹心灵的探索和抽象哲理的演绎。正如李欧梵所说："'五四'的作家，在某种程度上，同样具有西方美学的现代主义那种艺术性的反叛意识，但他们并未抛弃对科学、理性和进步的信心。""中国作家的'前卫'感，虽然是源自艺术上对传统的反抗，却依然局限在'生活'的范畴之中；换句话说，他们愤怒、挫折的情绪，和对当代现实的厌恶，驱使他们走到反叛的境地，无论如何，却总是根源于社会政治的连锁关系。"这个时期中国表现主义文艺中的一个十分值得注意的重要特点是表现心灵冲动。冲动不仅是创作的一种内驱力，也是表现对象本身。在鲁迅、郭沫若、高长虹等的作品中充满着这种冲动意识，但这些冲动显然并不源于抽象的人性，而源于现实的刺激和感应。

第四，个性解放思潮相结合的特征。众所周知，浪漫主义文艺思潮总是和个性解放的社会思潮相联系的，五四新文学在这一点上也不例外。但是中国五四时期的个性解放的社会思潮仍有特殊性。不仅其社会背景不同于欧洲个性主义兴起之时的状况，而且哲学背景、文化氛围、个性解放的内容也有所不同，特别如尼采、柏格森及惠特曼等代表的新的哲学观念、文艺观念，以及20世纪新兴的其他一些社会革命思想和文艺观的影响，都决定了这个环境下的个性解放的内涵要复杂得多。比如，个性解放与社会解放的关系、人性解放与历史进步的关系等成为不能绕过的问题，"上帝死了"的哲学观念给彻底反封建以强劲有力的理论支撑，却不会给个性解放以"理想"的烛照。个性解放的要求中夹带着更多的不满、愤怒和社会的反抗情绪，对人的价值、人的尊严权利的争取往往与对现实人生的探索纠合在一起。因此这种内涵复杂的个性主义社会思潮，不是传统浪漫主义及其表现论文学艺术所能完全适应的，而兴起的表现主义文艺正适应了这种要求并与之融为一体。正如李欧梵所指出的："五四文学最醒目的特征是：中国作家并非在自己的内心或艺术范畴中有所反省；而是假借外在的现实，极为显眼地展现自己的个性。在这层意义里，五四文学在某种程度上近似于西方初期的现代主义。"极为显眼地展现自己的个性，正是表现主义文艺思潮得以形成的契机之一。

第五，与五四文学革命的艺术创新和反传统精神相一致的特征。20世纪前半叶的中国，只有五四文学革命时期是艺术上的大开放时期。五四时期的中国文坛，挟文学革命的雄风，形成了开放的局面和宽容的氛围，各种外来思想观念、艺术样式都有在中国一试身手的机会，正是在这种破旧立新、重绘文学蓝图之际，表现主义和其他现代主义文艺思潮被看作最新的文艺思潮介绍进中国。而表现主义所宣扬的追求比现实主义更真实的文学观，以及它的反传统意识，在总体方向上不与五四文学革命精神相悖，反而有助于它。这在一定程度上满足了中国文学历史转换的现实需要，至少在观念意识上有利于弃旧图新。事实证明，在五四之前中国不具备这种条件，而五四文学革命高潮过后也不具备这种条件。所以表现主义在五四至20世纪20年代能较充分地发展，有中国文学艺术自身发展的内在要求和宽阔的文学观念的容忍、容纳等因素。它的受抑制和走向衰微则与后来文学总体价值取向的转变相联系。

第四节　表现主义文艺思潮的嬗变与消退

20世纪30年代以后，与表现主义美学理论的进一步阐发、表现主义创作技巧的进一步借鉴相伴而行的，是表现主义文艺思潮在总体趋势上的进一步衰微并消退。这种由盛而衰的趋势，在 20 年代中后期由理论上对表现主义从褒扬而贬抑所昭示。

对表现主义的重新评价和表现主义思潮的消退，首先是由中国当时的国情以及由这种国情变化对文学提出的要求的变化决定的。这些变化中当然还有人们对于文学社会作用、文学价值等方面认识的变化，有对表现主义本身特性认识的变化。这些变化也使得中国文学的发展格局、艺术倾向起了整体的变化，即在总体上提倡现实主义而排斥现代主义，提倡客观再现，抑制主观表现。比如，茅盾到 20 年代中期，当他重新思考中国文学的前途，论述无产阶级的艺术时，对整个现代派文艺、包括表现派采取了保留和批判的态度。1925 年在《论无产阶级的艺术》的长文中，他在谈到无产阶级艺术如何吸收借鉴"艺术遗产"时指出，不能认为"最近代的新派艺术的形式便是最适合于被采用的遗产"。"譬如未来派意象派表现派等等，都是旧社会——传统的社会产生的最新派；他们都有极新的形式，也有鲜明的破坏旧制度的思想，当然是容易被认作无产阶级作家所应留用的遗产了。但是，我们要说明这些新派根本上只是传统社会衰落时所发生的一种病象，而不配视作健全的结晶，因而亦不能作为无产阶级艺术总的遗产。如果无产阶级作家误以为此等新派为最可宝贵的遗产，那便是误入歧途了。"[①] 他的这种看法反映了这一时期人们在五四文学革命高潮过后，重新思考文学方向时对现代派文学估价的共同特点，即认为现代派文学在思想体系和艺术形式上都是"世纪末"的情绪和意识的反映，是"传统社会衰落时所发生的病象"的反映。这种看法背后，还潜藏着另外一种普遍的思维方式和观念意识，这就是文艺"进化论"观念。认为某一种文艺形式只是某一时代、某种阶级的产物，只表现那种特定情势下的精神。由此推论，认为浪漫主义是个人主义的、资产阶级的

---

① 鲁迅：《三闲集·醉眼中的朦胧》，载《鲁迅全集》第 4 卷，人民文学出版社 1981 年版，第 62 页。

文学，因而已经过时；而写实主义才是第四阶级的、革命的文学。这种意识自然也影响到对现代派文艺总体的认识，并在重建文学价值系统时采取了对其拒斥的态度。这种潜在的观念意识，也是创造社同人在艺术上由强调主观表现、崇尚自我和个性，转向尊崇现实主义的重要原因之一。郭沫若在创作实践上，自《前茅》开始，出现了一种表现主义情绪与革命意识相结合的现象，但是在理论主张上，却不复提倡表现主义，转而推崇现实主义，甚至连以前所强调的浪漫主义也予以否定。创造社其他成员的转变，也包含着寻求建立无产阶级革命文学的思想体系和艺术形式，故而否定那些已有的"过时"的文学观念的意识。所以，表现主义后来在理论上受到创造社的冷落是必然的。

在革命文学兴起过程中，贬抑和拒斥表现主义和其他现代主义文艺，还有一个重要的认识上的原因，这就是完全把艺术形式和文艺思潮等同，把某种文艺流派、文艺思潮的兴起与社会思潮简单等同，忽视了新的艺术形式确有在某些方面可以利用、新的艺术观念可以借鉴的一面。比如，1928 年 4 月华汉在《流沙》杂志发表了《文艺思潮的社会背景》的文章，依次论述了古典主义、浪漫主义、自然主义和新浪漫主义文艺产生的社会背景。作者对文艺思潮的社会背景的分析是有一定根据的，但在客观上却因未进一步分析与文艺思潮相关的其他文艺现象，因而在整体上对过去的文艺都有所否定。如在最后谈到新浪漫主义思潮中神秘主义和象征主义时，认定它是"资本主义发达末期的产物"，"它外表虽是超阶级的，其实还是资产阶级的艺术"。"它的阶级的实践任务，是抑制无产者前进的精神而促进资产阶级的反动。"此种看法，在当时特定的历史条件下极易产生，并随文艺理论中阶级意识的增强愈发突出。1932 年 5 月，易嘉在《五四和新的文化革命》①中认为："绅商的'智识阶级'既然自命为'智识阶级'，那自然是比贫民高出一等的人物了。所以他们除诗古文词四六电报之外，造出了一种新文言的'深奥高妙'

---

① 参考《北斗》1932 年第 2 卷第 2 期。

的新文艺。什么表现主义，后期印象主义……一直到'魔道主义'，样样都有；他们是要'找寻刺激'，他们是要模仿没落颓废的发狂的吃人的帝国主义资产阶级的艺术。"易嘉显然也是只从思想体系的角度评估以往文学的意义并作出判断的。

　　除了对于表现主义文艺思潮从理论上的整体贬抑之外，在论及与表现主义或现代派相关的"表现"等具体观念时，20 世纪 30 年代后的左翼文艺阵营对之也流露出情绪上的反感和讥讽。1933 年张天翼在《现代》第三卷第二期撰文《后期印象派绘画在中国》，认为"后期印象派所讲求的是'表现'，这派里的艺术老板们不像以前的老板们，叫描写对象在画布上再现。他们描写一个对象并不是描写那对象，而是由那个对象发挥作者肚子里的心情，所谓'自我表现'"。"这是一种极端的个人主义的艺术。中国既然想脱开圣贤之徒的八字脚文化的束缚，而唱一种从洋鬼子那儿学来的摩登的小白脸文化唱个人主义，当然很容易地接受了这种艺术。"1934 年胡风在《林语堂论》①中论及林语堂的"中心思想"时，称其是"个性拜物教徒和文学上的泛神论者"，对林语堂的表现、性灵说提出批评。平心而论，胡风在 30 年代对林语堂的批评和对他以往情况的估价是较为客观和深刻的，其中对他把表现仅仅限于自我、内心和性灵方面的批评可以说是抓住了要害。但是联系当时整个的文艺倾向来看，仍然缺乏对"表现"问题作理论上的更深入的探讨，而顺应了当时褒扬客观再现贬抑主观表现的艺术趋势和文艺思潮。

　　20 世纪 30 年代后表现主义文艺思潮的消退，不仅仅体现为理论观点上的直接贬抑，它还体现为某些代表性人物转而对现实主义的提倡。高长虹即是如此。40 年代初，他转向对现实主义的关注和提倡，他说："现实主义的可贵，不一定在它的成功，也在它的向往。走现实主义的路，这就是成功的起点。""现实主义的艺术，不是那样容易产生的，熟悉生活，熟悉语言，技术精巧，观点正确，这些条件，缺少了一样都不很妥当。因此，不一定要马

---

　　①　《中国新文学大系·文学论文集》(1927—1937)，上海文艺出版社 1987 年版。

上有很多成功的现实主义的作品，而只要很多作品走着现实主义的路。"① 他在另外一篇短文《每日评论·再来一次未来主义的运动》中也说过"中国离表现主义近，而离未来主义远"的话，但这里边的"离表现主义近"，是因为相对于未来主义，表现主义离现实近，它们不脱离现实，在这一点上中国人离表现主义近。高长虹的这种看法和他的转变，在一定程度上表明了这个时期对于文艺与现实的关系、文艺的现实主义方向的确认，几乎成为一种共识，它被提到文艺之路的高度。所以表现主义文艺思潮流的消退不是孤立的文艺现象。它随着无产阶级革命文学运动和现实主义文艺主潮的高涨而迅速消失。

表现主义文艺思潮流的消退，除了社会思潮的影响、人们理论认识等方面的原因之外，还有表现主义文艺自身方面的原因。

第一，表现主义同其他现代主义派别一样，追求表现主观内心和揭示内在的真实。这种艺术目标，同一贯崇尚实践理性精神、注重现实的中国传统文艺有着很大的距离，也与现代文学关注现实社会、"为人生"而且要改良人生有区别。它与强调文艺对客观现实的反映的主导倾向相游离。表现主义不仅在 20 年代中期后没有与之呼应的社会思潮，而且难有与现实人生目标相一致的明确的艺术目标。过分地强调内在真实和精神的抽象探索，在当时必然被看作是对现实人生的遁逃，因而是难以被时代认可。

第二，表现主义的文艺难以适应当时中国人的普遍的欣赏要求。象征手法，神秘色彩，氛围的渲染，以及变形、幻觉等艺术特点，比之同样从外国"拿来"的现实主义来，有更大的欣赏上的距离。尤其是表现主义成果最为显著的戏剧领域，其作品数量虽然很多，但能成功上演的却极为有限。连《原野》这样并非全部采用表现主义手法，而且有很明显的现实基础的作品尚且长期被误解，其他作品不能被接受和产生影响就不难理解了。而五四时期具有表现主义色彩的作品，之所以能被理解并产生共鸣，不仅取决于作品

---

① 高长虹：《几句话》，《蜀道》第 379 期，1941 年 3 月。

本身反映了时代的心声而引起共振，还在于理论批评界对它们的阐述，使之缩短了欣赏上的距离。而在 30 年代后，这种条件已不具备，代之而来的是对文艺大众化、通俗化的强调。表现主义在艺术效果上不能作用于时代主体和历史主流，其文艺思潮的性质不复存在也是必然。

第三，更为深层的原因是，20 世纪 30 年代后，由于种种复杂的综合的原因，中国文坛缺乏那种真正对人生命运、人类前途、人与社会历史的关系等问题作哲理思考的意识，也缺乏表现这种思虑结果的冲动；阶级斗争、政治革命把有社会责任感的作家的注意力引导到对客观现实问题的关注。因此，这一时期，表现主义不再如以前那样成为一种自然的选择和改造利用，它已经显得不那么"必要"了。没有了这种深刻内在的需要，表现主义文艺的延续，就不能不主要限于技巧借鉴的层次了。也许可以这样说，与现代哲学思潮有密切联系的现代主义文艺，其成功的、有影响的作品必然有作者对人生、社会的独立的哲学思考作为架构支点，有对人的精神世界更深层次的"发现"，如卡夫卡、奥尼尔等。在 20 世纪 30 年代以后，中国只有极少数作家的作品还具有这种意识，如鲁迅的《故事新编》中的某些篇章，包含了独特的思虑、发现和激情。但是这样的作品在当时并不为人们所特别看重，它们也无改表现主义整体衰微之势。

总的来说，表现主义文艺思潮的消退，既有时代环境、社会思潮、文艺整体发展趋势的影响等客观方面的原因，也有表现主义文艺自身的原因。到了 20 世纪 40 年代，表现主义在中国文坛已几近绝迹。它的再度兴起，已是 20 世纪后半叶的 80 年代了。

20 世纪 80 年代初，随着中国社会和文化精神方面的深刻变化，文学观念、文学特质的变化，也随着文学从所谓由"外"向"内"的转变，随着现代派文学被重新认识、评价和借鉴，带有表现主义特点的文学创作也重新出现。这一时期中国表现主义是不事张扬的，没有宣言，没有人打出旗帜，没有作家自称过自己的创作是表现主义，但是，有一些重要文学现象却表明了表现主义的再次勃兴。

第一，从文学整体发展格局来说，再次出现了较为深刻和较大规模的以强化"表现"为特征的文学艺术倾向，这可以看作再一次的"泛表现主义"的兴起。批评界过去对新时期以来的一些文学流派或文学现象的归纳命名，实际并没有反映文学的艺术倾向及其演化轨迹，如"伤痕文学""反思文学""改革文学""寻根文学"等，都是以文学的表现内容或题材特征来概括的。如果从艺术倾向的角度来看新时期文学的演变，大致情况则是：70年代末和80年代初，新时期文学主导的倾向还是"现实主义复归"，但同时，现代派的艺术手法得到了部分借鉴。1985年，被认为是中国文学的又一次转型，这个转型的特点从文学自身的变化来说，它出现了较为明显的对于传统现实主义格局的打破，由外向内，重表现的情绪再次兴起。它不同于对伤痕的"反思"，也不是对改革的追踪，而是对现实感受的情绪的抒发。具有现代派色彩的"新诗潮"及其演变、"探索试验戏剧"、"先锋小说"、"第五代导演"等现象，都带有强调"表现"的艺术特点。甚至摇滚乐在青年中的风靡，不管是模仿还是情感自发的宣泄，都有着"表现"的内在动因。这时的"表现"，一方面有类似五四时期历史转型期的背景，另一方面又有着更多的现实内涵。整个新时期文学，在艺术特质上是建立在"再现"说基础上的现实主义的变异、深化和发展，与建立在"表现"说基础上的"泛表现主义"的变异、深化和发展这两种倾向，相互交替、相互交融、相互激荡又相互促进。就是说，广义上的表现主义文学现象的出现再次改变着中国文学的格局。

第二，新时期文学中，也出现了较为典型的真正意义上的表现主义文学作品。这一时期，受到西方现代派文学影响、接受西方现代哲学思想观点并试图借鉴现代派手法进行创作的作家为数不少，带有现代派色彩的作家及其成功创作也不少。在这中间似乎还没有人自称过自己的作品是表现主义，理论家、批评家也少有这方面的评价，就是说，我们仍然难以找到典型的表现主义作家。但是，一些作家的部分作品却具备鲜明的表现主义文学的特点。在小说创作中，较为重要的是王蒙、刘索拉、残雪、韩少功、宗璞等，在戏剧创作中是魏明伦等的探索戏剧。这次产生的表现主义文学作品，不是20世纪前半叶表现主义简单的延续，而是在新的历史条件下作家对现实的特殊体验、理解的精神产物，是在新的哲学基础上接受新的观念的反映。这些较为典型的有表现主义色彩的作家，并不标榜自己是表现主义，也不脱离中国现实沉溺于技巧的变换，而是一种自觉的创造，我们不是从他们事先的声明中，而是从作品中辨认了他们具有表现主义的特点。比如，像韩少功的《爸爸爸》《女女女》及残雪的许多作品，是建立在他们对现实的独特的、具有哲理内涵的深切理解之上的，他们对人自身、人与人、人与宇宙关系真正具有了表现主义作家的体验和感受，也就具有运用这种方法的必要，因此，他们的作品自然体现出由于急于表达特殊思想和情感而促使他们寻找新的艺术方式的情态。笔者认为，新时期以来，为数不多的、可以称之为表现主义的作品，显示了中国表现主义的进一步成熟。

20世纪90年代以来，随着经济生活和商品意识在中国人的生活中位置的提高，人们行为方式和情感重心的变化，世俗精神的张扬和道德激情的淡化，以及精神的疲惫，使表现主义失去了心理动力和现实基础。代之而来的是对生活"新状态"的"新写实""新体验"，所谓"零度"艺术观最充分地说明了作家对"表现"普遍失去了兴趣。同时，"后现代主义"现象对"现代主义"艺术的冲击，"先锋派"实验的转向，也使本属于现代主义范畴的表现主义自然趋于低沉。

纵观百年中国文学中表现主义两次思潮的发生演变，有其相同的背景，这就是都在思想解放运动的过程中得到孕育、发生发展。但两次高潮的具体环境不同，结果也不同。第一次表现主义高潮，在后来独尊现实主义的文学总体思潮中，它与其他现代主义文学一样，不但作为一种文学流派、样式的现象没有得到继续，而且其所包含的文学精神也并没能得到吸收和发扬；而第二次情况则有所不同，即随着新时期文学走向多元化，表现主义虽然没有出现如五四时期那样较为明显的流派和思潮的特征，但表现主义文学的一些观念和精神却被消化吸收，融入文学观念、文学理论和作家的创作意识中。

第五节　中国表现主义诗学的思考

作为美学的表现主义理论与作为现代主义文学范畴的表现主义派别，既有联系又有区别。

何谓"表现主义"？从理论上说，至今没有统一的意见和公认的定义。比如，有人指出："尽管'表现主义'一词从历史的角度看是二十世纪初期发源于德国的一个运动，但这一术语可以用来泛指某些艺术家，他们试图表现感觉者的本质，而不是被感觉的对象。在这个意义上说，有多少表现主义的艺术家，就几乎有多少表现主义流派。不管他们把自己叫着象征派、意象派，超现实主义派或是荒诞派，他们都无一例外地企图表现独特的人类思想，而不是思想所观察的物质世界。"① 这里指出了表现主义的重要特征，但同时指出在表现主义现象中界定具体的表现主义作家和作品的难度。卢卡奇对表现主义现象也有同样的看法："一到需要具体说出谁是典型的表现主义作家，即究竟谁有资格称得上是表现主义者的时候，意见竟是如此大相径庭，以致连一个哪怕是没有争议的名字都举不出来……毫无疑问，在文学史上，作为一种流派，表现主义是存在的，它有作家和批评家。"这就是说，表现主义文艺作为一种思潮、流派的现象是存在的，但是，典型的、具体的表现主义作家却是不好界定的。这种现象中包含着一个应该正视的问题：所谓表现主义文艺思潮和派别，实际上是由许多崇尚"表现"观念、运用"表现"手法的作家自然构成的现象，除了公开打出表现主义旗帜的表现主义者（如德国的一些作家）外，还有一些打出其他旗号（如象征派、意象派）或没有打出旗号的作家的创作，不同程度地与表现主义有某种交叉重合。也就是说，20世纪世界文学潮流中，存在着一种普遍的强化"表现"的现象。

---

① ［美］托多·K.本德等：《论表现主义》，彭亚利译，《黔南民族师专学报》1983年第2期。

对于这种现象，英国理论家 R.S. 弗内斯有过论述。弗内斯说："'表现主义'是一个描述性术语，它不能不涵盖许多根本不同的文化表现形式，以致实际上没有什么意义，在文学和艺术所有的'主义'中，它看来是最难以定义的，其中一部分原因是，它既有某种普遍的、同时又有某种特殊的所指；另一部分原因是，它在很大程度中与所谓'现代主义'重合。"弗内斯在这里讲的"既有某种普遍的、同时又有某种特殊的所指"，其关键在于"表现主义"概念中的"表现"一词，具有多重释义和不同的理解角度，被不同派别普遍实践。它既是包括表现主义在内的现代主义文学普遍遵循的手法，又是表现主义美学理论的核心概念。

这说明，作为文艺流派的表现主义与以"表现"为核心概念的表现主义美学理论之间，存在一种既有联系又不等同的关系。

作为现代主义文学范畴的表现主义，它的产生和演变具有特殊的时空条件，有其具体的表现形态。

表现主义文学与时代，特别是与政治的关系是非常特殊和紧密的。特殊历史时期的悲观失望情绪，躁动心态，反抗意识，革命氛围，表现欲望，都是表现主义产生的现实基础。可以说，表现主义既是一种文学精神、文学因子，又是一种哲学思潮和社会思潮的反映，甚至是它们的组成部分。

需要指出的是，关于表现主义在政治上的性质和作用，曾有过不同的看法。如同尼采的思想一样，它被认为既可以是革命、变革、创造的理论基础，也可能被法西斯主义所利用。20 世纪 30 年代后期，就有人因为表现主义诗人高特弗里德·贝恩后来投靠法西斯主义而对表现主义文学本身提出批判，认为表现主义是导致德国产生法西斯主义的思想根源之一，由此引起了关于表现主义的一场论争。卢卡奇于 1933 年发表的《表现主义的兴衰》的文章，从政治、思想和艺术各方面对表现主义进行了全面的批判，严厉地指责了表现主义为法西斯主义思想准备了土壤①。尽管我们并不认为这种观点

---

① 张黎编选：《表现主义论争》，华东师范大学出版社 1992 年版，第 71 页。

有道理，但是它却说明了一个问题，表现主义是一种"不安分"的思潮，而其性质常常表现为一种在政治上的"中性"特点，如弗兰茨·莱施尼策说过："贝恩、布罗依、海尼克、尤斯特他们不是背弃，而是由于接受表现主义而堕落为神秘主义者和法西斯主义分子；与此相反，贝歇尔、布莱希特、沃尔夫、蔡希他们不是由于接受、而是因为背弃表现主义才成为现实主义者的反法西斯主义者。"这样，就有了表现主义的"左""中""右"的评价。克劳斯·贝尔格因此说："表现主义就其本义来说并非风格。风格是指对某一社会现实的表达方式；表现主义指的是一种革命的可能性。"①"表现主义对战争、暴力、剥削表示强烈的抗议，它们承认革命的必要性，但对革命的理解与众不同……一般来说，表现主义理论家总是千方百计强调革命的精神解放因素，革命的发生在许多表现主义者的想象中是无须任何暴力的。"②

尽管人们有这样的不同的看法，表现主义本身确实也是复杂的，但就主要方面来说，表现主义现象的基本倾向是积极的，是演变中的 20 世纪文学中的重要构成部分。正如学者张黎在描述德国表现主义时所说："世纪初的德国表现主义者在政治上大都是左翼知识分子，他们对资本主义向帝国主义转变时期所表现出来的腐败与堕落十分敏感，对资本主义制度采取激进的叛逆态度……表现主义诅咒旧世界，向往新世界，要求变革现实，但他们的进步理想是朦胧的，模糊不清的。他们从伦理学的角度，提出通过革新人的精神世界的道路，创立新的人类共同体。他们对于未来世界的想象，明显地带有乌托邦的性质……由于表现主义产生在世界大动荡的年代，因而在艺术上表现了过分的主观激情。表现主义是一股'呐喊'的艺术潮流，所描写的事物是抽象的，模糊的，缺乏具体性的，给人以动荡不定、惶恐不安的印象。"这个概括较为客观地评估了表现主义文学的基本特征和意义。中国表现主义

---

① ［美］托多·K.本德等：《论表现主义》，彭亚利译，《黔南民族师范专科学院学报》1983 年第 2 期。

② ［苏］弗·恩·鲍戈斯洛夫斯基等：《二十世纪外国文学史》第一卷，四川人民出版社 1984 年版，第 182 页。

文学现象的产生也有类似原因，一方面，它也与激进的变革思想和表现情绪联结在一起；另一方面，中国表现主义也源于艺术上的一种新的追求，一种对内在真实、对人的精神世界意欲深入表现的需要。

如果追溯表现主义文学艺术的思想和艺术渊源，则可以看出它与表现主义美学观点的深刻联系。这种联系有两条线索，一是沃林格和康定斯基等人的表现主义的艺术理论，二是克罗齐的表现主义美学。

表现主义文学艺术最早出现在德国。德国表现主义最先出现在绘画领域，其理论基础和艺术渊源可以说与沃林格和康定斯基的文艺理论相关，而其思想基础可以追溯到尼采等的哲学观点。沃林格的代表性著作是《抽象与移情》（1908 年）和《哥特艺术的形式问题》（1912 年），康定斯基的代表著作是《精神协调的艺术》（1910 年），它们都是表现主义的经典文献。沃林格在对北欧艺术与古典艺术区别的研究中指出，北欧传统艺术要求用感情去夸张自然形象，"把现实转化为神奇、变形的东西"，追求"一种幽灵似的、变形的真实"。这种观点为表现主义提供了理论依据。康定斯基则进一步认为艺术作品是一种内在需要的外在表现。即无言的洞察力，不可名状的直觉，基本的感情，以及所有现成的"精神生活"的东西，发展到极端就是下意识或无意识。他的这种观点在 20 世纪现代主义文艺中得到普遍的认同，他的一些具体的主张，在现代派实践中也得到印证。比如他强调，绘画不是如现实主义所主张的是模仿自然，而是画家感情的表现，画家不是表现客观事物本身，而是表现主观感情，绘画就是以主观感情表达的需要来组合形、色、线。

表现主义文学艺术的另一重要理论渊源是表现主义美学。表现主义被认为是 20 世纪第一个重要美学流派。表现主义的美学原则和艺术特征主要是：主张表现主观感受，主张艺术表现的"不是现实，而是精神"；主张表现内在实质，而不是客观的物理真实；主张用象征方法表现抽象哲理。表现主义美学属于西方现代非理性主义美学思潮。它以意大利哲学家克罗齐为代表，继而的重要人物还有英国的科林伍德、鲍桑葵、开瑞特等。

克罗齐哲学思想是唯心主义的。他把人类的精神活动看作世界存在的本质，把历史看作是精神活动的自我发展和创造，而且把普遍的精神活动与个人的心灵活动相提并论，否定人的心灵活动以外的自然界存在，他只承认精神的存在，认为哲学的任务就是研究精神活动。

克罗齐美学思想的特征是他的表现说，其中心概念是"直觉"。关于直觉，克罗齐有自己的解释。他认为直觉是一种知识。他说："知识有两种：不是直觉的，就是逻辑的；不是想象得来的，就是从理智得来的；不是关于个体的，就是关于共相的；不是关于诸个别事物的，就是关于他们中间关系的，总之，知识所产生的，不是意象，就是概念。"[①] 按照克罗齐的解释，直觉作为与逻辑相对存在的"知识"，它是想象得来的，其内容是个体的特殊的事物，直觉的结果是意象。直觉创造出意象来表现人的主观情感，赋予杂乱无章的、无形的事物以有形。所以他提出"艺术即直觉"，"艺术即表现"。关于"表现"，克罗齐也有自己的解释，认为"没有在表现中对象化了的东西就不是直觉或表象，就还只是感受和自然的事。心灵只有借造作、赋形、表现才能直觉"。他的意思是只有形象（意象）化了的直觉才是真正的直觉，才是能把握的直觉，通过形象（意象）这种载体，直觉也才能得以"表现"。由于直觉与表现不可分，故谓"直觉即表现"。克罗齐的美学理论就是建立在这种"直觉"概念的基础之上。科林伍德进一步发挥了克罗齐的理论，提出艺术即直觉即想象的理论，强调艺术是情感的表现。

以克罗齐为代表的表现主义美学，在现代西方美学思潮中，显然是属于非理性主义的，由强调直觉对西方传统的以黑格尔为代表的理性主义有所改造和扬弃，他提出艺术不是物理事实，艺术不是功利活动，艺术不是道德活动，艺术不是概念或逻辑活动，艺术不能分类，等等。这些观点，突出强调了文学艺术的独立性和精神性。同时，这些观点，为西方现代主义文艺思潮提供了理论基础。从这个角度说，表现主义美学理论与表现主义文艺现象是

---

① ［意］克罗齐：《美学原理　美学纲要》，外国文学出版社 1983 年版，第 7 页。

相通的，它成为现代主义文艺思潮的先声。

表现主义文艺反对物理事实（真实），强调文艺表现的内容不是现实，而是精神，主张将情绪、感情、体验、潜意识化为具体可感的艺术形象，可以直接从表现主义美学中寻找依据和联系。由此可以看出，作为现代主义文学范畴内的表现主义文学流派，与作为现代西方美学潮流之一的表现主义美学，既相互关联，又相区别。

中国在对西方表现主义文学介绍的同时，也在 20 世纪 20 年代中期对表现主义美学理论进行了介绍。胡梦华的论文《表现的鉴赏论——克罗伊兼的学说》，第一次较系统地从鉴赏的角度介绍克罗齐的表现论文学观。文章首先借用日本厨川白村的《苦闷的象征》中的话指出："近来德国倡导的所谓表现主义，它底主张，大意谓文艺作品不但是从外界的事象受得的印象底再现，象这样的反抗从来的印象主义，而归重于作家主观表现的主张，可说是与晚近思想界达到确认生命底创造性的大势相一致的罢。艺术，极端的是表现，是创造。不是自然的再现，也不是'摹写'。"他指出了表现主义与柏格森生命哲学的关系："据与本格森同样地主张精神生活底创造性的意大利人底艺术论所说，表现是艺术底一切。即表现不但是我们他动的外界得来的感觉和印象，而是从收纳在内的生活里的这等印象和经营为材料，而另行新的创造创作的意义，在这意义上，我要说上述的绝对创造生活，即艺术是苦闷的表现。"胡梦华说："倘若我们要知道表现派和克罗伊兼的学说的纲要，我们读了厨川白村先生这段话也该满足了。"显然，厨川白村和胡梦华都顺理成章地认为克罗齐的表现说文艺观与在德国兴起的表现派是一致的，或者说认为克罗齐的表现说是表现主义的理论基础。胡梦华接着指出："克罗伊兼的美学以韦科（Vico）为根据，对于亚里斯多德和美学上的古典学派以及勒新（Lessing）康德（Kant）黑格尔（Hegel）都有所非议，或竟加以抨击。以表现主义为出发点，他的'美'的解释和历来一般人截然不同。""克罗伊兼这样大胆地推翻判断派、历史派、印象派的各种文艺批评学说，并打破美学上的定说，其革命的思想，远大的卓识，超越前贤远甚，而在鉴赏论上，开出一条新的路径，厥功尤伟。"他认为克罗齐的表现的鉴赏论，在以下十方面是对前人主张的革命，并因此而主张："第一，我们应当打破一切文学上的规律……一切的规律、法则、技术、惯例都应在摒弃之列。""第二，我们应当打破一切文学上的分类（Genus）……把一部文学史分成悲、喜剧、抒情诗，切成片块，乃完全没有了解文学批评的意义。"第三，应当打破文学上一切喜剧的、悲剧的、卓越的等抽象的名词。这个在我们中国语境里也有，就像那些"雄壮""清逸"等字眼。第四，应当破除文学上的一切的体裁论。第五，应当破除文学上的一切道德的判断。"在表现派看来，艺术没有别的目的，只有表现。表现若是完整的，它的目的便是完整的。只有'美'是他的存在的理由。"第六，应当打破一切技术和艺术本身的分离的观念。第七，应当打破历史的追求和体裁的批评。第八，应当打破以诗人著作的种族、时代和环境为鉴赏的分开的观念。第九，应当打破文学上的进化和衍化的观念。第十，应当打破古来天才和鉴赏的分开的观念。胡梦华认为："以上十项革命的主张，大概克罗伊兼和他所倡导的表现主义底破坏与建设的思想都包括在内了。"从整篇文章来看，胡梦华主要是从克罗齐的直觉即表现的文艺观为核心展开论述的，阐述的实际是"表现论"美学思想，指出克罗齐的表现论与表现主义文学思潮是一脉相通的。

朱光潜 20 世纪 30 年代留学英美期间，先写成了《文艺心理学》初稿，后于 1932 年由开明书店出版《谈美》。他自称该书是通俗叙述《文艺心理学》的"缩写本"。也就是说，《谈美》反映了写就而还未出版的《文艺心理学》的主要内容和特征。从《谈美》可以看出，30 年代初身居国外的朱光潜受到克罗齐"直觉—表现"说的明显影响，其中克罗齐用表现论重新界定文学艺术定义时的"几个重要否定"——"艺术不是哲学、科学或历史"，"艺术不是功利的活动"，"艺术不是道德活动"——是朱光潜建立自己美学和文学观的重要依据，他的"人生的艺术化"、艺术与人生"距离说"均与此相关。《谈美》"开场话"说："我坚信中国社会闹得如此之糟，不完全是制度的问题，是大半由于人心太坏。我坚信情感比理智重要，要洗刷人心，并非几句道德家言所可了事，一定要从'怡情养性'做起……要求人生净化，先要求人生美化。""人要有出世的精神，才可以做入世的事业……艺术的运动是'无所为而为的'。"朱光潜的这种美学和文学观点，在当时受到了批评，但分析其形成的原因，克罗齐的表现论观点的影响实在是重要因素之一。到1936年，作者在回国后，作为教材使用并已修改公开出版的《文艺心理学》（开明书店出版），情况已有所变化。在"作者自白"中说："在这新添的五年中……我对于美学的意见和四年前写初稿时的相比，经过一个很重要的变迁。从前，我受康德到克罗齐一线相传的形式派美学的束缚，以为美感经验纯粹地是形象的直觉，在聚精会神中我们观赏一个孤立绝缘的意象，不旁迁他涉，所以抽象的思考、联想、道德观念等都是美感范围以外的事。现在我觉察人生是有机体；科学的、伦理的和美感的种种活动在理论上虽可分辨，在事实上却不可分割开来，使彼此绝缘。因此我根本反对克罗齐派形式美学所根据的机械观，和所用的抽象的分析法……我对于形式派美学并不敢说推到，它所肯定的原理许多是不可磨灭的，它的毛病在太偏，我对于它的贡献只是一种'补苴罅漏'。"朱光潜的自述表明，不管1932年对克罗齐"直觉—表现"说的接受，还是几年后对其中某些方面的修正，他都是认真地探讨克罗齐表现主义理论的；他原先宣扬的文艺与人生的距离说与后来觉察人生是有机体、伦理与美感不可分的看法，在很大程度上也是由表现主义理论及其变化推论出来的，而不仅仅作为政治态度和思想意识的反映。朱光潜对表现论的介绍，实际上是一种结合自己对美学和文艺理解的理论阐发。在《诗论》等著作中，他通过对克罗齐的直觉说、布洛心理距离说、利普斯移情说等观点的阐发和中国文学特性的分析，建立了自己的心物统一说观点。他虽然对克罗齐的表现说的认识有变化，却并未放弃对他的继续探索。1947年他在译完克罗齐的《美学原理》之后，又撰写了《克罗齐哲学述评》（正中书局1948年版）。描述这些现象旨在说明，在三四十年代，朱光潜所阐发介绍的表现主义美学理论，由于没有相应的社会思潮和文艺思潮的呼应，所以没有产生很大的影响，甚至长期受到批评；但是他对克罗齐所代表的表现论的译介是卓有成效的，从长远说是有意义的，甚至是不可替代的，因为它使我们看到中国的表现主义在"思潮"消退后，表现主义文艺理论却在延续，一种不同于现实主义再现论的文艺观念还有余音回响。

对表现主义美学理论感兴趣，并且深受影响的另一位人物是林语堂。"一心评宇宙文章，两脚踏东西文化"的林语堂，其志并不在客观系统地去介绍克罗齐的观点，而在试图融合中西方表现论用以阐发自己的"性灵说"，提倡"艺术至上"的艺术观。在这过程中，他发掘中国"古人之精神"，从老庄哲学到王充、刘勰、章学诚，特别是袁中郎的文论，都给他以理论的依据，同时，克罗齐的哲学思想和表现论美学观点乃至斯宾加恩的表现主义批评论成为他的理论基础。林语堂在《〈新的文评〉序言》中说："'表现'二字之所以能超过一切主观见解，而成为纯粹美学的理论，就因为表现派能攫住文学创造的神秘，认为一切纯属美学上的程序，且就文论文，就作家论作家，以作家的境地命意及表现的成功为唯一美恶的标准，除表现本性之成功，无所谓美，除表现之失败，无所谓恶，且认任何作品，为单独的艺术的创造动作，不但与道德功用无关，且与前后古今同体裁的作品无涉。"他在引述袁子才《答施兰分书》中关于诗与个性的观点后说："若是袁子才再进一步说，任你文人怎样刻意模仿，所做出来的作品，仍是一人独身的表现，成功也是你一人的妙文，失败也是你一人的拙艺，与唐宋无关，便是一篇纯粹的 Croce（克罗齐）表现派的见解了。"从这里反映出，林语堂对克罗齐不像朱光那样全面深入且带批判意识，而是在表现的观念上大加发挥并与"个性"问题紧密联系，以为己所用。他进一步说："表现派所以能打破一切桎梏，推翻一切典型，因为表现派认为一切文章（及一切艺术作品）不能脱离个性，只是个性自然不可抑制的表现，个性既然不能强同，千古不易的典型，也就无从成立。"林语堂的这种认识，还在《旧文法之推翻与新文法之建造》《论文》《写作的艺术》等文中有所发挥，用以作为提倡"性灵"和"闲适笔调"的理论根据。林语堂还把这种"个性—表现"说运用于文学批评理论。他认为"创造与批评本质相同"，表现论美学思想在文学批评上就是斯宾加恩的表现主义批评。他说，斯宾加恩"所代表的是表现主义批评，就文论文，不加任何外来的标准纪律，也不拿他与性质、宗旨、作者目的及发生时地皆不同的他种艺术作品作平衡的比较。这是根本承认各作品有活的个性，只问他与自身所要表现的目的达否，其余尽与艺术之了解无关"。林语堂的表现论艺术观，尽管对西方表现主义美学理论体系没有从整体上的把握和深入肌理的理解，但它仍然是表现主义美学理论在中国最重要的反响之一，是 20 年代后表现论在中国文艺运动中的主要代表。

历史地来看，朱光潜的表现论美学思想和林语堂的表现论文艺观点，虽然因多种原因在 30 年代及此后受到批评，因而没能对实际的文艺运动和创作实践产生深刻影响，但是他们对西方表现主义理论的译介阐述及其与中国诗学中的表现论相融合的努力是值得肯定的，也是有成绩的。由于他们理论的存在，表现论在 20 世纪前半叶中国文艺界的线索才得以继续，其轨迹才显得较为明晰可辨。

中华人民共和国成立后，随着思想文化界对唯心主义的批判，以精神为第一性的克罗齐的哲学美学思想，特别是表现主义理论自然不可能再在中国得到宣扬和肯定，代之而来的是对之批判和清算。加上相当长的时期独尊现实主义理论，因此，表现主义美学不再被提及，直到 80 年代，克罗齐及其表现主义才又得到重视。

新时期以来，克罗齐的著作在中国重新出版，克罗齐被作为 20 世纪最重要的美学家受到重视，以克罗齐为代表的表现主义美学被作为理论研究的重要对象。而从文学理论和美学观点来说，"表现说"也成为新时期多元美学观点中的最重要的观点之一。所谓"纯文学"的观念、非功利的文艺理论及其阐发，多半是以"艺术即表现""艺术即直觉"作为理论基础的。而对性灵说的肯定，对自我表现的普遍的强化，也与表现主义美学思想传播和重新肯定密切联系。

从对表现主义文学与表现主义美学关系的清理分析中，从 20 世纪中国对于表现主义美学思想的介绍、借鉴的过程中，我们不难看出，西方表现主义美学与中国传统诗学、特别是道家美学之间，有着哲学基础与美学观念、艺术观点上的某种相通与契合。

第一，中国诗学中的概念与表现主义美学的对应。如同西方美学和文艺理论中存在唯心与唯物、先验与经验以及表现与再现等相互对立的观点和演变线索一样，中国传统诗学也有儒、道哲学思想作为基础所形成的不同的发展演变线索。

中国传统诗学中，以道家和经由佛教嬗变的禅宗美学思想，在许多方面，和表现主义美学理论是相通的。当年朱光潜和林语堂介绍克罗齐的美学思想，在一定程度上源于对这两者相似点的理解。道家对于自然人性的尊崇，对于感性的肯定，禅宗中的顿悟、沉思妙想、神秘体验等非理性因素，都可以说与克罗齐对直觉的强调有许多相通之处，与表现主义美学和文艺理论有自然的契合。林语堂将中国文化介绍给西方、将西方文化介绍给中国的工作中，就包含着将中西融通的努力，而其焦点在于他看到了其中可以融通的基础。其中关于艺术"只是个性自然不可抑制的表现"的观点，既是西方表现主义美学理论的核心观点，也是中国传统诗学"表现"说的重要命题。

中国诗学的基本精神，对于艺术创作的理解，与现代表现主义美学精神也有相通的方面，或者说有着与表现主义相近的内核，如艺术理论中的散点透视，写意目的，变形手法和抽象理念，不重客观物理真实而重心理真实的观念，中国画黑白体系中对色彩的独特理解；戏剧中的程式化表演，假定性情境，"陌生化"技巧，类似于面具作用的脸谱等；诗歌创作中的大胆的想象和合理的夸张，表达上的跳跃性和时空关系的打破等，都有着重表现而轻再现写实的特点。就艺术精神来说，中国诗学在这些方面与西方表现主义确有内在的相似性。建立在这种艺术实践基础上的艺术理论，形成中国古典文学特有的"表现"观，如意象、意境、情景、心物等对应关系的探讨和辨析，中国古代文论中诸如"得意忘象""象外之象""独抒心灵"等艺术概念的形成变化，以及中国民族艺术中的各种"表现"的手法，构成中国以主观表现为艺术特征的文学传统。

在中国诗学概念中，与表现主义美学最接近的也许就是"兴"。中国古代文论中的"兴"是一个重要概念，围绕"兴"出现过一系列的相关术语，如"赋比兴""兴寄""兴象""兴趣"等。"兴"的基本含义是，"兴，起也"，"触物以起情，兴也"，这可以把兴理解为内心情感的发动。这与克罗齐的直觉说有一定的对应的关系。克罗齐的"直觉"应作动词理解，它是一种心理的主动活动，而非印象和被动感受。这从"直觉即表现"的解释中就可以证明。

从更深层的哲学基础上说，中国传统诗学中的表现说，建立在中国哲学基础上，特别是道家哲学和禅宗文化基础之上，而在这一层面，即哲学基础的层面，中国与西方也有相通之处。中国的表现说不是建立在先验的假设基础上的理论，而是与对真善美的独特理解，对人的价值和意义的理解、与人与艺术关系的理解联系在一起的。在一定意义上，"表现"意味着艺术自由。道家有"无为而无不为"的说法，意思是通过"无为"而达到"无不为"，即一种绝对自由的境界，这包含了道家对于规律、必然与自由的关系的深刻理解。"无为"是顺应自然规律，不用人为的自然活动去破坏自然规律；"无不为"则是由于顺应自然规律自然而然地获得了一切，实现了一切，也就达到了高度的自由。从艺术表现的方面说，这又与个性的自由张扬相联系，不是人为地去模仿、再现，而是率性表现，自然无为，与人的真情的抒发联系在一起。这种观念体现在艺术活动中，自然更重视人的感性体验、直觉等非理性的方面。这就在根本上把握住了美与艺术的特征。因为美与艺术的领域正是规律与自由达到了高度统一的领域，它成为一种超功力的人生境界。这一点，至少在客观上与表现主义美学理论达到了某种契合。而禅宗美学思想及其艺术思维方式也为中国表现说的发挥创造了条件。比如，追求超越有无、是非、得失的自由境界，突出"自性"和"心"的作用，强调想象的重要功能，认为自由境界的达到，不是靠理智的思考，而要靠所谓"顿悟"等，都大大提高了人的主体性地位，也为艺术的"表现"说提供了理论依据。这些与克罗齐为代表的表现主义美学有许多深层相通之处，有着哲学理论上的某种关联。当然，它们之间的差异也是明显的。

第二，表现主义美学理论与中国现代"表现"说理论的契合，适应了中国诗学在现代演变发展的需要。

从整个美学史来说，克罗齐是西方古典美学向现代美学转换的一个重要标志。表现主义在西方，是对长期被轻视的"表现"理论的一次历史性的张扬，它伴随着西方哲学从古典向现代的转化而变化，与强调人的非理性因素有直接关系，也与现代人本主义的崛起有直接关系。这种观点，在总体上是对西方以模仿说为核心的理论的反拨，也是整个西方现代主义文艺思潮兴起的理论依据之一。克罗齐对于传统艺术定义的否定，新的美学论点的提出，对于现代西方美学思潮的崛起发挥了重要作用，对西方模仿说是一次"重创"。表现论在 20 世纪的方兴未艾，与克罗齐美学理论有极大的关系。

在这一背景下来看表现主义美学在中国的意义，可以说它具有同样的作用。本来，中国古典文学艺术的特征是以内心表现、写意为特点，这应该说是与西方的表现理论有相同的地方。但是，中国现代文学的主要特点，或者说其反传统的核心不是强化"表现"，而是强化"再现"，不是重视内心，而是重视现实，这样，西方的表现论实际上没有一个十分适应被接收并与之契合的过程，西方表现论只是在特定的条件下为适应表现一种特殊心理和情感时它才显得"需要"，如五四时期和新时期。

五四时期创造社对"表现"说的提倡和"本着内心的要求"所进行的创作实践，"为艺术而艺术"的观点的提出，在一定意义上就是对于中国几千年"文以载道"文学观的反拨。之后，朱光潜、林语堂及"新月派"等对"表现"说的推崇和实践，也具有与当时"主流"文艺思潮抗衡的意味。新时期文学的"向内转"，"表现"说、"纯文学"说的再度兴起，也是以"新潮"对于"传统"的反叛的姿态出现的。这种现象不仅在文学领域，而且在其他各种艺术门类中也是如此。所以，从中国 20 世纪文学艺术整体发展格局来说，表现主义美学作为与模仿说相对的理论体系，它在中国传统诗学中的"表现"观念没有被作为完整的理论体系确认并占据应有的理论位置的条件下，发挥着"反对派"和理论参照体系的作用。

西方表现主义美学在中国 20 世纪美学思潮和文艺运动中的意义之一，是为在新的历史高度上重新理解和阐述中国传统的"表现"说提供了新的参照体系和理论依据。表现主义美学在与现实主义理论的对峙中，推进着对于"表现"论的思考和阐发，它在很长的时期内，对于中国诗学实际上起了重要的促进作用。

当然，我们应该看到，由于 20 世纪中国文学艺术发展的特殊历史背景，表现主义美学也有与中国的实际不相协调因而受到冷落和被"改造"的现象。

第三，西方表现主义理论与中国传统的"表现"理论的真正的进一步会通，并生成一种在吸收各自特长基础上的新的"表现论"，也许是未来的事情。

表现主义美学毕竟是在西方文化背景上产生的理论，它除了与中国文论对应的方面外，还有并不相同的方面。这里的深层的原因还是东西方文化背景和哲学基础上的差异。不同传统的美学体系之间的真正融合，还需要以更深刻更大范围内的文化的交汇融合作为基础。就中国诗学来说，需要在新的理论基础上进行现代性转换，以建立一种中西融通的吸收整个人类美学精华的新的美学理论。

可以设想，随着整个人类越来越趋向一体化，文化的多元化，文艺价值的多维化，再现或表现等不同的倾向的文学艺术将会共存，它们各自独立而相互消长，表现主义的文学精神以对自我、主观、内心情感的直觉、感悟和体验，以对人的非理性的肯定、对人的感性的尊重而保持自己的地位，满足人们多样"表现"的需要。

第十一章　异邦新声与传统资源

第一节　"别求新声于异邦"

百年中国文学发展史中，始终伴随着中国文学传统与外来文学影响之间的关系问题。在古代文学史中，当然也有这种关系，但是，从来没有像现代这样把如何对待外国文学影响、借鉴外来经验与文学的发展道路如此紧密地结合起来。从 20 世纪初开始，通过各种途径，外国文学作品就对中国的文化思想产生着影响，先是对外国作品的翻译介绍，继而是对外国文艺观点的初步介绍。陆续出洋的知识分子不但读到了外国作品，而且受到了外国文艺思想的熏染，触发了新的文学观念的产生。而国内的文学家，在中外文化大交汇的背景下，理性地意识到借鉴外来经验的重要性。新文学运动在外国文学的影响下催生，也在这种影响下发展。"别求新声于异邦"，既是新文学初期一种明确的态度，也可以说是对实际状况的概括。

从"异邦"寻求新声，极大地改变着中国人对文学"是什么"的传统意识。可以说，在整个 20 世纪中国文学的发展史中，每一次对异邦新声的"发现"、寻求，都经过了由对具体样式、手法的引进模仿借鉴，到最终在理论上得到承认、引起人们观念变化这样的过程。中国现代戏剧（主要是话剧）、现代小说、现代诗歌、现代散文以及报告文学、散文诗等体裁样式的引进实践，无一不伴随着"原来还有这样的样式"的发现和启迪，它不仅给中国作家以具体的摹本和参照，更为重要的是它有利于打破对于文学的传统固有观念，有利于破除旧的思维方式和意识。或许"异邦""新声"的主要意义正在于此。因为，外来文学影响在一定意义上说实际是一种关于文学的"学识"，它对于文学价值观念的形成来说，有着特殊的作用。加拿大学者弗莱曾说过："第一步我们应当承认价值判断对学识的依赖性。学识或者文学的知识，不断地扩大和发展，而价值判断则产生于一种以我们已取得的知识为基础的技能。因此，学识的存在先于价值判断，并且能否定价值判断。第二步，人们应当承认学识有赖于一个协调的文学见解。"学识先于价值判断，是说价值判断产生在一定学识的基础之上，肯定或否定某种文学价值，都有学识的作用；而学识又依赖于对于文学的见解，这种见解应该是建立在对文学了解的基础之上。从这个角度说，对于外来新声的寻求是促进本国文学发展，产生新的文学价值观念的一个重要的方面。中国现代文学的成就与不足，可以从对待外来影响的态度这一层面看出。它的主要缺欠并不是所谓无选择的不顾国情的"照搬"，不是由于过分地引进利用而产生严重的不利后果，而主要是由于过分强调中国国情和时效性，强化选择性，把某种文学样式作为完美的模式用来排斥其他"新声"，从而在文学观念意识上发生了从"原来还有这样多的样式"到"只应该是这样的样式"的变化。这反映了在文学意识上的反复。

在笔者看来，中国现代文学从五四时期的不同思想、不同艺术倾向的充分发展，到最终形成现实主义成为主潮的局面，实际上走过了一条从多样统一到逐步定型划一的路径。这是一个因果关系异常复杂的演变过程，20世纪20年代中后期只是其中一个关键时期，但这种演变并不止于这一时期，也不始于这一时期。由中国现代国情所决定，现代文学的发展始终处在一个充满由诸多因素制约着的"选择"过程中，其中有两次最重要的选择，决定了中国现代文学发展的基本格局。

第一次选择是五四时期，面对彻底反对封建旧文学、提倡新文学的历史任务，新文学倡导者实际上选择了外国文学，用以打破本国固有传统并开创新局面。在同外国文学的比较中，人们看到了中国旧文学的短处和弊病，思想获得了一次大解放。这种"选择"是必然的，不如此难得有真正的突破。然而，也正是这次选择中，人们在观念上形成了西方文学优于东方（中国）文学的意识，这种意识的核心是认为西方文学所依序走过的道路，才反映了文学发展的规律；同时认为，文学要表现新的时代生活、文学走向现代化主要应学习西方的文学思想和方法。这时，人们忽视了，或者说不可能顾及这样一个重大问题：中国传统文学是否也包含着另外一些艺术发展规律，中国文学，尤其是重表现的美学特质，是否能在现代文学活动中、在文学走向现代化的过程中被改造发挥？这时，尽管中国文学中的一些传统特质在作家的深层意识中仍发挥着作用，但在理论认识上，人们并没注意到它的价值甚至它的存在。这有其特定历史条件所决定的合理性，但它却导致了不利的后果，一是影响了对五四新文学运动业已提供的经验从文学发展的历史高度进行总结，这是新文学许多真正的实绩后来遭到否定的重要原因；二是对在总结新文学经验基础上开创具有中国特点的新文学发展道路意识的迟暮。在这种情况下，随着时代的迅速变化，现代文学又面临着第二次选择。

第二次选择发生在"从文学革命到革命文学"的转变中。这时，对于文学的特点、目的和功用，开始以不同于五四时期的价值判断标准来评价和要求，对文学的实用功利目的强调已非常突出。可以说，这次选择主要是选择最能满足这种现实需要的文学观念和样式。而供其选择的对象仍然主要着眼于外国文学，所以，这又是对外国文学的再选择。其结果主要是俄苏现实主义文学占了优势，而其他外国文学逐渐退居次要地位。这种选择，同样有其合理性、必然性，这是由中国与苏联国情的相似性、现实主义文学本身的优越性决定的。但是，这同样导致另一种后果，这就是，此后中国文学的发展沿着这一轨道运行，一方面，以苏联文学为模本，对它的学习远远超出了正常借鉴、吸收的范围。20 世纪 20 年代后对苏联一系列文艺思想政策（包括"拉普"派的错误创作主张）的介绍和实践，1949 年以后对苏联文艺理论模式的长期搬用等，既为马克思主义文艺理论中国化提供了经验，也留下极为深刻的教训。问题的另一面是，它在一定程度上限制了中国现代文学在其发展过程中对其他外国有用艺术经验的适时吸收。中国现代文学在自己的发展进程中，确曾有过由于过分依赖某一种外来文学而失去主动性的偏向，但这并不能证明它与传统文化的彻底断裂。问题的复杂性也正在于，中国现代文学，既不是在后来一概地闭关锁国，切断与外国文学的联系，也不是一般的所谓与传统文化断裂。相反，在某些方面，传统的影响起着巨大作用。具体来说，受中国现代现实国情和时代特点所制约，中国传统哲学中的实践理性精神，传统文学中重实用功利的文学观念，与现代哲学上的反映论观点、与现实主义文艺思想的结合，适应了中国现代历史对文学的特殊要求，也左右着中国新文学尤其是 20 世纪 20 年代中期以后的发展方向。重理性、重实用、重思想内容、重客观反映，既成为占主导地位的文学观念的核心，又是一种价值判断标准，它在相当程度上决定了中国现代文学在对待外国文学与本民族文学方面的选择向度。从对待本民族文学传统的角度看，它排斥那种超实用功利的美学思想和文学观念，不充分注重人的主观能动性和人的主体地位。传统文学美学中"儒道互补"的线索虽在深层结构中并未中断，但更突出的是前者对后者的排斥性。这从根本上妨碍着对中国传统文学中重主观表现的特质的充分更新和发展。所以，现代文学对传统文学的继承革新，还是出于对形式沿用的层次。从吸收外来文化的角度讲，它只着重选择那种更具实用功利作用、更多蕴含思想意义和客观内容的文学样式，而排斥其他文艺思想和创作方法。所谓中国文学善于咀嚼、吸收、消化外来文学，所谓外来文化要适应中国的现实需要，在一定程度上是要受这种重实用功利文学观念的选择和"消化"，要适应它的需要。由此可见，中国现代文学在后来形成现实主义主潮的格局和客观再现抑制主观表现的局面，是一个包含复杂的历史和现实因素的演变过程，是一个必然性、合理性与局限性、片面性交织一起互为因果的演变过程。它反映着进入 20 世纪以来，在东西方文化的撞击交汇中，中国文学在对待传统的继承与革新、在对待外来文化的态度等重大问题上的利弊得失，反映了中国传统文化、传统文学思想在现代社会的变易及其达到的深广程度，它在许多方面带有为现代特定历史环境制约、不得已而为之的特殊性。但是，这种格局和局面并未能随着新民主主义历史阶段的结束而有所改观，反而越演越烈，使得人们不得不在仍然独尊现实主义的前提下呼唤其道路的"广阔"与"深化"。其实，由于过分地信奉这种格局的合理性、必然性，而忽视它的局限性、片面性，也就难以深究造成这种局面的背后深藏的复杂原因，认识它在多大程度上根本局限着文学发展的多样性，局限着使整个民族审美意识向多维层次发展的可能。也由于不能真正允许客观再现与主观表现不同文学倾向的相互交锋、相互渗透，过分求真、求实、求客观，就局限了文学作品内容寓意的深刻性和丰富性，使得对中国传统文学优秀特质的革新继承和对外来新的创作思想的适时吸收，显得不那么必要和迫切。所有这些给人一种启示：在东西方文化的撞击交汇中，在对外来文学经验的吸收过程中，确实存在着以西方的什么文化来撞击东方传统，和以东方的什么文化去撞击西方的问题，也存在着以东方（中国）的什么文化去与西方交汇的问题。倘若以狭隘的心胸固守旧的观念，不分轩轾地继承传统，或笼统盲目的反对传统，则无论怎样去"撞击"、"交汇"和吸收，都难以走出一条崭新的具有中国民族特征的文学道路来。未经彻底更新的陈旧文学观念，有可能在现代社会的深隐层次中左右文学发展面貌、制约中国文学走向世界、走向未来的路径和方向，这并非杞人忧天，而是中国现代文学为当代新时期文学提供的具体借鉴。

新时期以来的情况是掀起了第三次从外国寻求"新声"的热潮，而且这股热潮已经持续了20多年。从哲学思想、美学观念、文艺理论到文学作品、创作方法、艺术技巧，唯西是新，拼命趋新。这既给中国文学的发展提供了极其丰富的参考资料和巨大的启示，同时，当它成为一种持续不断的潮流并形成惯性时，其负面影响也不可低估，主要是对原创性的妨碍。

第二节　马克思主义文艺理论中国化

马克思主义文艺理论中国化，主要指马克思主义文艺理论与中国文学艺术实践相结合的具体过程，以及在这一过程中形成的理论体系的本土化、民族化，亦即在中国文学艺术实践中总结的属于马克思主义的文学艺术理论体系和观点。"中国化"中的"中国"自然相对于"外来"而言，而其"化"则可以理解为一个包含多种要素的具体过程，如融化、消化、转化、创化、化育等，总之，它必须在实践中经过重新认识、理解、阐述以适应中国文学的现实需要，同时融进中国民族文化体系中，成为中国文化和文学理论的有机部分。在当代，"中国化"还有相对于"西方化"而言的意味。马克思主义虽然是西方的理论，但马克思主义在当代西方被改造，出现了西方马克思主义，也可以说是与西方的社会实践结合的新产物，西方马克思主义的利弊不是笔者讨论的中心，笔者想要说明的是，马克思主义"西方化"为马克思主义"中国化"提供了一种新的参照体系。

马克思主义文艺理论在中国文学价值体系重建中发挥了重要和直接的作用。20 世纪初，马克思主义理论在中国就开始传播；五四时期，马克思主义虽然只是在中国传播的西方哲学和思想体系之一，但它对文学产生的影响已非同一般；20 世纪 20 年代中后期，随着"革命文学"的提倡，马克思主义理论对于中国新文学的影响进一步加强；30 年代，随着左翼文学运动的兴起和发展，真正意义上的马克思主义文艺理论得到了集中的翻译、介绍和传播；40 年代，毛泽东《在延安文艺座谈会上的讲话》成为马克思主义文艺理论中国化的理论体现和具体成果，并逐步成为占主导地位的理论体系和文学思想。中华人民共和国成立后，马克思主义文艺理论和毛泽东文艺思想作为指导思想一直未被动摇。由于马克思主义文艺理论中国化关系到中国新文学的发展方向和基本特征的问题，也就因此对于中国新文学价值重建具有极为重要的指导作用，决定其基本价值取向和总体价值目标。

从文化发展史的大背景来说，马克思主义文艺理论中国化，与中国历史上几次大的文化交汇有相似之处，比如佛教传入中国所发生的深远影响；但又远远超出其意义。情况的特殊性和重要性在于，马克思主义文艺理论中国化的过程，同时也是其作为指导思想在中国文学实践过程中逐步确立并不断巩固自己的指导地位的过程，因此，马克思主义文艺理论中国化同其他外来理论的中国化具有极为不同的性质。在中国，马克思主义文艺理论的主导地位是在实践中形成的，这种地位一经确立，就发挥其特殊的作用，逐步统摄支配其他理论思想。马克思主义是总结了人类最高智慧的科学和思想体系，长期作为意识形态的主体对整个社会价值体系的建立发挥主导作用。文学价值体系的重新建构过程在这一大背景中进行，由此所涉及的问题非常复杂而重要。马克思主义文艺理论后来与社会制度的结合，具有更加强大的作用。中国文学价值体系的总体格局是在马克思主义文艺理论的指导下确立的，马克思主义文艺理论必然成为中国文学价值体系中的主导成分。尽管在不同的历史时期情况有所不同，但是，它的地位没有根本变化。这种既作为指导思想又作为重要构成因素的特点，决定了马克思主义文艺理论中国化对于中国新文学价值重建的意义是双重的甚至是多重的，其积极意义和因各种因素造成的局限性都是重大的，需要我们认真研究。

社会的发展和文艺自身的变化，都对哲学社会科学，包括文艺理论提出了非常棘手、紧迫的理论问题。在社会主义思想道德体系和价值体系逐步形成的过程中，各种不同思想文化和价值观念相互渗透、相互激荡。同时，由于现代科学技术手段不断提高，知识信息在世界范围广泛传播，思想文化交流呈现分散性、便捷性、跨国性等特点。传统的理论在电子化、信息化、全球化、市场化面前失去对文学现象的解释能力，减弱甚至失去理论指导实践的意义。而"读图时代"使传统的文学载体和存在方式、消费和接受方式发生了极大的变化。在这种特定情景下，源于德国古典哲学传统、总结人类艺术经验又发生了革命性转化的马克思主义文艺理论，其生命力和理论意义再次被凸显，它的基本原则显示出其特有的理论穿透力。比如，关于文艺与经济、政治的关系，经济基础和上层建筑以及意识形态的关系，关于文艺与经济发展不平衡的理论，文艺与人的全面发展的关系等理论，在整体上对于解释当今文艺实践仍然有说服力。特别是马克思主义的实践品格和批判精神，具有强大的现实力量。在这一点上，西方马克思主义及其演变从另一方面做了证明。在这种情况下，以新的出发点和心态重新思考马克思主义文艺理论中国化问题，重新思考这一问题与中国文学价值体系重建之关系，既具有学术价值也有现实意义。

除了作为指导思想的特殊意义外，马克思主义文艺理论中国化对于中国文学价值重建在不同层面发生的作用，改变着中国文学价值要素和结构体系。

第一，马克思主义文艺理论的重要命题，奠定了中国新的文学价值体系的理论基础。马克思主义文艺理论及其哲学基础，在与中国文艺实践结合过程中，成为构筑中国文学价值体系的主要理论依据和逻辑起点。比如，关于文学在社会大系统的位置的认识，文学艺术是解释世界的方式之一的观点，关于人也按照美的规律来创造的观点，美是人的本质力量对象化的观点，文学与人的全面发展之关系的观点，文学是对生活的反映的观点，文学与社会历史的关系的理论，关于文学价值评价中思想性与艺术性的关系，关于内容与形式的关系，关于倾向性与艺术性的关系，以及能动反映论，等等，都产生过深远影响。这为中国现当代文学价值体系提供了重要的理论要素和基本构架。

第二，马克思主义文艺理论及其哲学基础，对于中国新的文学价值体系的建构在方法论和思维方式方面发挥了重要作用。在思维层面，与德国古典哲学和美学有直接渊源关系的马克思主义及其文艺理论，其所具有的历史与逻辑统一、理论与实践统一的方法，发展的、辩证的观点，对事物"关系"、"联系"的观点，思辨性等特点，对于改变中国传统的思维方式和理论体系发挥了重要作用。它在相当程度上改变了中国传统文艺理论以象征寓意为特定概念范畴的理论形态和以直观感悟为特点的思维方式，代之以新的概念范畴和理论体系。这对于建构中国新的文学价值体系具有重要而直接的影响。马克思主义文艺理论中国化对于文学价值的观念层面、创作层面、接受和价值评价层面也都发挥了极为重要的作用。

第三，马克思主义文艺理论中国化中的实践性特点，深刻影响了中国新文学价值体系中的实践品格。马克思主义对于中国文学价值重建的作用，最初体现为其一般理论对文学价值观念的影响，如关于物质与精神的关系，存在与意识的关系，阶级观点、实践观点等。之后，随着瞿秋白等人对马克思主义文艺理论的翻译、介绍、提倡，马克思主义文艺理论中国化以比较自觉的方式发展，中国人对其主要的思想和观点有了较深的理解和实践。比如，关于文学的现实主义精神，文学与现实、历史的关系，关于文学的典型与环境的关系，倾向性与艺术性的关系等，都对中国传统的文学价值观具有很大冲击。它与五四时期提倡的文学为人生和后来的文学为现实的观念结合起来，极大地影响了中国现当代文学的价值要素及其在价值体系中的结构特点。中华人民共和国成立后，这种实践性特点不断得到强化。这也是中国现当代文学在社会中的地位被极大提高的重要原因。这种提高的利弊得失是值得思考的。需要特别指出的，对这些理论最初的理解和实践，都是在特定的时期，即由中国现代社会和历史特点所决定，突出强调文学的社会作用和实际意义的时期。这不仅在当时使马克思主义文艺理论获得了极大的发展机会，同时强化了其中的实践品格，而且为日后沿着这一向度发展打下了基础。文学的实践品格，文学与社会实践的结合这一意识的强调，当然有复杂的原因，归根到底是社会、现实对文学的需要，或者是"需要优势"决定的，但是，获得理论上的支持，并长期影响中国文学的发展，却与马克思主义文艺理论的实践品格有重要的关系。

第四，马克思主义文艺理论中国化，也是用先进理论改造中国传统文艺理论的过程，直接作用于新的文学价值观的形成。近现代以来，东西方文化的关系是一直缠绕中国思想文化界的重要问题。在中国古代，文艺理论与哲学体系有密切关系，儒道释各有所长而以儒家居于主导地位，我们笼统称谓的中国传统文艺理论与马克思主义文艺理论，既有鲜明的区别和强烈的冲突，在某些方面却也有契合与相通。马克思主义作为西方的理论体系，在打破中国传统的文学价值观的过程中发挥异乎寻常的作用，比如，在突出文学与普通民众的联系方面，在反对文学脱离现实方面，在强调文学的历史意识方面都赋予了新的含义；比如，马克思主义文艺理论中关于较大的思想深度与意识到的历史内容，要与相应的完美的艺术形式相结合的观点，就发挥过重要的理论指导作用。这对崇尚以主观抒情为特征的中国传统文学的转型有重要作用。伴随现实主义文学，马克思主义文艺理论观念在中国得到了实践，改变了中国文学的艺术格局。20世纪30年代开始提倡的用科学世界观指导创作和分析描写对象的观念，逐步形成追求具有浓厚历史意识的宏大叙事模式，就有马克思主义文艺理论的深刻影响。具体到中国现当代文学实践中，略去概念表面含义，可以发现，中国传统文学观念中的某些方面与马克思主义文艺理论有相通之处，在深层有着契合。此外，马克思主义文艺理论中国化，对于中国文学艺术的价值体系的形成也发挥了重要作用，对于悲壮崇高的艺术风格的形成也有重要影响。其更为重要的深层的内在联系还有待于继续探讨。

今天重新思考马克思主义文艺理论中国化，一方面需要冷静地反思总结马克思主义文艺理论中国化的经验教训，另一方面必须以解决现实文艺理论问题和建立新的文艺理论体系为出发点，并从价值重建的高度理解这一问题。

以往马克思主义文艺理论中国化是在特定时空中进行的，由此导致的局限性是客观存在的，其对中国文学价值重建有过的负面影响，不但不应回避，而且应该是重新思考马克思主义文艺理论中国化必须面对的问题。近代以来，中国社会和文学基本都是处于重大转型过程中，"过渡性"特点十分突出，由此带来文学价值取向的实用功利性和价值体系的封闭性和矛盾性。在现代，战争环境使得马克思主义文艺理论中国化具有极大的特殊性，这种非正常的状态和氛围中所进行的中国化，在日后显出其局限性。其中深层的问题，是文艺理论的"中国化"的驱动力并不主要来自文学艺术本身现代化的需要和价值体系重建的需要。新中国成立后，一个时期内强调阶级斗争和文学的政治性、意识形态性，加上文学被制度化，使得马克思主义文艺理论中国化被局限在既定的理论体系框架中，使它成为封闭的体系。这两个时期，从不同的目的出发，强化了马克思主义文艺理论中的现实主义精神、阶级观点、文学作为武器的作用等理论和观念。

强调历史感但历史进化论盛行；强调群体利益和人民性，却将个性主义简单化；强调文学的认识价值、启蒙意义、现实作用，却对文学的超越价值、情感作用和对人性的探讨等有轻视和忽略；强调马克思主义文艺理论的指导地位，但把它作为完美的封闭体系，使其成为固定僵化的模式。或许可以说，在一段时期内，马克思主义文艺理论与制度的结合，比其与中国文学新的实践结合更充分些，因为不能否认我们的文学艺术实践中出现了许多实际背离真正的马克思主义文艺理论基本精神的现象，如长期存在的机械唯物论、庸俗社会学、图解概念、公式化等，以及文学价值评价中重视认识价值、思想意义而轻视其他价值，对文学功能理解的有限性、单一性等现象。新时期以来，社会和文学的急速发展与变化，给文学理论和价值重建创造了极大的自由空间，马克思主义文艺理论作为主导体系仍然得到肯定和尊崇。但同时，市场经济和全球化、信息化等时代特点，也决定了马克思主义文艺理论中国化遇到前所未有的现实问题。西方各种思想观念再次涌进中国，各种思潮都发生作用，在这种情形下，各种外来思想都有中国化的问题，而如何使马克思主义文艺理论进一步"中国化"的探讨则在总体上显得不足，对它与文学价值重建之关系的探讨也似乎没有引起特别的注意。新时期在马克思主义文艺理论中国化方面的主要教训，是我们没有真正找到马克思主义文艺理论与中国文学实践之间新的"结合点"。一方面，以往人们所理解的马克思主义文艺理论体系，并没有因为马克思《1844年经济学哲学手稿》等著作的被重视和理解而得到根本性的重新确认，其理论上、信仰上、意识形态领域的崇高地位与其在整个文学理论体系中的作用之间存在不可否认的差距。以往的概念、批评术语、研究方法等显得几乎无用武之地。另一方面，西方其他哲学思想和文学理论，包括西方马克思主义在中国的文艺理论中却显出相当的适用性。实际上，马克思主义文艺理论中实践性和鲜明的价值取向等特点未能得到真正的发挥，在"发展中坚持"的观念也未能真正实践。更重要的是，马克思主义文艺理论如何成为新的文学价值重建的有机组成部分，是一个重大问题，需要处理一系列关系，回答许多现实问题。

马克思主义文艺理论与21世纪文学实践相结合，是新的历史时期马克思主义文艺理论中国化最迫切的问题。当今的社会现状和文学实践，不但不同于马克思主义文艺理论诞生时期，也不同于20世纪初刚传入中国的时期，当然也不同于西方马克思主义文艺发生演变时期，而是具有了未曾预料的新情况。市场经济、电子技术、全球化等新的社会文化背景，以及具有中国特色的新的生活方式和价值观念，新的审美标准和趣味，新的文化矛盾和精神问题，新的文学现象和文学价值观，都使文学与人的关系发生巨大的变化。这对文艺理论包括马克思主义文艺理论提出了巨大的挑战。马克思主义文艺理论中国化的生命力在于它对现实问题的解决，而要解决现实问题必须在坚持基本原则基础上发展和创新。西方马克思主义的借鉴意义之一，是他们看到马克思主义的实践性特点，不回避现实问题，用改造的马克思主义解释西方社会和文化现实问题。而我们之所以重新思考马克思主义文艺理论中国化，是因为我们仍然认为马克思主义的基本理论可以与中国文艺实践进一步相结合，说到底是为了中国文艺的积极健康的发展。

马克思主义文艺理论中国化，需要重新思考马克思主义文艺理论与中国传统文艺理论精髓融合的问题。从理论上说，马克思主义是总结人类经验的智慧结晶，但是，它的源头毕竟是西方传统，其文艺理论是西方文学艺术实践基础上形成的理论，它在吸收东方、特别是具有独特艺术精神和特质的中国文艺经验方面，其局限性是客观存在的。过去，在马克思主义文艺理论中国化的过程中，由于各种原因，不可能将中国传统文学理论的概念范畴、艺术经验、精神特质有机地融合进去。也就是说，过去的马克思主义文艺理论中国化，还不能说是严格的或完全意义上的对人类艺术经验的全面吸收。现在重新思考马克思主义文艺理论中国化问题，应该对此有清醒而明确的认识，把中国传统文学理论精华与马克思主义文艺理论基本原则有机融合，使之真正成为既能总结人类文艺理论精华又能解决现实文艺实践问题的理论体系，并成为文学价值体系的有机构成。马克思主义文艺理论应该对中国传统文化具有改造融合的功能，而这种改造和融合应该是与中国传统文化中的精华融合，与其中的先进方向融合，并朝先进方向前进。

一个不能回避的问题是，是否需要继续对马克思主义文艺理论进行当代阐释？笔者认为，马克思主义文艺理论中国化的一个重要标志，是具有新的内涵的文学理论体系的重新建构，使马克思主义文艺理论成为中国文学理论的有机部分，其精髓成为中国文学精神的要素。因此，我们应该吸收 20 世纪以来经过实践检验的理论成果，包括西方马克思主义和其他理论成果，为马克思主义文艺理论体系注入新的活力。应重新认识马克思主义文艺理论的基本精神和体系，重新理解、阐释相关命题、概念范畴，使马克思主义文艺理论的话语体系与中国新的文学实践相结合。同时，必须找到中国文学艺术实践中的真正的问题，找到马克思主义文艺理论中国化与文学价值重建的新的契合点，使马克思主义文艺理论中国化与文学价值体系重建同步发展，使一般的理论提倡和意识形态信念真正转变成建构新的价值体系的自觉追求。

第三节　传统的反叛与融通

以反传统为开端的中国新文学，虽然曾表现出与传统文化和文学观的彻底"决裂"的姿态，文学史界也一度从"划时代"的角度评价其"新"的意义。然而，当拉开历史距离，从中国文学史的整体背景来看的时候，会发现中国现代文学价值观与古代文化和文学观的深层联系。"维新"所带来的巨大变革与"传统"在深层的制约，构成这个时代文学价值重建中的复杂景观，也为 21 世纪文学价值重建提供了值得借鉴的经验教训。

众所周知，新文学建设初期有一"破"一"立"两个重要的价值指向，所"破"，一是"文以载道"的文学价值观，二是"消遣游戏"的文学价值观；所"立"，一是"为人生"的文学价值观，二是"为艺术"的文学价值观。就其具体针对性而言，"为人生"更直接地指向"消遣游戏"观念，"为艺术"更直接地指向"文以载道"观念。"为人生"在后来发展成为社会、为历史、为革命乃至为政治；而"为艺术"实际上从来就不是单纯地为"艺术"，而是"本着内心的要求"，大胆地表现作家的真情实感、生命本真和张扬意志力量。这种文学价值观的倡导者在 20 世纪 20 年代"革命文学"中发生了彻底的转变，转向文学"为政治"。而追求人的生命本真和自由意识的价值取向，却在后来被自由主义文学变相地延续。

理论界曾经有一种看法，认为中国传统重视和推崇的圣人和理想人格是能将个人融入群体之中的人格榜样，也就是重视和谐的群体的价值，轻视个人的自由价值。所以，争取个性自由、个人人格独立就成为现代意识的重要表现。这个看法有一定的道理，也是历史事实。但是，这却同时掩盖了中国旧的价值体系中另外一种现象及其在现代的变异，这就是"自我中心主义"。有学者指出：传统文化"集中对个人人格价值的期许和个人价值需求的关注，并从这一基本价值判断出发，形成一个以个人自我道德完善和自我利益为中心的价值目标，以个人心理自觉和个人忍让为基本的价值原则从而达到社会的理解与沟通，实现公天下的社会理想，以个人道德境界为价值评价标准和以个人向内的道德修养与个人向外的社会活动为实现机制的价值观念体系（简称曰价值观）"。"这样的价值观用传统儒家的名言来概括便是：'穷则独善其身，达则兼济天下'。社会对于个人来说虽然重要，但不是最重要的，它只是兼的对象，而从社会对个人的要求的层面来说，不是去建立一个人人都能充分展示自己才能、个性的公共社会原则；社会也不会去认真关注个人的权利；它只要求个人约束自己，从而对它所处的社区以及由之扩大的社会负责。从个人对社会的态度这一层面来说，它不是把社会作为实现自己价值的唯一地方，而仅仅是看作不得不与之相处的给予环境。如果社会环境不威胁他个人的生存，他是不怎么去关注这个社会是什么样子的。"① 这一"自我中心主义"价值观念体系，就这样在经济、政治、文化的漫长交互过程中，逐渐退化为一种"内倾型"的、守旧的、缺乏远见的、相对封闭的价值体系，成为阻碍人们发挥创造性，以持久的热情和极大的耐心致力于社会公共原则建设的心灵枷锁。而现代中国社会价值系统的前进方向应该是向前的而不应是退后的。这涉及中国现代需要改造怎样的"国民性"，尤其是知识分子的人格问题。文学在以形象介入社会价值重建中，在"理想人格"的"设计"上，提倡哪些取向，反对哪些取向？是走传统知识分子的老路，"穷则独善其身，达则兼济天下"，重蹈覆辙，在遇到挫折时由个性自由滑向"自我中心主义"，还是认识到人是历史的中间物，九死而不悔地奋斗？能否真正在每个个人全面发展的基础上使民族整体得到全面发展，为追求幸福自由而奋斗不息？这关系到对 20 世纪 30 年代左翼文学与自由主义文学如何评价的价值态度的重要问题。笔者认为，以周作人为典型代表的这种带有"自我中心主义"的文学倾向，正是在这一点上，重蹈了传统知识分子价值取向的覆辙。

虽然我们不宜径直、生硬地把左翼文学与自由主义文学两大系统与这两种价值系统对应和联系，不能无视 20 世纪中国文学与传统文学价值观的重大区别，但我们也不能否认，我们曾经长期在两种对立的文学价值取向中左右徘徊，并为此付出了许多心血，因为这两种文学价值系统并不永远"互补"，而常常会"你死我活"。比如，中国现当代文学在启发群体的共同的精神意志方面是强有力的，也是有效果的，但是，却忽视或弱化了国民性中的情感倾向、人格建设、信仰诚信等。在关于人格塑造方面、自我修养方面、

① 萧萐父、吴根友：《传统价值：鲲化鹏飞》，武汉出版社 2001 年版，第 20 页。该著作认为余英时和费孝通"关于中国人的价值观的落脚点在个人而不是群体"的观点值得注意，他们认为"自我中心主义"是中国传统价值观的基本特征。

遵守新型的社会契约方面，文学的教化养育之功没有得到正常发挥。究其原因，一是从整体上来说，这些方面是一度被严重忽视的，文学服从了一般现实政治要求和意识形态需要而忘记了自己更重要的职责；二是现代和当代在很长时期继续了传统文学特别是儒家文学价值观，追求的依然主要是伦理的，而不是情感和心灵抚慰的功能。寻找政治的合法性和灌输社会共同规范成为重要的任务。与这一偏向相联系，在现当代文学中，追求文学的批判功能和认识价值的现实主义文学得到强化，而对于偏重精神情感的表现和抒情性文学的评价一直没有纳入改造国民性的总主题之中。

今天，我们处在一个全新的、宽松的文学发展的时空中，我们能否走出千年形成、百年延续的循环的圆圈和对立封闭的价值结构模式，在吸收古今中外文学经验的基础上，面对人工智能时代，以人为价值主体，建构和谐的、开放的而不再是二元对立的文学价值系统，是文学价值体系重建面临的重要问题。

第十二章　神圣与世俗的悖反

第一节　文学的社会价值实现与读者的兴趣培养

一、"文学价值实现"界说

文学价值实现的概念包含几个方面的含义：首先，从作者的角度说，作者的创作本身就是一种人生价值目标的特殊实现。许多作家对此都有过论述，认为文学创作是生命的一部分，是生存的一种方式。从这个意义上说，文学创作就包含了价值的实现。但是这基本上是一种自我价值实现。

其次，文学的价值实现，主要还是与读者构成的文学价值的社会实现。用接受理论来说，文学价值实现包含着两方面，一是具有未定性的文学文本；二是读者阅读过程的具体参与，而文学作品作为社会化的客观的"产品"，它的价值的社会实现有待于通过"消费"最终被读者所接受，这是文学价值实现的更为重要的方面。这样，作家的创作就不仅是为自己，还是为他人。不管在主观上如何，作品一经发表，便自然就会出现这种关系。所以，读者是文学价值系统中的一个重要的构成部分和环节。

第三，文学的价值实现既有共时性特点，又有历时性特点。就前一方面讲，某一文学成果在某一时期或同一范围会被各种不同层次的读者所理解和接受，出现多样的感受和多种评价。就后一方面讲，同一文学成果，因为具体的历史背景、文化氛围、读者对象、社会价值观念的不同，而出现褒贬不一的评价，也会不时出现价值的"再发现"的情况。文学价值实现又是一个过程，它不是一次性的消费，它的价值的实现往往与某一时代人们的"专注"的方面有极大的关系。从这个角度讲，文学价值实现有明显的相对性、具体性。

第四，文学的价值有其客观性，某一作品被社会公认、被广泛接受，在大多数情况下取决于作品本身所蕴含的价值潜能和它的超越意识，它在某些方面反映了相对真理和普遍的情感，反映了人类的某些本性。有些作品在某一时期受到特别推崇，则与社会普遍的价值观念、思潮等相关。文学价值的实现程度，实质上是文学满足人的需要的机制所决定的。但是，文学价值并不能绝对地以读者的多寡来评价，因为有时被动迎合读者的低级趣味也可以拥有众多读者。

最后，文学价值实现对于文学的创作也会产生影响。读者的消费、接受状况往往反映着"需要"情况和价值实现的深广度；读者的反馈，能够影响作者的创作，甚至读者要求左右作品中的人物的命运和结局；作者的创作，对于读者来说，也不是被动地迎合，而是有着引导的作用，作者也培养读者的趣味和欣赏习惯。换句话说，读者和作者在互相创造着对方。

二、新的读者群出现的意义

中国文学史上的"正宗文学"、"纯文学"与民间文学、俗文学的并存由来已久。中国文学发展过程中占主导地位的是追求"雅"，并使文学神圣化。原因之一，是中国文学史上诗词和散文占主要位置，小说话剧不能登大雅之堂。而诗与散文又是极具个性色彩和抒情言志意味很浓的文学领域。这种领域为一般读者所难涉足和接受。原因之二，是中国文字与语言的逐渐分离，形成许多理解文学作品的阻隔，造成了大众与文学的隔阂，影响对于文学价值的接受。原因之三，在理论上偏重推崇古雅、深奥。传统文学所期待的读者主要不是大众，而是少数贵族。即使有些通俗易懂的诗词，也往往通过阐述而变得神秘、深奥。原因之四，理论上的另一倾向是把文学及其功能不断地神圣化，从不同的角度使文学越来越脱离普通民众，造成一种高深莫测的假象和宗教般的心理。这一切都从不同方面促使文学的神圣与世俗的对立。即使如明清之际的通俗小说，也不能造成如西方文学从诗史、悲剧到近现代小说、话剧占主导地位那样的文学局面。人们把这种现象仅仅归结于民众文化低下显然不够公允。五四文学革命从语言、文学形式、文学创作方法、思维特征到文学内容的反传统，使得中国文学有了历史性的变化。但是，如果没有读者群的变化，没有文学价值实现系统的相应变革，这一切都是难以想象的。读者对新的文学作品要能在心理上接受，在审美感知上领悟，在意蕴上把握，需要相应的接受角度、期待视野、心理需求等的变化。这就为中国新文学的发展提出了一个极为重要的问题，即读者群的培养和引导的问题。

五四时期，新文学倡导者们主要从历史的经验中感受到文言文难以表达真情实感并为大众所理解，所以把语言变革作为一个重要方面提出。而这一点在当时乃至相当一段时间，只被看作是文学形式范围内的改良而贬低了它实际所具有的意义。实际上，这种所谓形式变革理应包括人的思维方式的变化、接受系统的变化。对于文学来说，思想内容方面的变化与艺术形式特别是语言方面的变化哪个更为深刻重要，恐怕也还需要再认识。

五四时期，文学读者群的培养是不自觉的或者是无意识的。这一时期文学价值的实现主要在文化批判、情感宣泄等方面，文学的消费者与文学创作者处于同一的层次上，有着相同的文化氛围和心理的需求，知识分子是主要的读者，所以不存在作者和读者之间明显的隔阂，也就掩盖了对新的读者心理的引导和读者群的培养问题。但是实际上，在文学作品的接受、文学价值的社会实现方面已经开始了一场悄悄的革命。

三、悄悄发生的革命

五四文学继承了梁启超一代先驱者的主张，提倡文学的平民化，语言上的通俗、直白。但是这在当时只被认为是为了直接表现内容的一种形式上的需要，而不看作是对读者接受心理的引导。鲁迅《狂人日记》格式的特别，胡适新诗的尝试，在客观上都是在极大地引导读者改变着欣赏习惯，从语言而触及审美心理、接受态度。郭沫若的《女神》的格式，叶圣陶冷峻和沉稳的叙事风格，冰心的小诗，闻一多的新格律诗，西方式的长篇、中篇和短篇形式小说的出现和对小说章回体的取代，话剧对于中国传统戏曲程式化的打破等，都表明在审美习惯上，人们比较自然地接受了西方的一套体系。而当时的接受者，在不同程度上都是有所"准备"的，他们已经受到西方文艺思潮，乃至哲学、社会学说及其思维方式的影响。所以这种艺术思维方式、欣赏习惯的变化没有引起特别的不适。五四新文学的重要功绩之一，正是在培养新的读者群、引导读者方面有了重要的进步。整个文学价值系统的变革、语言文体的变革，乃至表达方式的变革，都是深刻的，而正是由于有这样一批多少都有些"欧化""洋化"的知识分子读者群的出现，才使五四文学革命的发展有了基础和可能，文学革命的实绩才能得到认可。

四、惊世骇俗之作的意义

如果说前面讲的五四新文学因格式的特别而能被自然接受，讲的是新的文学形式与新读者的关系，那么这里的惊世骇俗之作的意义主要就是讲读者对作品内容方面的承受能力。《狂人日记》《药》《阿Q正传》《女神》《沉沦》《尝试集》等，所表现的反传统规范、传统观念等内蕴，与传统文学相比，显然有着明显的区别。对于读者来说，有着陌生感。另外在整个内蕴层次，情感方面强烈的反叛意识似乎在当时易于被接受，而在道德伦理层次就招致责难，如《沉沦》《蕙的风》等。在这种情况下，理论的阐述成了化解这种陌生感的一种中介。而许多文学理论在实际上借助于社会科学理论，用以化解的不仅仅是文学范畴的内容，而是整个社会科学领域内的问题，如爱情观、婚姻观和性观念等。所以惊世骇俗之作的意义在这里具有另外一层意思，就是对于读者心理空间的拓展和心理承受能力、接受能力的培养。比如，茅盾说《狂人日记》给人以"痛快的刺激"，说明当时大多数读者都能理解和接受；《药》具有结构上的特殊性和意义上的多重性；《阿Q正传》表现出内容的复杂性和主人公的典型性；《女神》中流露出个性主义的狂放的姿态；《沉沦》触及性心理等，都体现着新的读者群的接受意识的形成。

五、深层问题与权宜之计

20世纪30年代提出文学大众化问题，涉及文学与人的关系的重大问题，也涉及文学的方向问题。它实际联系着许多深层方面，但是这一问题在当时却是作为权宜之计被提出和处理的。从根本上说，直到《在延安文艺座谈会上的讲话》发表后，它才作为方向被提出，上升到文艺与人的关系的高度，它才成为一个重大的问题，但是这在当时又仅被从政治的层面去认识和理解，这就导致了将复杂问题简单化的现象。普及与提高的关系的提出极富辩证意义，但是当时也被置于具体的文学目标之下去阐述，就变成了文学如何为现实斗争服务的问题，成为一种权宜之计。

大众化的讨论，由于过于具体的内容和任务，讨论中必然走向对于具体技巧、"操作规程"方面的关注，如关于旧形式的利用、关于民族传统、民间文艺中心等的讨论。文艺大众化讨论，不能真正解决文艺与民众的关系问题，文艺创作—作品—读者三者的环节上有内在矛盾，即，一方面过分地强调文学责任的神圣，这就使作家有一种使命感，要使自己的作品成为能教育人的、高于一般社会意识的精神产品；另一方面，读者又被看作是更为神圣的，作家要为他们服务，接受他们的思想意识，就是说既要受他们教育又要教育他们，这就是读者与作者之间的矛盾。这些矛盾为作家的创作带来了许多限制。为了解决这种矛盾，作家只有向自己的服务对象、教育对象认同，向他们的意识皈依，以适应他们暂时的需求。当时的权宜之计是不得已的，但是它因此也培养了一批批这样的读者，也培养起了几代人的阅读欣赏习惯和心理。

六、读者欣赏心理的定型与价值实现的向度

民族化、大众化、通俗化在《在延安文艺座谈会上的讲话》发表后直到 20 世纪 70 年代，确实收到了很大的效果。在这几十年中，中国文学确实很少有艰深难懂的艺术作品，这与 20 世纪西方文学形成鲜明的对比。直白、浅显、通俗成为这一时代文学的重要特点。但也因此使中国文学缺少了许多耐人寻味之作。同时，在两个方面大大局限了读者水平的提高。其一，在内容上，单一的社会历史、政治、伦理的教育，在读者群（包括文艺批评中），使人们习惯于有意无意地去理解作品的社会历史含义，在细节中去发现微言大义，而这些反馈刺激着作者，作者也向着这一方向努力。整个创作过程被这种意向所左右。其二，在对形式的理解上，引导和规范着读者对浅显的、直白的形式的适应，强化一般民众所感兴趣的伦理、道德层面的理解和接受。这种强化和引导的结果是使艺术需求单一化和政治化，极大地局限了对于文学意蕴多层次多方面的追求，对于多种艺术精神的感受和适应，这既与传统中国文学品格有很大不同，又与现代世界文学的艺术趋势有着距离。

第二节　文学神圣与世俗的不同取向

文学的神圣与世俗，在理论上都是可论证的命题：文学是神圣的，它负有崇高而又庄严的使命，它以特殊的形态体现着民族灵魂和时代精神；文学又是世俗的、非宗教的，它反映着社会心理、情感、时尚、风俗和习惯等等。神圣与世俗之间应该自然相互沟通而不应存在鸿沟和冲突。但是在具体的文学发展过程中，尤其在文学思潮中，因各种原因，常常形成神圣与世俗对立、排斥和悖反的现象。这种现象又与文学的"雅俗"相关联。纵观中国

现当代文学发展史，在各种重大文学现象中，神圣与世俗的对立和悖反成为不能绕过的研究课题，理论研究应对此作出历史的考察和理论的分析。

文学的神圣与世俗这一对命题和二者的相互关系，可以从几个不同层次和角度去理解，关于文学的品格、内蕴、特性的含义，关于文学的功用、地位及其与人的关系的含义。同时，它又可以理解为文学家在文学活动中所抱有的某种态度和所体现的某种精神。神圣与世俗的概念本身并无褒贬之意和高下之分。

在中国文学发展史上，历来就有主要由上层文人、官方欣赏和追求的文人文学或曰"正宗"文学，又有主要由下层民众所创造欣赏的民间文学，前者被视为高雅神圣之作，后者则被看作世俗浮浅之作而难登大雅之堂，这是形成文学的神圣与世俗对立的因素之一。更为重要的是，在中国传统文化中，一直存在着使文学功用扩大化和神秘化、使文学地位神圣化的倾向，文学不仅有兴观群怨之功能，事君事父之效用，而且与经国大业相联系。甚至文学家的被囚被杀，文学作品的被禁被毁，也不是因为小视了文学，倒是因为过分看重了文学的力量所致，是神圣化走向了反面。与此同时，中国传统文论和文学批评史，基本是站在正宗的文人立场研究评价文学现象，其所运用的一整套的概念术语和对文学的阐述，使普通民众觉得神秘莫测，难以理喻。这在客观上也促使文学更加神圣化。就整体而言，中国传统文学多贵族气息而少世俗精神，它以一种宗教般的崇高和自尊的面孔俯视芸芸众生。可以说，神圣化是中国古典文学的特性之一，神圣化也是中国古典文学难以走向现实和大众的原因之一。偶尔的世俗精神的浸入和时断时续对神圣化的冲击，都未能使这种状况彻底改变。

五四新文学运动兴起，先驱者的目标是彻底变革中国文学的面貌，重建文学与人的价值系统，使文学从神圣走向世俗可以说是他们的初衷之一。胡适《文学改良刍议》中的"八不主义"，陈独秀《文学革命论》中的"三大主义"，其意义首先就在于对中国古典文学的神圣化发起了攻击。继之出现的反对"文以载道"，提倡"人的文学""平民文学""社会写实文学"，以及此后的文艺大众化的讨论，"文艺为工农兵服务"方针的确立，1949年后对文艺与人民大众关系的反复强调，一直到20世纪80年代对通俗文艺的肯定，差不多一个世纪，中国文学似乎都在破除文学的神圣面孔，追求文学的通俗化、大众化，强调文学与现实生活、与普通民众的联系。而占主导地位的文艺理论，则始终把文学与现实生活、与人生的关系作为最主要的命题去探讨阐述。毫无疑问，20世纪中国文学从理论到实践在这方面的努力是有重要的收获和历史意义的。但是，20世纪前80多年（以80年代中期为界）的中国文学，它追求过文学的大众化、通俗化，却不崇尚文学的世俗化，也不曾形成强有力的文学世俗化倾向。这个时代仍然需要文学的神圣化，它造就的仍然是神圣的文学——在新的历史起点上的神圣的文学。

也还是从五四新文学运动开始，先驱者在破除旧文学的神圣化的同时，就在为新文学的神圣地位而斗争，"反对旧文学，提倡新文学""反对文言文，提倡白话文"，并将此作为新文化运动的重要内容。这里的关键是要在"新与旧"之间划清界限，而非在破除神圣性的前提下从事新文学运动，否则他们不会如此看重文学。梁启超、王国维一代人对文学特殊功用的理解和形成的观念意识，在五四一代人身上得到了延续，甚至可以说，中国历史上对文学及其功能神圣化的观念在深隐层次中也得到了继续。

新文学在新的历史条件下开始走向神圣化，与其说是一种文学观念和意识的反映，毋宁说它是一种必然，一种必要，它有其历史的动因和复杂的社会背景。不管是先前王国维的寻求精神解脱，梁启超的启迪民智和改良政治，还是后来鲁迅的改良民族精神等，他们都把文学的神圣与民族的神圣、国家的神圣、人生的神圣联系在一起，文学的神圣在于它所肩负的使命的神圣和功用的神圣。而这个时代是一个特别重视精神领域的时代，"立国必先立人，立人必先启蒙"，这种思路使文学与时代的神圣事业有了天然的联系。维护文学的神圣尊严，是一种时代现象，是一种精神态度。五四一代及此后几代文学家曾因政治立场、思想意识、人生态度、审美意识、个人禀赋各种原因而形成了对于文学的各种理解和态度，但是有一点却是共同的，他们都不去亵渎文学自身的价值，不奢谈"玩文学"，而视文学为神圣的事业、高尚的精神活动。不唯茅盾、郭沫若、丁玲、蒋光慈等有强烈政治使命感的作家，即使那些有意疏远政治、追求独立意识的作家也不把文学看作可有可无的玩物。沈从文、徐志摩、林语堂、梁实秋等，"死抱住文学不放"是因为他们在维护自己心目中文学的"神圣"。现代文学史上那么多的斗争、冲突、论争，除了少数几次带有直接政治内容的斗争之外，大多数冲突和争论都是站在不同的角度去维护文学的神圣地位和使命。对文学的这种神圣的态度和精神，贯穿在创作活动中，极大地影响着文学的追求指向、意蕴和品格。中国现代文学在表现对象和创作方法上面向现实、追求民族化、大众化、通俗化，但其精神品格是神圣化的。突出文学的启蒙色彩、教育功能、陶冶性情和改良精神的功能等，都不是为了满足世俗的欲求，而是通向神圣的事业。现代文学史上有老舍、张天翼等描写世俗生活并以通俗、幽默见长的大师；有以赵树理为代表的小说流派，描述普通群众的文艺活动，但这一切仍然充满着神圣的气息；有以张恨水为代表的通俗小说，尽管数量很多，读者面广，但仍在当时不能成为新文学的一部分，原因在于它的世俗精神不能与时代精神合流。

当代文学在整体上承继了现代文学的这种特性，在具有代表性的当代文学作品中，描写对象、创作技巧、甚至作家世界观都更加面向现实和大众，但神圣性却有增无减。《青春之歌》《红旗谱》《红岩》《保卫延安》《林海雪原》《谁是最可爱的人》《创业史》《艳阳天》《欧阳海之歌》《雷锋之歌》等，反映的是革命事业的神圣、信仰的神圣、理想的神圣、道德和人格的神圣，偶尔还有爱情的神圣，甚至我们可以从《雷锋日记》《王杰日记》中也看出神圣。毫无疑问，当代文学的这种神圣感确实影响了几代人的精神世界。

如同五四新文学对古典文学的神圣展开攻击而又形成新的神圣文学一样，新时期文学也由对"文化大革命"前后形成的"神圣"文学及其观念的反拨开始，迅速形成了新的神圣化文学。70年代后期的"拨乱反正""正本清源"，在一定意义上就是恢复正常秩序。当时，梦醒之后的人们借助于文学发泄愤懑，控诉暴行，展示心理历程，赞美高尚的情操，呼唤神圣的人性，继而对往昔反思、为改革呐喊，并呼吁重铸民族灵魂。这是一个弃旧图新、充满憧憬的阶段，是带着过渡色彩、心灵迷惘，但精神并不空虚的阶段，文学在这一阶段以声音显示了神圣和尊严，这时不可能有人会出来"玩文学"。正是在这种神圣的时代，这种神圣的文学氛围中，我们再次看到了作家的理想之光和自信自尊，看到了责任心、历史感，看到了文学的"轰动"。那时，在理论上还有过对"新人"的期盼，有过对"当代英雄"的呼唤，一些带有缺点的"理想人物"也频频露面。文学、文学家给人以跃跃欲试、重塑"形象"的欣喜和神圣感。那时，不管是从"北方的河""南方的岸"，还是从"广阔的地平线"，传来的都是作家以神圣的态度对待人生、对待文学的气息，即使从预感到"别无选择"的感叹中，也能体味到由激情与思虑交织而成的神圣感。

20 世纪中国文学尽管道路坎坷，饱经磨难，但它却从未被社会所轻视，从未失去自己的神圣地位。这种状况持续到 80 年代中后期，此后，情况却有了根本性的改变，文学的失落感、文人的失落感成为挥之不去的梦魇。70 年代末的思想解放运动中，文学家理论家也在为文学的解脱束缚而呼吁呐喊，想象着"解放"之后的自由和惬意。而到了 80 年代中后期，商品大潮的巨浪一下子把文学、文学家推向社会，文学家的自由度的确大为增强，但是大部分作家并未有如鱼得水之感，反而有了某种"遗弃感"、失落感，这种感觉已非一日，也非个别人才有。最为"恼人"的是，不但通俗文学、大众文学与严肃文学、纯文学分庭抗礼，而且世人根本就不再把文学放在眼里，文学不再神圣，文人不再神圣，文学角色不再神圣，文学功能不再神圣，作家的知名度和作品的销售量主要看其在满足世人娱乐、消遣和世俗精神欲求方面提供的"成色"。于是"玩文学"意识得以风行。平心而论，文坛的这种现象并不是文人自己鼓捣出来的，而是社会结构变动、历史转型引起的反应，是不以人的意志为转移的。

20 世纪前 80 多年，尽管历史巨变，社会震荡，民族斗争你死我活，几种力量风起云涌，但是，整个思想文化领域、意识形态领域和人们的精神世界受到格外的重视，社会精神生活始终没有与历史主流游离和脱节，而文学作为一种精神现象在这种大背景中，总能找到自己的用武之地。只要整个社会大系统中有精神领域的合理的位置，或者说社会不去冷落精神现象和精神价值的创造，那么文学作为思想文化的特殊"肖像"就不会被冷落。而在商品大潮下，在人们由注重政治、文化方面转向注重经济方面之后，在经济生活占据时代中心的条件下，文学不被格外重视实属必然。而当实用功利目的成为一种价值标准，一切以是否有现实效用为准绳的观念得到推崇后，文学的价值意义、优与劣、成功与失败的评判自然也会发生重大变化。也许每个文人都会有所感触，商品大潮对文学、文学家的冲击力是剧烈而持久的，它要改变的不是如以往迫使文学适应眼前的任务和创作内容，而是要调整文学在整个社会系统中的位置，它可以从根本上破除中国文学一贯的神圣面孔，使中国文学的风貌和格局来一次空前的转换。无疑，这是中国文学发展史上又一次特殊的机遇。这一次的历史机遇，不同于五四新文学因与社会政治革命、思想启蒙结缘而使文学功用、使命神圣化，而是由于经济变革、商品意识使文学世俗化。中国文学希图真正成为普通民众的精神享受、以世俗姿态关注现实人生的追求目标，终于可以借助这种机遇得以实现，近十几年来在这方面的进展的确明显。问题在于，历史不可能只提供机遇而不出难题。正像前七八十年，文学因与政治结合而不失落但却难有独立特性一样，如今文学借助社会转型而涌入了世俗精神并打破了文学神圣的局面，但同时也遇到了难题，这就是，世俗与神圣的悖反。文学在打破神圣化之后，却似乎连神圣本身也被否定；与此相关，世俗精神被畸形扭曲而助长着庸俗倾向。

世俗化倾向是当代中国一种重要的精神现象，它的形成有多方面的因素，如经济的迅速发展，政治及意识形态的淡化，商品意识的增强，以及拜物拜金、享乐主义的盛行，等等。作为一种群体社会心理，它最直接的产生原因是时代的中心转向了经济方面，是这种转轨引起的精神变动。世俗化同时也伴随着价值观念、价值标准的变化，昔日神圣的事物不再神圣，昔日神圣的精神追求变为今日的追悔和寻求补偿。凡人也罢，伟人也罢，历史也罢，现实也罢，一切用现实的、功利的、此时此刻的标准去衡量，于是世界近乎无差别、无是非；物质利益、现世享受认为是具体实在的，而精神、信仰等则是虚无的。因此，世俗化又是一种人生观世界观的体现，是一股来源于社会实践的哲学思潮，哲学思潮波动同社会气候的变化和社会活动实际可能的大小密切相关。一个社会处于上升阶段，就会刺激人们追求对象性的自我实现。世俗化倾向在当代中国的出现和存在，有其合理性和必然性。人们在改革开放、物质生活日益丰富后渴望"潇洒走一回"，渴望尽情地享受人生，满足各种欲望。而转型期社会的各种复杂现象，包括一些"恶"的社会现象的不能遏制甚至受到怂恿，更加刺激着人们的心理。世俗倾向在冲击传统的僵死的经院哲学和保守的观念意识方面有其积极意义，但它在重建精神文明、重塑民族灵魂中会起到何种作用则需要具体分析，它的价值指向是否与历史进步和人的全面发展相一致也值得思索。

20 世纪 70 年代末以来，各种外来的哲学社会思潮和观念几乎都在中国匆匆走过，有些似乎还产生了很大影响，超人哲学、生命意识、存在主义、精神分析、非理性主义、科学主义、人本主义以及新儒学等都形成过热潮，但是，在当代中国，这些外来的思想观念并没有也不可能真正地生根，它作为形而上的观念只在某些知识分子头脑中留下了印迹，而深入中国普通民众乃至整个意识领域的仍然是源于中国现实生活的社会意识，是商品大潮中土生土长起来的世俗精神。精英阶层也难说不受这种世俗精神的影响。

世俗倾向有其历史的具体性，中外历史上世俗化的形成都有其各自的具体内容，但有一点是相同的，世俗精神是对神圣传统的冲击和悖反。中国当前文坛世俗化倾向的形成演变，首当其冲的便是对神圣的冲击和悖反，而十几年前开始的严肃文学与通俗文学之争，只是一个先兆信号和集中体现。当初，关于严肃文学与通俗文学、纯文学与大众文学的讨论，确曾只是关于文学类型、读者对象、文学功能等范围内的讨论，但是这种讨论到后来实际上起了性质的变化。按理论家、文学家的本意，严肃与通俗、"纯"与大众不应有孰高孰低、孰优孰劣之分，人们也注意不使通俗文学有庸俗之嫌。这时，一个潜在的认识前提便是以为严肃文学和通俗文学是在同一文化精神氛围中的两类文学，它是读者对象与趣味的不同，而非精神特性和品格的不同。但是事态的进一步发展却表明，通俗文学、大众文学的兴起并日臻盛行，原就有世俗精神和世俗化社会心理作动力。这两类文学的区分、对立和相争，逐渐有了精英文化与世俗文化、亚文化之争的意味。通俗文学得以存在发展自然也有其合理性和意义。

也许未来艺术都应既是高雅的、深邃的又是通俗的、面向大众的，但在今天，这似乎难以做到，于是两相对立便是一种合理的方式。这里应特别指出的是，一般意义上的通俗文学和大众文学，与严肃文学的通俗化、大众化有所区别，其原因就在于这里有两种文化精神的区别。

综前所述，20 世纪 80 年代中期以来，中国文学是在两种文化意识和精神氛围中演变的，一种是依然坚持文学的神圣的使命感、责任感，希图以文学反映精英文化意识，维护文学的独立特性，一种是顺应世俗精神和一般社会心理，以满足日常世俗的精神欲求而求发展。前者要维护文学的神圣，后者则正是对传统神圣的反叛。这种反叛不是题材、人物方面的，而是文学精神内涵和品格上的冲突。这种现状打破了有些理论家认为 20 世纪 80 年代中期是中国文学的"自觉""本体"发现的预言，而标志着中国文学"神圣时代"的终结，也标志着以神圣的姿态拒斥世俗精神的文学状况的改观；代之而起的是世俗对神圣的悖反和世俗与神圣的对立。

世俗与神圣的悖反和对立，不仅形成了两类内涵、方向不同的文学的对垒和相争的局面，而且使整个文艺界的发展态势和创作意识发生了重要变化，在文艺这一特殊的社会实践的浅显层次和深隐层次其影响都不可低估。在浅显层次，世俗对神圣的悖反，不仅破除了文学神圣化的局面，而且也摒弃了神圣本身，其趋势似乎将使文学淹没于社会流俗之中而失去独立品格。其表现主要有两个方面。

第一，丧失自我，随波逐流，向世俗盲目认同；文学因缺乏对现实应有的探索精神和历史批判精神而显得软弱无力和"气短"。文学界的自轻自戕与社会对文学的轻视形成恶性循环，使文坛逐渐出现有意回避现实和表明作者意识和态度的风气。从作品中可以感受到作者对他的表现对象的圆熟的把握或把玩，对其琐细的分析与细腻的表现，但却难以感受到他的情感态度和蕴含其中的思考评判精神。这是文学真的走向成熟的标志？抑或是文学无力的一种表现？在这里，隐含着这样一个问题，在当今这个重新调整社会物质结构同时也重建精神结构的时代，文学仅仅表现感触、体验和世俗态度，还是同时需要激情、冲动、思虑和历史评判精神？文学是否还负有诸如改造民族精神、重铸民族灵魂等神圣使命：这些不是理论问题而是实践问题，是文学家对文学的价值和对自我价值的一种选择和定向，是作为文学家的"自我"对世界所采取的态度。而今，最容易选择的恐怕就是对世俗的顺应，这是一种世界观的改变。而"使个人放弃改造世界，对世界采取适应态度的动机是形形色色的，例如有的是由于意识到自己能力有限；有的确实认为现存世界制度是唯一可能的世界制度；有的是贪图轻松而甘心'随波逐流'。适应的方式也多种多样，例如趋炎附势即与强者认同，个人因此也自恃强大；或者迷信上帝，相信命运，从而得到一种虚假的自由感；或者着力于自我认识，自我完善，高度发挥内在的积极性"①。中国当代文学家以什么样的态度和方式适应现实世界，将塑造出文学家各自的"形象"，从而在总体上也塑造出中国未来文学的"形象"和品格特性。

第二，嘲弄深沉，揶揄高雅，放纵粗俗浅陋。在文学和影视作品中，每每可以见到作品中的人物对"玩深沉"的调侃，对"玩高雅"的揶揄。如果这偶尔出现于某一作品，它是新鲜有趣的，是作者的一种"发明"，或者是作品的需要。但实际上，这种情景屡屡出现于许多作品中，它不仅以似曾相识的面目出现，而且作为一种表现程式、一种同一的艺术实践在反复刺激读者和观众，对群体心理起着诱导的作用，而调侃揶揄的口气在本质上也表明

---

① 科恩：《自我论》，生活·读书·新知三联书店 1986 年版，第 81 页。

了一种态度。其结果，对"玩深沉""玩高雅"的调侃、揶揄，已经变成了对深沉和高雅本身的嘲弄和讽喻，而且民众似乎已开始对此认同，成为一种口头语。这种现象正反映了当前一种精神现象，一种社会心理导向，也表明了文学在世俗精神面前的一种姿态。追求轻松潇洒而耻谈深沉高雅，体现着人们崇尚世俗享受的意识倾向和对精神追求的淡化，其意识深处是对神圣的悖反。令人遗憾的是，这种拿深沉高雅"开刀"以求轻松潇洒的努力，得来的结果却是粗俗浅陋之风盛行而少有轻松潇洒。轻飘，轻浮，轻视读者和观众；粗俗，粗糙，粗制滥造，不仅在文学领域，而且在曲艺、影视等领域泛滥成灾。而今，能静心创作艺术精品者虽有，但较少；相反，急于以量取"胜"者却很多，而且似乎会越来越多。这些现象的出现原因很多，这与文坛对深沉高雅的背弃似乎有某种内在的联系。其实，深沉不是沉重，高雅也不是高高在上，追求轻松潇洒、娱乐享受不必把它们对立起来并以牺牲一方为代价。

世俗与神圣的悖反和对立在深隐层次的表现则要复杂得多。在中国作家，特别是当代作家的潜意识中，存在着一种微妙的心理：抱着世俗态度进行创作的作家，并不甘心仅仅成为一个与"俗"有缘的作家或"痞子作家"，他们的心灵深处并不安宁，他们在以"俗"取胜的同时仍不放弃"神圣"和"深沉"，想借此来提高自己作品的品位；而抱着神圣态度创作的作家，因各种原因也不能无视当前世俗精神的冲击，常以向"通俗""大众"的倾斜来赢得读者并改变自己的形象。这两种心理曲折地体现于文学活动中，便构成中国文坛两种有趣的现象：一为世俗态度，神圣面孔；一为神圣态度，世俗面孔。二者相映成趣，各自也常常陷入两难境地。

"世俗态度，神圣面孔"者，其创作意识的主导方面是满足世俗的精神需求，在题材选择、人物设置、情节安排、主题提炼、语言特色、叙述方法和角度等方面，都以此为基点。不管是小说还是影视剧，这类作品整体结构实际是在通过琐碎的世俗生活场面的连缀去阐明一个古老的人所皆知的主题，或证明一个看似新颖实则往往文不对题的观念。在这种整体框架内，作者开始真正意义上的"玩深沉""玩高雅"。作者想要表现的"神圣"不是从生活本身和人物性格中自然流露出来，而往往表现在人物絮絮叨叨的说教上。特别是在某些大型电视剧中，过多的偶然因素，不断的节外生枝，目的是为人物提供更多的表现"内心"的机会，于是，人们从最普通的"凡人"嘴里听到最深沉的"哲理"，从最琐碎的生活情节里见出"神圣"。在这里"玩深沉"、"玩高雅"和玩文学得到了最充分的证明，而从中可以看出作者仍不能忘怀于"神圣"。事实告诉人们，真正"玩深沉"、"玩高雅"的人正是那些放肆地调侃、揶揄深沉和高雅的人。这不能不使人产生某种滑稽感。追求神圣面孔，其结果往往使作品既不世俗也不神圣，反倒成了无病呻吟、教训色彩和自我欣赏的混合物。

与此相反，追求"神圣态度、世俗面孔"者，往往放不下、也从心底里不愿意完全放弃神圣的姿态，他们不愿随波逐流，想在自己的创作中表现出文学应有的尊严和神圣，但迫于时势的变化，不得不去寻求通向"大众"和"通俗"之路以求生存与发展。其结果也常有无所适从之感，使其不能静心进行创作。这种状况在所谓严肃文学、纯文学作家身上有不同程度的表现。

"世俗态度、神圣面孔"和"神圣态度、世俗面孔"是创作中的两种现象，或许还可以用来形容文坛的一种现状。中国当代文坛在相当程度上正处于一种想神圣又不敢神圣，想严肃又怕严肃，欲世俗又远世俗，为大众又非大众的尴尬的境地，在这里，"神圣与世俗"的悖反的思维方式和观念仍在潜隐层次起着作用。严肃文学作家与通俗文学作家尚不是以名副其实的作品表明各自的存在的理由，而是左顾右盼或邯郸学步，偶尔有"理直气壮"者为自己辩白却离不开对另一方的攻讦棒喝。倘若中国文坛有了真正意义上的高品位的严肃文学与通俗文学作品的对垒，有各自的代表作家各领风骚，那将是一种幸事和进步，它将表明中国文坛和文学家新的成熟，那时，悖反的状况才会真正改变，对立才会有真正沟通的基础和可能。

第十三章 人类性要素与中国现当代文学的定位

第一节 曾经被遮蔽的人类性

不管国内文学史家如何不断发掘和阐述中国现当代文学的丰富意蕴和它的划时代意义，也不管海外学者对现当代作家作品的评价怎样见解独到（如夏志清、李欧梵等），当从 20 世纪世界文学史的高度定位中国新文学的价值时，总会有一个潜在的疑问出现：百年中国文学是否具有世界意义和水平？这个时代的中国文学精神是否蕴涵人类普遍意义？

那么，这些疑问是如何产生的？是中国新文学的主体部分不具备人类性意蕴呢？还是研究视角和批评意识存在问题？

如果我们冷静而理智地反思一下就会发现，疑问首先源自对中国新文学人类性要素的质疑。新时期以来，随着对中国现代文学史上一批作家作品的被重新认识和评价，现代文学的研究空间得到了极大的拓展，人们已经认识到这个时代的文学意蕴并不像以前解释的那样简单和划一。但是，由于诸多原因，很长时期内，在对现代中国文学的文化精神要素的研究中，其人类性因素还不是一个被充分展开的层面。与对文学的阶级性、民族性、时代性等特色被不断挖掘以致被有意无意地夸大相比，人类性要素并没有得到应有的重视和合理地阐释，或者只是局部被认可、整体被遮蔽，对部分作家（如老舍、沈从文、张爱玲等）作品人类性意蕴的揭示，并不能改变 20 世纪中国文学的整体形象。这直接影响到对现代中国文学精神特质和艺术要素的整体评价。虽然在一个时期，人们积极地呼吁中国文学"走向世界"，并有力作（如《走向世界文学——世界现代作家与外国文学》一书）证明中国文学与世界文学的联系，但也基本只是解释了中国现代文学家受外国作家影响的程度，并不能有力地说明中国新文学的世界地位。这种印象得到较大的改观，是莫言在 2012 年获得诺贝尔文学奖。还有一个现象，在对中国现代文学、特别是当代文学的"宏大叙事"提出质疑，这在客观上进一步强化着将中国现当代文学要素限于社会政治、时代精神、意识形态层面的印象，继续掩盖了其人类性精神要素的认识。由于不能从人类性的视野看待中国新文学的意义，极大地限制了研究者的思维空间和研究层面的拓展，也制约着文学史研究格局的突破。"重写文学史"难有重大进展的一个内在制约因素，笔者认为就是缺乏人类性意识的自觉和理论支持，没有在研究过程中注入人类性的理念因子，没有打开从人类性切入的研究空间，因而不能有效地化解多年来形成的研究模式和思维定势。

这些现象的产生有人所共知的客观原因，一方面，受现当代社会和文化背景的制约，文学批评中的"文以载道"的传统影响，文学与时代关系被过分地夸大等；另一方面，与长期以来已经形成的思维定势和研究思路有关，主要有三点。

第一，百年中国文学作为新文学，其精神意蕴和艺术要素的解释陷入了一个人为划定的孤立的时空框架中。这个框架是，在整体上，中国新文学的评价有两个相对的参照系，一是相对于古代（纵向时间），一是相对于外国（横向空间），在这两个参照面前，中国新文学之"新"一直被作为在时间上不同于传统、在空间上不同于世界的"特例"来强调，其文学精神意蕴和文化特质同样被作为"特例"来寻求。在强调新文学的反传统色彩的时候，在挖掘文学精神新内涵的时候，实际上把这种"新"视为无根的、没有延续性的"全新"的创造，而不看作是对旧的超越后的历史延续，这在客观上把新文学与中国几千年文学的历史人为割断，把它与传统文学长期积淀的人性意蕴的精神脉络割断。近年出现的"贯通古今"研究的倡导，其意义当与此相关；而关于20世纪中国文学史的分期的讨论，实际也触及了这个问题。

在关于中国文学与外国文学的关系方面，虽然突出强调外国文学对于中国新文学的直接的影响作用和中国文学向世界文学的接近，但是，在讲到中国新文学的精神蕴涵的时候，又特别强调"中国特色"以显示其独异性，而这种独异性大半被理解为单面的民族性、时代性、阶级性、意识形态性等，特别是在强调"民族性"的时候，在讲"越是民族的越是世界的"时候，并不能同时辩证地认识其人类普遍性，而突出的还是其特异性，这又在客观上割断了中国文学在精神上与人类性的联系和所具有的世界意义。

这两种参照系虽然在相当程度上突出了中国现代文学的划时代的意义，但其深层的副作用也不可忽视，这就是，在这种表层似有联系、深层实际孤立的思维和研究结构中，中国现代文学被有意无意地作为纵向割断历史、横向隔绝人类的"异在"，其艺术精神要素和价值的估定常常与这种"特例""异在"地被突出和强化相联系。强化现代文学的特定性和新的历史认识价值及意识形态意义，强调文学与社会历史过程中的时代内容的对应，强化文学在历时性中不断变化的积极意义，而忽视文学意蕴中的相通性、共同性和稳定性因素，这在客观上隔绝了对中国现代文学人类性发掘的思路。

第二，与上述问题相联系，研究者的关注点被引向对立面的比照和差异性的寻觅，忌讳共同性、相通点的探究。阶级性、民族性、时代性等要素被视为现代文学天然的特点和优点，而人类性因素似乎是不能与之相提并论的。这种意识当然有其产生的历史原因。现代文学史上的文学论争和冲突本身，就带有强烈的阶级意识和对立情绪，如围绕"革命文学"的内部的论争，鲁迅与梁实秋关于文学的人性与阶级性的论争，左翼与"自由人"和"第三种人"关于文学价值的论争，左翼作家与其他作家在具体的政治立场方面的差异乃至对立等。在这些论争和对立中，对抽象人性的反对本来有特定的内容和针对性，但却在客观上形成一种印象，似乎以鲁迅为代表的左翼文学都是只要阶级性不要人类性，也就是说，把抽象人性与文学的人类性完全等同起来，客观上造成了现代主流文学不具备人类性的印象，而后来的研究中又不断强化这种印象。另外，"道不同不相为谋"，已经成为研究现代文学不同派别时先入为主的"常识"。而研究界较少注意站在新的理论高度理智地看待这些论争和冲突，或者说没有脱离当年论争者的立场和角度。其实，文学活动作为精神创造活动，它自身的复杂性和特殊性决定了"道不同不相为谋"只是事情的一个方面，另一方面还有"殊途同归"和"异曲同工"，在文学人类性蕴涵方面有其相同之处。比如，在对中国人性弱点的批判上，鲁迅对国民性的批判与沈从文固然有很不同的内容和角度，但沈从文对于儒家文化和城市文明所造成的人性畸形变态的表现又有与鲁迅的视角相似的一面，这相似的方面就是都认为被统治阶级利用的儒家文化，是扼杀人性的文化，是培养奴性人格的文化，是培植国民劣根性的文化，是应该彻底批判的文化。合理正常的人性要求其实是他们创作中的一个共同的或相通的理念。就是说，鲁迅的文学创作意蕴同样具有人性内涵，具有人类性要素，不仅如此，他的人类性理念还充满现代意识。然而，鲁迅却又常被误解为只注重阶级性而一般地反对人性的作家。再如，张爱玲对人性恶的揭示和萧红对于人的生命过程与生存状态的揭示，虽然在表层有很大的不同，但在人类性这个层面则有相通之处。正是从人类性的角度可以发现一些以前被生硬的思维模式排斥的一些文学精神要素和不同作家的共同性。

第三，近代以来中国文化在国际上处于弱势，是被作为西方人和海外研究者从自己的角度观照、凝视的对象，文学也是他们特别关注的一个领域。在他们的分析、阐释、命名、评价中，虽然有其独到之处，但也难以避免由于社会和文化背景诸因素的制约所带来的偏见和局限。他们多在那些所谓游离于时代主潮的边缘作家的作品中，或者与左翼发生冲突的作家的作品中寻找艺术性和发掘人性内容（如沈从文、张爱玲的小说）。另外，西方汉学家的"视角优势"、猎奇心理，使得他们对中国原始的、畸形的人性特别感兴趣，他们能注意到的，或是中国民族中特殊奇异的风俗，或是人性弱点或人性恶的"中国式"表现，而不是中国人在现代历史过程中的本质力量的对象化，那些与时代密切联系的作家作品中所包含的精神创造，并没有进入他们的"人性"或"人类性"的视野。一些学者把中国新文学的主体部分解释成只重阶级性、社会性、时代性而缺乏人性和人文关怀的文学，亦即缺乏人类普遍性的文学，这种有意无意对中国现代文学精神的"模式化"阐释，影响了国内学术界。现代文学研究在近年逐渐形成一个不约而同又心照不宣的观念，认为只有那些游离于中国现代历史中心的"边缘"作家才表现了人性，或者表现了超政治性、阶级性的人类性，如周作人、沈从文、张爱玲、梁实秋等。与此同时，夸大一些作家的"边缘化"色彩，尔后得出一种似乎合乎逻辑的结论，认为正因为一些作家远离了时代中心，或者一定程度上处于时代"边缘"，所以他们的作品才有更多的世界性和人类性，如对老舍、萧红、曹禺等的评价。这就提出一个问题，自觉参与或卷入中国现代社会变革过程中的另外的、历来被作为现代文学主要成就的作品，如鲁迅、郭沫若、茅盾、巴金、丁玲、艾青、赵树理等的创作，是否也具备人类性因素，是否具有世界性、普遍性？如果在这个层面上的认识问题不解决，中国新文学的世界性因素和普遍价值就不能真正被确认。这表面上似乎又回到了多年前就争论过的文学与政治关系的老问题上，其实不然，它不是一般地对现代文学作品孰高孰低的评价，而是涉及一个根本问题：现代文学中那些直接或间接地反映了中国现代历史发展、民族奋斗历程和精神追求的文学，是否具有人类性？中国现代文学的精神意蕴在 20 世纪世界文学乃至整个人类文学史中是否具有普遍价值和意义？我们强调民族性是否客观上将其与人类性对立起来了？

凡此种种，笔者以为都与缺乏对 20 世纪中国文学的人类性这个观照维度有关，人类性因素在整体上处于被遮蔽的文学意蕴层面。

人类性不仅是文学的一种价值评价标准，还是一种文学精神要素。文学是一种特殊的符号形式和心理经验形态，是把握和解释世界的一种方式，它具有普遍性、可传达性和可交流性。从这个意义上说，文学创作都可能蕴涵人类的普遍精神，可能被人类普遍接受。但文学又是情感的、形象的、审美的，文学的人类性及其被普遍接受必须以其艺术感染性为前提，以具体的民族的内容和形式为实体。文学作为精神创造成果和文化构成部分，其人类性相对于民族性、阶级性而言，指文学作品所表现的人类普遍的精神情感和文化特质，或者通过具体的民族性、阶级性所体现的人类共通性。人类性寓于民族性中，阶级性、民族性是个别，人类性是一般。在这个意义上，人类性正是在民族性中体现人类作为"族类"的共同性、相通性的方面。文学人类性不能回避人性问题，包括文学对普遍的人性的艺术解释，如人类都存在的食欲、性欲、享受欲、获取欲、生本能、死本能、"快乐原则"、"现实原则"等生理需要和特征；还包括人性在特定的社会、历史、经济、文化背景下的具体表现形态，即社会性，如人的心理需要，人与人之间的相互理解、信任，人的爱心、善良、信仰、同情、正义以及仇恨、嫉妒、邪恶、暴虐等善恶心理和情感。

文学人类性还指，文学家应具有或隐或显的"为人类"的主体归属意识，并将这种意识体现在创作中，渗透在作品中。作家应有博大的情怀和对人类的悲悯意识体现人类的普遍道德观念和情感。而作家对人的生命过程的解释与通过文学帮助人对付生存困境的努力，就是文学对于人类命运和人性的思考和艺术表现的具体体现，是文学的应有之义。

文学作为可以跨越时空的精神产品，其人类性还指文学作品作为人类普遍可以接受和欣赏的对象，其艺术价值可以为人类普遍享受，对人类都有积极的作用。它的内容和形式可能是极为特殊的（如川端康成对于日本民族情感的表现，马尔科斯的《百年孤独》对其民族历史的表现），但其特殊性为人类所普遍理解和认同。文学的人类性是建立在人类"共同感"心理基础上的文学存在形态。同时，人类价值观念上的具体性、特殊性之中，又蕴涵基本的准则和底线，有共同遵循的真、共同追求的善和共同欣赏的美，这也应该也是文学人类性的内容。

对于文学研究来说，人类性是一种视角和意识。不是简单地把阶级、民族、时代性解释为人类性，而是把它们置于人类的视野中看它的意义，比如，中国现代文学对中国人在现代反抗外来侵略、争取民族解放的过程的艺术表现，文学中的政治、阶级斗争内容，这是特殊现象，但其中又包含人类"争自由"的普遍意义，是文学人类性在中国的具体体现。那些被阐释为有鲜明的阶级性、民族性的所谓中国现代主流文学，其所表现的现代中国人的不屈不挠的奋斗精神、宁死不屈的自由精神、为了民族利益牺牲个体的献身精神等，与人类普遍的积极精神和人性追求是相通的，也具备人类性。因为在这过程中，反映着中国人精神中的许多本质特点，这些特点与人类共同的美好追求具有相通性。从这个意义上说，人类性与民族性、阶级性、时代性并不矛盾，但有意蕴和研究视角的区别。

也许，具体地罗列文学人类性的内容是困难的和不明智的，关键是研究者应具备一种意识，把具体研究纳入人类的视野，从一个更广阔的视野和范畴去看它的全部的精神意蕴，而不是先入为主把文学作品结构放在或是时代的，或是民族的人为模式里。有些文学现象，过于局限在"中国特色"的视野中，反倒看不出它的世界意义和人类意义。人类性的角度可以消除某些视角局限和偏见，更全面地把握文学的精神意蕴，有利于突破以往的研究框架，成为文学研究的新的生长点。

提出文学人类性的问题，并不是以此作为"最高"的文学价值尺度，而是揭示被抑制的一种文学要素，一个文学价值层面，转换一种研究视角。研究 20 世纪中国文学人类性将拓展新的研究空间，将对文学的精神品格有新的估价；同时，这种研究不唯是为发现现代中国文学人类性已有的意蕴，更主要的是要发现这方面存在的问题和局限。在具体的研究和评价中，不能把人类性作为抽象的标准，不能与民族性、时代性等对立起来，而是以人类性的、世界性的意识和眼光，以人类普遍的公认的一般价值取向评价具体文学中的价值要素，以发掘被遮蔽的意义。

第二节　中国现当代文学中的人类性要素

中国现当代文学人类性的主要内涵，初步可以概括为以下几个方面。

第一，人类性是中国新文学作家、理论家曾经意识到的一个创作层面。在五四新文学运动中，人类性并不是一个被排斥的文学因素，而是一个与"人的发现"相联系的理念，只是由于复杂的原因，人类性在后来被政治性、阶级性、时代性和民族性所遮盖。譬如，在五四时期及以后对中国现代文学的理论建设起过重要作用的茅盾，就曾经多次提到文学的人类性问题。我们知道，茅盾的文学理论和创作以突出文学的社会功能，特别是文学与历史时代的密切关系为特色，他的小说是典型的社会分析小说，其中阶级意识、历史意识和民族意识都是非常鲜明的。但是他早期提倡新文学时，却曾经把人类性作为文学的一个重要因素反复强调。如在《文学和人的关系及中国古来对于文学者身份的误认》中，他说："文学者表现的人生应该是全人类的生活，用艺术的手段表现出来，没有一毫私心不存一些主观。自然，文学作品中的人也有思想，也有情感，但这些思想和情感一定确是属于民众的，属于全人类的，而不是作者个人的。"① 在《创作的前途》中说："我们觉得文学的使命是声诉现代人的烦闷，帮助人们摆脱几千年历史遗传的人类共有的偏心与弱点，使那无形中承受着历史束缚的现代人的情感能够互相沟通，使人与人中间的无形的界限渐渐泯灭；文学的背景是全人类的背景，所诉的情感自是全人类共通的情感。只因现在世界的人们还不能是纯然世界的人，多少总带着一点祖国的气味，所以文学创作品中难免要多偏在本国了。但一方面总要使作品中的情感总是世界之人大家能够理会的；这怕也是现在创作家也注意的了。"②

① 《小说月报》第 12 卷第 1 期，1921 年 1 月 10 日。
② 《小说月报》第 12 卷第 7 期，1921 年 7 月 10 日。

在《新文学研究者的责任与努力》中说:"翻开西洋文学史来看⋯⋯就是一步一步的变化,无非欲使文学能够表现当代全体人类的生活,更能宣泄当代全体人类的情感,更能声诉当代全体人类的苦痛与期望,更能代替全体人类向不可知的命运作奋抗与呼吁。不过在现时种界国界以及语言差别尚未完全消灭以前,这个最终的目的不能骤然达到,因此,现时的新文学运动都不免带着强烈的民族色彩。"① 茅盾在这里把人类性(为全人类)作为新文学的一种责任、一种与旧文学不同的要素来强调,同时比较辩证地讲了文学的人类性与民族性的关系,认为人类性是必然的,民族性在特定情境下是不得不出现的。茅盾后来的变化因素当然是复杂的,也是有代表性的,但这至少说明,人类性是中国新文学发轫期一个被意识到的要素。类似的作家,或在后来比茅盾有更明确的人类性意识的作家也不乏其人,如钱锺书《围城》的序里说:"在这本书里,我想写现代中国某一部分社会;某一类人物,写这类人,我没有忘记他们是人类。只是人类,具有无毛两足动物的基本根性。"这里体现的就是一种人类性意识。相似的例子无须赘述。

第二,现代中国文学所反映的中国人在现代历史进程中的主动精神、进取精神、抗争精神、自由精神等,就蕴涵人类性要素。中国现代文学在整体上真实地表现了中华民族为自己的翻身解放而不屈不挠的战斗过程,这个过程中所体现的精神既具有特定的民族性、阶级性、时代性,也具有人类的普遍性,它展示人类的正义力量和反抗精神,是人的本质力量对象化的过程。这既显示了中国民族的觉醒,又展示了人类的普遍精神。中国现代历史的波澜壮阔及人性情感起伏变化本身,中国历史从封建制度向社会主义的前进过程及其曲折本身,历史演变过程中人的情感的变化,就极其具有世界性,也具有人类性。它是独特的。在人类文学史上,很少有哪一种文学像中国20世纪文学在如此剧烈的历史变革中诞生演变,又曲折地反映了历史。20世纪中国文学所提供的研究资源异常丰富,包括人性内容,包括以极端方式出

---

① 《小说月报》第 12 卷第 2 期,1921 年 2 月 10 日。

现的精神现象，对于人类来说在许多方面都是独特的，都是未来文学研究的重要对象，是奉献给人类的精神财富，但它们还未被世界所充分认识，人类需要时间认识和消化它。

第三，即使强调文学阶级性、时代性的"左翼"及其精神影响下的文学，其实也并不一般地排斥人类性，一些作品同样具备人类性因素。从文学人类性角度切入分析，可以发现，中国现代有些文学派别的创作并不像理论上强调的那样忽视人类性，相反，有些作品有意识地注意人类性蕴涵，比较典型的如"七月""希望"作家群。试以收集在《〈七月〉〈希望〉作品选》① 中的几篇作品为例。萧红的《无题》，大约只有千字，似乎是一篇随笔，其中写到"我"在西安面对一个残废的女兵的沉思，当看到"那腋下支着两根木棍，同时摆荡着一只空裤管的女人的时候"，几乎想"由于同情而讴歌她了"。"但这只是一刻的心情，对于蛮的东西所遗留下来的痕迹，憎恶在我是会坏破了我的艺术的心意的。"于是，我想到"那女兵将来也要做母亲的"，"成为一个母亲，当孩子指问到她的残缺点的时候，无管这残缺是光荣过，还是耻辱过，对于做母亲的都一齐会成为灼伤的"。在这里，以一个母亲的心理设身处地地为这位女性的未来思考，也就是从人性的、人类的角度对人的思考，对战争发出的抗议。它有鲜明的民族情感和正义感，更有同情心和人文关怀，但又不与阶级性、民族性对立。曹白的《杨可中》写难民收容所同事杨可中的死，取的是生命的视角，也是人性的视角。杨可中是一个勤勤恳恳的、有个性的工作人员，但他遭到嫉妒，以至于病情加重，最后毫不壮烈地死了。作品记述的是他的日常琐碎的事情，但作品中对有意义的生命轻易地消失仍然使人心情不能平静。《富曼河的黄昏》写一个叫王嘉音的难民收容所的同事死得"曲折"又"轻易"：他为了逃离敌人的追捕而掉进河里淹死，他的死同样不壮烈，然而，唯其如此，也更感可惜，"人只有在感到真的毁灭的时候，这才能够感到真的生存的欢喜"。冉兆曲的《临死之前》写一个

---

① 吴子敏编选：《〈七月〉〈希望〉作品选》，人民文学出版社 1986 年版。

伤员临死之前对自己的妈妈、妻子的怀念之情，对死的看法，也超越一般阶级的视角，而表现人之常情。东平的《一个连长的战斗遭遇》写一个军人在战争中的真实的心理过程、战斗经历以及他的死。主人公林青史，一个勇敢的、负责任的连长，在经过与敌人殊死搏斗后，却因不服从不合理的命令而被营长枪决了，他本可以逃遁，"但是为了成全自己底人格，他决不逃遁"，"一点也不为自己辩护"。他不是被作为英雄歌颂，也不是被作为叛徒鞭挞，而是被作为一个有个性的人来表现，或者说表现"一个人的遭遇"。这里所描述的是中国人的另一幅人生图景，而且是战争环境下惨烈的人生悲剧，一个个生命过程的缩影。这些作品引人注目的不是描写事件本身，而是作家的人性意识，是作品意蕴的人类性。它使我们看到，中国新文学对革命、战争的表现，在现代原本就具有人性意识和人类性眼光，与后来的所谓宏大叙事中的情况是不一样的。

第四，中国现代文学对中国（东方）传统文明的历史性整体反省和自我批判，是一个伟大民族的精神"涅槃"，一种人类文明"死而后生"的典范，是人类精神发展史和文学发展史中上的奇观。它超越了民族和阶级局限而达到现代人类的精神高度。中国文明作为人类文明史上唯一得到延续的传统文明，这一精神现象本身就具有人类意义。这一文明在20世纪东西方文化交汇过程中，受到了最严峻的考验、最严厉的批判、最严格的实践检验，在文学中得到最严肃的思考和表现。以鲁迅为代表作家的新文学一个贯穿的主题就是反省传统文明，重铸民族精神，它所具有的意义需要以人类的眼光才能看得清楚。当西方现代派文学热衷于抽象的人性探讨和作家个人痛苦体验表达的时候，中国现代作家为了民族的新生在现实的"铁屋子"里发出了战斗的呐喊，当西方文学表现着"等待戈多"的无奈和无望时，中国文学寻求着人生的现实出路。鲁迅《狂人日记》具有对传统文明异常深刻的自我反省、自我批判，是其他民族的文学家很难做到的，特别对一个十分重视自己历史文化的民族来说更是难能可贵的，是值得钦佩的。《阿Q正传》在反省民族灵魂方面达到的深刻性，超越了民族和阶级界限，"精神胜利法"既具有中国特色，同时又具有人类普遍性。可以说，中国现代人为争取国家独立、民族振兴和人性解放而进行的自我反省和民族心理批判，构筑起20世纪中国文学人类性的主体部分，它体现的"认识你自己"和不断追求的精神，是人类普遍的积极精神。虽然中国现代没有《浮士德》式的鸿篇巨制，但中国现代文学中洋溢着不屈不挠的奋斗精神。特别值得注意的是，中国现代文学对人性的反思，不是西方式的对人的"原罪"和纯粹人性缺陷的反思，而是对"文明"与人性、与民族性格关系的反思，体现着中国式的实践理性精神和现实情怀。这种独特性在世界文学的人类性中既具有特殊意义，又是一种新的高度。另外，中国现代历史发展所具有的复杂性、曲折性、激烈性、尖锐性，以及在这过程中人的精神情感的痛苦和矛盾等，在中国是空前的，在世界上是少见的。西方几个世纪走过的社会道路在中国以"压缩式"方式存在，而在这过程中必然遇到的人性冲突、心理震荡等精神内容也以压缩的方式得以艺术地表现，在这个意义上说，中国新文学的内涵的丰富性、特殊性本身就具有人类性意义，它潜在的意义至今没有得到足够的承认和积极评价。

第五，新时期以来，特别是20世纪80年代中期以后的中国文学，在超越了政治批判、文化寻根、先锋实验等之后，一些有实力的作家逐渐具有了更充分的人类意识和对文学人类性意蕴的追求，如王蒙、贾平凹、王小波、韩少功、余华、残雪、铁凝、莫言、张承志、张炜、王安忆等。作家归属意识的变化，以及对文学价值意蕴认识的变化，在总体上体现出更多的人类性意识（如对历史背景的模糊，叙事中的超越"现实"事象，表现手法中的虚构和想象等）。笔者认为，这是20世纪后20年中国文学最具有意义的变化之一。对这种变化的实际价值，对这一时期作品所包含的人类性意义还有待挖掘。

这一切说明，从人类性的新视角来看中国现代文学，还有极大的研究空间可以展开。我们在这方面有许多缺憾，探讨这种缺憾的形成原因及其影响，也是文学研究的重要课题。

附录：论茅盾的新浪漫主义文学主张

　　20 世纪 20 年代初，当西方现代派文学从兴起到逐步确立之际，它的信息就传到正在经历历史性变革的中国文坛。新浪漫主义文学作为现代派文学的先声，一度被认为是最进步的文艺思潮而被介绍到国内，在"纷如乱丝"的中国文艺界奏出一曲独特的插曲。最可注目的，是后来成为中国现代文学史上现实主义杰出代表的茅盾，当时他也曾将新浪漫主义作为新文学运动的发展方向加以提倡。此后几十年，西方现代派文学走过了一条崎岖而又迥异常规的路程，中国现代文学则沿着自己的发展方向前进，终于汇成了现实主义文学的主潮，茅盾则以这一主潮的代表为世公认，以对现实主义文学的发展作出的重大贡献而确立了他的重要地位。

　　茅盾从提倡新浪漫主义到坚持现实主义，这表面看来奇特而又矛盾的现象，实际上不但可以解释而且有规律可循。作为一种文学历史现象，一个发展过程，茅盾的新浪漫主义文学主张与现实主义理论，分别体现着茅盾不同时期文学观念的特征。这两者之间既非绝对排斥，也非互不相关，恰恰相反，它们之间有着必然的联系，这种联系取决于茅盾文艺思想中一贯的内在因素。茅盾的新浪漫主义文学主张之所以值得探讨，正在于它所包含的本质内容与茅盾后来文艺思想的发展有一脉相承之处，它所显露出的基本倾向，正预示了茅盾文艺思想进一步发展变化的动向。同时，这一主张中也含有革命现实主义的因素，它从一个侧面曲折地反映出中国现代文学新的文学观念形成变化的趋向。因此，对茅盾新浪漫主义文学主张作出历史的科学的解释，它的意义将不限于对这一主张再评价本身。

茅盾早期确曾明确提倡过新浪漫主义，并且不是一般地提倡，而是把它作为中国新文学运动的未来发展方向提倡。但是，这是以茅盾对新浪漫主义文学的独特理解为前提的。

从 1920 年年初到 1922 年上半年，是茅盾提倡新浪漫主义文学时期。其大致过程是：1920 年 1 月，茅盾在《小说新潮栏宣言》中就指出，西洋小说已经进化到新浪漫主义阶段，认为它是文学发展的新趋向，对其介绍不但必要而且很"急切"。同年，茅盾在《我们可以提倡表象主义文学么?》《对于系统的经济的介绍西洋文学底意见》和《文学上的古典主义浪漫主义写实主义》等文中，都论述并肯定了新浪漫主义，指出它具有可以指人到正路、使人不失望的能力等。到 1920 年 9 月，在《为新文学研究者进一解》一文中，茅盾明确提出："能帮助新思潮的文学该是新浪漫主义的文学，能引我们到真确人生观的文学该是新浪漫的文学，不是自然主义的文学，所以今后的新文学运动该是新浪漫主义的文学。"此后，在《〈欧美新文学最近之趋势〉书后》《新文学研究者的责任与努力》等文中，茅盾在对浪漫主义、自然主义、写实主义与新浪漫主义的比较中，仍然推崇新浪漫主义。一直到 1922 年 7 月《自然主义与中国现代小说》一文发表，才显露出茅盾文学主张的明显改变。这时，茅盾主要是基于对中国文坛现状新的估价和认识，特别是着眼于文学"真实"性问题的思考，转而明确提倡自然主义文学了，而不是在理论上否定了新浪漫主义才放弃了新浪漫主义文学主张（茅盾在理论上否定新浪漫主义还在以后）。这大致就是茅盾提倡新浪漫主义的始末。

茅盾对新浪漫主义文学主张的提倡只有短短两年半的时间，这在这位现实主义巨匠漫长的文学道路中只不过是一支前奏曲，而就其所表现出的理论水准来说，与他后来整个成熟的现实主义理论相比也显得幼稚。但是，茅盾当时却有一个毫不含混的确实提法，即，对于新浪漫主义文学，是作为新文学运动的发展方向而提倡，对于自然主义、写实主义，是"以为进一层之预备"而介绍。所以，代表并标志着茅盾最早文艺思想特点的是新浪漫主义文学主张。

作为一种理论主张而提倡，茅盾理解的新浪漫主义有其具体内涵。首先，茅盾从文学与时代人生的关系分析，认为新浪漫主义文学与人生的关系又"束紧了一步"。在他看来，新浪漫主义文学不但不与人生远离，而且还能够补救以往文学之不足而"综合"地表现人生，"能引我们到真确的人生观"，在这一点上，它比浪漫主义、写实主义都前进了一步，文学的价值因此也有了"重新估定"。其次，茅盾推崇新浪漫主义，还在于他把充满浪漫的精神看作新浪漫主义的显著特征，而他认为这种不脱离现实的浪漫精神，是文学能达到既反映现实又表现理想以"综合"表现生活指导人生的必具条件。第三，茅盾认为新浪漫主义文学具备一种新的、科学的创作方法。按他的理解，西洋文艺思潮的兴衰消歇伴随着作家创作态度和方法的不断演变发展，到了新浪漫主义阶段又达到了一个新的水平："西洋写实派之后的新浪漫派作品都是能兼观察与想象，而综合地表现人生的。"[1] 是"又从客观变回主观，却已不是从前的主观"。[2] 即这种主观并不偏废客观，不脱离现实。正是从这个角度认识，茅盾把罗曼·罗兰、法朗士等看作新浪漫主义的领袖，认为"最能为新浪漫主义之代表作品，实推法人之罗兰之《约翰·克利斯朵夫》"。认为法朗士已经不是写实派，"他是重理想重理智的"，"合写实主义与感情主义为一的"。[3] 由此可见，重主观而又不偏废客观，重理想而又不脱离现实，这是茅盾对新浪漫主义文学创作精神的理解。兼具观察与想象两种能力、融合分析与综合两种手段，是茅盾对新浪漫主义文学具体手法的认识。

茅盾的这些看法表明，他所理解的新浪漫主义文学确实是一种理想的新型的文学。然而，茅盾的这种理解却与本来意义上的新漫主义有很大距离，甚至有着原则的区别。

新浪漫主义是"现代主义"的先声，19世纪末20世纪初兴起于欧洲。

---

① 《新文学研究者的责任与努力》，《小说月报》第 12 卷第 2 期。

② 《小说新潮栏宣言》，《小说月报》第 11 卷第 1 期。

③ 《对于系统的经济的介绍西洋文学底意见》，《时事新报》副刊《学灯》1920 年 2 月 4 日。

由于现代主义文学各种派别本身有着复杂的情况，以致当时没有一个确切的名称来概括它们的内容和实质。所谓"新浪漫主义"，和"现代主义"一样，也是一个不涉及各派具体内容、特征而又可以容纳各种派别的笼统称谓。"现在我们总称为现代派的半打多的主义就是这个东西。"（茅盾语）当时主要思潮包括象征主义、印象主义、唯美主义、表现主义和未来派，等等。

新浪漫主义在思想体系、阶级基础、理论依据等方面都有其特定的具体内容，而其文学观念、艺术追求等，与茅盾的理解也相去甚远。新浪漫主义文学虽然从最一般的意义上说也不脱离人生，体现出作者对世界和人生的苦思冥想和独特感受，但它绝不把昭示正确的人生观作为创作目的，它虽然是以重主观、重表现为其艺术特征，有"浪漫"的因素，但它从不把对未来美好理想的憧憬作为表现内容，在具体手法上，它自然有不可一概抹杀的新特点，但却也不是所谓观察与想象、分析与综合的全面真实反映生活，而常常是不惜扭曲客观现实，"以求事实的根本意义"，勾画出一幅幅极端冷漠、残酷、自我中心、人与人无法沟通感情的可怕社会人生图景。新浪漫主义虽是现代主义初期的表现形态，但它们的本质特征却是一脉相通的。所有这些，都与茅盾对它的理解有着根本的不同，也与茅盾早期文艺思想的基本特征有着清楚的区别。这种区别既在文学观念方面，又在思想体系方面。指出茅盾提倡的新浪漫主义文学主张与本来意义上的新浪漫主义文学的区别之后，紧接着就要进一步弄清，茅盾为什么把一种实质上与自己的文学观念大相径庭的文学理解为"最圆满"的文学。这是分析茅盾新浪漫主义文学主张的一个关键，只有进一步分清两者实质性的区别，才能真正理解茅盾新浪漫主义文学主张的本质内容及意义。茅盾把新浪漫主义理解为"最圆满"的文学，主要原因之一，是茅盾对这种文学缺乏更本质的认识，把并不圆满或最不圆满之处看作是"最圆满"，这也就是人们说的"误解"。这种误解，包括他把罗曼·罗兰等误解为新浪漫主义的领袖，把《约翰·克利斯朵夫》等误解为新浪漫主义的代表作，也包括把新浪漫主义创作方法理解为最新最科学的方法，其中带根本性质的误解，即，他忽视了新浪漫主义文学在与现实人生、与生活关系上全面的"反传统""反常"倾向，不认为它们企图"超现实"，反而认为最能全面真实地反映现实。从这个根本"误解"中，我们看到它强烈地折射出茅盾之所以推崇新浪漫主义的关键原因，也看到茅盾新浪漫主义文学主张的本质特点，同时找到了他不提倡写实主义文学的最主要的原因。这里笔者稍稍分析一下茅盾对包括新浪漫主义文学在内的不同文学思潮的比较、评价，就会看到问题的症结所在。

茅盾早期文学观念中一个显著特征是，他特别强调文学与现实人生的密切关系，这几乎成为他分析一切文学现象的标准。从这一角度出发，他对以往不同文学作出了自己的评价。他认为，"旧"浪漫主义文学的衰退，并非浪漫精神不好，浪漫精神本是以替人类发扬至高的理想，但浪漫主义文学发展到后来，成为帝王和"英雄"歌功颂德的工具，引诱人们离开现实而陷入"空想"，使文学不能与人生"相合"，其衰退便不可避免[1]；"自然派只用分析的方法去观察人生表现人生，以致见的都是罪恶，其结果使人失望悲闷"[2]。因此，茅盾认为它们都是不圆满的。用同一标准，茅盾分析写实主义文学，他说："写实文学偏重观察而屏弃想象，虽于现实能适合，使表现（文学）不至与实在（人生）冲突。而其弊则在丰肉而枯灵……写实文学能抨击矣，而不能解决，能揭破现社会之黑幕矣，而不能放进社会之光明，故其结果，使人愤懑而不知自处，而终至于消极失望。"[3] 显然茅盾从同一角度分析了浪漫主义、自然主义、写实主义文学不同方面的缺欠，其结论是它们都不能全面综合地表现人生而算不得圆满。应特别注意的是，茅盾对新浪漫主义与写实主义关系的认识所表现出的观点，这既是他对不同文学思潮比较得出的结论，也表明了他"误解"的核心。他说，"新浪漫主义为补救写实主义丰肉弱灵之弊，为补救写实主义之全批评而不指引，为补救写实主义之不见

---

① 《文学上的古典主义浪漫主义写实主义》，《学生杂志》第 7 卷第 9 期。

② 《为新文学研究者进一解》，《改造》1920 年 9 月 25 日。

③ 《〈欧美新文学最近之趋势〉书后》，《东方杂志》第 17 卷第 8 号。

恶中有善"。① 显然，茅盾最后落脚在新浪漫主义能全面反映现实，能表现理想，能引人"到正确的人生观"，在这方面，它高于其他文学。

但是，我们知道，新浪漫主义各派所共同的特点和公开标榜的正在于它们的"反传统"倾向，这种倾向的根本点正在于文学与现实人生、生活方面的"反现实"，而它攻击的主要对象正是现实主义。它们攻击的不仅仅是现实主义的技巧、方法，还否定现实主义的真实性、现实性和典型性原则。实际上它是对写实主义的全面"反动"而非"进化"，更不用说是对其不足的补救了。

茅盾之所以产生这样的误解，原因是复杂的。一是就茅盾主观方面来说，他非常注重文学与人生的关系，强调文学积极的社会作用，比别人更多更早地看到了浪漫主义、写实主义（批判现实主义）文学的弊病。但是，他没有更深入地联系文学作品的真实性、现实性等问题作更深刻的探讨。而实际上，他在对新浪漫主义到底怎样看待和表现人生，以及表现怎样的人生还没有本质的全面的认识的情况下，就肯定了它与人生关系的所谓"束紧"，而忽略了它反现实的倾向。二是这种"误解"也有客观方面的因素，这就是当时人们对新浪漫主义认识的普遍观点的影响。当时文艺理论界在以下两点上的认识几乎是一致的。一方面认为新浪漫主义文学在反映生活方面能达到特殊的效果，能探求到"事实的根本意义"。比如若尘在《现代文学中的新浪漫主义》一文中以花作譬，说比如一朵花，以前的浪漫主义只能表现它的美丽可爱，自然主义只把它看作植物的一种器官，而新浪漫主义则虽仍以花为对象，但它要"寻出花之所以为花底根本意义，探求那潜伏在这事实里面底神秘的方面，依锐敏强烈的主观力，极力同这事实底真髓精神相接触"②。当时以强调文学深刻反映人生、要求文学要含有深沉的思想和哲理的茅盾，自然是看中这一"优点"的。另一方面，新浪漫主义虽然标榜反传统，包括

---

① 《〈欧美新文学最近之趋势〉书后》，《东方杂志》第 17 卷第 8 号。
② 见《东方杂志》第 17 卷第 12 号。

反浪漫主义，但实际上它又发展了浪漫主义重主观、重个人精神的倾向。当时的人，包括茅盾，都注意到了这一特点，但又认为，新浪漫主义所具有的浪漫精神是经过现实的"洗礼"、"自然主义的洗礼"的，是不脱离现实而又不执着于现实的，是"综合"反映现实的又一"优点"。

所有这些，都说明茅盾对新浪漫主义文学的误解是严重的，这些误解本身当然是一种局限。但是，正是从对这些误解的分析中，我们看到一个无法否认的事实，即，尽管茅盾对新浪漫主义作了那样多的肯定，对浪漫主义、写实主义给予那样多的指责，但是茅盾所提倡的"新浪漫主义"文学主张的本质精神不是通向现代主义，而是通向现实主义，原因就在于他在文学与生活的关系这个根本问题的理解上，在文学与人生、文学与社会作用的认识上，不但不反对现实主义的基本精神，而且力图补救批判现实主义之不足。这就是我们着重分析"误解"的最重要的意义。

茅盾认为新浪漫主义是"最圆满"的另一原因在于，他对新浪漫主义的理解过程，又是他"提取"新浪漫主义的"特质"加以利用，企图"另创一种自有的新文学"的过程，他"提取"的也是自己认为"最圆满"处，这实际已是一种主动的"改造"了。在这里，茅盾对作为外来思潮的新浪漫主义本身的认识达到何种程度是一回事，茅盾对新浪漫主义提取特质加以利用所形成的独立的文学主张是另一回事。从对新浪漫主义的独立看法到形成关于新浪漫主义的文学主张，其间融进了茅盾自己的文学观点。

我们知道，茅盾对于外来思潮的明确态度是不拘泥一点，主张"取精用宏，吸取他人的精粹化为自己的血肉"，但也反对"唯新是摹"，照搬套用。而这种态度源于这样一个伟大的抱负，就是要创造一种自有的新文学，而不"徒然慕欧"。他早年的一系列艰苦的翻译介绍工作和理论批评工作都是为此而努力。新浪漫主义文学主张的提出，正是最初理论探索的成果。而贯串这个过程的正是一种独立主动精神和创造精神。从对新浪漫主义的理解中可以看出，茅盾并不专注于新浪漫主义形式上的"标新立异"，不提倡追求所谓"神秘梦幻"色彩和"灵底觉醒"，以及在怪诞中求得"事实的根本意义"。

他主要是着眼于文学与人生的密切关系，以及文学对于人生的积极意义。茅盾当时没有区分作为文艺思潮的新浪漫主义和作为创作方法的新漫主义，因此，给人的印象是，似乎他对新浪漫主义不仅仅是方法的借鉴、容纳，而且还是在根本问题上的全部肯定和提倡。实际上，当茅盾把新浪漫主义作为新的文艺思潮来看的时候，看重的是它所谓对现实人生综合反映的"特质"；当把新浪漫主义作为创作方法来看时，看重的正是达到这种效果的方法，其中都有自觉主动的选择。而"选择"或"提取"特质，是要以对其正确的认识为先决条件的。认识上的局限（误解）另一方面的表现是，他在对新浪漫主义的"提取"中，往往把对新浪漫主义的某些正确的理解与"误解"都作为"提取"对象，作为"他人的精粹化为自己的血肉"了。从现象来看，是使问题更复杂了，而实质上，却使问题更明朗化了，因为我们能从这里进一步看到，茅盾"提取"的都是自己认为"最圆满"的；"提取"的结果正适应了自己的文学观念，进而形成了一种包含自己独特文艺思想的主张。同时，我们看到，他的这种文学主张冠之以"新浪漫主义"而不是其他"主义"，在于这种经过改造（包括误解）后的"新浪漫主义"文学主张，已经是体现着自己文学观念的主张了，而他认为新浪漫主义正适应了自己文学主张的内在需要。

由此可见，茅盾对新浪漫主义的"误解"与"改造"，其结果是使茅盾对新浪漫主义的看法与原来意义上的新浪漫主义愈来愈远，而与自己的文艺观点愈来愈近，以致使自己早期的文学主张以"新浪漫主义"的表现形态出现了。

那么，茅盾提倡的新浪漫主义文学主张的核心内容是什么呢？

从上述的分析中，我们得出了与茅盾自己的回顾相近的结论：当时提倡新浪漫主义的人们，认为"写实派"与"理想派"都美中不足，"'理想'派太架空了，它的美丽的幻想的肥皂泡经不起现实风雨的一击；然而'写实'派又太黏着于现实了，它暴露得很多，可是徒然叫人愤慨而已（或相反，会叫人丧气），终无补于事实"，因此去"努力要找寻既有现实又有理想的第三类。好像他们始终没有找到合乎他们心目中的规格的作品，于是他们只好姑且把《浮士德》和《约翰·克利斯朵夫》等当作'慰情聊胜于无'了"。而这"第三类"后来发展成为社会主义现实主义的创作方法了。茅盾的回顾并非专指自己而言，也并不就是定论，其中把这种观点的出现仅仅看作文艺史家"常识的判断"也显简单；但是，茅盾指出的新浪漫主义提倡者的出发点和这一主张的核心内容及其此后的发展，却正符合茅盾新浪漫主义文学主张的基本情形。寻找"第三类"文学，创作方法努力解决"现实"与"理想"的统一问题，进而更积极能动地发挥文学的社会作用，这正是茅盾新浪漫主义文学主张的核心内容。至此，在扫除了蒙在茅盾"新浪漫主义"文学主张上的种种迷雾之后，就要进一步探讨这一主张出现的内在原因，从分析它的来龙去脉中，评价它的真正意义。把茅盾新浪漫主义文学主张的出现置于20世纪20年代初中国新文学发展的总体历史背景上考察，便会看到，这一主张的出现有其时代原因及历史意义。中国现代文学的每一具体发展阶段，都有它中心的一环，有它为这个阶段所规定的特色所在。20年代初，在打倒封建旧文学之后，建设什么样的新文学以及如何建设新文学成为中国现代文学发展的重要课题。围绕这个问题，出现了各种各样的文学观念，表明各种对未来文学的种种设想。当时，且不说确有人在"徒然慕欧""唯新是摹"，有人主张艺术"无目的"；即使主张"为人生"的人中，看法也有很大分歧。同样提倡文学为人生，却表现出明显不同的文学观念。一般观念是，把文学为人生仅仅看作对人生的被动的反映，提倡写实主义却把写实主义仅仅理解为如实地写，或是写平凡人的平常生活，把丑恶揭示出来，看了叫人动心。这种观点最早为陈独秀提出，胡适步其后，影响了不少人。这种观念在新文学初期的产生和存在有其合理因素，它毕竟是中国文学观念的发展进步，当时许多创作正是对这种观念的实践。但是，中国新文学如果仅仅停留在这种认识水平上，在这种观念支配下发展，充其量不过会成为批判现实主义的末流。与这种观点相反，另一种观念是把文学主要看作是作者的"情思"，文学的作用仅在于"移人情"。不仅如傅斯年、郑振铎等有这种观点，而且曾提倡"人的文学""平民文学"的周作人也有这种观点。比如，周作人明确宣称他在"艺术派"与"人生派"中是取"人生派"的。但他却认为文学主要是"著者情思"的表现。周作人肯定作者要有情思，甚至注意了这种情思要与人生相联系，这是有道理的。然而，他把文学与人生的接触和作用仅仅看作是作者情思的表现却有很大片面性。这种观念实际把文学的表现对象及社会作用都限制在一个很小的范围内，并不引导文学面向更广阔的生活。这种文学观念在此后很长一段时期还有发展，乃至有创作的实践，甚至在今天还有影响。但中国现代文学发展史证明，这种观念并不代表新文学的发展方向和主流，它不能完成由历史赋予中国现代文学的重大使命，这是历史发展进程中生活、时代对文学选择的结果。

茅盾的新浪漫主义文学主张也是在打倒封建文学观念后，面临如何建设新文学的时刻出现的一种文学观念和主张；自然，它是许多主张中的一种，当时也没有得到一致的拥护，但是，相形之下，它却是一种更具有历史感的文学主张。尽管它还不是严密的理论体系，带有许多缺陷，但是，它的基本精神是要引导文学面向更广阔的现实生活而不仅仅表现"情思"，强调文学与人生的密切关系但不停留在被动地描写上，它进一步要求文学发挥其积极作用，参与历史的变革。这些方面，避免了前述几种文学观念的偏向，适应了时代对于文学的要求。

茅盾的新浪漫主义文学主张，不但体现了新文学观念的变化，也体现出时代和社会生活发展对文学提出的要求，并且因其反映着某些时代面影而具有历史价值。20世纪20年代初期，社会生活已经积累并在继续提供着那样多的可供文学表现的对象，反思历史，揭示现实，憧憬未来，不但都成为文学不可回避的对象，而且需要对此加以"综合"的表现。新旧交替、未死将生的社会特点和生活的发展，决定了这个时代文学的特质，不管是脱离现实的空喊"理想"，还是忽视理想单是"发尽恶根"的"写实"，都不能充分体现时代对文学提出的要求，不能全面深刻反映出这个时代的"历史内容"。实际上，一种真实反映现实同时包含理想的新型文学产生的历史必要性业已具备。在这种情况下，一种新的文学主张的意义和价值，主要取决于提倡者在多大程度上能够认识历史所提出的任务。正是从这一角度来看，茅盾的新浪漫主义文学主张虽然表现形态"奇特"，但是它比其他主张更多地体现着历史对文学的要求，并在一定程度上标示着中国新文学嬗变的动向，它明显地反映着 20 年代的时代特色，同时它的基本精神和倾向则在一定意义上与现实主义相通。

是茅盾而不是别人提倡这样一种文学观念，除了文学自身发展和时代发展所提出的要求等因素外，主要取决于茅盾早期文艺思想的独特性。

作为文学理论批评者的茅盾，当时最重要的特点是他对于中国新文学时代使命的独特思考，这种思考带有从历史发展的高度加以透视的特征。在他看来，这个时代要求文学的已经不只是对社会黑暗的抨击，不仅仅是使人看到自己的悲惨处境，而且应该使人们看到自己具有改造环境、创造新生活的力量，使人们明确应尽的社会责任。与此相联系，茅盾对于文学社会功能的理解也有鲜明的倾向性。他说："文学的目的总是表现人生，扩大人类的喜悦和同情。"文学的进化，"无非欲使文学更能表现当代全体人类的生活，更能宣泄当代全体人类的情感，更能声诉当代全体人类的苦痛和期望，更能代替全体人类向不可知的命运作奋抗力呼吁。"① 文学对于现实人生，"不仅是表现罢了，应该把光明的路指导给烦闷者，使新信仰与新理想重复在他们心中震荡起来。"在这些见解中，不但表明茅盾在对文学社会功能的认识上，要求文学发挥直接能动作用比认识客观规律作用更加强烈和突出，而且表明茅盾美学追求的特点：审美理想的直接表现占优势，理想的情感的因素较显著。同时可以看出，茅盾早期文艺思想中实际充溢着一种浪漫主义情绪。这种情绪如高尔基所说，"它其实复杂地而且始终多少模糊地反映出笼罩着过渡时代社会的一切感觉和情感的色彩"。这些因素，又直接决定了茅盾"为人生"文学观的独特内涵。茅盾曾以主张文学"为人生"而著称。他的"为

---

① 《创作的前途》，《小说月报》第 12 卷第 7 号。

人生"，实际包含文学"表现人生指导人生"两方面的内容。表现人生是前提，失去这一点便失去文学的意义，但仅做到这一点则还未尽到文学的全部责任，这是茅盾早期文学为人生观点的特点，并由此派生出一些具体主张。既然茅盾把"表现人生指导人生"能力的兼备作为新文学的主要特征，就去寻求一种与之相适应的方法。按他当时的理解，要使"表现"与"指导"的作用兼具，就要求作者主客观融合，作品中"现实"与"理想"统一，而他认为，新浪漫主义文学正具备这种"综合"的独特功能，所以，茅盾主张文学"为人生"，而他提倡的创作方法不是人们所说的一般写实主义，而是"新浪漫主义"。

还应该注意的是，茅盾在提倡新浪漫主义文学主张中，特别突出"现实"与"理想"的关系问题。这并不是一种"纯"理论的思考，而是有着明确的现实针对性。它针对着五四退潮后具体的社会现状和文学创作倾向。五四高潮过后，在新的社会变革还未成为现实之时，一部分知识青年由兴奋而陷入苦闷颓丧，厌世主义与享乐主义成为两个极端，介乎两极端的，便是平凡麻木的生活。文学作品对这种社会现状和青年心理的反映自有它的社会意义。但当时的文学创作对此类现状的表现多是由于"思想的迷乱"，而非出于清醒的认识。当它形成倾向时就不能不注意它们的社会效果问题。茅盾当时敏感地意识到这种情况，认为把青年从苦闷的境地解脱出来，鼓起他们的勇气，唤起新的活力，是文学的重大责任。为此，他在许多文章中强调现实与理想的关系问题。从这里我们可以看出，他当时把现实与理想的统一作为"第三类"文学的重要问题，绝非仅出于"常识的判断"，而有充分现实依据。

以上诸方面，既是茅盾提倡新浪漫主义文学主张的内在因素，也是茅盾早期（1922 年以前）文艺思想基本特征的具体体现。

综前所述，茅盾的"新浪漫主义"文学主张尽管表现形态"奇特"，但它的基本精神却与现实主义相通。因此，对于研究新文学现实主义的发展和茅盾文学思想的发展，它都是不应忽视的重要开端。

参考文献

1.[德] 海德格尔:《人,诗意地安居》,郜元宝译,广西师范大学出版社 2000 年版。

2.[美] 丹尼尔·贝尔:《资本主义文化矛盾》,赵一凡等译,生活·读书·新知三联书店 1989 年版。

3.[美] 韦勒克·沃伦:《文学理论》,刘象愚等译,生活·读书·新知三联书店 1984年版。

4.[瑞士] 荣格:《荣格文集:让我们重返精神的家园》,冯川译,改革出版社 1997年版。

5.[瑞士] C.荣格:《现代灵魂的自我拯救》,工人出版社 1987 年版。

6.[美]赫伯特·马尔库塞:《审美之维》,李小兵译,广西师范大学出版社 2001 年版。

7.[英] R.S.弗内斯:《表现主义》,艾晓明译,昆仑出版社 1989 年版。

8.[美] 弗兰克·戈布尔:《第三思潮:马斯洛心理学》,吕明、陈红雯译,上海译文出版社 1987 年版。

9.[苏] Л.Б.科诺瓦洛娃:《道德与认识》,杨远、石毓彬译,中国社会科学出版社 1983 年版。

10.[德] W.沃林格:《抽象与移情》,王才勇译,辽宁人民出版社 1987 年版。

11.李泽厚:《美的历程》,安徽文艺出版社 1994 年版。

12.李德顺:《价值论——一种主体性的研究》,中国人民大学出版社 1987 年版。

13.王玉樑主编:《价值和价值观》,陕西师范大学出版社 1988 年版。

14.萧萐父、吴根友:《传统价值:鲲化鹏飞》,武汉出版社 2001 年版。

15.《中国新文学大系导论集》,良友图书公司 1940 年版。

16.《王国维文学美学论著集》,北岳文艺出版社 1987 年版。

17.《茅盾文艺杂论集》上下集,上海文艺出版社 1981 年版。

19.《茅盾论创作》,上海文艺出版社 1980 年版。

19.李欧梵:《中西文学的徊想》,生活·读书·新知三联书店香港分店 1986 年版。

20.张黎编选:《表现主义论争》,华东师范大学出版社 1992 年版。

21.雷达、李建军主编:《百年经典文学评论》,长江文艺出版社 2004 年版。

22.支克坚:《中国现代文艺思潮论》,兰州大学出版社 1999 年版。

23.吴中杰:《中国现代文艺思潮史》,复旦大学出版社 1996 年版。

24.《沈从文文集》,花城出版社、生活·读书·新知三联书店香港分店 1984 年版。

25.姚大志:《现代之后——20 世纪晚期西方哲学》,东方出版社 2000 年版。

26.许金声:《走向人格新大陆——健康人格探索》,工人出版社 1988 年版。

27.刘纳:《嬗变——辛亥革命时期至五四时期的中国文学》,中国社会科学出版社 1998 年版。

28.陈平原、夏晓红编:《二十世纪中国小说理论资料》第一卷,北京大学出版社 1997 年版。

后　记

　　中国新文学已经走过了一百多年的历程，百年来，文学思潮波澜起伏、潮涨潮落，构成了重要的文学史现象，文学思潮也成为重要的研究对象。如果从胡适先生《五十年来之中国文学》的文章在 1924 年发表、陈子展先生《中国近代文学之变迁》的著作在 1929 年出版算起，对新文学思潮的研究也已经有 90 多年的历史。胡适文中的"五十年"指自 1872 至 1922 年的文学，陈子展著作中的"近代"指自 1898 年至 1928 年的文学，均涉及文学革命及其后来的新文学现象。此后，影响较大、明确冠以"文学思潮"之名的著作是李何林先生 1939 年编著的《近二十年中国文艺思潮论（1917—1937）》。之后，涉及和专论新文学思潮的著作和论文逐渐增多，特别是新时期以来，研究文学思潮的著述不胜枚举，成果卓著，中国现当代文学思潮研究自身构成了专门学术史。

　　我对中国新文学思潮的研究，得益于硕士导师、西北师大支克坚先生和博士导师、复旦大学吴中杰先生的指导和影响，也得益于《文学评论》《文艺研究》等刊物的扶持。两位恩师在中国现代文艺思潮研究方面都卓有建树，支先生的《中国现代文艺思潮论》，吴先生的《中国现代文艺思潮史》，以及他们发表的一系列重要论文，都是中国现代文学思潮研究的力作，产生了重要影响。受先生的影响，我在 20 世纪 80 年代中期攻读硕士学位期间，开始了中国现代文学价值系统的研究，提交答辩的学位论文《中国现代文学价值系统的动态描述》是其中的一部分，其他部分发表在《文学评论》《文艺研究》《当代文艺思潮》《西北师大学报》等刊物上，如《论中国现代文学的客观再现与主观表现》（《文学评论》1987 年第 3 期）、《中国现代文学价值系统论纲》（《文学评论》1989 年第 3 期）、《20 世纪中国文学中的"理想人格"设计概观》（《文艺研究》1987 年第 3 期）等。20 世纪 90 年代初我在复旦大学攻读文艺学博士学位期间，学位论文虽为《中国文学原型研究》，侧重于古代文学和理论方面，但也没有停止现当代文学的探讨，涉及现当代文学的部分多与思潮相关，如《中国现代表现主义文学的兴起与高涨》（《文学评论》1994 年第 6 期）、《中国现代表现主义文学的嬗变与消退》（《文艺研究》1995 年第 3 期）、《中国现代文学的意象象征系统》（《甘肃社会科学》1994 年第 1 期）等。博士毕业后，我的学术探讨涉猎文艺人类学和艺术研究方面，但对现当代文学思潮的教学研究一直未有放弃，其成果曾作为"文存"之《中国 20世纪文学思潮论》《中国 20 世纪文学价值论》结集出版。本著作是在此基础上，选择对百年中国文学大变局中最重要的思潮问题的研究成果，重新整合修订，凝练其要义。这些问题并未随着时间的推移而淡出研究领域，反而从百年这样一个较长的时段来看，它们依然在或隐或现地影响着中国文学的创作和理论，值得继续关注和探索。

时光如梭，从介入现代文学思潮研究到现在已经过去了三十多年，我也从青年步入老年，回溯这一过程，成果有限，感慨良多，西北地区一个名不见经传的普通学生能够走上学术道路，是遇到了支克坚先生、吴中杰先生这样的好导师，遇到了王信先生、方宁先生这样的好编辑，遇到了改革开放鼓励学术创新的好时代，遇到了鼓励帮助我进步的学界老师、学长和同人！在此致以最诚挚的谢意！

承蒙陕西师范大学人文社会科学高等研究院暨党圣元、李继凯等先生的关爱和支持，拙著忝列"秦岭学术书系"。

敝帚自珍，局限和不足难免，敬请读者批评指正。

程金城

2019 年 8 月 15 日

责任编辑：姜　虹
责任校对：余　佳
封面设计：周方亚
版式设计：吴　桐

图书在版编目（CIP）数据

中国现当代文学思潮重要问题研究／程金城　著 . —北京：人民出版社，
　2020.6
（秦岭学术书系／党圣元，李继凯主编）
ISBN 978－7－01－022021－5

I. ①中… 　II. ①程… 　III. ①中国文学－现代文学－文学研究 ②中国文学－
　当代文学－文学研究 　IV. ① I206.6

中国版本图书馆 CIP 数据核字（2020）第 058337 号

中国现当代文学思潮重要问题研究
ZHONGGUO XIANDANGDAI WENXUE SICHAO ZHONGYAO WENTI YANJIU

程金城　著

人民出版社 出版发行
（100706　北京市东城区隆福寺街 99 号）

环球东方（北京）印务有限公司印刷　新华书店经销

2020 年 6 月第 1 版　2020 年 6 月北京第 1 次印刷
开本：710 毫米 ×1000 毫米 1/16　印张：22.75
字数：320 千字

ISBN 978－7－01－022021－5　定价：98.00 元

邮购地址 100706　北京市东城区隆福寺街 99 号
人民东方图书销售中心　电话（010）65250042　65289539